Miranda Bouzo

El amor no se puede pintar

— • —

El arte del amor

Tiffany™

Editado por Harlequin Ibérica.
Una división de HarperCollins Ibérica, S.A.
Avenida de Burgos, 8B - Planta 18
28036 Madrid

© 2025 Harlequin Ibérica, una división de HarperCollins Ibérica, S.A.
N.º 176 - 5.3.25

I.S.B.N.: 978-84-1074-596-4
Depósito legal: M-26414-2024
Impreso en España por: BLACK PRINT
Fecha impresión Argentina: 1.9.25
Distribuidor para México: Distibuidora Intermex, S.A. de C.V.
Distribuidores para Argentina: Interior, DGP, S.A. Alvarado 2118. Cap. Fed./Buenos Aires y Gran Buenos Aires, VACCARO HNOS.

ÍNDICE

EL AMOR NO SE PUEDE PINTAR

MIRANDA BOUZO

Todo el mundo discute mi arte y pretende comprender,
como si fuera necesario, cuando simplemente es amor.
Claude Monet

Toda historia verdadera empieza
con una simple elección.

PRIMERA PARTE

MANUELA

Allí estaba, frente al espejo, observando mi reflejo con mirada crítica. La imagen que me devolvía no era demasiado glamurosa ni sofisticada, al menos, no tanto como había esperado. Giré la cadera y los hombros a un lado y al otro para verme. El verde del vestido resultaba demasiado oscuro y esperanzador para un cóctel en el cual no me sentiría a gusto pidiendo dinero, subvenciones y nuevos objetos de arte para el museo. Nadie me avisó, mientras hundía la cabeza en libros y más libros, de que ser historiadora implicaba suplicar financiación a diestro y siniestro, piezas a otras entidades y seguir estudiando. Estaba atrapada por la rutina de cada día, donde las acciones que repetía una y otra vez empezaban a tomar el control sobre mi vida. Añoraba restaurar, volver al trabajo de laboratorio, mancharme los dedos con acetato y descubrir los colores que ocultaba cada lienzo, oler la pintura y los aceites. Vivir en los cuadros durante semanas, Florencia, París, ver la campiña inglesa o sumergirme en los palacios de Venecia. Pero si quería algo más, este era el único camino: olvidar el trabajo de campo y concentrarme en ascender. La vocecilla que últimamente resonaba en mi cabeza volvió con la misma fastidiosa pregunta una y otra vez: «¿De verdad es lo que quieres, Manuela?».

Al aceptar el puesto de coordinadora de exposiciones, estaba un escalón más cerca de ser directora del Departamento de Historia. No pensé en las consecuencias que llevaba implícita la coletilla «la más joven en ocupar ese puesto», una trampa para mi ego y para el resto de mis decisiones, cada una de ellas revisada por catedráticos mayores y con más experiencia, menos abiertos a las opiniones de Manuela Sanz.

–¡Nela, sal ya! ¡Deja que te vea!

El agudo grito de Alice me sacó de mis pensamientos. Nada había cambiado en el reflejo que me devolvía el espejo, y me saqué a mí misma la lengua. Suspiré, crítica. Tendría que valer.

–¡Entra de una vez, pesada! –grité, a sabiendas de que lo haría sin ser invitada, como siempre.

Alice se colocó detrás, con una mirada no muy sorprendida, como si todos los días yo anduviera por la casa con un vestido largo de fiesta y tacones. Al vernos juntas, ahogué un suspiro. Alice, mi amiga y compañera de piso, era alta, de figura estilizada, pelo rubio e interminables piernas y, por si fuera poco, con ese acento inglés que volvía locos a los chicos.

–¡Vaya! Has comprado el vestido en internet, ¿verdad?

–¿Cómo lo sabes?

Me giré sorprendida, con el ceño fruncido, que ya comenzaba a dejarme un surco en la frente. Una leve marca que con los años se haría profunda a fuerza de hacer el mismo gesto.

–Te queda dos tallas más grande. ¡Ay, Nela!

No es que a estas alturas pudiera fastidiarme su forma de acortar mi nombre, lo hacía desde que nos conocimos en la universidad y, al final, todo el mundo acabó por llamarme así. Se trataba de que, a veces, la voz de Alice parecía tener la misma entonación que la de una madre. Ahora no necesitaba a nadie que dijera «es que eres de caderas anchas, no es que estés gorda», ¡y sí, había comprado el vestido más grande porque los hacían minúsculos y no te podías fiar de las tallas!

–Los demás parecían faldones. Además, no tengo

tiempo de ir a comprar y probarme cien vestidos... ¡Por si no te has dado cuenta, vivo en un estrés continuo!

–El color acentúa tu pelo castaño –pronunció Alice, fijando sus ojos azules en los míos, ignorando mis palabras. Tiró con fuerza de atrás hasta ceñirme la tela del vestido al pecho.

–¡No tires, Alice, que lo rompes!

–¡Ya está, ponte uno de los míos!

Suspiré fastidiada, no me entraría ni una pierna. Alice me dejó allí sin opción a réplica y corrió a su habitación de cuento rosa, antítesis de la mía, llena de libros en las paredes, el suelo, la cama. A ella, los muebles se los había pagado su padre, igual que el piso que compartíamos y por el cual yo pagaba un minúsculo alquiler, más simbólico que otra cosa. Apareció con una caja rosa chicle en las manos, del tamaño justo para contener una de sus adquisiciones de firma.

–No me valdrá y voy a enfadarme aún más –le advertí cabreada. Seguro que era precioso, me pondría los dientes largos y no habría manera de arreglarlo–. ¿Vas a infligirme esta tortura para nada? Eres cruel, Alice.

Su sonrisa de niña buena no me engañó, tramaba algo con sus ojos inocentes puestos en la caja. Con una inclinación de la cabeza y un movimiento de las manos, suplicó que la abriera. Sus pies comenzaron a golpear el suelo con pequeños saltitos y la imité con toda la ironía de la que era capaz. Alice a veces era un poco empalagosa, pero adorable.

El papel de seda blanco se deslizó al cogerlo, y bajo capas y capas descubrí un vestido azul marino, tornasolado, que brillaba bajo la lámpara del techo. Sin poder contenerme, lo cogí con cuidado, como haría con un pincel de Gouché, y la tela se desplegó hasta mis pies. Alice, con un movimiento brusco, tiró la caja al suelo y suspiró con ansiedad.

–¡Te gusta, ¿a que sí?!

No pronuncié palabra, me deshice de mi compra por internet en tres movimientos y, con la precisión de un cirujano, lo cogí con cuidado. Sentí el tacto de la tela acariciar la piel en su descenso, suave y cara, lujosa y prohibitiva. Alice corrió a mi espalda y deslizó la cremallera hasta arriba.

–Perfecto.

No cabía en mí por la sorpresa, el vestido me quedaba muy bien. Su reflejo en el espejo me dejó boquiabierta.

–¡Lo has comprado para mí! –Alice sonrió con tal cariño que quise abrazarla. Una seria advertencia se dibujó en sus ojos. Estropearía el vestido–. No deberías haberlo hecho –dije con la boca pequeña. Me quedaba de fábula, más pecho, menos caderas, un aire estiloso, lejos de mi forma de vestir habitual. No parecía yo y eso, en lugar de inquietarme, me gustó.

–Nela, no puedes suplicar fondos con algo menos elegante, créeme, sé cómo funciona esto. Por una vez, aprovéchate del dinero de mi padre como hago yo.

Nos miramos de nuevo a través del espejo y sonreímos. Desde el día que conocí a Alice éramos inseparables, tal vez porque no nos parecíamos lo más mínimo y nos complementábamos la una a la otra. A ella, su padre, dueño de un banco inglés, la obligó a compartir habitación en el colegio mayor con la esperanza de que se centrara en los estudios. «Soy consciente de que antes investigó hasta la marca de mi dentífrico»; y yo, una chica becada por su fundación y sin familia, encajé con ella a la perfección desde el primer momento. Alice comenzó a sacar mejores calificaciones y yo seguí sin despegar la nariz de los libros mientras la ayudaba a estudiar. La vi entrar y salir con el chico del momento y suspiré por cada uno de ellos, cada cual más guapo que el anterior. Al acabar la carrera, Alice consiguió el cargo de relaciones públicas e institucionales en el museo y yo pasé a ser la becaria de Historia Medieval. Hubo más chicos para ella, más maduros y guapos que los anteriores, y para mí la oportunidad de ir escalando puesto a puesto hasta hace seis meses. Entonces me convertí en la coordinadora de exposiciones temporales.

Me coloqué el escote del vestido con orgullo, sacando pecho, y Alice puso los ojos en blanco.

–Nela, ven, que te maquillo y te hago un peinado decente –murmuró tras darse un vistazo al pecho plano con el logo de los Rolling–. Vamos a dejar a tus benefactores con la lengua fuera.

MANUELA

El museo estaba en uno de los barrios más exclusivos de Madrid, un edificio sobrio del siglo XVIII que, bajo la luz de los focos azulados, era impresionante. Cada día a las nueve atravesaba las puertas de personal y, en ocasiones, no salía hasta bien entrada la noche. Por comodidad, nuestro piso estaba a veinte minutos andando, durante los cuales me deshacía de la tensión del día y que muchas veces me servían para aclarar la mente. Por fortuna, Alice había solicitado todos los permisos para organizar un servicio de aparcacoches para esa noche. Los invitados descendían por la misma escalinata de acceso a una alfombra roja que conducía a la entrada principal, cerrada habitualmente, pero que ese día, con ocasión de la gala, permanecía abierta y flanqueada por dos guardas.

Mientras avanzaba sujetando con cuidado la falda del vestido, repasaba en mi cabeza una y otra vez la lista con los posibles benefactores de mis próximas exposiciones. Una sola mujer, dueña de un imperio artístico, pero con su propio museo, y tres hombres: un empresario madrileño, artista ocasional; un jeque árabe de escasa moral; y el primero de la lista, un alemán, mi opción más fuerte. Soren von Müller, un apellido que parecía decirlo todo, origen germánico hasta la médula. Según mis fuentes, poseía una colección completa de objetos medievales expuestos en un palacio de nombre impronunciable en Alemania. Él podía ser mi llave para conseguir financiación, las subvenciones del ministerio eran escasas y, si el museo no atraía visitantes, serían menos el siguiente año. Lo más curioso era que, mientras que el resto de los nombres de mi lista los encontré sin problemas, de este último apenas localicé algunas reseñas en artículos destacados de Cristhie´s o de la casa Wildenstein. Omití indagar en algún que otro artículo sobre cierto oscuro episodio nazi de varios familiares, asuntos turbios. Sin embargo, por las fotos que encontré, era un anciano de cara bonachona y mejillas sonrosadas, dueño de un palacete. Un amante del arte clásico en todas sus facetas, pero especialmente en pintura.

Los invitados deambulaban por la enorme sala central del museo mientras contemplaban los altos techos de la bóveda principal. Se habían colgado esferas luminosas que creaban la ilusión de un cielo nocturno cuajado de estrellas, un cielo abierto sobre nuestras cabezas. Alice había desplegado todas sus dotes en decorar aquel espacio, hasta el atril en el que debíamos hablar los miembros de la junta era una especie de piedra ceremonial con detalles precolombinos que ocultaba el micrófono. Unas mesas con bandejas colocadas en un extremo de la sala, junto a las vitrinas que albergaban la maqueta del edificio, flanqueaban el acceso a la rampa que llevaba al corazón de las muestras renacentistas y a la escalinata que subía al primer piso, la primera decisión errónea, esa que provocó que la junta se enfrentara a mí en pleno. Había cambiado por completo el orden de las exposiciones: Renacimiento, abajo; Prehistoria y Arte Medieval, arriba, con sus armaduras, hachas, espadas y salas de tortura que llevaban al público más joven hacia salas que nunca recorrían o de las que pasaban de largo. Envié a restaurar gran número de obras, y fue entonces cuando solo pudo salvarme el dinero del principal benefactor del museo, el padre de Alice. Meses más tarde, mi visión del nuevo museo funcionaba algo mejor, más niños recorrían las salas con sus padres, inmersos en un juego que diseñó mi ayudante Juan, padre de tres preciosas criaturas, que además atrajo visitas escolares y triunfaba entre los pequeños. La recaudación crecía, con lo cual debía generar más expectativas y visitantes. La ambición se adueñaba de mis decisiones según mis colegas, pero, en realidad, era esa vocecilla infantil que habitaba en mi interior y repetía muy alto que no era lo suficientemente lista o fuerte para cumplir mis sueños.

Respirar hondo, levantar la barbilla y coger aliento; un paso detrás de otro, como si llevara subida a mis tacones una eternidad y no vinieran con el regalo de Alice. Una sonrisa se me escapó al ver a Juan con un traje azul oscuro tan impropio como el pañuelo rojo que adornaba su bolsillo.

–¡Está preciosa, jefa!

Sonrió con sinceridad y me permití relajarme un poco.

–Tú también, Juan. ¿Y tu mujer?

–No ha podido venir, no es fácil dejar a nadie con tres diablillos, y el sueldo no da para niñeras.

Lo miré con franca admiración, Juan trabajaba casi tanto como yo e intentaba subsistir con el poco sueldo que recibía del museo, además de algunas clases de dibujo que impartía en el colegio de sus hijos. Nunca se quejaba; optimista convencido, decía que algún día volvería a pintar y vendería sus cuadros por sumas millonarias. Llevaría a sus pequeños a Disney y a su mujer a París como segunda luna de miel.

–Lo siento, tendrás que conformarte con Alice y conmigo como acompañantes –le dije con una breve palmada en el hombro mientras buscaba alrededor a nuestra amiga–. ¿Y Alice?

–Creí que vendríais juntas, no la he visto aún – contestó Juan–. Puede que esté con los del catering en la cafetería ultimando algún detalle.

La gente comenzó a desfilar ante nuestros ojos. Soy malísima en este juego de unir rostros y nombres hasta que Alice, una vez tuvo todo bajo control, se puso al lado y, con todo su encanto, nos fue indicando quién era quién. Supongo estaba destinada a ser relaciones públicas desde siempre, como yo a estar en segundo plano. Evité a propósito a los miembros de la junta e intenté centrar todos mis esfuerzos en encontrar a los integrantes de la lista. Una suave melodía, interpretada por un cuarteto de música, proporcionaba una atmósfera relajante que invitaba a la conversación, mientras que los camareros comenzaron a servir las bebidas en bandejas doradas. Llevaba un rato intentando tropezar casualmente con la única mujer de mi lista cuando el jeque –número tres en mi lista– se acercó del brazo de Alice. Les seguía un hombre armario que no podía ser más que su guardaespaldas.

SOREN

El coche se detuvo ante el antiguo edificio del museo. El jardín iluminado por luces de color azul le daba un aspecto nuevo a la piedra gris. Mirko abrió la puerta en un gesto silencioso y salí desganado. Estiré el traje oscuro antes de dirigirme hacia la entrada. Eso era lo que más apreciaba de mi sombra; nunca hablaba por hablar, el silencio no resultaba incómodo y no se desvivía por adularme, por eso llevaba conmigo más tiempo que nadie. ¿Tres años, quizá cuatro? Nadie aguantaba mis exigencias durante mucho tiempo; cuando pasaban la frontera del primer año, se relajaban, empezaban a cometer fallos y los despedía sin asomo de remordimiento. Mirko no, siempre respondía.

A pesar de la decoración elegante, lo regio del edificio y la suave melodía que flotaba en el aire, no había duda de que estaba en un museo español. Las voces distendidas y los gestos con las manos me chocaban, su expresividad y sus rostros morenos, en contraste con el lugar de donde venía, me trajeron el recuerdo de unas vacaciones en Madrid siendo un crío. Fueron quizá las mejores de mi vida porque mi padre, con quien tuve el dudoso honor de compartir nombre hasta el día de su muerte, se quedó en casa.

—Puedes irte, pero no te alejes demasiado. No creo que esto me lleve más de una hora —le dije a Mirko una vez nos encontramos en una sala abarrotada de gente.

—Si me necesita antes, estaré fuera —afirmó, y deshizo sus últimos pasos hacia el jardín.

En cuanto estuve solo, el director del museo acudió junto a mí, me estaba esperando. Roberto era un viejo amigo de mi padre.

–Soren Müller, ¿o debo llamarte Zählen von Müller? –dijo el hombre con una sonrisa, en alusión a cómo se dirigían a mí los empleados de mi casa.

–Con Soren bastará –contesté–. No hay condes desde tiempos del emperador Guillermo, como bien sabes.

Sonreí a mi pesar. Aquel hombre me caía bien porque tenía el honor de ser uno de los mejores amigos de la familia, y esa era una tarea bastante difícil. En ocasiones, Roberto Márquez nos había visitado en la casa de Ibiza, donde pasábamos los veranos, para tratar con mi padre algunos asuntos de sus negocios. Ahora, yo había heredado todos los tratos y contactos de mi progenitor porque, aunque ya no hubiera Zählen ni reyes, mi familia era una dinastía que debía conservar el poder y la riqueza de los Müller. Mis hermanos debían, de igual modo que yo, perpetuar los valores de nuestros antepasados con el nivel de vida que se nos exigía y la fortuna que necesitábamos para conseguirlo.

–¿Has venido solo, Soren? Es difícil verte en una fiesta sin la compañía de una mujer hermosa.

–Vengo por trabajo, Roberto, nada de mujeres –afirmé, metiendo las manos en los bolsillos.

Al momento, un camarero se acercó con una bandeja y saqué la mano con desidia para aferrar una copa de champán. Prefería algo más fuerte, pero tenía la boca seca por la anticipación. Madrid me ponía nervioso, me gustaba la vida en el campo, tranquila, o las calles de Berlín o München, Múnich, como lo llamaban aquí, ciudades conocidas donde la gente camina sin mirarse y la tenue luz de su sol no quema. Roberto sonrió al ver cómo aferraba la copa con una servilleta, evitando el contacto con el cristal. Si decía una maldita palabra sobre ello, lo mataría.

–La chica no querrá ir. Tendrás que tentarla con algo prometedor o no te acompañará a ningún sitio. Es la directora de coordinación y es nueva, no querrá dejar su puesto por un tiempo, la conozco demasiado bien.

–Pero es la mejor, ¿no es cierto? ¿O es que la junta y tú queréis deshaceros de ella? Roberto, no me cuelgues a una niña consentida sin idea de arte o te lo haré pagar.

–No es eso. Si yo tuviera que recurrir a alguien discreto en la actualidad, me aseguraría de que fuera ella quien hiciera el trabajo. Confía en mí.

–Roberto, no confío en nadie –aseguré mientras me llevaba la copa a los labios y sentía el líquido seco deslizarse por la garganta–. ¿La conoces bien?

Roberto sonrío ante tantas preguntas.

–Fue alumna mía en prácticas desde que empezó el segundo curso de la carrera y, cuando acabó sus estudios, la traje conmigo. Te lo aseguro, Soren, es magnífica en su trabajo.

–¿Dónde está?

Seguí con la mirada la dirección que Roberto señalaba con la copa en alto, hacia la masa de vestidos elegantes y trajes sobrios, lo que me indicó que en algún lugar de esa sala estaba mi objetivo. Observé un grupo mientras Roberto seguía hablando. Una rubia de pelo casi platino llamó mi atención con su vestido rojo, una mujer muy hermosa. A juzgar por sus gestos coquetos y su seguridad al moverse, del tipo que me gustaban para pasar el rato.

Vi cómo la rubia dejaba su copa al paso de un camarero y se despedía de sus acompañantes: un hombre de tez tostada y una mujer joven. En vez de seguirla con la mirada, observé con curiosidad a la chica que se quedaba en el pequeño grupo. Llevaba el pelo castaño recogido mientras sus ojos azules, los más azules que había visto nunca, miraban al hombre que estaba frente a ella con timidez. Su cuerpo estaba tenso bajo el vestido del mismo color que sus ojos y, poco a poco, vi cómo deslizaba sus brazos uno sobre otro, hasta cruzarlos en actitud defensiva. No le gustaba el hombre que se inclinaba sobre la piel de su cuello y le susurraba algo cerca del oído. Tras ellos, otro hombre, con toda probabilidad un escolta por su altura y envergadura, consultó el micrófono adherido a su oreja. Ninguno de los dos se dio cuenta de que la chica se sentía acorralada entre ambos, y fue entonces cuando ella levantó la vista en busca de ayuda. Por un instante, nuestras miradas se cruzaron con intensidad y, al no conocerme, apartó la vista, avergonzada por su atrevimiento.

Sentí lo mismo que un cazador ante una presa acorralada. Tenía dos opciones: dejar que la abatieran o ayudarla a escapar. Normalmente, me daría la vuelta, no era problema mío, pero su rostro y su mirada limpia me impidieron hacerlo. Todo en ella hablaba de una suavidad e inocencia que ya no creí que existiera. A mi lado, Roberto hablaba sin parar a alguien que me acababa de presentar y no se percató de dónde estaba puesta mi atención, que aumentó cuando el hombre de tez oscura posó su mano en la espalda de ella y la recorrió con una sonrisa estúpida en la cara. Escoltada por ambos, la chica salió de la sala con paso reticente, no muy decidido.

«No es problema mío», me repetía, pero no podía olvidar que sus ojos no tardarían en perder su mirada limpia y ensuciarse entre la mierda que atraía el dinero.

Un camarero trajo un vaso, Roberto había tenido la deferencia de conseguirme un whisky escocés, y lo paladeé: Glenfiddich, el preferido de mi padre. Roberto lo sabía, y sonreí ante su iniciativa.

–Soren, vayamos en busca de tu chica –soltó Roberto como si fuera un chiste. Tenía ventaja, él conocía a la joven y yo no, tan solo había leído unos informes aburridos de una estudiante de Historia con un talento natural para la restauración–. Te presentaré antes al resto de la junta del museo, quieren conocer a nuestro próximo gran benefactor.

Tras un rato escuchando las absurdas adulaciones que le hacían a mi dinero, provoqué un accidente con una copa para alejarme un rato hacia los baños. Estaba cansado y aburrido de estas fiestas, solo había cedido por la amistad que unía a Márquez con la familia, pero si la chica no aparecía, lo haría a mi manera y no a la de Roberto. La mía consistía en que Mirko la secuestrara y la metiera en el avión rumbo a casa. Nada de negociaciones, nada de contratos de confidencialidad, el mundo se mueve por el dinero, el miedo y la extorsión, al menos el mío.

Un momento antes de perderme en el pasillo, lejos del bullicio, recordé a la mujer de los ojos azules y, tras dudar un segundo, seguí mi camino. No era problema mío, parecía lo suficientemente mayor como para apañárselas sola.

Al girar en dirección a la flecha que indicaba los aseos, fue cuando choqué con alguien: una mujer. La cogí de los brazos desnudos en un intento de que no cayera hacia atrás. Aunque mantuvo la cabeza agachada, reconocí su pelo castaño recogido y sus manos desnudas sin joyas, la única que no las llevaba en toda la fiesta. Aferrada a mi chaqueta, trastabilló por culpa de los tacones. Un leve aroma a perfume de rosas inundó mis sentidos, leve y tentador como ella.

–¡Eh!

Recuperó el equilibrio y me miró con esos enormes ojos azules antes de asegurarse de que no la seguían. Creía que no me daba cuenta de que estaba calibrando y decidiendo si confiaba en mí o no, pero ¿para qué?

–Lo siento, iba corriendo y no le vi –dijo mientras se separaba con delicadeza y esbozaba una débil sonrisa avergonzada–. ¿Puede ayudarme, por favor? –preguntó al fin, cuando sonó una voz profunda en el altavoz de la sala anunciando que Roberto Márquez iba a hablar.

MANUELA

¡No lo podía creer! ¿En serio el jeque me había ofrecido dinero a cambio de sexo? ¿Cómo había podido caer en su trampa? Hablar a solas, había dicho. Sentirme tan amenazada con su guardaespaldas detrás y él avanzando hacia mí, sin importar que estuviéramos rodeados de gente, hizo que tuviera unas ganas tremendas de llorar. No podía permitir un escándalo con toda la junta en la misma sala, pero ya había sido el colmo que intentara propasarse. En ese momento le arrojé la copa encima sin reparos. ¡Que montara un escándalo si quería! A veces era idiota. Había ido sola con él en lugar de buscar a Alice o a Juan y que me acompañaran; en el pasillo, el muy idiota intentó besarme y bajarme la cremallera del vestido. Me resistí, pero unos pasos rápidos acercándose hicieron que me dejara en paz. Eso, y un pisotón con los tacones. Su guardaespaldas lo sacó de allí entre insultos.

–¡Eh!

Recuperé el equilibrio ante el choque con el enorme cuerpo de un hombre que me sacaba al menos dos cabezas, que me miraba con una ceja levantada a modo de interrogación. Lo primero que vi fue un hermoso rostro, un cabello rubio que contrastaba con una piel bronceada y unos ojos casi grises que me miraban como si pudieran atravesar mi piel y mis huesos. No sabría decir si era su traje sobrio o el curioso color de sus iris, pero había algo en él que parecía emanar confianza y poder.

–Lo siento, iba corriendo. No le vi –me excusé.

No tenía opción, aunque me muriera de la vergüenza. Era el hombre de antes, el que me observaba fijamente en la sala central–. ¿Puede ayudarme, por favor? –le dije, al fin, cuando escuché la voz profunda en el altavoz de la sala anunciando que Roberto Márquez, mi jefe, iba a hablar. Me iba a presentar en menos de un minuto, así que me giré para dar la espalda a ese hombre y mostrar la cremallera bajada ante su mirada curiosa–. ¿Por favor?

Entonces él pareció comprender porque, sin decir una palabra, apoyó sus dedos fríos sobre mi espalda y con mano experta me subió la cremallera sin problemas, más despacio de lo que se consideraría apropiado.

–Se lo agradezco.

–No es nada. ¿Se encuentra bien?

Acento alemán y facciones nórdicas. Su tono de voz grave y sensual hizo que el corazón se me acelerase.

–Sí, muchas gracias –afirmé más tranquila ante su mirada, que no decía nada de él–. Manuela –me presenté, tendiendo la mano.

Lo miré un segundo y, sin hacer ni un leve gesto de estrechármela, persiguió mis ojos mientras un amago de sonrisa superior se abrió paso en su rostro. En ese momento daba más miedo que mi anterior acompañante, porque no leía nada en sus facciones, como si se esforzara en vaciarlas de emociones.

–Soren –contestó mientras se llevaba las manos a los bolsillos, dejándome con la mano en alto en ofrecimiento cordial, un gesto de agradecimiento y saludo en cualquier cultura. Afortunadamente, oí que me llamaban por los altavoces y bajé la mano, avergonzada.

–Pues gracias, Soren –logré decir mientras lo rodeaba, y él se apartó ligeramente para dejarme pasar.

Mientras avanzaba hasta la tarima donde Roberto Márquez me había dado paso para explicar el proyecto del museo, no pude evitar girarme. «Soren», curioso nombre. Sus ojos estaban puestos en mí, no apartaba la mirada, la sentía en la espalda y después sobre el rostro mientras hablaba ante aquellas personas. Me sonrojé y bajé la voz, pero volví a subirla al ver que los nervios iban a traicionarme e intenté no tocarme el pelo. Todo ese rato solo lo vi a él, como si el resto del público no estuviera allí. Su rostro, de mandíbula marcada y ángulos hermosos, emanaba seguridad y me atraía sin remedio. Sonrió con una mueca burlona cuando el silencio inundó la sala.

Al acabar, recibí un tímido aplauso. ¿Con la copa en la mano no se podía aplaudir o es que había resultado demasiado cargante? Mejor que nadie me preguntara qué había dicho, porque hablé por inercia, me sabía el texto de memoria; era la única manera de hablar en público. No veía al jeque entre los asistentes, esperaba haberle hecho un agujero bien grande en el pie.

Ya entre la gente, advertí que mi jefe estaba con Soren. Parecían discutir algo con total confianza y entonces, como una idiota, caí en la cuenta. ¡Soren... Soren von Müller! ¡Mi lista! ¡Ay, Manuela, tanto dinero tirado en los estudios para luego acabar siendo tan lenta! Debía de ser el hijo de ese hombre de las fotos de internet.

–¡Manuela, ven, por favor! –«Roberto, que ya sé quién es», intenté decirle con los ojos. Por favor, que el alemán no dijera nada del vestido. ¿Qué habría pensado? ¿Que venía de darme un revolcón con alguien?

Me aproximé a ellos, me detuve junto a Roberto y miré de frente a Soren con una sonrisa de disculpa.

SOREN

Manuela ya sabía quién era, lo noté en sus manos nerviosas delante del estómago, apretándose los dedos. Su aire distraído me gustaba, no era muy guapa, pero así era mejor. Parecía muy vulnerable. Era la versión de chica estudiosa sin recursos que sale adelante sola. Por su forma de peinarse y sus ojos, daba la impresión de ser romántica e inocente, tímida e insegura. En los informes no había nada destacable sobre su vida personal: sin novios, vivía con una amiga, nada de escándalos en la universidad, sin motivaciones políticas ni aficiones. ¡Joder!, debí pedir fotos, pero entonces su cara no importaba. Había algo en sus gestos, en su forma tímida de mirar, como si ya conociera cuál sería su siguiente movimiento.

–Nos hemos conocido ya, Roberto –afirmé para ver la reacción nerviosa de Manuela.

Ella entornó los ojos con un gesto de súplica, no quería que le contara a su jefe que le había subido la cremallera del vestido antes de ser presentados.

Roberto nos observó alternativamente confundido y, sin saber por qué, decidí darle un margen a aquella chica; empezar con buen pie, creo que decían en su país. Contener mi carácter en lugar de arrastrarla del pelo fuera de allí, de una maldita vez.

–No formalmente, claro. Soren Müller.

Un brillo destelló en sus ojos al ver que no le ofrecía la mano ni la mejilla para un saludo. Lo asimiló y sonrió como si fuera normal.

–Manuela Sanz.

Quedamos suspendidos en un reconocimiento

mutuo más lento después del primer encuentro. No parecía que mi cara la impresionase demasiado, curioso.

–¡Nela! –La rubia platino del vestido rojo se acercó a ella con cariño, ¿sería ella su compañera de piso?–. ¡Has estado genial, Nela! –La felicitó con sinceridad, se notaba por sus gestos que ambas confiaban la una en la otra y se apreciaban. Traía una copa en la mano para Manuela y ambas las chocaron con un ligero tintineo mientras la rubia me miraba con curiosidad.

–¿Tú crees? –le preguntó Manuela en voz baja. Se dio cuenta de que las estaba mirando interesado y suspiró, creía que la rubia era mi tipo. Pero nadie se percató de su decepción antes de presentármela ni de sus manos temblorosas–. Esta es Alice Barday, la directora de relaciones institucionales del museo.

La hija del banquero inglés, su compañera de piso. Manuela me retó con la mirada cuando Alice se inclinó para recibir un beso en la mejilla en forma de saludo, al que no respondí. Tan solo solté un breve «encantado» formal y seco y me giré hacia Roberto. Manuela me miró con la ceja arqueada, ¿le divertían mis manías? Era intuitiva, había calado enseguida mi forma de evitar el contacto y parecía contenta porque no observaba embobado a su amiga. Y yo me preguntaba: «¿me importa?». En ese momento, lo único que perseguía era poder hablar con ella cinco minutos sin que nadie nos interrumpiera, pero entonces se acercó la turba de la junta en pleno y desistí. Todo eso me agotaba. Con un gesto a Roberto, me dirigí hacia la puerta de entrada para marcharme. Al día siguiente la abordaría en su despacho, haría caso a Roberto y sería razonable con la chica.

–¡Señor Müller!

Su voz dulce hizo que me detuviera en la escalinata, desierta a excepción de los dos guardas de la entrada, donde esperé a Manuela con las manos en los bolsillos. Venía hacia mí a la carrera, un poco torpe por culpa de los tacones. Al ver mi impaciencia, se quitó los zapatos con un solo movimiento y, con ellos en la mano, me alcanzó. No sabía por qué, pero la escena entre los dos me recordaba a una película italiana.

–¿Se marcha ya?

Sus ojos azules me miraron con una leve esperanza. Si yo era la opción más decente para financiar su museo, los demás debían de ser penosos. Arqueé una ceja interrogante para dejar que hablara ella.

–Me gustaría poder hablar con usted con más tranquilidad y darle las gracias por lo de antes. El problema con mi vestido, ya sabe...

–De nada –contesté de forma esquiva. Quería que fuera ella quien propusiera vernos. Saqué el móvil para localizar a Mirko.

–No le reconocí, las fotos que encontré de usted...

¿Me había buscado en la red? Entonces lo comprendí: no era que no hubiese hecho los deberes, sino que mi padre aparecía en todas, aunque llevara muerto un año. Mismo nombre, diferente mierda.

–Mañana en su despacho a las nueve. –Incliné mi reloj para colocarlo en su sitio en la muñeca. Al final fui yo quien casi la obligó a vernos al día siguiente. Sin que se diera cuenta, miré sus manos desnudas de anillos, de dedos largos con el índice curvado a causa de sujetar los pinceles–. Mirko, recógeme en la entrada.

La dejé allí sin opción a réplica. Al momento apareció Mirko con el coche, abrió la puerta y entré sin darme la vuelta. ¿Cómo la había llamado su amiga? Nela. «Hasta mañana, Nela».

MANUELA

Llegaba tarde. Me gustaba adelantarme media hora a los demás y ese día era puntual. Una de mis muchas idas de cabeza, según Alice. ¡Ay, Alice! Se suponía que anoche íbamos a celebrar el éxito de la gala, pero, tras la fiesta, se había escapado con su nuevo acompañante dejándome con una tonelada de cosas que contarle. Me hubiera gustado conocer su opinión sobre el alemán. Soren. Me gustaba el nombre; hay personas a las que no les acompaña, pero a él sí. Sus anchos hombros, su altura y su rostro de facciones nórdicas y ojos gris acero cuadraban a la perfección con él. Increíble que recordara tantos detalles, pero, en vez de dormir, había repasado una y otra vez la noche anterior, intentando averiguar el momento en el que me topé con el imbécil descarado del jeque y lo rápido que confié en Soren. Ni siquiera había conseguido nuestro objetivo, aún no tenía un benefactor para el museo y tal vez había centrado de manera equivocada mis atenciones sobre Soren Müller. «Mala elección, Nela».

Accedí por la entrada posterior. Gámez, el guardia jurado, me sonrió benevolente. Sabía que no me gustaba demasiado hablar a primera hora y nos saludamos como siempre, con un gesto de la cabeza y un breve «buenos días». Al mediodía le bajaba unas galletitas de la máquina en compensación por mi falta de ánimo por las mañanas y es que todo el mundo sabía que Gámez hablaba demasiado como para darle pie a esas horas. Bajé las escaleras a la entreplanta, donde estaban las oficinas del personal, sin reparar en que el café que llevaba en las manos goteaba sobre mis pantalones hasta que llegué a la carrera a la puerta de mi despacho.

–¡Aaainss!

Comencé a frotar la tela, pero ya era tarde. Entré con el bolso colgando, el vaso de cartón en peligro y otra vez con el ceño fruncido. La coleta se me deshizo y el pelo rozó la espuma del café ante mi mueca de asco.

Me quedé paralizada al levantar la cabeza. Junto a la ventana, de espaldas, estaba Soren Müller. A su lado, Roberto me miró con un gesto de advertencia ante mi entrada impulsiva.

–Llega tarde –dijo el alemán.

–No sabía que tenía visita.

–Se lo advertí ayer, quedamos a las nueve. Me gusta que mi gente sea puntual.

¿Su gente? ¿Yo era su gente? «¿Su?». No iba a avasallarme en mi propio despacho. Pasé por su lado mientras se giraba y se apartaba al ver mi café tan cerca de su carísimo traje.

–Bueno, lo habitual es que las visitas esperen en la entrada y que Gámez no las deje pasar.

–No es una visita habitual –contestó Roberto mientras le invitaba a sentarse frente a mí.

Él declinó la sugerencia y se apoyó en el radiador que había bajo los altos ventanales. Se metió las manos en los bolsillos y recordé la forma en la que la noche anterior había evitado todo contacto al presentarnos.

–Ya veo –me limité a decir mientras soltaba el bolso, el café y arrasaba con los papeles y libros desperdigados por mi mesa para no dejar nada a la vista de ese extraño. Tuve que girar la silla para poder verlos a los dos.

–He hablado con Soren acerca de la situación actual del museo. –Roberto dudó al verme fruncir el ceño–. Su padre y yo éramos viejos amigos y, dado que buscas algo con lo que podamos impulsar los fondos y que atraiga visitantes, creo que es el hombre adecuado para conseguirlo. –Iba a replicar cuando el jefe me pidió silencio con un breve gesto de la mano–. Todos sabemos que él estaba en tu famosa lista, yo solo medié un poco para que estuviera anoche en la gala.

No me gustaba la forma en la que Roberto hablaba. Se notaba que respetaba a Soren Müller, pero había algo más en sus ojos, parecía pedir disculpas con ellos cada vez que miraba.

–Ofreceré al museo uno de mis cuadros para su exposición temporal –dijo el alemán entonces.

Sorprendida, me erguí en la silla. La voz de Soren hizo que ambos lo mirásemos con interés.

–¿Qué obra sería? Pintura, objetos medievales, escultura...

El corazón comenzó a golpearme con fuerza el pecho, solo tenía que disimular un poco. La descripción de los objetos de la colección Müller que había hecho Cristhie´s era inmensa y estaba llena de tesoros de incalculable valor. Se creía que eran marchantes desde hacía siglos y se oían rumores acerca de sus oscuros contactos en el mercado negro del arte, capaces de obtener obras inalcanzables.

Soren me observó como si yo fuera un pez al que acababan de pescar e iba colgado del anzuelo boqueando. Curvó sus labios en una sonrisa cínica mientras sus ojos se entornaban.

–Lo que usted quiera, podrá examinar toda la colección si así lo desea.

–¿A cambio de...?

Le vi sacar las manos de los bolsillos mientras cruzaba la mirada con Roberto.

—Tendrá que venir a Alemania conmigo y restaurar un lienzo.

Me quedé helada. Restaurar un cuadro, ese pensamiento me perseguía a todas horas en los últimos días, como si con ello pudiera arreglar mi pasado roto. Sentí un escalofrío. En Alemania. Dejar mi vida, mi trabajo, mi casa. La restauración era un trabajo delicado que podía llevar semanas o incluso meses. Roberto se inclinó en la silla y rozó mi brazo para que apartara la mirada, que estaba fija en Soren.

—Manuela, no tomes una decisión ahora mismo. Piénsalo, el museo lo necesita y tu carrera, también.

Las palabras de Roberto me sonaron vacías: «el museo lo necesita y tu carrera, también». ¿Era todo una artimaña de la junta para deshacerse de mí?

—¿Qué significa esto, Roberto? ¿Queréis deshaceros de mí? —repetí en voz alta—. La junta quiere que deje mi puesto, es eso, ¿verdad? —dije mientras veía cómo el alemán se giraba, ocultando su rostro, para mirar hacia el exterior de mi despacho. El personal del museo comenzaba a pasar, rumbo a la entrada, con andar rápido, las sombras se reflejaban en las paredes del despacho creando formas alargadas.

—No iré a ningún sitio si no me dice exactamente qué tengo que restaurar. Además, ¿por qué no trae el cuadro aquí? Tenemos un equipo excelente que puede hacer el trabajo sin problemas.

Soren me miró de manera directa y su boca se curvó en una sonrisa irónica, supuse que nadie le hablaba así. Se pasó una mano por el pelo con gesto impaciente, mientras su reloj arrojaba un destello sobre las paredes.

—No —contestó al fin.

—Pues aquí acaba esta conversación. Salga de mi despacho.

Roberto se levantó de forma brusca.

–Estás cometiendo un error, Nela.

–Sal, Roberto –ordenó Soren sin levantar la voz.

–Escucha, Soren, aquí no hacemos así las cosas.

Ambos hombres se miraban como si ocultaran un secreto, me pregunté qué significaban esas palabras. ¿El alemán iba a amenazarme?

–Sal ahora, Roberto.

Que ordenara a mi jefe, el director del museo, que saliera de mi despacho de esa forma, me dejó muda. ¿Tanto poder tenía ese hombre? ¿Con quién se mezclaba Roberto? Estaba tentada de pedirle a Juan, que seguramente estaba pegado a la puerta escuchando, que avisara a la policía.

–Tu tesis –dijo Soren con ese acento sensual a medio camino entre el castellano y el alemán.

¿Mi tesis? Abrí los ojos sorprendida. ¿Se habría leído esas cuatrocientas páginas espesas y aburridas? Se acercó hacia mí sin dudar con un gesto de fastidio, como si hiciera conmigo algún tipo de concesión.

–¿La has leído? –volví a preguntar. Esa vez en voz alta.

–Dime tu precio.

Sus ojos se clavaron en los míos. ¿Cómo no había visto la noche anterior el aura negra que rodeaba el gris de sus iris? Su sola presencia intimidaba, inclinado sobre mí, con la anchura de sus hombros y el corte a medida de su traje. No necesitaba un guardaespaldas con él, inspiraba temor por sí mismo. Sonrió de nuevo de manera arrogante, sabía que lo observaba sorprendida, con la boca abierta. La noche anterior ni siquiera me había dado cuenta de lo verdaderamente guapo que era y de sus increíbles rasgos, pero él sí reconoció la admiración en mi rostro. Debía de estar acostumbrado a que las mujeres lo miraran así. Tenía tal aire de suficiencia que daban ganas de bajarle los humos.

–No lo tengo, no dejaré mi vida durante meses por un rico caprichoso.

Extrañado, arqueó una ceja; no esperaba aquella contestación.

–Todo el mundo tiene su precio, Nela.

Salió con el andar rápido de un felino y, a su paso, dejó la puerta abierta. Cuando abandonó la habitación, respiré aliviada; me asustaba y atraía a partes iguales. Roberto asomó la cabeza y me miró como si fuera imbécil al ver cómo Soren salía, y Juan, desde la puerta, pedía explicaciones con los brazos abiertos y una mueca de extrañeza.

¿Se habría rendido Soren Müller? Lo dudaba, esa clase de poder no se obtenía de negativas.

–¿Qué relación tienes con ese hombre, Roberto? No me gusta.

Roberto se acercó y puso las manos sobre el escritorio para susurrar y que Juan no lo escuchara.

–Ve con él, Nela, por las buenas, solo serán unas semanas, a lo sumo dos meses. –Salió del despacho sin despedirse siquiera–. Haz caso por una vez en tu vida.

Aquella situación empezaba a asustarme. Roberto no dejaba de insinuar que aquel hombre era peligroso y, por otro lado, sentía curiosidad por Soren. ¿Qué quería que restaurara? ¿Por qué tenía que ir a su casa? ¿Por qué no? Hacía días que me sentía perdida, ansiaba volver a trabajar con un cuadro, aunque tal vez solo era el estrés por el que estaba pasando. ¿Sería posible que el alemán tuviera un cuadro importante? ¿Por qué yo? Había cientos, miles de restauradores en el mundo, ¿y tenía que ser yo? Mi tesis. Soren la había leído, ¿tendría que ver con ella? Tardé dos años en acabarla, y fue más difícil que cualquier asignatura de la carrera. Trabajé en un cuadro del artista Renoir gracias a Roberto, que fue mi padrino en la sala de restauraciones; aún no era el director del museo y le caí en gracia. Hacía trabajos menores porque, por supuesto, nadie se atrevió a dejarme un pincel y que tocara la obra. Renoir me maravilló, mi tesis abordaba la relación entre sus lienzos y los de Monet. Los dos artistas y amigos pintaban a menudo cuadros gemelos para investigar sobre la técnica y aprender el uno del otro, supongo que en el siglo XIX no había demasiadas posibilidades de acudir a la escuela para pintores magistrales ni hacer videoconferencias para discutir acerca de la técnica y el trazado.

«Todo el mundo tiene su precio, Nela».

Cogí el teléfono mientras Juan entraba en el despacho y marqué la extensión de Alice. Necesitaba un favor. Si él me había investigado, yo haría lo mismo. Si existía la más mínima posibilidad de que aquel hombre tuviera un lienzo de uno de los dos pintores, tenía que saberlo.

SOREN

Mirko me miraba como si estuviera loco. Sus ojos puestos en el espejo retrovisor me observaban mientras tecleaba en el portátil. No entendía nada y él tampoco. ¿Qué hacía esperando a aquella chiquilla a la salida del museo? Llevábamos más de una hora en el jodido coche, las calles se habían quedado prácticamente desiertas y eran más de las diez, la hora en la que Roberto había confirmado que ella solía dejar el museo. Me daba igual lo que pensara Mirko, quería a mi restaurador sin importarme quién fuera o lo que tuviera entre las piernas, odiaba andarme con tonterías, necesitaba su colaboración y su discreción.

Era viernes y la cara de aquel barrio empezaba a cambiar, un grupo de borrachos avanzaba por la acera entre risas y tumbos. Los taxis blancos avanzaban a toda velocidad por las calles, sin el tráfico del día, y entonces empezó a llover.

Mirko se revolvió en el asiento y nos miramos, él señaló la puerta del museo con la cabeza. Manuela atravesaba los jardines hacia la puerta lateral. Esa mujer no tenía sentido de la supervivencia, cualquiera podía agazaparse entre los matorrales y asaltarla por sorpresa, o cogerla por la fuerza y meterla en un avión rumbo a Alemania. Una discoteca cercana atraía a todo tipo de gente y recordé cómo la habían acorralado en la fiesta entre el guardaespaldas y aquel tipo, noté la furia con la que mis puños se cerraban. Si ella trabajara para mí, no hubiera pasado, yo protegía con celo a los míos. Manuela miró a un lado y a otro, salió deprisa y cerró la pequeña puerta enrejada tras ella, levantó la mano a modo de despedida y entonces vi a los guardas de seguridad responder; al menos, estaban pendientes de que salía a salvo.

Caminó por la calle con la cabeza gacha para protegerse de la lluvia sin ver cómo el grupo de borrachos avanzaba hacia ella.

–Mirko, quédate al volante y síguenos con el coche.

–Soren, no creo...

Una mirada bastó para que obedeciera. Salí del coche y crucé la calle en el momento en el que Manuela se encontró en el centro del grupo, formado por cuatro o cinco hombres demasiado borrachos para darse cuenta de que la asustaban con sus risas.

Ella intentó seguir su camino, pero uno de ellos, probablemente el más alto, la detuvo con los brazos abiertos. Cuando Manuela levantó la cabeza, el chico emitió un silbido. Eran esos malditos ojos azules, a él le había pasado lo mismo al verla por primera vez. Cuanto más intentaba Nela pasar desapercibida, más intenso se volvía el color de su mirada.

Apreté el paso con una extraña sensación en el estómago.

–Cariño, has tardado un siglo –dije lo bastante alto para que todos se giraran.

Manuela sonrió aliviada al verme.

Pese al enfrentamiento de esa misma mañana en su despacho, confiaba en mí; de hecho, por alguna extraña razón, ya lo hizo antes en la fiesta, cuando me pidió que le subiera la cremallera del vestido. En aquel momento me sucedió algo que aún no había querido pararme a analizar. Con los dedos rocé la piel dorada de su espalda a propósito, mientras la cremallera se deslizaba hacia arriba. Disfruté del contacto de su piel suave y noté el calor de su cuerpo tibio e inocente.

–¡Soren! –exclamó agradecida, y avanzó en medio del grupo hasta donde yo estaba. Aquellos imbéciles que nos rodeaban no me preocupaban en absoluto, si las cosas se ponían feas, llevaba el arma bajo la chaqueta.

Ante la confusión de Manuela, la envolví entre mis brazos como si fuera alguien querido para mí.

–¡Eh, tío! Lárgate, se viene con nosotros.

Aquel idiota quería pelea.

–Vámonos, están borrachos –quiso convencerme ella.

Nela intentó coger mi brazo y me puse delante de ella para protegerla con mi cuerpo. Esperé a que aquel imbécil viniera a por mí. No dejé que se acercara, con un puñetazo a la mandíbula cayó directo al suelo, el hilo de sangre asomando por su labio partido me aceleró el pulso y disparó la adrenalina en mis venas. Uno de ellos intentó aproximarse y mi mirada lo detuvo. Ayudaron a levantarse a su amigo y se lo llevaron casi en volandas entre murmullos bravucones.

–¿Estás bien, Soren?

Parecía realmente preocupada por mí. Estaba hecha un desastre, con el pelo suelto empapado y los pantalones de tela pegados a las piernas. Su rostro mostraba preocupación y cierto brillo de admiración.

–Es peligroso que salgas a estas horas del museo. ¿Vas sola a todas partes? ¿Por qué no coges un puto taxi?

La expresión de su rostro cambió, ya no parecía la niña asustada de hacía un momento, sino la combativa coordinadora de su despacho. Sus ojos brillaban con furiosa determinación.

-¿A ti qué te importa? -Retrocedió un poco hasta casi chocar con la verja del museo. Parecía enfadada-. ¿Qué haces aquí? ¿Me vigilabas?

-Ven aquí, Manuela, está lloviendo. Te llevo a casa.

-No hace falta, vivo aquí cerca. -Resopló como una niña.

MANUELA

Un coche negro paró junto a la acera, un Mercedes negro enorme con las lunas tintadas. Al volante iba un hombre que salió enseguida con un paraguas que puso sobre nuestras cabezas sin decir una sola palabra. Ni siquiera me miró, sus ojos negros recibieron la confirmación de Soren y abrió la puerta trasera. Recordé la advertencia de Roberto y dudé un momento, Soren me miró con la ceja arqueada esperando pacientemente.

–Solo voy a llevarte a casa, es de noche, está lloviendo. Monta.

¿Es que no pedía nada por favor? Era una orden.

Su chófer mantenía la postura como si fuera una estatua, sin mirarme y con el paraguas en alto. Aún no sé por qué me metí en el coche, pero lo hice. Intenté esquivar el portátil abandonado en el asiento y me deslicé al lado contrario tentada de salir por la otra puerta. Soren me siguió y se sentó pegado a su ventanilla mientras se desabrochaba la chaqueta del traje. Lo observé aflojarse la corbata gris, del mismo color que sus ojos, y pasarse la mano por el pelo empapado. El mechón largo que siempre le caía sobre los ojos quedó hacia atrás. Parecía muy alemán, salido de alguna película antigua en blanco y negro. El conductor cerró la puerta tras él y se sentó en el asiento delantero.

–Mirko, busca algún restaurante cerca.

–No. Ibas a llevarme a casa –repliqué enseguida.

–¿Solo sabes decir no? Después de cenar, te llevaré a casa.

No tenía escapatoria en su coche y con su guardaespaldas conductor, así que crucé los brazos enfurruñada y arrojé el bolso a mi lado. Estaba empapada y despeinada, ¿dónde quería que fuera con esas pintas?

El reflejo de las farolas arrojaba sombras sobre su perfil mientras miraba por la ventanilla. Echó un vistazo a su reloj sin prestarme atención y, en un gesto que le había visto hacer en mi despacho, lo deslizó hacia la muñeca. Sus nudillos estaban rojos por el puñetazo con el que había tumbado al borracho. Había aparecido como todo un caballero, posiblemente, aquellos hombres solo pretendían ponerse un poco pesados y seguir a lo suyo, pero Soren había acudido de nuevo al rescate, como la noche anterior en la fiesta.

—También sé decir sí.

Giró la cabeza y sonrió.

—Es viernes, todos los restaurantes estarán llenos y necesito cambiarme. ¿Podemos ir a mi casa? Yo haré la cena, si no te importa. —Pareció dudar, al menos había conseguido que se lo pensase—. Así me contarás por qué me sigues.

Con una orden seca, le dijo algo al conductor, a quien llamó Mirko, que reaccionó al momento dando la vuelta en mitad de la calle infringiendo al menos cinco normas de circulación sin importarle.

—No me extraña que sepas dónde vivo, me has investigado —afirmé con una valentía que no tenía en esos momentos.

Se me escapaba el alcance de los poderosamente ricos y su manera de lograr información. Yo, sin embargo, no sabía nada de Soren. Thomas Barday, el padre de Alice, no había encontrado nada sobre él: ni fotos ni noticias, nada de informes policiales ni asuntos pendientes. Soren von Müller hijo no existía en las redes sociales, no había rastro de él en internet. Solo una advertencia que Barday me trasladó a través de Alice y que ya había escuchado de labios de mi jefe, Roberto: «Ten cuidado con él». Como consecuencia, Alice me advirtió de que no volviera a verlo, y menos que me quedara a solas con él; justo lo que estaba haciendo en ese momento, montar en su coche y llevar a nuestro piso a un completo desconocido. ¡Qué inocente era a veces!

—Mirko se encargará de todo.

¿Chófer, guardaespaldas y cocinero? Como si se lo hubiera ordenado en vez de decirlo en voz alta, Mirko sacó un móvil de la guantera y, tras unas breves frases en alemán, colgó. Le dijo algo a Soren, que asintió al espejo retrovisor.

Comprendí que no nos dirigíamos a mi casa cuando, pasados unos minutos, nos detuvimos frente a un conocido hotel en el centro de la ciudad. Enseguida uno de los aparcacoches corrió a abrir la puerta.

—Creí que íbamos a mi casa, te he dicho que necesito cambiarme.

—Mirko te traerá todo lo que necesites. No pienso permitir que vuelvan a interrumpirnos.

El chico que abrió la puerta esperaba a que saliera del coche, pero el tal Mirko lo apartó y ocupó su lugar. Me ofreció la mano y desistí en rebeldía, como si él tuviera la culpa de que su jefe me ninguneara todo el rato e impusiera su voluntad. Soren ya estaba a mi lado y, con la cabeza, señaló la entrada sin ceremonia alguna.

Toda mi vida en Madrid y jamás había entrado en ese hotel. La alfombra roja llevaba hasta una recepción donde tres señoritas lucían perfectas con el uniforme rojo y negro. A esas horas, un leve murmullo indicaba que el salón estaba lleno. Dos mujeres con trajes elegantes se cruzaron con nosotros y miraron con descaro a Soren de la cabeza a los pies entre cuchicheos. Sentí cómo le molestaba llamar la atención de esa manera, al erguirse y apartar la mirada de ellas.

Sobre nuestras cabezas, dos enormes lámparas de cristal arrojaban destellos sobre el mobiliario sobrio de caoba y los sillones de cuero marrón, vacíos a esas horas. Un hombre con traje negro y el distintivo del hotel salió de recepción y, con toda rapidez, se situó a nuestro lado mientras alcanzábamos los ascensores dobles.

–Señor Müller, todo está ya dispuesto en su habitación. Permítame, por favor. –El buen hombre apretó el botón, nervioso, para llamar al ascensor. Ignorándolo, Soren se giró hacia su inseparable Mirko, que caminaba detrás de nosotros y, con un gesto, lo hizo desaparecer.

Me sentía una rana en el palacio del príncipe. Nos cruzábamos con mujeres elegantes y hombres de sobrios trajes oscuros parecidos al de Soren y yo iba con unos pantalones y un abrigo de unos grandes almacenes. Él me agarró del brazo para llamar mi atención e hizo que entrara rápidamente al abrirse las puertas del ascensor. «Me ha tocado solo para que fuera rápida en pasar y librarse del conserje».

–Suban la cena enseguida –ordenó al hombre, que quedó tras las puertas con expresión de asombro. Soren pulsó el botón del ático. «Qué menos que una *suite* para von Müller», pensé con ironía.

–No eres muy amable, ¿verdad? –se me escapó al ver su cabeza ladeada hacia abajo, el pelo ya se le había secado y el mechón rubio que llevaba más largo caía otra vez sobre su cara. Levantó la mirada atravesándome. Al parecer, no le gustaba demasiado que lo criticaran.

–No soporto que me adulen –dijo mientras miraba el contador de plantas.

-Pues parece que todo el mundo quiere hacerlo -afirmé, sabiendo que el tiempo en el ascensor, tan cerca de mí, se le estaba haciendo eterno.

Estuve tentada de arrojarme sobre él solo para fastidiarle y toquetearle a ver cuál era su reacción, porque la noche anterior descubrí su punto débil. No le gustaba acercarse a las personas, que lo tocaran y lo agasajaran. Le gustaban el silencio y mantener las distancias con los demás, por eso confiaba en que no me ocurriría nada, siempre que el tal Mirko no anduviera cerca. Además, lo veía en sus ojos. Aunque no estaba segura, se le notaba que no sentía la menor atracción física por mí. Solo quería que trabajara para él, nada más. Tenía un grave problema: a mí sí me gustaba, y mucho más de lo que quería confesar a mi activa mente.

Las puertas del ascensor se abrieron a un recibidor con una mesa en el centro, que daba paso a una gran sala con varios sofás, una mesa para comer y una gran televisión de alta gama. Al fondo, una cristalera enorme con vistas a los tejados de Madrid y a su gran parque. Soren me indicó con la cabeza que pasara. A la derecha vi la puerta que daba acceso a su habitación, presidida por una cama tamaño extragrande con la colcha roja y negra, los colores del hotel. Soren avanzó hasta un mueble parecido a un aparador y lo abrió, sacó dos vasos y una botella.

-No bebo -le dije, intimidada por estar a solas por primera vez con él. No sabía qué hacer: ¿quitarme el abrigo?, ¿sentarme?, ¿preguntarle de una vez qué quería de mí?

-Lo sé, sé casi todo de ti -aseveró mientras se apoyaba en la repisa del mueble, con el vaso en la mano, taladrándome los ojos con su mirada.

Me quité el abrigo de paño, aún mojado, y lo puse en el respaldo de la silla. El ascensor volvió a sonar y Mirko apareció con una bolsa de una tienda de firma, se quedó parado en la entrada como si no pudiera atravesar una línea invisible y me la ofreció. Cuando quise darme cuenta, estaba esperando a que Soren me diera su permiso para coger la bolsa. Me hirvió la sangre, llevaba con él menos de dos horas y ya actuaba como su hombre para todo, pidiendo su confirmación hasta para parpadear.

–Gracias, Mirko –agradecí estrechando la bolsa contra mi pecho.

Mirko se giró cuando un camarero del hotel salió del ascensor con un carro repleto de bandejas y entró en la habitación.

–Déjelo ahí.

Al oír el fuerte acento de Mirko, supuse que era ruso, era la primera vez que oía su voz. Cuando el camarero acabó, le puso un billete en la mano y ambos salieron, dejándonos a Soren y a mí de nuevo solos.

–¿Mirko no cena con nosotros?

–No.

–¿Dónde está el baño?

Aún estaba cabreada por sus órdenes y por tener que depender de él en ese momento. ¿Por qué me montaría en su coche? Ahora estaría en casa con Alice, viendo alguna película mientras ella se arreglaba para salir y no con una bolsa en la mano, en la habitación de un alemán neurótico que se comportaba como un rey.

–En la habitación, a la derecha.

–Siempre están a la derecha –farfullé sacándome las botas en mitad del salón, que dejé tiradas junto a la mesa.

SOREN

En cuanto vi a Manuela ir hacia el baño, me acerqué, recogí sus botas y las dejé en el recibidor con un golpe seco mientras oía cómo el agua de la ducha comenzaba a correr. Apreté con fuerza el vaso. No debía pensar en ella de esa manera, era la persona que iba a restaurar mi cuadro y punto, pero no pude evitar imaginarla desnuda, en mi baño, con el agua corriendo sobre su espalda de interminable piel morena.

Bebí un largo trago y me senté a esperar en uno de los sillones frente a la puerta de la habitación. La chaqueta me molestaba y me la quité, al igual que la corbata. Las dejé dobladas con cuidado sobre el brazo del sillón por si tenía que volver a salir de la habitación para llevar a Manuela a casa como un buen capullo de quince años con su primera novia. Más cómodo, con la camisa remangada, por fin pude paladear la bebida con tranquilidad.

Esperé observando cómo las luces de la ciudad no morían. Madrid estaba siempre despierto, era tan diferente a Alemania. Jürgen no tardaría en preguntarse dónde estaba. Siempre nos decíamos el lugar al que pensábamos ir, era indispensable por si algo nos ocurría a alguno de los dos y para tener una referencia por si desaparecíamos. Pero esa vez no se lo había dicho. Si algo salía mal, no quería que supiera nada de la vida de Manuela, él no tendría tanto tacto con la chica ni tanta paciencia. Jürgen era el único vínculo que tenía porque mi otra hermana estaba desaparecida, en algún lugar de Rusia, desde hacía meses. Quizás él la había encontrado ya a través de nuestros contactos. Manuela me recordaba a ella por la forma airada con la que hablaba.

–No he tardado demasiado, ¿cómo sabía tu esclavo qué talla tengo?

La miré sorprendido. Estaba sexy, tanto como la noche de la fiesta. Mirko le había conseguido unos vaqueros estrechos y una blusa de seda color blanco que se le pegaba al pecho. Llevaba los primeros botones desabrochados y enseñaba su piel dorada hasta llegar al primer cierre. En ese momento noté cómo mi cuerpo reaccionaba ante sus curvas y el contraste de la tela con su tono de piel. ¿Nela se escondía a propósito bajo la ropa ancha y aburrida de niña aplicada?

–No lo sé, Mirko siempre sabe esas cosas.

Ella frunció el ceño, presintiendo que las cualidades de mi guardaespaldas me resultaban muy adecuadas con las mujeres.

Llevaba su ropa arrugada en la mano y la dejó sobre la silla junto al abrigo, sin doblar. Me dieron ganas de levantarme y colocarla, pero preferí ver cómo se acercaba a la bandeja y levantaba la cubierta de acero. El olor de la comida se esparció por la habitación y vi cómo picoteaba algo con la mano y se lo llevaba a la boca. Esa mujer era frustrante, hacía todo lo que yo no permitía a nadie en mi presencia. La vi masticar mientras se fijaba en que ya no llevaba la chaqueta ni la corbata puestas. Sonreí cuando se detuvo en mis brazos y un brillo de apreciación en sus ojos me llenó de orgullo masculino. Manuela no era tan inmune a mí como quería aparentar.

–¿Por qué te tomas tantas molestias conmigo? –preguntó de forma directa. Sus ojos azul eléctrico se entornaron con desconfianza.

–Te lo dije esta mañana, quiero que vengas conmigo, te pagaré bien y haré una donación a tu museo.

–¿Temporal o definitiva? La donación, quiero decir.

–Temporal. –No pensaba darle una obra que valía una fortuna.

Manuela estaba dispuesta a negociar, era un comienzo.

–¿Qué obra tendría que restaurar y para qué?

–Un cuadro, no te diré más hasta que aceptes y estés en mi casa.

–Esta mañana dijiste algo de mi tesis, ¿es un Monet? ¿Un Renoir?

«Nena, no sabes con quién estás hablando. Podría cargarte como un fardo y llevarte a la fuerza, matarte si quiero y nadie levantaría un puto dedo».

–La leí, me llamó la atención. Fue Roberto Márquez, tu jefe, quien me la dio. Me aseguró que eras de confianza y que eras la mejor restauradora que había conocido.

Su expresión fue de decepción, como si intuyera que Roberto la había entregado a los leones. Se sentía derrotada, como si ya supiera que su maestro y jefe la había traicionado y alejado del museo.

–Ambos.

Esperé a que entendiera la afirmación y penetrara en su mente analítica, los ojos se le abrieron y titubeó antes de sentarse.

–Joder –susurró, lo que me hizo sonreír. Solo unos minutos a mi lado y ya hablaba como yo. Me miró como una niña pequeña en una tienda de golosinas.

–Imposible –afirmó con soberbia. Desconfiaba de mí.

–Puedes creerlo o no, de ti depende. –Crucé las piernas, ahora era mía–. Si aceptas el trabajo, esta noche no volverás a tu casa. Mirko guardará tu móvil y volaremos a Alemania. Cuando acabes, te devolveré sana y salva a tu vida mientras mantengas en secreto todo esto.

–Y si hablo o se lo cuento a alguien...

Una carcajada se escapó de mis labios, Manuela era terriblemente inocente.

–No hablarás.

–¿Sin móvil? Alice debe saber dónde estoy.

–Te dejaré llamarla de vez en cuando, con un teléfono seguro.

–¿Y mi trabajo? No puedo desaparecer del museo de un día para otro. Mi ayudante hará preguntas, la exposición de noviembre está a punto de inaugurarse... –Se dio cuenta de que apenas la escuchaba. Miraba su ceño fruncido mientras hablaba con miedo. Me tenía miedo.

–Tengo plantas que regar, ¿sabes? Tal vez en una semana... Eso es, dame tiempo para prepararme, las maletas, el proyecto de renovación...

MANUELA

Ese hombre estaba loco, ¿pensaba que abandonaría mi vida así, en unas horas? ¿Y si era un criminal, un tratante de blancas que pretendía venderme en algún país remoto? Soren se levantó de un movimiento y se acercó con paso decidido, con los ojos grises en llamas. Si hubiera llevado bragas, me habría meado en ellas. El tal Mirko no había pensado en ese detallito.

–Manuela –pronunció mi nombre despacio, ladeando la cabeza con gesto cansado–. Un mes como mucho, depende de ti y de lo rápido que trabajes –afirmó con una sonrisa. Al estar tan cerca, me fijé en sus labios y en sus dientes perfectos, en las pequeñas líneas alrededor de su boca al hablar–. Atiéndeme –ordenó, metiéndose en mis pensamientos–. Todo seguirá aquí cuando vuelvas.

Otra vez dándome órdenes.

–¿Qué pierdes? Llevas la vida que los demás quieren para ti. Perdiste a tus padres antes de ser adulta y tu amiga ocupó su lugar, quieres ser importante porque no tienes nada excepto tu trabajo en el museo. En realidad, lo que de verdad te importa, con aquello que eres feliz, es pintando y restaurando obras. Sientes que le debes algo a Alice Barday y a su padre por apoyarte todo este tiempo y pagar tus estudios, pero no quieres vivir así.

Sus palabras envenenadas me hirieron en lo más profundo de mi corazón porque sabía que cada una de ellas era verdad, llevaba meses ahogada por las interminables horas en el museo y sentía que la vida se me escapaba en cada decisión y enfrentamiento con la junta. Tenía que parar o llegaría a los treinta y tantos amargada y sin camino en el cual seguir, debía encontrarme conmigo misma o con lo que fuera que sentía haber perdido.

Soren respiró profundo, como si intuyera que me había llevado al límite de mi resistencia. ¿Pensaba que echaría a correr? Él tenía razón. Estaba ahogada y cansada. Los cuadros... Jamás tendría una oportunidad igual, restaurar una obra magistral.

–Llama a tu chico y dile que necesitaré ropa.

Él se apartó, me había cogido las muñecas con fuerza y las soltó de golpe al darse cuenta de que accedía.

«¡Ey, Manuela! ¡Estás como una cabra, quizá peor que él!». ¿Por qué no? Iban a echarme de mi puesto en breve y, si volvía con un cuadro importante, podía pedir una plaza fija en el museo de Madrid que yo eligiera como restauradora o lo que me diera la gana.

Soren sacó el móvil y llamó a Mirko, recogió su chaqueta y se la puso con un leve movimiento. Dobló la corbata gris y se la metió en el bolsillo.

¿Ya?, ¿así? Debió intuir que estaba desconcertada, sin poder procesar que iba a desaparecer de mi propia vida durante al menos un mes.

–Roberto se encargará de todo en el museo y de avisar a tu ayudante.

En menos de dos minutos, Mirko apareció en la habitación; se le escapó una tenue sonrisa de superioridad al ver que la ropa me valía. Apenas media hora después, Soren y yo salimos de la habitación, creí que tendría que ir a Alemania descalza cuando vi mis botas en un rincón del recibidor. Me las puse en dos movimientos ante la desesperación de Soren y abandonamos el hotel.

SEGUNDA PARTE

SOREN

La tenía sentada enfrente, agarrada a los reposabrazos con tanta fuerza que sus nudillos estaban blancos. Ni siquiera se había quitado ese abrigo mojado y evitaba mirarme desde que habíamos abandonado el hotel. En el coche de camino al aeropuerto privado, había llamado a su amiga. Las escuché discutir hasta que Manuela colgó enfadada.

Si Alice Barday hubiera convencido a Manuela de que aquello era una locura, me hubiera obligado a tomar medidas drásticas con ella.

El avión comenzó a rodar por la pista y Manuela estaba cada vez más nerviosa. Cuando las ruedas despegaron del suelo, contuvo un suspiro ahogado. No sabía si le daba miedo volar o era el miedo a ir conmigo a un país desconocido. La dejé un rato que se tranquilizara y me concentré en mi portátil. Duró muy poco porque se quitó el cinturón de seguridad y la chaqueta. Por encima de la pantalla, vi cómo la blusa de seda se pegaba a su cuerpo hasta moldear su figura mientras se movía a un lado y otro.

–¿Cuánto dura el vuelo? –preguntó Manuela más tranquila al ver que nos elevábamos.

–Unas cuatro horas.

Ella afirmó con la cabeza, se levantó y, con un movimiento, se quitó las botas. Otra vez descalza, solo con los calcetines. Por lo menos, había dejado las botas a un lado de su asiento, junto al bolso.

–¿Dónde vamos exactamente? ¿Berlín, Múnich, Frankfurt...?

Volví a levantar la vista del portátil.

—Baviera.

—¿Baviera? ¿Qué hay en Baviera? —preguntó de forma inocente mientras se acercaba hasta mi asiento, situado frente al suyo.

Se inclinó desde un lado y cerré la tapa del ordenador con un movimiento brusco, sin poder creer que estuviera fisgando en mis cosas. Mirko, que iba sentado en paralelo a nosotros leyendo un periódico, se rio con ganas.

—Podrías aprovechar para dormir un poco. Es un viaje largo y es de madrugada. Llegaremos al amanecer.

En casa la encerraría en la torre para que no saliera hasta acabar su trabajo, era un incordio de mujer. Manuela no era como mis sofisticadas amigas, que se apartaban en silencio. Era curiosa y muy, muy nerviosa como para permanecer cuatro horas quieta en un avión. Ella volvió a su asiento y se dedicó a mirar por la ventanilla, pero no tardaría en empezar con sus preguntas, comenzaba a conocerla. Empezó a mover el pie arriba y abajo de manera repetitiva.

Miré a Mirko al verla distraída y él se levantó, desapareció tras las cortinas y una azafata apareció con una bandeja de bebidas.

—Bebe algo, Nela, apenas has comido nada en el hotel.

Manuela se giró, contenta por tener algo que hacer. Mientras me ponían un vaso de whisky solo, ella eligió una botella de agua con gas. Miró un poco raro a la azafata al ver que estaba abierta, pero la cogió dándole las gracias. ¿De qué urbanización con puertas rosas había salido esta chica para ser tan confiada?

—Baviera. ¿No es donde se visten con un sombrero con una pluma y pantalones cortos?

En quince minutos estaba profundamente dormida y Mirko y yo pudimos relajarnos. ¡Joder, qué descanso tenerla callada y quieta! Mirko se levantó y las botas de Manuela desaparecieron, las guardó en algún sitio y colocó el bolso y sus escasas pertenencias en perfecto orden.

–Es rara, Soren –dijo Mirko una vez tuvo todo bajo control.

–Es jodidamente rara –contesté con una sonrisa sincera mientras la miraba.

–Causará problemas, tiene carácter y es muy guapa.

–Puede ser –afirmé con poco interés, y abrí de nuevo el ordenador. Mirko parecía querer decirme algo, pero se contuvo, se sentó casi de espaldas a nosotros en un asiento individual y volvió a su periódico. Levanté los ojos por encima de la pantalla y vi a Manuela en una extraña posición, con la boca abierta y los párpados entreabiertos. Se revolvía en el pequeño espacio del asiento. Sonreí, ni siquiera podía estarse quieta mientras dormía. La cogí en brazos con cuidado, rozando su trasero al pasar la mano por debajo, y la blusa se ahuecó dejándome ver el encaje de un sujetador color gris. No solo era bonita, sino que su cuerpo era apetecible, con curvas donde debía haberlas y un pecho perfecto. El pelo castaño le cayó en cascada hacia atrás y la sostuve inmóvil un momento. Era la primera vez que podía mirarla a placer sin que aquellos ojos azul eléctrico me taladrasen. A medida que la miraba, me resultaba más atractiva.

Necesitaba volver a casa y desahogarme porque esa chica me estaba poniendo a mil, así en mis brazos, totalmente entregada al sueño. La llevé hasta el sofá de la parte de atrás y la dejé con cuidado, apoyando su cabeza sobre los cojines. Tenía las mejillas coloradas por el efecto de las drogas que le habíamos puesto en el agua y rocé su piel con los dedos. Aparté un mechón de su cuello, olía a jabón. El avión dio una sacudida y ella se movió un poco. Dejó los labios entreabiertos. Dormida como estaba, me aventuré a posar la yema de mi pulgar sobre la tierna piel sensible, sentí su aliento cálido sobre mi mano y pensé en besarla. Seguro que a Manuela le gustaban los besos rosa.

Sonreí y volví a mi asiento. Mirko se giró, había estado mirando lo que hacía con ella todo el rato.

Llegamos a casa cuando las primeras luces asomaban tras las montañas. El aire gélido de las primeras horas se coló en todo el avión mientras la tripulación abría las puertas, anunciando que pronto nevaría. Manuela seguía dormida en el sofá y Mirko se acercó a cogerla.

—Déjala, lo haré yo.

Si le extrañó mi decisión, no dijo nada. Me acerqué y le eché una manta por encima antes de cogerla en brazos y sacarla del avión. El coche ya esperaba en la pista. Era mi pista particular, la única en cien kilómetros a la redonda, lo que me daba libertad para utilizar mi avión privado cuando quisiera sin tener que depender de ningún aeropuerto. Sin controles incómodos ni permisos especiales.

MANUELA

Me desperté entumecida y con la boca seca. No recordaba haberme dormido, solo haber bebido una botella de agua con gas en el avión y después nada. Abrí los ojos indignada, la cabeza iba a estallarme, estaba en la parte de atrás de un coche enorme. ¡Me habían drogado! Levanté los ojos y lo primero que vi fue un móvil sobre mi cabeza, estaba apoyada en las piernas de Soren mientras él se dedicaba a mirar algo en la pantalla. Le di un manotazo a su teléfono, que cayó de sus manos al suelo del coche.

–¿Qué haces? –farfulló indignado, al tiempo que me apartaba con brusquedad en busca de su móvil.

–¡Me has drogado! ¡No puedo creerlo! –grité sin control mientras me incorporaba dolorida.

Soren sonrió ante mi estallido, le hacía gracia ver mi monumental cabreo.

Por un momento, me quedé mirándolo absorta; no era un sueño, él estaba allí e íbamos en un coche. Mirko conducía y miró por el retrovisor con sus ojos oscuros.

–Era mejor así –dijo Soren aún riendo.

–No vuelvas a hacerlo o me vuelvo a Madrid. Me da igual si eres el rey de Alemania, no tienes ningún derecho a drogarme.

–Así estás más tranquila. Creí que te ponía nerviosa volar.

–¡Pues no, soy así! Nerviosa.

–Ya –dijo ignorándome.

Me dieron ganas de patearle hasta que reaccionara ante algo, era asquerosamente controlador y frío. En lugar de eso, me acerqué a él deprisa y cogí su mano entre las mías. Reaccionó como si le hubieran puesto un hierro candente entre los dedos, una expresión de furia se dibujó en su rostro y las pupilas se le dilataron tanto que el gris casi desapareció por completo.

—Manuela, suéltame si no quieres que te haga daño.

Aparté las manos despacio, cuando miraba así, daba miedo.

—Ahora sabes qué se siente al someterte a la voluntad de otro y que te obliguen a algo sin tu permiso.

Abrió la boca, atónito. No parecía que mucha gente se atreviera a llevarle la contraria en su pequeño mundo de riqueza y poder. Si algo podía definir su expresión, era la incredulidad y la furia. Aun así, no me hizo daño, esperé un grito o algún tipo de represalia, pero Soren permaneció en silencio, mirándome con esos ojos de lobo.

—Entendido. No más drogas.

Nunca sabré si lo hizo por mantenerme contenta o porque de verdad lo había entendido. Su rostro recuperó poco a poco el color y volvió a ser el mismo. ¿Quién era yo para juzgar lo raro que Soren era?

—Lo siento, no debí hacerlo —me excusé de la forma más concisa posible. Había ganado una batalla, pero no la guerra.

El rostro de Soren se relajó a duras penas y señaló hacia mi ventanilla.

Ahogué una exclamación al ver la altura a la que estábamos. Pegué el rostro al cristal para admirar las copas de los árboles a nuestros pies, kilómetros de verde en descenso hacia un valle, y un lago en el fondo que aparecía y desaparecía en cada curva, gris como el cielo plomizo y los ojos de Soren. Si el clima era así en noviembre, cuando aún no habían llegado las nieves, imaginé que no vería mucho el sol en las próximas semanas.

Los oídos se me taponaron por la altura hasta que la carretera comenzó a descender sobre aquel mar verde, apenas se veía el suelo escarchado por la densidad de las ramas.

–Cielo santo, Soren, ¿estamos en Alemania?

–Baviera –concretó con voz áspera sin dejar de teclear algo en su móvil.

Soren era... Intenté describirlo, pero el paisaje merecía más mi atención que su estoico comportamiento.

–¿Al sur de Múnich?

Soren pareció no comprenderme, a veces olvidaba que él necesitaba procesar mi castellano antes de contestar.

–Al sur del país, en la frontera con Austria.

Tenía una remota idea de la ubicación, estábamos en la cordillera sur, se parecía a la de la película *Sonrisas y lágrimas*. La cancioncilla que recordaba de mi infancia resonó en mi mente y sonreí absorta hasta que me di cuenta de que no veíamos ninguna casa en los alrededores. El gran lago fue acercándose a medida que bajábamos y entonces lo divisé, abriéndose paso al dejar atrás la extensión verde.

Mi excitación llamó la atención de Soren, que volvió a apartar la mirada de su móvil para sonreírme distraído. Me quedé anclada en su mirada divertida y relajada, ¿era porque estábamos cerca de su hogar? Su sonrisa provocó unos surcos en sus mejillas y me sonrojé.

–Neuschwanstein –pronunció en su lengua materna.

–El castillo del Rey Loco –asentí.

Ni siquiera entendía su pronunciación, pero la construcción era el emblema oficial de Alemania,

cualquier folleto de viajes tenía la imagen del castillo. Disney había tomado su perfil para ser el castillo
de entrada a su imperio infantil y aparecía como uno
de los más hermosos del mundo. El sueño de un rey
con apenas tres siglos de vida que los alemanes, en
su increíble capacidad de adaptación, habían convertido en su atracción turística a nivel mundial.
Además, había sido el escenario de innombrables
secretos durante la Segunda Guerra Mundial. Una
leyenda popular decía que allí permanecieron escondidos multitud de cuadros que los nazis confiscaron a los judíos.

Sus tejados negros a dos aguas y sus torres en forma de pico desafiaban el cielo y el valle que lo rodeaban. Construido en un risco sobre otro castillo más
antiguo, resaltaba con sus paredes blancas sobre el
verde bosque. Un poco más abajo, un pueblecito de
casas de tejado rojo reposaba a sus pies.

–Es hermoso. –Fue lo único que salió de mi boca
ante esa visión de cuento de hadas.

–Sí, supongo que es impresionante –dijo más animado, como si temiera que volviera a toquetearlo si
se mantenía en silencio.

La carretera bordeaba el lago y dejamos atrás el
castillo, giramos hacia la izquierda y unas enormes
verjas negras se abrieron mientras un hombre saludaba a Mirko desde una pequeña garita. El camino
se retorció entre los altos abetos y apareció una mansión de ladrillo blanco y piedra, similar a un palacete, flanqueada por dos torres cuadradas a ambos
lados y una gran puerta central. La división de cada
piso se separaba con estandartes en piedra y altos ventanales en forma de arco. Recordaba un poco a las
viejas mansiones del siglo XVII, con la salvedad de
que las torres a cada uno de los lados estaban casi en
su totalidad acristaladas en uno de los pisos. Debía

de ser una mejora añadida a lo largo de los años con el fin de observar los paisajes de alrededor.

Mirko abrió la puerta y Soren me alcanzó al salir del coche, cogió mi brazo y prácticamente me empujó hasta una pequeña escalinata. ¡Esa era su casa!

SOREN

Para Manuela, todo aquello era nuevo, no podía dejar de arquear la ceja y abrir la boca. Estaba seguro de que, si no se supiera observada, saldría corriendo a tocarlo todo. Yo, sin embargo, nací como todos mis antepasados en esa casa y cada rincón guardaba una parte de mi pasado. Oxford, esa fue la única maldita vez en que consiguieron alejarme de Waldhaus durante años y odié aquella escuela llena de normas hasta el día en el que salí de allí y me llevé a Jürgen conmigo, a él y un códice del siglo XVII que valía millones. Esa fue la primera vez de muchas que le planté cara al viejo y nunca más consiguió dominarme. Podía darme una paliza tras otra, apartar de mí todo lo que quería, pero nunca más me alejaría de ese lugar.

–Soren, la casa es preciosa.

–Bienvenida a Waldhaus.

Helga ya nos esperaba en la puerta, mientras los chicos nos saludaban con respeto. Pude ver que Mirko los había avisado, siguiendo mis instrucciones, y ninguno llevaba armas a la vista. Si Manuela veía los rifles, daría problemas con preguntas que no podía contestar.

Manuela se giró con los ojos entornados. Empezaba a sospechar que de verdad era el propietario de un Monet y un Renoir, dos cuadros que, sin verlos, ella solita podía deducir que valían millones. Si el avión privado, mis trajes y Mirko no la habían abrumado, Waldhaus la dejó atónita. Aún la sostenía por el codo mientras ella no apartaba la vista de los ventanales, del negro tejado a dos aguas y de los grabados de piedra. El abuelo, al ver cómo los tiempos cambiaban, blanqueó la fachada llena del típico colorido bávaro e inició las reformas, que hicieron aún más sobrio el hogar de los Müller, oscuro como nuestras almas.

Helga miró con extrañeza la mano con que guiaba a Manuela por la escalinata hasta la entrada, pero se guardó mucho de decir nada.

–Zählen, bienvenido a casa –dijo en alemán con alegría.

–Helga, esta es Manuela Sanz, nuestra invitada. ¿Has preparado sus habitaciones?

–Sí, señor –respondió en español–. Bienvenida a Waldhaus, señorita.

Era el ama de llaves de la casa, una mujer eficaz y discreta que, como todo el servicio, vivía allí todo el año. Entre sus innumerables cualidades, Helga hablaba tres idiomas.

–Encantada –respondió Manuela sin tenderle la mano. Me hizo gracia, ¿qué pensaba, que mi gente tampoco saludaba, como yo?

–Todo lo que necesites, Helga te lo proporcionará, tanto a nivel personal como profesional. Conoce tu idioma y puede conseguir todo lo que pidas.

Manuela frunció el ceño, pensativa.

–Me gustaría cambiarme y descansar, si es usted tan amable, Helga. No sé por qué aún sigo un poco aturdida por el viaje –dijo recriminándome con la mirada que la hubiéramos drogado.

–¡Claro, qué tonta! Debí ofrecérselo. Venga conmigo, la llevaré a sus habitaciones. *Ja, ¿bitte?* –le pidió Helga con delicadeza.

Manuela siguió los pasos de Helga y se internaron en el vestíbulo, abrió la boca hasta límites insospechados, con el bolso en el regazo y la cara absorta. El Caravaggio la recibió sobre la pared de la entrada con toda su magnificencia y ella negó con la cabeza, como si se regañara a sí misma por ser tan ilusa. Manuela me exasperaba con su absoluta certeza acerca de todo, ¿pensaba que era falso? Se dio la vuelta al llegar a la escalinata de mármol y se detuvo para mirarme con sus grandes ojos azules. Asentí como haría con un niño pequeño y ella me copió el gesto para seguir subiendo tras Helga, rumbo a la que sería su habitación.

MANUELA

–¿Esta es mi habitación? –pregunté cohibida a Helga.

La mujer sonrió, era un encanto. Su traje de chaqueta azul oscuro y su moño rubio le daban un aire alemán de postal. La piel blanca resaltaba sus ojos azules y los coloretes que se formaron en sus mejillas al subir los dos tramos de escaleras sin descansar eran adorables, como los de una madre rolliza que hacía galletas caseras sin parar.

Me situé en el centro de la habitación y, orientada por el ventanal, deduje que estaba en la parte de atrás de la casa. Waldhaus, la había llamado Soren. Helga descorrió las cortinas y vi los amplios bosques ante mi cristal. La habitación era de techos bajos de madera, acogedora y enorme, decorada con dos grandes armarios de finos tallados, una amplia mesa a modo de escritorio y dos sillas ante una chimenea de piedra beis. La cama era grande y alta, ¿todos eran igual de altos? Helga me sacaba al menos una cabeza y los guardas de la entrada eran también enormes, como Soren.

–En el baño encontrará todo lo que pueda necesitar, me he tomado la libertad de comprarle artículos de aseo y maquillaje. Si necesita algo en concreto, no dude en avisarme. Si no quiere bajar, junto a la cama hay un pequeño interfono, si pulsa el cero hablará conmigo directamente. Me temo que gran parte del servicio no sabe español, así que puede decirse que soy su..., ¿cómo decirlo?, ¿asistente?

–Se lo agradezco mucho. No quisiera darle más que hacer, este sitio parece enorme.

Se rio con energía y sus mejillas volvieron a colorearse de un rosa intenso, mientras su pecho se contraía y expandía.

–¿Puedo pedirle un solo favor? –Procuré ser comedida, aquella mujer me caía bien y si tenía que pasar un tiempo allí, prefería que fuera mi amiga, dentro de lo posible–. No he traído equipaje, fue algo repentino, Soren...

–Zählen...

La miré extrañada. Al verme confundida, sonrió paciente.

–El conde, aquí lo llamamos así. No hay títulos desde hace siglos, pero es una costumbre que los criados no queremos abandonar, les debemos mucho a los Müller.

–Bueno, el caso es que no tuve mucho tiempo para...

A ver cómo le explicaba a esa buena mujer que parecía un poco pudorosa que no llevaba ni bragas, y menos aún un pijama. Pareció notar mi vergüenza y, a pequeños saltitos, se acercó a los armarios y, con una sonrisa, los abrió. Un ¡joder! se me escapó al fin, como si hubiera rebosado con aquella palabrota toda la curiosidad, todo el asombro, toda la fascinación que rodeaban a Soren y a su forma de vida.

Afortunadamente, nadie había enseñado a Helga lo que significaba, así que siguió sonriendo. Tenía que recordar decir «carámbanos» cuando algo volviera a sorprenderme, aunque ella no lo entendiera, yo me sentiría más cómoda. Sacudí las ropas poseída por un extraño afán consumista poco común en mí: gruesos abrigos, jerséis de lana, pantalones vaqueros y más formales, blusas de seda, vestidos, camisetas... Y abajo, zapatos y botas de invierno. Un suspiro se escapó de mi boca al descubrir cajones y más cajones con ropa interior fina y sofisticada, tan delicada como nunca soñé tener, de colores discretos y no tanto.

–La dejo sola para que pueda explorar, señorita Sanz.

–Manuela o Nela, por favor.

–Manuela –afirmó con una sonrisa–. Zählen Müller la espera para comer a la una. Avíseme cuando esté lista, si no, se perderá. Marque el cero, por favor.

Aún me sentía un poco mareada y me tumbé sobre la colcha. Acostada en la cama, rodeada de aquel lujo, pensé en si estaba cometiendo una enorme y ridícula estupidez, una aventura en la cual estaba en la mansión de un hombre tal vez peligroso, que se dedicaba a drogarme y llevarme de un lado a otro como un títere. Escapar de Madrid quizá no había sido la mejor decisión, pero si Soren tenía la llave de mi futuro en forma de un lienzo, debía probar. Debí quedarme dormida un rato, porque la claridad ya inundaba toda la habitación.

Minutos después de seleccionar unos vaqueros y una blusa azul oscura que dejé preparada sobre la colcha, entré en la ducha. Descalza, comprobé que la calefacción era fuerte, proveniente de unos enormes radiadores repartidos por toda la habitación. El suelo radiante no había llegado a la antigua casona. Disfruté del agua caliente y me sequé el pelo con esmero. Unos golpes en la puerta de la habitación sonaron con energía y miré mi reloj, era casi la una; puse los ojos en blanco, Helga no permitiría que llegara tarde a la comida con su adorado Zählen.

Helga me dejó sola ante las puertas abiertas de una sala en la primera planta, parecía una biblioteca con altas estanterías hasta el techo de escayola. Miles de volúmenes forraban las paredes sin un solo hueco vacío. Soren estaba de pie con los brazos cruzados, dominando toda la estancia con cara de pocos amigos. Hablaba en alemán con alguien sentado de espaldas en uno de los sillones, casi a gritos, en lo que parecía una fuerte discusión. Soren me vio y calló de repente. El hombre sentado se levantó de golpe para mirarme y estuve a punto de retroceder. Era increíblemente parecido a Soren, con el pelo un poco más oscuro y los ojos de un tono verdoso, su expresión de sorpresa se mezcló con una mirada curiosa. Una rubia se rio al salir empujada desde el regazo del hombre desconocido hacia delante y él la sujetó por la cintura con firmeza mientras ella trastabillaba a propósito para simular que caía. O eran imaginaciones mías, o los dos estaban borrachos.

–Soren, ¿no vas a presentarme a tu amiga?

Por fin entendí algo, el desconocido habló en mi idioma. Soren se metió las manos en los bolsillos del pantalón del traje.

–Esta es Manuela Sanz, va a trabajar en Waldhaus –cedió al fin. Su voz resultó forzada al intentar ocultar su enfado.

–Jürgen Müller, el hermano de Soren. Bienvenida a nuestra casa –dijo abandonando a la rubia. Se adelantó y me cogió la mano con toda caballerosidad para besar el dorso. Este hermano parecía no tener problemas en saludar, coger la mano o besar. Observó mi rostro con una sonrisa pícara y estuvo a punto de decir algo a Soren, pero en el último momento calló.

–Gracias –contesté mientras la rubia se colgaba de su hombro y me miraba de arriba abajo con una sonrisa falsa.

Hubo otro intercambio de palabras en alemán entre los hermanos, que me excluyeron de la conversación, y la rubia se quejó con los aspavientos de una cría.

–Parece que podremos conocernos más despacio,

ya que pasarás un tiempo aquí. Nos vemos —comentó con desenfado mientras arrastraba a la rubia del brazo.

No tenía intención de presentármela, así que pensé que no debía conocerme. ¿Sería un ligue? Jürgen se detuvo un momento y me dedicó un guiño acompañado de una preciosa sonrisa. Era guapo y a la vez encantador, no pude evitar sonrojarme un poco.

—Tu hermano es simpático —observé una vez que cerraron la puerta tras ellos.

—Es un imbécil presuntuoso, pero es mi hermano —afirmó con tono cansado—. Manuela, aléjate de Jürgen todo lo que puedas.

Alcé una ceja. «¿Y ya está? ¿No va a contarme nada de su hermano ni de la rubia?».

—¿Todo bien con Helga? ¿Tienes todo lo que necesitas?

No sé por qué Soren me miró las botas con interés.

—Sí, es muy amable —contesté de corazón. La mujer se portaba conmigo como una matrona.

—Comeremos aquí, en el estudio. Jürgen no sabía que volvía hoy y tiene una pequeña reunión montada en el salón.

—No hay problema, suelo comer en la mesa de mi despacho y este sitio me encanta.

Anduve hasta las estanterías y, con la yema de los dedos, acaricié algunos lomos de los libros que quedaban a mi altura. En aquella sala habría volúmenes para llenar tres despachos como el mío en el museo.

—En tu tiempo libre puedes entrar cuando quieras y coger un libro, sé que te gustan.

¡Claro! Soren sabía todo sobre mí: mi trabajo, mis gustos, mis aficiones, mi marca de pastillas favorita para drogarme en los aviones...

—¿Y el cuadro? ¿Cuándo vas a enseñármelo?

Por primera vez sonrió desde que, en el coche, esa

misma mañana, me había mostrado el castillo del Rey Loco. Se oyeron música alta y risas en algún lugar de la planta baja y Soren se tensó, apretando la mandíbula.

–Después de comer –dijo mientras Helga aparecía seguida de unas mujeres que en un momento compusieron la pequeña mesa frente a la chimenea con un mantel, una vajilla de porcelana exquisita y copas.

Trajeron queso cortado, lonchas de salmón, unas salchichas del tamaño de un chorizo, una bandeja de algo parecido a un puré de patatas y pan de diversas formas en un cuenco. Soren se sentía incómodo al ver la especie de pícnic e intuí que Jürgen, su hermano, estaba en el comedor con más de una rubia corriéndose una juerga tremenda. Soren no dijo una palabra, me invitó a sentarme y se sentó frente a mí. Me hicieron gracia una especie de patatas rellenas de carne y fui a coger una. La mano de Soren agarró mi muñeca con fuerza, impidiéndome hacerme con la patata. Lo miré nerviosa. ¡¿A qué venía eso?! Sus ojos grises quedaron a la altura de los míos, poco a poco y sin decir palabra, fue soltando mi mano, dejando atrás el impulso que le había llevado a detenerme. Con la otra mano, me tendió un tenedor de plata. Lo miré con el ceño fruncido y después comprendí. En el hotel, el día anterior, tras mi picoteo en los platos, él no había cenado y ahora me impedía coger la comida con los dedos. Era educada, pero me parecía un poco absurdo tener que coger una bola de patata con un cubierto en ese entorno informal.

Cuando aferré el tenedor, dejó de mirarme y comenzó a comer. Lo observé servirse con pulcritud. Soren era un maldito maniaco, a saber qué más cosas horribles me había hecho sin darme cuenta. Decidí que era importante que ambos buscáramos un término medio, yo intentaría seguir el ritmo de sus manías y él tendría que lidiar con las mías, que también eran unas cuantas. Si iba a pasar más de un mes allí, prefería contar con su buena disposición para que me diera mi lienzo.

Levanté la cabeza al tiempo que Soren apartaba la mirada. Analizaba cada uno de mis movimientos, pero no me resultaba molesto, disfrutaba con sus silencios y su media sonrisa. Creo que nunca me había sentido tan cómoda a solas con un hombre.

–¿Agua? –preguntó con una sonrisa.

La botella era de la misma marca que la del avión y fruncí el ceño. Entonces se rio, haciendo que unas líneas se marcaran en la comisura de sus labios. A medida que pasaba tiempo junto a Soren, parecía más relajado.

–Sí, por favor. –Sonreí al momento. No era una persona rencorosa–. Háblame de tu casa, Soren, es magnífica. ¿Ha pertenecido siempre a tu familia?

Soren adoraba aquella casa, me contó que su abuelo la había reformado entera. Waldhaus significaba «casa del bosque» en alemán y era el orgullo de los Müller. Sus antepasados no habían llevado muy bien la construcción, al otro lado del lago del castillo de Neuschwanstein. Para hacerlo, el emperador destruyó las antiguas ruinas de un castillo del siglo XII donde se creía que se coronaba a los antiguos príncipes alemanes.

Supe enseguida que Soren intentaba manejarme, atraparme con su historia familiar, y le dejé hacer, confiada en que necesitaba su colaboración antes de que él me mostrara sus tesoros.

Olvidé los nervios por ver el cuadro que me había encargado restaurar y la música que provenía de algún lugar de la casa, pues consiguió que acabara absorta siguiendo cada palabra suya y cada pausa de su respiración. Al hablar y esbozar esa leve sonrisa, sus ojos brillaban. Soren captó toda mi atención mientras la historia de una Alemania antigua se iba dibujando en mi mente, alejada de la imagen que tenía de su país y de sus conflictos pasados. Sentí con él la desesperación de un pueblo sobrio ante el enorme derroche de la monarquía en un castillo de fábula. Reí con ganas cuando contó cómo su antepasado intentó sabotear la construcción del Rey Loco repartiendo cerveza entre los obreros. Eso ocurrió un mes de octubre, y lo acabaron celebrando cada año en las mismas fechas hasta convertirse en un evento turístico. Los ojos grises de Soren se iluminaban mientras yo cada vez me inclinaba más y más hacia él, apoyada en el ancho brazo del sofá, tan cerca como podía sin invadir su espacio sagrado. El silencio nos sorprendió un momento con nuestras miradas puestas en el otro, como si hiciera años que nos conociéramos.

Cuando dos mujeres con uniforme pasaron a retirar los platos, Soren se percató de lo cerca que estábamos el uno del otro. Se levantó con prisa y miró su reloj, impaciente, mientras lo ajustaba en su muñeca por debajo de la manga del traje. Había llegado el momento, ahora sabría si había pasado esa especie de prueba, si confiaba en mí lo suficiente para entregarme sus secretos.

–Acompáñame –ordenó sin más. Echaba de menos un «por favor» o un gesto amable, pero en él no lo encontraría.

Lo seguí en silencio. Los silencios de Soren eran largos, pero cómodos. No sentía la necesidad de llenarlos con fórmulas de cortesía ni conversaciones acerca del tiempo porque presentía que lo aborrecía. Prestaba atención cuando el otro decía algo interesante o lo retaba, mientras era frío e insondable.

Subimos por la escalinata que ya conocía a la primera planta, donde estaba mi dormitorio con vistas a la parte trasera de la casa, y seguimos por todo el corredor. La luz que entraba por las ventanas ojivales iluminó nuestro paso hasta llegar a una puerta de madera más pequeña que las de las habitaciones. Soren la empujó, me invitó a pasar y ascendimos un breve tramo de escalones de piedra más confortables por la moqueta central, que impedía resbalar. Parecía que en el pasado las paredes habían estado recubiertas de fría piedra gris, aunque ahora lucían encaladas y cálidas. Una sala con mucha luz natural me dio la bienvenida, toda la pared de cristal se correspondía con la estructura de una de las torres que había visto esa misma mañana a mi llegada. Supuse que en el otro extremo del corredor había una habitación gemela a aquella. Todo el miedo o las reservas que tenía desaparecieron al instante: dos mesas enormes sobre borriquetas mostraban cajas de pinceles, bastidores, tinturas y botes de fórmulas comerciales de acetato. Diversos volúmenes de arte y libros de consulta adornaban la pared opuesta, sobre una estantería. Dos taburetes altos alineados junto a la mesa ocupaban el centro de aquella sala. Captando toda la luz, dos caballetes pequeños con dos lienzos de similares proporciones, tapados y bajo unos focos apagados, permanecían protegidos con una manta especial que utilizaban los museos para preservar la temperatura y eliminar la humedad.

Comencé a temblar y Soren se echó a un lado, dejó que reconociera la sala en silencio. Pasé junto a las mesas. Allí alguien había trabajado hasta hacía poco y algunos materiales se habían perdido en botes abiertos, por eso olía tan fuerte, por la mezcla de amoniaco y acetatos.

–¿Y el restaurador? –pregunté con miedo, sin girarme, con los dedos acariciando la superficie de madera–. No me habías dicho que sería la ayudante de nadie ni que tendría que responder ante alguien. –Mi orgullo se vino abajo. Ante su proposición, había deducido que sería yo y solo yo quien se ocuparía de restaurar el cuadro.

–Ya no está –contestó fríamente. Se adelantó pasando junto a la otra mesa y, sin la menor ceremonia, tiró de las mantas que tapaban los lienzos.

–¡Por Dios! –¿Lo había gritado? Puede ser que sí o simplemente caí de rodillas y luego me levanté, o cayera en un agujero negro porque mi cabeza no podía asimilar lo que mis ojos veían–. No pueden ser un Renoir y un Monet, no es posible. Estos cuadros simplemente no existen. –Anduve a su encuentro, miré a Soren y a los dos lienzos en sus bastidores–. Tienen que ser falsos –afirmé, y volví a abrir la boca.

–Compruébalo si quieres, Manuela.

Busqué una lente de aumento y la acerqué al que parecía un Renoir. Los colores, el trazo, la escena de una bahía llena de veleros, la playa de arena dorada y un pequeño embarcadero, el paisaje me envolvió. Los azules certeros y la técnica. Lo habían restaurado con una maestría indudable, pero ¿sería una falsificación? Busqué el ángulo inferior derecho y la lente se cayó, partiéndose el cristal.

–Lo siento.

Soren me tendió otra lente con una sonrisa llena de soberbia y me deslicé hacia el otro lienzo. Lo primero que pude apreciar fue que estaba enmarcado con un fino zócalo dorado, como si hubiera estado expuesto mucho tiempo para ser olvidado después. Restos de animales, probablemente de ratones o golondrinas, dañaban la pintura. ¿Quién podía haber dejado aquella maravilla marchitarse en una buhardilla o un sótano? ¿El lienzo de Renoir estaría en iguales condiciones antes de restaurarlo? En el ángulo derecho inferior podía leerse *Claude Monet* con el palo de la «d» hacia la izquierda y la «M» con un rizo en la misma dirección. Eso no quería decir nada, pero lo reconocía. Si era una falsificación, era brillante. Dos cuadros gemelos, con los sutiles contornos difuminados de Monet y los certeros de Renoir.

–Es una broma cruel, no pueden ser auténticos. Cualquier cuadro de estos dos maestros está registrado, catalogado y analizado por Sotheby´s, Christie´s, el instituto Wildestein y decenas de entidades privadas y casas de subastas.

–Ni siquiera has mirado el paisaje ni analizado si puedes salvar ese lienzo. Solo has medido su valor, creí que amabas el arte. Fue lo que me gustó de tu proyecto de fin de carrera, que sentías la pintura.

Me sorprendió esa afirmación viniendo del frío alemán.

–Si no amas algo, no puedes repararlo –afirmó con tono severo.

–Amo el arte, más de lo que imaginas, pero no puedo aceptar el trabajo si pienso que al restaurar ese cuadro estoy infringiendo la ley. ¿Y si intentas hacer pasar por verdadera una falsificación?

Sus ojos se clavaron en los míos, realmente enfadado. No debía de ser muy habitual que le llevaran la contraria. Con una repentina ira, barrió con la mano varias cajas de pinceles y bastoncillos largos. Sus pupilas se dilataron alcanzando un negro profundo. Retrocedí aterrorizada. ¿Dónde demonios me había metido? ¿Y si eran auténticos? ¿Y si el hombre que tenía delante los había robado o, algo peor, matado para conseguirlos? Todo aquello era una aventura divertida que podía acabar con mi cuerpo sin vida en una cuneta. El padre de Alice me advirtió, Roberto lo temía. No di crédito a nadie, deseosa de escapar por un tiempo de mi estresante y monótona vida.

Soren se acercó peligrosamente e intenté retroce-

der, ya sin espacio entre la mesa y yo. Pisó los cristales rotos, desperdigados por el suelo, y solo entonces
se dio cuenta del destrozo que había causado. Se detuvo con las venas del cuello a punto de reventar por
culpa de la ajustada corbata.

–Solo has medido su valor, te niegas a confiar en
mi palabra. ¿Y si no fuera más que una imitación y
hubiera decidido salvarlo? ¿También te parecería cen-
surable?

Se marchó y me dejó sola en la habitación. Volví
la vista hacia la mesa para alejar los ácidos de las dos
pinturas de forma mecánica.

Creo que fueron más de seis horas las que pasé a
solas con los dos lienzos sin que nadie me molestara.
Podía haberlos dañado o quemado, pero, al estirar
los brazos sobre mi cabeza, vi las cámaras que me
observaban. La luz natural del invierno pronto se
extinguió y la sustituí por las de las lámparas y los
focos. El bosque más allá de las cristaleras comenzó a
hundirse en la oscuridad y el viento se levantó sobre
las copas de los árboles. Ahora entendía por qué la
llamaban Waldhaus, la casa del bosque. El perímetro
alrededor del edificio se iluminó con potentes luces y
continué mi trabajo. Las palabras de Soren me que-
maron, habían dejado un sabor ácido en mí. Tenía
razón, ni siquiera sopesé la obra, la belleza de las formas o la delicadeza de las pinceladas, solo vi su valor
económico. ¿En qué me había convertido? Hubo un
tiempo en que solo veía algo hermoso, ahora, tasaba
el arte como un aguilucho en busca de dinero.

Recordé las enseñanzas de Roberto con las interminables obras que restauré a su lado y comencé.
Analicé las coincidencias con lo que sabía de Renoir y
Monet con otras obras suyas. La firma y otros aspec-
tos técnicos, como la luz, la perspectiva, la evolución
del impresionismo, el lugar en el que pudo realizar-

se y la época. A falta de ordenador o móvil, recurrí a los libros de las estanterías. Desmonté con sumo cuidado el bastidor y cogí por primera vez el cuadro de Monet entre mis manos, temblorosas por la emoción. En mi profesión podías vivir una vida entera entre lienzos y no tocar jamás una obra inédita. Observé la parte de atrás, figuraba una fecha y el lugar de producción, los talleres de un maestro francés conocido por la calidad de sus telas entre los artistas de la época. Si fuera un informe de cualquier afamada casa de subastas, habría dicho noventa y cinco por ciento de coincidencias.

Caí de rodillas, con el lienzo sujeto entre mis manos, cerca del pecho, mientras el amoniaco goteaba encima de mis vaqueros. Sentí que me quemaba la piel, pero no podía moverme. No eran imitaciones, eran reales. Soren no había mentido.

MANUELA

Recorrí la galería despacio, la música había desaparecido y todo estaba en silencio. Si iba a mi habitación y marcaba el cero, Helga no tardaría en subirme algo de comer. El final del pasillo daba a la otra torre gemela y me pregunté si sería la habitación de Soren o su despacho.

Siempre fui como la polilla a la luz, desde niña, derecha a quemarme sin conocimiento. No sabía si quería disculparme con él por dudar de sus palabras o devolverle el miedo que pasé cuando tiró el material al suelo. ¿Qué haría él si llamaba a su puerta? ¿Me echaría? Llamé con fuerza. Golpeé la madera con los nudillos. «¡Venga, vamos a quemarnos!», me dije con los ojos en blanco.

Nadie contestó. Abrí y subí los escalones sin oír nada. «Nela, si al final va a acabar matándote igual por tocar con la mano su comida, por hablar sin parar, por tocarlo sin permiso, por insultarlo...». Podía fingir ante mí misma que no había visto el arma bajo su chaqueta, negármelo una y mil veces, pero era demasiado tarde para volver a casa.

La habitación era igual a mi taller, acristalada con vistas al bosque. Una de las paredes estaba cubierta con estanterías caobas llenas de libros. Una enorme cama moderna, una especie de sala con dos sofás y una mesa frente a las vistas componían el mobiliario. Parecía un apartamento lujoso en lugar de una vieja torre. Soren estaba de pie, apoyado en el cristal con las manos en los bolsillos. No se sobresaltó al verme, pero se enderezó al elevar los hombros. Una mesa de escritorio antigua nos separaba y sobre ella, el arma. La débil luz de las lámparas dejaba su rostro envuelto entre las sombras y no supe si era bien recibida o no.

–Soren.

–¿Cuál es tu veredicto, Nela?

Había utilizado mi diminutivo y en sus labios, con su suave acento alemán, me gustó. Abandonó su lugar y se acercó, no podía ver sus ojos con claridad. Se acercó poniendo su atención en mi blusa manchada y en mi pelo recogido en un moño, se detuvo un momento al ver que iba descalza con solo los calcetines puestos.

–Por el momento, me quedo.

Sonrió con malicia mientras seguía aproximándose. Cuando estaba tan cerca que podía sentir el calor de su cuerpo, su actitud cambió, posó las manos en mi cuello. Mi pelo quedó atrapado por la fuerza con la que me atrajo hacia él. Se inclinó hasta que nuestros ojos quedaron parejos e intentó sumergirse en mi alma. No pude evitar suspirar por su olor, por su piel, por la fuerza con la que me sujetaba. Sentí que mi respiración se agitaba, un palpitar desbocado en mi pecho y un hormigueo por todo el cuerpo. Soren chocó sus labios con los míos, sin suavidad ni medias caricias, abrió la boca y el contacto con su lengua fue más terrible que sus ojos grises. Arrasó conmigo. Movió sus labios y la cabeza para profundizar el beso, creí escuchar un gemido entre nuestras bocas y perdí la conciencia al responder a su caricia. Dejé que mi mente volara y se perdiera en lo erótico del momento, explorándolo como él hacía conmigo.

Intenté abrazarlo buscando su cuerpo, pero él inmovilizó mis muñecas, sujetándolas en mi espalda. Por sentirlo tan prohibido, mi cuerpo se arqueó hacia su calor y me soltó igual que me había aferrado, con brusquedad y sin aliento.

–No vuelvas a decir que miento.

Soren Müller era un torbellino de emociones y yo estaba en su centro. No había recibido ni una sola señal de atracción por su parte. Ni un solo reconocimiento de que le atrajera, y sin embargo, ese beso había sido caliente y lleno de deseo. La expresión «desbordada» se quedaba corta.

Intenté recuperar el ritmo del corazón y ser objetiva sobre la atracción que yo sí sentía por él desde la fiesta. ¿Por qué notaba mi cuerpo como si un camión me hubiera arrollado?

–Mañana me voy. Waldhaus es tu casa, Helga cuidará de ti. Si necesitas algo, acude a ella. Ahora vete a dormir, Nela, por favor.

MANUELA

El viento en los cristales me despertó varias veces durante la noche. Eso, y la certeza de que estaba perdiendo el control de mis actos. Dejé que Soren me besara y luego me echara como si nada de su habitación. Volví cabreada y sin cenar, con cierta vergüenza por cómo había caído rendida a él.

Un tímido sol despuntaba a lo lejos, el cielo plomizo se había marchado dejando algunas nubes blancas. En vez de marcar el cero y llamar a Helga, bajé a desayunar. El entrechocar de platos me llevó hasta un salón que el día anterior no había visto: el lugar de las puertas cerradas donde la música sonaba atronadora y Jürgen, el hermano encantador, celebraba su fiesta.

–¡Buenos días!

Sobresaltada, vi a Jürgen sentado a la mesa. Un inmenso despliegue de comida llenaba el mantel. La luz entraba a raudales en el gran comedor y dudé sobre dónde podía sentarme.

–Buenos días –contesté sin confianza alguna.

Su ropa de deporte estaba aún húmeda y el pelo, más oscuro que el de Soren, le caía revuelto sobre los ojos verdes.

–Desayuna conmigo, Nela, así podremos conocernos. –Se levantó y me ofreció una silla a su lado–. ¿Qué quieres? ¿Salchichas, huevo, beicon...?

–Café, por favor –dije mientras miraba la mesa llena de delicias contundentes que mi estómago no podía aceptar tan temprano. Cogí la jarra metalizada bajo su mirada.

–Soren no está –afirmó con una sonrisa.

–Lo sé, me dijo ayer que se iba.

–¿Sí?

Pareció dudar de mis palabras, pero volvió a coger un vaso de zumo y se lo bebió de un trago.

–¿Qué hay entre vosotros?

Vino a sentarse a mi lado y pasó el brazo por detrás de mi silla en actitud cómplice.

–Nada. Es mi jefe. –Jürgen ya no me gustaba tanto–. ¿Y tu amiga?

–Se ha ido.

–Bien –respondí con fingido interés–. Me voy a trabajar.

Antes de que me levantara, me cogió del brazo para detenerme.

–Nela, esto es muy aburrido y demasiado tranquilo. Si quieres, cuando acabes hoy, puedo enseñarte el pueblo o el castillo. Todo el mundo quiere ver Neuschwanstein.

Jürgen se acercó un poco más, como si fuera a deslumbrarme con su encanto, acercó su rostro al mío esperando una respuesta ante sus insinuaciones, me eché a reír sin querer, tapándome la boca. Después de la sorpresa inicial, su expresión cambió y se puso serio con el entrecejo fruncido.

–El invierno es largo en Waldhaus. Si quieres compañía, dímelo; aunque no lo creas, puedo ser bastante divertido.

Al ver en su rostro la decepción, por un momento sentí haberme reído, hasta que el brillo de sus ojos lo delató.

–Gracias, Jürgen. Nos vemos luego.

–Hasta ahora, Nela. –Acarició con su despedida mi nombre, lo que provocó que sonriera de nuevo.

–Por cierto, ¿cuándo volverá Soren?

–Ni idea, encanto.

Volvió a la semana. Supe que algo ocurría porque

los guardas que rodeaban la finca estaban atentos. Intentaban ocultar ante mí sus pistolas, pero ahora que había dado algún paseo con Jürgen por los alrededores, me daba cuenta de la cantidad de hombres destinados a proteger la casa. Durante todo el día, encerrada en el estudio, trabajé sin parar. No estaba a disgusto allí, pero echaba de menos a Alice, a Juan y creo que hasta a Roberto. Sentada frente a mi Monet el mundo desaparecía, pero a medida que una esquina del cuadro se abría paso llena de color, descubierta por el trazo preciso de mi bastoncillo , y la suciedad se alejaba de la superficie, me preguntaba si realmente quería volver a mi vida. El paisaje idílico ante mis ojos, manchado y oscuro, me hizo preguntarme si al devolverle el color sería aún más magnífico, como su dueño cuando sonreía. El Renoir a su lado brillaba como un insulto con todo su esplendor, así que me acerqué y lo tapé. En cuanto volviera Soren le pediría un teléfono para llamar a Alice, estaba volviéndome loca. Supuse al caer la tarde que estaba equivocada, Soren no regresaría ese día.

Los últimos rayos de sol cayeron sobre los árboles y, en vez de encender las luces, me acerqué al cristal. Era mi momento favorito del día, cuando parecía que solo yo estaba en aquel lugar. Abajo, los guardias llamaron mi atención. Con movimientos rápidos, se cerraron en torno a un coche negro que aparcaba en la parte de atrás. Cuando Jürgen salía o entraba lo hacía siempre por la puerta delantera, solo algún proveedor como la furgoneta de la panadería lo hacía por allí. Amparada por la oscuridad, pegué la frente al cristal de seguridad para ver mejor.

La respiración me traicionó al ver la alta figura de Soren bajar del coche. Hasta ese momento no supe lo mucho que deseaba volver a verlo porque, aunque para él probablemente no hubiera sido más que un beso, había dejado huella en mí. A veces recordaba su rostro, el gesto de ajustarse el reloj en la muñeca y su sonrisa irónica, y yo sola me sonrojaba; por no decir cómo se alteraba mi cuerpo. Cuando le tiré a Soren el móvil en el coche, creo que en ese momento cambió mi manera de verlo y empecé a fijarme en él de otra forma. La fragilidad que noté en su mirada en el mismo instante en el que cogí sus manos entre las mías me llegó al corazón.

Soren alzó la cabeza, estaba seguro de que miraba si estaba en el estudio. No me moví, entre la oscuridad y el templado de los cristales, era imposible verme desde abajo. Su pelo se agitó por el aire y se peinó el mechón rebelde con los dedos. Jürgen salió a recibirlo y le dio una palmada en la espalda. Los guardias se movieron y se situaron alrededor de ellos. Soren se inclinó sobre el asiento de atrás y cogió en brazos un bulto. Una mujer. La cabellera rubia cayó hasta las rodillas de Soren mientras su hermano se inclinaba, tapándome la visión.

Así que Soren traía a otra mujer dormida. Debía de ser habitual por la naturalidad con la que se desenvolvía, sin llamar la atención de los guardas. Quizá en aquel lugar remoto él traía a sus amantes, o tal vez era su esposa... Ni siquiera le había preguntado si estaba casado. No lucía anillos en las manos, por lo que suponía que no. En cualquier caso, lo furtivo de la llegada y las horas a las que lo hacían indicaban que no deseaba que nadie los viera.

Estuve tentada de bajar a curiosear por saber qué se traían entre manos aquellos dos, pero al igual que recordaba el beso de Soren, también me vino a la memoria la forma en la que se enfadaba, así que cerré el estudio y me fui a mi habitación deprisa, con toda la intención de dejar que pensaran que no sabía nada de la nueva habitante de Waldhaus.

TERCERA PARTE

SOREN

Me desperté tarde, con dolores por todo el cuerpo. Fue difícil sacar a Meike de aquel maldito tugurio de Moscú. En primer lugar, no quería venir y, después, el cabrón con el que estaba nos apuntó a Mirko y a mí con una pistola. Lo hubiera matado si ella me hubiera dejado, tuve que conformarme con partirles la cara a él y a sus amigos.

La puerta del salón estaba abierta y la risa de Nela me detuvo, si ella llegara a saber el poder que tenía con ese sonido... Estaba confuso, la había echado de menos. No debería haberla besado antes de marcharme, su sabor se había quedado en mis labios y su olor..., todo me olía a ella. Nela era un fastidio, metida en mi casa y en mi cabeza.

–*Du bist der sexieste der welt!* –pronunció en algo parecido al alemán.

–Casi lo has dicho bien, encanto, tenemos que seguir practicando.

La voz de Jürgen sonaba seria, pero lo conocía, estaba reprimiendo las carcajadas.

–¿Qué significa? –le preguntó Nela.

¡Mierda, qué inocente era! Debí haberlo esperado de mi hermano, no desaprovechaba la ocasión de intentar ligar con Manuela.

–Le has dicho que es el hombre más sexy del mundo.

Me encantó ver la cara de Nela al verme: primero, sorpresa y, después, un atisbo de ilusión en sus ojos azules. Estaba seguro de que me había echado de menos.

–¡Soren! –susurró al momento, olvidando a Jürgen. Se fijó en mi rostro y frunció el ceño al ver los golpes en la mandíbula–. ¿Qué te ha pasado? ¿Estás herido?

Se acercó con paso tímido y me miró bajo la luz que entraba por los ventanales del salón. Hacía tiempo que nadie se preocupaba por mí como ella.

–No es nada. –Retrocedí y aparté la cara ante su avance. Jürgen sonrió con maldad–. ¿Qué tal va el lienzo? Debes enseñármelo, ¿has avanzado mucho?

Nela reaccionó, un poco turbada, y volvió a sentarse en su sitio, yo lo hice entre ambos. Caí en la silla sin demasiada ceremonia con el dolor en las costillas torturándome.

–¿Cuándo has llegado? ¿Cómo te has hecho eso en la cara?

Sonreí, aun a riesgo de volver a cortarme el labio; sí, la había echado de menos.

–No es nada, ya te lo he dicho. Los negocios a veces se ponen difíciles.

Nela se dio por vencida al fin, suspiró y bebió su zumo con expresión pensativa.

–No me deja entrar en el estudio –dijo Jürgen. Todavía me miraba con una sonrisa que daban ganas de borrarle de la cara–. Prueba tú, quizá a ti sí te deje entrar, hermanito –sugirió a la ligera–. Se pasa ahí dentro todo el día, hay veces que no sale ni para comer. Helga es la única que puede revolotear por allí con sus magdalenas y su *strudel* de manzana. Si no me crees, mírale el culo.

Nela se giró con una sonrisa irónica y le sacó la lengua.

–¿Qué le pasa a mi culo? Además, no es nada contra ti –le contestó Nela enfadada–. Me distraes y no puedo trabajar. No creas que voy a olvidar tus lecciones de alemán. Después, te enseñaré yo algunas cosas en madrileño cañí. ¿Vamos?

Asentí. Antes de salir, Jürgen y yo nos miramos. Tenía unas ganas enormes de mear alrededor de Nela como si fuera un animal, solo para marcar mi territorio. Ella salió con prisa y dejó la puerta entornada.

–Antes compartíamos todos los juguetes, Soren –dijo Jürgen leyéndome.

–No es un juguete, es mi empleada.

–Toda tuya. Aunque sea difícil de creer, es inmune a mis encantos.

Jürgen se rio y, con indiferencia, cogió un bollo de la bandeja. Al seguir a Nela escaleras arriba, me fijé en su trasero y sonreí. Los vaqueros le quedaban de vicio, mi hermano tenía razón.

–Mira los colores, va cobrando vida, pero su estado es lamentable. No sé si podré recuperarlo, depende de lo que quieras hacer con él.

Miraba con expresión concentrada la esquina inferior, donde había empezado a restaurar el lienzo, mientras mordía distraída la madera de uno de los pinceles. Aquel simple gesto me provocó una oleada de calor. El otro cuadro, el Renoir, mi favorito, permanecía tapado a modo de protección. Me vio arquear la ceja, interrogante.

–Quiero centrarme en este, cada dos por tres me ponía a compararlos y me retrasaba. A veces, imagino a esos dos grandes maestros impresionistas ante el mismo paisaje y cómo lo captaba cada uno de ellos. De manera tan diferente, quiero decir... –Calló un momento, incómoda, y sentí que me observaba–. ¿Vas a decirme quién te ha dejado la cara marcada? ¿Crees que no he visto a los guardias armados? No me dejan salir de la casa ni con Jürgen, ya ni siquiera a pasear. Es obvio que tus negocios son un tanto oscuros.

–Están aquí para protegerte, nadie sale de Waldhaus sin mi permiso.

–Dámelo, solo tienes que decir: «Nela es libre de ir donde quiera». Así no me sentiría en una prisión. –Me retó con la barbilla en alto y los brazos cruzados.

–Hoy es lunes, ¿quieres venir conmigo a Neuschwanstein? Hoy está cerrado al público.

–No voy a preguntarte por qué tú puedes entrar en un castillo cerrado al público, ya que supongo que tampoco vas a contestarme, así que mi respuesta es sí. Llevo aquí encerrada más de una semana y empiezo a desarrollar un síndrome raro por estar secuestrada entre estos muros. Hasta Helga empieza a pensar que estoy loca, hablo sola y paseo por la galería para estirar las piernas.

Tuve que reírme ante su mueca de espanto, imaginarla en el estudio teniendo conversaciones consigo misma me hizo temblar. Si ya hablaba demasiado, cómo sería cuando nadie la interrumpía.

–¡Eh! No te rías –exclamó mientras se recogía el pelo a un lado de los hombros. Dejó su cuello al descubierto y la vena azulada sobre la piel dorada me puso a cien al recordar la suavidad de su tacto.

Su mano se apoyó en mi antebrazo de una manera casual e hice lo mismo, tocarla. Solo que, en vez de apoyarme en su brazo, las manos se me fueron a su cuello. La agarré de la nuca y no parpadeó, como si en mi mirada estuviera viendo lo que pretendía: besarla hasta dejarla sin aliento.

Esperó a que acudiera a sus labios sin forzar el contacto. Aprendía rápido. Solté un suspiro caliente cuando me rocé con su piel, en el lugar exacto en el que la vena palpitaba cada vez más deprisa, y lamí su recorrido. Sentí su escalofrío al momento, la excitaba terriblemente sentir el roce de mis dientes en su piel sensible.

–Nela, ¿me has echado de menos? –susurré cerca de su oído para que perdiera toda su voluntad.

–Ummmh –contestó, pendiente del siguiente movimiento.

La agarré del pelo, aún sobre el hombro, y le eché la cabeza hacia atrás con un suave tirón. Sus labios se abrieron con un quejido y me la comí en un beso profundo. Todos esos días había rememorado el sabor de su boca, la calidez de su lengua y los movimientos de su cabeza al intentar atraerme hacia ella.

Le sujeté los brazos a la espalda y esa vez no se resistió. De pie contra mi erección, la acerqué lentamente hasta que la sentí pegada a mi cuerpo. Me sobraba cada centímetro de tela, deseaba sentir su piel contra la mía y deslicé los dedos bajo la camiseta blanca. No se apartó, pero noté el sobresalto en su lengua. Durante un segundo, percibí la duda en cada poro de su cuerpo y me la jugué. Acaparé con la mano su pecho, deslicé el sujetador y su excitación me recibió. Caminé hacia atrás y la empujé contra los cristales de la pared con más brusquedad de la que pretendía, pero estaba a mil. No quería besos rosas ni andarme con tonterías, la deseaba desde la noche en que la besé. Nela y su olor inocente, su piel sedosa, quería que fuera toda mía. Le solté los brazos solo para quitarle la camiseta y el sujetador, y, rápidamente, la atrapé de nuevo antes de que me tocara.

Nela me miraba con hambre, humedeció sus labios y bajó la vista hacia sus pechos, que rozaban mi camiseta. El morbo que sintió le hizo acercar las caderas hacia las mías y abrió los ojos de par en par. «Sí, nena, ¿te sorprende?». Intentó soltarse.

–Soren, no creo... –suplicó cada vez más caliente, pero no cedí. Para asegurarme de su excitación, llevé la mano a su cintura y bajé despacio hasta sentir la humedad a través del pantalón.

–¡Joder, Nela, estás empapada!

Se puso roja de vergüenza y sonreí con los labios

pegados a los suyos. Era el momento más íntimo que vivía con una mujer desde hacía años. El sexo era necesario, pero no esta complicidad que sentía con ella. La solté.

–No me toques, Nela, aún no –susurré mientras desabrochaba el botón de sus vaqueros y se los bajaba.

Debía de sentir el frío del cristal en el trasero porque, sin querer, se adelantó y puso las manos en mi pecho. Sentí la duda en sus movimientos y, aun así, la aparté, no podía tocarme, ni ahora ni nunca. Volví a concentrarme en ella y metí la mano en sus bragas hasta rozar su sexo húmedo.

–Soren –rogó desmadejada contra mí al sentir los dedos contra su piel sensible.

Rocé su placer una y otra vez. Cada vez más extasiado por su entrega, la penetré con los dedos mientras comenzaba a moverse al ritmo que le marcaba. Había empezado como un jodido juego para comprobar si se sentía tan atraída por mí como yo por ella y ahora no podía parar.

Con su respiración sobre mi cuello, abatida sobre mí, sonreí. Joder con Nela, debajo de su apariencia de niña buena latía una mujer con pasión y buena mano con el arte. Entonces Nela se apartó, con los ojos brillantes a causa de la excitación, la respiración convertida en un jadeo susurrado y me di cuenta de que había llegado demasiado lejos.

–No, Soren –susurró con poca determinación.

Alguien llamó a la puerta con los nudillos y Nela dio un salto hacia atrás, perdido el momento y la excitación de nuestros cuerpos.

MANUELA

Para mi sorpresa, al oír que alguien llamaba a la puerta, Soren dejó que me deslizara hasta el suelo despacio, rozando nuestros cuerpos calientes. Bajé la mirada, avergonzada. Yo no era así, nunca había tenido un «aquí y ahora». Solo había tenido un novio en la universidad y era más bien suave el muchacho. Mientras me vestía evitando su presencia y su mirada inquisidora él hizo lo mismo con su camisa, colocándola bajo sus pantalones. Ni siquiera lo había desnudado, cosa que me moría por hacer para ver debajo de su ropa aquel conjunto de músculos que prometía tener.

—¿Estás lista? —preguntó Soren.

Si ahora veía la indiferencia en sus ojos, podía morirme de la vergüenza. Puede que él se comportara como un adulto tras lo que acababa de ocurrir, pero yo no; volvía a tener dieciocho años y tantas inseguridades como entonces. Nunca había cometido una locura igual y estaba llena de temores, el rechazo me producía tanto miedo que estaba paralizada.

—Sí, creo que sí.

Me levantó el rostro con la mano y se acercó aún más.

—Nela, eres preciosa.

Sonó tan bien en sus labios que tuve que esforzarme por no babear. Ese hombre leía mi mente, estaba convencida de que me había implantado un chip mientras dormía porque siempre sabía lo que pasaba por mi cabeza. Soren se acercó despacio y rozó nuestros labios con dulzura mientras con su lengua acarició la mía. Una ternura lenta y sin prisa que nada tenía que ver con la pasión de hacía un momento.

Aún le daba vueltas a cómo cambiaría nuestra relación profesional ese momento íntimo cuando volvieron a llamar a la puerta. Miró mi aspecto para asegurarse de que estaba visible y fue a abrir. La voz de Mirko hizo que reaccionara y fui al encuentro de ambos. El guardaespaldas calló y nos miró con una disculpa en los ojos.

–Ya bajamos, prepara el coche. Con solo dos hombres bastará –ordenó Soren, a lo que Mirko desapareció.

–¿Tenemos que ir con escolta? –pregunté atenta a su cambio de actitud. Volvía a su estado hermético y frío.

–Nela, mientras estés aquí, siempre habrá unos ojos vigilándote. –Señaló las cámaras que había en el estudio y enrojecí–. No te preocupes, las imágenes van directas a mi móvil, nadie nos ha visto.

¿Eso debía consolarme? Tenía grabado todo. ¿Y si esas imágenes las usaba de algún modo?

–Mira –me dijo inclinando la pantalla hacia mí. Vi con alivio cómo pulsaba sobre el día de hoy y borraba todo. Suspiré más tranquila.

–Puedes confiar en mí, Nela. No me gusta el sexo rosa, pero no soy un acosador.

Tuve que correr tras él mientras lo seguía hasta llegar a la puerta de mi habitación.

–¿Sexo rosa? ¿Qué diablos es eso?

Soren se rio con ganas y me apartó un mechón de la cara, que colocó detrás de mi oreja mientras caminábamos por la galería.

–Tú, Nela. Tú eres sexo rosa, dulce, suave e inocente.

Bajé en media hora tras darme una ducha. Necesitaba un poco de soledad antes de pasar el día junto a Soren, reflexionar sobre lo que había pasado y dónde nos llevaría esa relación. Pensé solo en el instante en el que puso su boca sobre la mía; pero no podía negar que, en esos raros momentos en los que se mostraba tierno, el corazón se me encogía un poquito.

No lo encontré en el vestíbulo ni en el comedor, y Mirko se dedicó a mirarme desde la puerta con esa expresión seria. Abrí la puerta de entrada y el guardaespaldas la cerró, impidiendo que saliera.

–¡Eh! –grité avasallada por Mirko, que se interpuso entre la salida y yo–. ¿Y Soren? ¿Dónde está?

El ruso cruzó los brazos, no se movió un ápice de su sitio y señaló con la cabeza la biblioteca donde habíamos comido hacía días Soren y yo. No había vuelto a entrar desde entonces. Fui hasta la puerta, oí las voces de él y de Jürgen, y la entreabrí sin pensar que podía interrumpir. Hablaban en alemán dirigiendo sus miradas a un hombre de traje oscuro y pelo engominado hacia atrás que sostenía unas fotos. Callaron al verme y Soren le hizo una señal a su hermano. Jürgen me sacó casi en volandas de la biblioteca mientras el extraño me guiñaba un ojo.

–Siento haber interrumpido, había quedado con Soren en...

–Escucha, Nela, tenemos una reunión importante. Sube al estudio, a tu habitación, adonde quieras, pero no bajes de nuevo –susurró Jürgen aferrado a mi brazo. Parecía realmente importante y asentí. La verdad era que las pintas del trajeado parecían las de un mafioso italiano, otra vez los negocios de Soren. Jürgen volvió dentro y Mirko me siguió escaleras arriba. Mientras entraba en el estudio, volví la vista atrás para asomarme a la barandilla y comprobé que el guardaespaldas hacía guardia en las escaleras. Al parecer, ese día no iría a ningún sitio.

Helga me trajo la comida al estudio y después la cena a la habitación. A esas horas, estaba cansada de dar vueltas a las sensaciones que me despertaba Soren y lo que sentía por él. Cuando estuvo fuera lo eché de menos, pero ahora que estaba en la casa, era como si necesitara tenerlo al lado.

–¡Helga! –La detuve antes de que dejara la cena y se escapara como había hecho al mediodía.

–¿Sí, señorita?

–Manuela o Nela, como prefieras –insistí, cerrándole el paso como Mirko había hecho conmigo–. ¿Quién es el hombre que ha venido hoy, el que hablaba con Soren en la biblioteca?

La mujer se puso colorada y sonrió como si no me entendiera.

–Amigos del Zählen Müller.

–Ya –afirmé entornando los ojos–. Y el Zählen, ¿a qué se dedica?

–Pues no lo sé... –Pareció meditar sobre qué podía contarme y qué no–. Tiene una fábrica de cerveza en München –soltó Helga, contenta de responder a mi pregunta. No sacaría nada de ella, antes permitiría que la torturase a hablar mal de su adorado conde–. Que descanse, señorita.

No le contesté cuando cerró la puerta. Todos mentían. Soren volvía de un viaje con la cara marcada a golpes. No me engañaba, era prisionera en aquella casa; si él no salía, yo tampoco. Mirko vigilaba mis movimientos mientras los dos hermanos se reunían con un italiano con mala pinta y en la casa había una mujer a la cual no había visto en todo el día. Esperé como una idiota que Soren llamara a mi puerta para ofrecerme alguna disculpa por no haberme llevado a ver el castillo, una conversación acerca de lo ocurrido entre nosotros. Incluso no me dormí esperando que su reunión acabara y viniera en mi busca.

En mitad de la noche, algo me despertó. Aturdida, fui hasta la ventana, donde la luz de la luna iluminaba el sendero de gravilla alrededor de la casa y el bosque cercano. Aparte de los guardias haciendo su ruta habitual, no vi nada raro, no se apartaban del sendero de luz de las farolas en un incesante ir y venir. Volví a la cama, inquieta, y al momento oí de nuevo lo mismo que me había despertado. Un grito agudo de mujer resonó en los corredores de Waldhaus atravesando los firmes muros de la casa. Encogí las piernas contra el pecho de manera instintiva para protegerme y, una vez más, se escuchó el alarido. No era ningún ser fantasmal, ni un gato, era el grito de una mujer.

No había vuelto a pensar en la mujer rubia que trajo Soren la noche anterior ni a dar la suficiente importancia a la invitada. Cogí la bata, asustada. ¿Y si la habían secuestrado o le estaban haciendo daño? No podía creer que Soren fuera de ese tipo de personas, sospechaba de la legalidad de sus negocios, pero no de él. Bajo su fachada, había tenido gestos tiernos hacia mí que no se correspondían con un secuestrador de mujeres. Al girar el pomo, la puerta no se abrió. En algún momento de la noche alguien me había encerrado con llave.

MANUELA

Debí de quedarme dormida al fin en algún momento antes del amanecer, cuando los gritos cesaron. La luz invernal me despertó entrando por los enormes ventanales. Era más de mediodía, y el sol había salido después de días en los que el cielo plomizo lo cubría todo.

Lo primero en lo que pensé fue en Soren, en el instante en el que me atrapó contra los cristales y quiso hacerme suya de aquella forma tan posesiva y ruda. Una pequeña parte de mi mente, la que controlaba todas mis estupideces y errores, decía bien alto y fuerte que habría merecido la pena, que aquello habría sido sexo del bueno. Y la otra, la objetiva y sabia, gritaba que todo sería un gran error. El problema radicaba en que yo no era así, no entraba en una relación con el sexo por delante, pero la verdad era que nunca me había topado con un hombre como Soren.

Soren era mi perdición. A su lado, el tiempo y el espacio se evaporaban. No pensaba de manera racional porque, rendida entre las sábanas, me di cuenta de que nunca en mi sano juicio habría tenido una relación tan extraña. No sabía nada de él ni de su forma de ganarse la vida, si es que trabajaba en algo, ni de esa obsesión suya por huir del contacto físico. En algún lugar de esa casa, las mujeres gritaban y hombres armados nos vigilaban. Estaba loca, sin duda, y quería morir de placer de nuevo en esa locura.

Ya vestida, decidí que tenía que salir. Estaba convencida de que seguiría encerrada, pero, al bajar la mano, el picaporte se abrió sin problemas. ¿Podía haberlo soñado todo? ¿Los gritos y la puerta cerrada? Me asomé y vi el corredor vacío. La luz entraba a través de los ventanales y la casa parecía desierta, así que, descalza y de puntillas, anduve por la alfombra hasta la siguiente puerta. La abrí sin ceremonia alguna y contemplé un dormitorio similar al mío, un poco más austero. Mientras abría una puerta tras otra, me acercaba a la otra torre y me preguntaba quién sería la chica que gritaba, a la que Soren había traído a Waldhaus en mitad de la noche. Casi al final del corredor, vi salir a Helga de una habitación muy cercana a la de Soren. Llevaba una bandeja en las manos y abrió los ojos, aterrorizada, al verme. Hay cosas que no se piensan, y esa fue una de ellas. Corrí como una posesa y, antes de que Helga cerrara a su espalda, tenía la rodilla metida entre la puerta y el dintel.

–¡Señorita Manuela! –gritó–. ¡Va a tirarme la bandeja, apártese!

El vaso lleno de agua y los platos que llevaba encima con restos de desayuno sin tocar oscilaron entre las dos, pero estaba un poco cansada de secretos y misterios, así que no iba a moverme.

–Lo haré si me dices quién gritaba anoche, Helga.

Se puso colorada y después verde. La estaba cabreando de verdad.

–Señorita, no me obligue a llamar al Zählen. ¡Apártese, le he dicho!

–¿No has oído nada extraño esta noche? –pregunté a Helga con tono firme.

–No. ¿A qué se refiere con algo extraño?

¡Por favor! ¿Iba a decirme que había imaginado los gritos de una mujer?

–Una mujer gritando, es imposible que no los oyeras, Helga.

–¡Serían los fantasmas de Waldhaus!

No sacaría nada de ella, así que, a riesgo de encontrarme algo realmente morboso u horrible, empujé con fuerza la puerta.

–Si entra, el Zählen se enfadará –me advirtió Helga una vez más.

No le hice caso y al momento me arrepentí. Todo estaba oscuro, era una habitación como las demás, como la mía. Las cortinas estaban echadas y apenas había luz, un olor dulzón inundaba el aire. Un gemido proveniente de la enorme cama me asustó. Detrás, Helga cerró la puerta y me acerqué hasta la figura que permanecía acostada. No sé qué esperaba encontrar, pero desde luego no a una mujer de larga melena rubia temblando como una hoja. Era la misma que Soren había sacado del coche. Se agitaba a un lado y a otro como si tuviera fiebre, tenía las sábanas empapadas en sudor y hacía movimientos bruscos, casi espasmos. Abrió los ojos y me miró ausente. Encogió el cuerpo como si quisiera huir de las miradas curiosas.

Suspiré aliviada. Nadie la había maltratado ni estaba herida, ni siquiera enferma, aunque por desgracia lo había visto antes.

–¿Quién es, Helga? –pregunté sentándome en un extremo de la cama deshecha.

–Supongo que no tiene sentido decir que no lo sé, ¿verdad? –intentó decirme con una sonrisa que apenas podía ver en la penumbra.

–No, Helga –la regañé.

–Meike Müller, es la pequeña de los hermanos.

–Debería haber alguien atendiéndola, un médico para aliviar un poco los efectos secundarios y las alucinaciones. Por eso gritaba anoche, ¿verdad?

Helga dejó la bandeja y se sentó a mi lado mientras los gemidos de la hermana pequeña de Soren se volvían más agitados.

–Le di un sedante, pero no le hizo efecto hasta el

aunque tenía el pelo sucio, también era del mismo color que el de su hermano. Tal vez Soren era frío, pero que quisiera salvar de las drogas a su hermana era desconcertante. Había que querer mucho a alguien para verlo así en lugar de dejar que se hundiera. Meike abrió los ojos, aún tenía las pupilas dilatadas y no podía mantener la mirada quieta. No esperé a Helga más tiempo. Con cuidado, la incorporé un poco y se dejó hacer como si fuera una muñeca. Apenas pesaba nada, a través del camisón noté sus costillas, necesitaba atención médica.

–¿Qué haces aquí?

La voz de Soren me detuvo y apreté los dientes con un suspiro. Se acercó con rapidez para ayudarme a sostenerla. Nuestras miradas se cruzaron y vi cuánto dolor había tras esos ojos grises.

–Soren, ayúdame a llevarla al baño, tenemos que conseguir que se le estabilice la temperatura.

No dijo una palabra. Despacio, la cogió en brazos y caminó delante hasta llegar a la ducha. Helga apareció en silencio y abrió los grifos hasta templar el agua.

–¿Sabes lo que haces, Nela? –preguntó Soren con voz firme.

Asentí y él salió, dejándonos a las tres en el baño, asegurándose de que podíamos con la chica. Helga me ayudó a desvestirla y la metimos bajo el agua caliente. Acabé empapada al sostenerla, pero poco a poco su piel fue cobrando color mientras sus ojos me miraban cada vez más centrados preguntándose quién demonios era yo. Con cariño, la secamos; fue más fácil porque ya se sostenía en pie, aunque con dificultad. Daba la impresión de un ser etéreo, extremadamente delgada y alta, con el pelo rubio alrededor de la cara y el flequillo desigual sobre los ojos grises.

–¿Quién eres? –preguntó sentada en el borde de la bañera. Helga nos miró a una y otra y permaneció en silencio.

–Nela.

–Soy Meike –dijo en voz baja. El frío no tardaría en volver a aparecer, al igual que los temblores, pero parecía bastante lúcida–. ¿Te ha traído Soren? ¿Eres médico?

Sonreí mientras Helga le secaba las puntas del pelo como si fuera una niña pequeña.

–Trabajo aquí, Soren me ha encargado restaurar un cuadro.

–¿Mi cuadro? ¿*La bahía*? –preguntó mientras se miraba las manos como si fueran las de otra persona.

–¿Se llama así? ¿Es tuyo?

Meike sonrió y su mirada triste se iluminó un poco, intentó levantarse sola y temí que ambas resbaláramos por toda el agua que había en el suelo. Entre Helga y yo la sacamos con cuidado del baño. Enseguida apareció Soren, había estado esperando todo el rato tras la puerta, en silencio. Los dos hermanos se miraron y Soren sonrió como nunca le había visto hacer. Una sonrisa franca, llena de cariño hacia Meike. Sus ojos brillaron con algo parecido a la emoción. La cogió en brazos con un leve zarandeo y ella sonrió cobijada en su amplio torso. ¡Qué envidia me dio en ese momento su hermana, acunada por su enorme cuerpo!

–¿Cómo te encuentras, Meike? –le preguntaba mientras acomodaba las sábanas y la almohada. Helga y yo parecíamos haber desaparecido y me sentí realmente incómoda en aquella habitación extraña.

–Estoy mejor, Soren.

Decidí marcharme, ya había hecho bastante colándome en esa habitación e irrumpiendo en algo tan personal como lo que acababa de presenciar. Al fin y al cabo, no era nadie en aquella casa ni tenía sentido que me inmiscuyera en temas familiares. Los oí reír y bajé la mirada. Siempre había deseado tener un hermano o familia; aunque te hagan sufrir, están ahí. Los recuerdos demasiados vivos de mi niñez comenzaban a asaltar mi mente y me negué a que me dominaran de nuevo, a que hicieran de mí un triste ser hundido en su pasado.

–¡Nela!

Giré sobresaltada en mi avance por el corredor y Soren me alcanzó cuando iba a entrar en el estudio. Era la primera vez que lo veía sin traje, con una camiseta negra y unos vaqueros azules. Abrumada, olí su crema de afeitar. Soren parecía mucho más joven con aquella ropa. Mi cuerpo se esforzó en hacerme recordar el tacto de su cuerpo contra el mío y la fortaleza de sus músculos. Tuve que apoyarme en la pared de piedra para que las piernas no se me doblaran.

–Gracias.

Lo dijo en voz baja pero firme, sin mirarme a la cara. Quise abalanzarme sobre él, me sentía extrañamente vulnerable ante Soren y, al mostrarme un resquicio de calidez, quería aferrarme a él.

–No he hecho nada –contesté por inercia–. Meike necesita un médico, no puede pasar la abstinencia sola encerrada en una habitación, puede caer en otras adicciones e incluso tener serios problemas de salud en el proceso. No la encierres como si fuera un monstruo, por favor –acabé susurrando.

Sus pupilas se comieron el gris de sus ojos y temí que en ese momento Soren tuviera otra de sus explosiones, como la de mi estudio, por meterme en cosas de familia; pero, en lugar de eso, se acercó despacio acortando la distancia que nos mantenía separados. Me erguí pegando la espalda en la pared y noté el frío de la piedra contra mi camiseta mojada.

–¿Cómo sabes todas esas cosas, Nela? ¿Cómo sabes qué hacer con una adicta a las drogas?

Su aliento me rozó el cuello y el lóbulo de la oreja como si compartiéramos un secreto, mi respiración se agitó y mi corazón comenzó a latir más deprisa.

–Mis padres... –susurré antes de saber lo que estaba diciendo. Nadie excepto Alice y su padre lo sabían, mi pasado me avergonzaba, pero aún más lo hacía sentir la pena en los ojos de los demás imaginando cómo debió de ser mi infancia, sin más familia a la que recurrir.

–¿Por eso te becaron los Barday? ¿Alice también era adicta?

Soren era muy inteligente, demasiado como para no hacerse un mapa de las razones por las cuales Alice y yo, dos chicas tan distintas, nos hicimos inseparables por orden de su padre. El pasado de Alice solo le correspondía a ella contarlo. Demasiadas emociones habían emergido a la superficie al ver a la hermana de Soren. «No llores, Nela, ahora no. Ni se te ocurra».

–Todos tenemos cicatrices, Nela, unas se ven y otras se quedan escondidas para siempre.

Soren me cogió de los hombros y se inclinó; ante mi negativa a mirarlo, rozó con la barbilla mi frente y descendió por mi rostro hasta rozar sus labios con los míos. Allí, atrapada contra la pared, me recordó que estábamos a pocos pasos del estudio, de la cristalera contra la que casi me hizo suya. Levanté los brazos despacio para dar tiempo a Soren a que se apartara si quería, apoyé primero una mano en su cuello, rozando su pelo en la nuca, y después la otra, con una breve caricia, sobre su hombro. No me apartó ni me esquivó, ni siquiera sentí el dolor y la tensión que parecía adueñarse de él cada vez que lo tocaba.

–¡Soren! ¿Es Meike? ¿Está bien?

La voz de Jürgen rompió el hechizo y Soren saltó hacia atrás, el frío se hizo entre ambos, y tomó el control de él de nuevo.

Jürgen sonreía como un crío. Nos había sorprendido y ahora estaría inaguantable, aprovechando mi debilidad. Soren lo rodeó y volvió a entrar en la habitación. Su hermano me guiñó un ojo y, con las manos en los bolsillos y expresión inocente, lo siguió dentro de la habitación de Meike.

MANUELA

Desde el estudio oí cómo llegaba un coche, voces en los corredores y el trasiego de gente. Soren mandó llamar a un médico especialista, como me dijo Helga al traer la comida. La acompañaban unas magdalenas recién hechas, como si quisiera agradecerme lo de Meike.

Pronto me aislé de todos, de las voces, de los coches, del exterior... por pura necesidad. Monet me llevó a su bahía francesa, azul y soleada, lejos de los pinos y las montañas de Baviera. También lejos de mis recuerdos, empañados por la pena y el miedo; ya casi no recordaba el rostro de mis padres. Sentí el calor sobre la pequeña playa de arena a la que devolvía el color difuminado por las olas y me dejé acunar por el viento que hinchaba las velas de las pequeñas embarcaciones. Imaginaba que era domingo en la bahía y Monet primero creaba tres espacios, playa, mar y cielo, para después darles vida a cada uno de ellos. Figuras que apenas eran un trazo negro esperaban a lo lejos en el embarcadero mientras los veleros se acercaban.

Entonces, pude apreciar lo que sospechaba: bajo aquellas pinceladas de color difuminadas había trazos desiguales, como si el pintor hubiera cambiado de idea y ocultado un primer esbozo, una rectificación muy habitual en arte. Destapé el cuadro gemelo y los observé, alejándome, ¿qué habría llevado a Monet a cambiar su composición? Tal vez había un elemento que su colega Renoir no había plasmado y él decidió eliminar para no alterar la semejanza de ambos paisajes.

–Lo has destapado, creí que te distraía.

Di un salto, asustada. Soren estaba en la puerta, ni siquiera sabía el tiempo que llevaba allí observándome.

–¡Me has asustado! ¿No sabes llamar? –pregunté con una sonrisa.

Otra vez sin traje, solo con una camiseta de manga corta y vaqueros. Los golpes de su rostro comenzaban a ennegrecer, lo que no le restaba atractivo, sino que resultaba más atrayente. ¡Ay, Nela! Me dije. Estas perdiendo el norte, debes temer a este hombre y sus heridas y cada vez lo tienes más dentro.

–Lo hice, aunque no lo creas, pero al no contestarme, entré.

Pasó entre las dos mesas abarrotadas de cosas, pero en perfecto orden, y se detuvo a mi espalda.

–¿Cómo está tu hermana? –Me interesé mientras me soltaba la camiseta, que anudaba sobre mi cintura para trabajar.

La dejé caer sobre los vaqueros con timidez hasta verla descender hasta mis rodillas. Estaba incómoda, no sabía dónde poner la mirada, así que permanecí con la vista fija en los cuadros. Soren apartó con el pie mis zapatos bajos, tirados de cualquier manera a mi lado. El calor comenzó a subirme desde las piernas cuando los recuerdos de lo que había sucedido en aquella sala hacía menos de un día me asaltaron.

–Está mucho mejor. Meike es fuerte, tengo la esperanza de que esta vez lo consiga. –Calló un momento–. No es la primera vez que pasa por esto, lo ha intentado en clínicas especializadas, pero al final siempre acaba encontrando la manera de huir.

–Tiene suerte de teneros a Jürgen y a ti. –Las palabras se escaparon de mis labios sin pretenderlo y Soren dio un paso, se acercó con lentitud y se aferró a mi cintura.

–¿Cómo va nuestro cuadro? –susurró Soren cerca de mi oído. Con la espalda pegada a él, sentí el calor de su cuerpo. Su voz sonaba peligrosa y terriblemente tentadora.

La piel del cuello se me erizó mientras notaba sus manos calientes a través de la fina camiseta que utilizaba para trabajar, las dejó quietas y, sin embargo, el hormigueo abarcó todo mi cuerpo. Di un paso hacia adelante para evitar que siguiera distrayéndome porque, si seguíamos por ese camino, sabía que acabaría besándolo como una posesa hasta acabar desnuda como la última vez.

–Bien, aunque hay algo que me tiene intrigada. ¿Ves el perfil sobre la arena? Parece una figura. –Esas palabras llamaron su atención y dejó a un lado la seducción para situarse junto a mí con interés–. Hay rectificaciones bajo lo que ves ahora mismo, necesito hacer un escáner o una radiografía para saber lo que hay debajo. Si sigo a ciegas, podría dañar la composición. –De manera inconsciente, comencé a morder el lápiz–. Aquí, ¿lo ves? Lo ocultó rápido una y otra vez con trazos fuertes, antes de secarse. Creo que ha aparecido una mujer en nuestro cuadro para alterar todo el orden.

No sabía el grado de conocimientos de Soren acerca de pintura, pero, por la forma en la que miraba el lienzo, parecía pensar en algo. Su perfil parecía más relajado desde que lo vi en la habitación de Meike, como si el hecho de que yo supiera cuáles eran sus secretos lo hubiera liberado un poco de la tensión que mostraba ante mí.

–Tienes razón. Para pintar paisajes, Monet comenzó a utilizar tubos de pintura, una aberración para algunos artistas, pero era la única forma de pintar en el exterior sin que se secara al momento. Tal vez quitó algún elemento –afirmó Soren pensativo.

–¿Sabes si en el otro cuadro ocurre lo mismo?

–No, estoy seguro. Conozco ese cuadro muy bien.

El silencio de Soren que acompañó a aquella declaración estaba lleno de tensión. A veces hubiera muerto por entrar en su mente y saber qué le pasaba por la cabeza, cuál era su oscuro pasado. ¿Qué le había ocurrido para llenar su mente de tan extraños comportamientos?

–Un cuadro con un secreto vende más si lo que quieres es tasarlo una vez restaurado.

Comenzó a reír mientras negaba con la cabeza. Se acercó y me dio un breve beso en los labios.

–Nela, careces de tacto para sonsacar información, pero tienes razón, los secretos siempre valen más –dijo con un tono enigmático–. Acaba de restaurarlo, el cuadro no saldrá de aquí para hacerle pruebas.

–¡¿Adónde vas?! –grité mientras lo veía salir.

–A trabajar. –Se detuvo un momento y cogió aire–. Por cierto, tienes permiso para salir a pasear.

Ahogué un grito de júbilo e intenté mantener la voz impasible.

–Vale, ¿eso significa que tengo permiso para salir de la casa?

Se giró con una sonrisa sincera y, con un movimiento, se ajustó el reloj en la muñeca.

–No te acostumbres, Nela, y solo es un paseo por los alrededores. Mirko irá contigo.

–¿Tú no vienes? –pregunté esperanzada. Ni siquiera sabía si nuestra relación o lo que fuera seguiría o si había sido solo un momento de pasión.

Desapareció por la pequeña puerta sin contestar, como solía hacer, y corrí a colocar todo, nerviosa como una colegiala. Con Jürgen solo había rodeado la casa y llegado hasta la verja por el camino que seguimos el primer día, pero hoy quería explorar la parte de atrás. Los hermosos bosques bávaros, los que veía desde mi estudio, aunque fuera con un guardaespaldas como compañía, invitaban a perderse en ellos.

Al salir al corredor, me topé con Mirko, salía de la habitación de la hermana de Soren. ¿Era impresión mía o lo hacía de manera furtiva? Al darse cuenta de que lo había visto, se puso rojo como la grana.

–Hola, Mirko, creo que eres mi acompañante –dije con aire distraído–. ¿Qué tal está Meike? Mejor, ¿verdad?

Si lo hubiera zarandeado para que reaccionara, no creo que siquiera hubiera pestañeado, parecía un bloque de hielo, excepto por el color de sus mejillas.

–Está bien –afirmó con su acento ruso.

–¿Has venido a verla?

–No. Subía a buscarla a usted. Tardaba demasiado.

¡Yaaa! ¿Se pensaba que era tonta? Daba la impresión de que intentaba justificar su presencia en la habitación de Meike.

–¡Pues vámonos! –lo azucé impasible. Ahora, el secreto de Mirko estaba en mis manos. ¿Qué daría Soren por saber que su adorada sombra bebía los vientos por su hermana?

Rodeamos la casa, yo delante, retrasando lo máximo posible mi paso y Mirko detrás, haciendo lo mismo para no ir a la misma altura.

SOREN

Vi cómo aparecían por la esquina, Nela sonreía torturando a Mirko. Andaba cada vez más despacio hasta que él se detuvo, exasperado, para poner unos metros entre ellos. Mirko mantenía las distancias, como debía ser, siempre un paso por detrás para asegurar la posición de quien protegía, pero Nela parecía no entenderlo, empeñada en que fuera a su lado. Pasaron junto a los guardias armados y salieron del perímetro rumbo al bosque.

Jürgen entró en el estudio y acudió junto a la ventana para ver qué miraba.

–¿Adónde van? ¿Es seguro que salga con Meike en la casa?

–No puedo tenerla encerrada aquí todo el maldito día.

–¿Desde cuándo te importa? –me preguntó enfadado–. ¿Y si el cabrón de Andréi decide venir a por Meike? Es su mujer, tiene derecho a llevársela cuando quiera, puede aparecer con sus matones y montar en nuestra casa la guerra del siglo.

–Pues moriremos todos, pero Meike no volverá a salir de aquí.

Intenté mantener la calma. Nunca hubiera dejado a nadie salir del perímetro de guardias, pero para Nela parecía importante sentirse libre, tener permiso para salir cuando quisiera. Empezaba a intuir que, al igual que yo, no había tenido una infancia fácil. Sus padres debían de haber sido unos adictos a las drogas para que la fundación de Barday la acogiera. Eso no estaba en el informe. Alguien la había cagado, pero bien, al investigarla, y me enteraría de quién había sido.

—Te la has tirado, ¿verdad?

Jürgen era tan sutil como Nela.

—No te importa, hermanito.

Quedamos uno frente a otro y Jürgen sonrió como cuando éramos niños y conseguía picarme con cualquier tontería.

—Eres un idiota con suerte, Soren. Si no sales con ella, lo haré yo.

—Hazlo, entonces. No me interesa dar paseos, tengo mucho trabajo.

Se marchó del estudio a la carrera. Siempre había sido así con Jürgen, desde una competición continua a su convencimiento de qué era lo mejor para mí. Al momento, lo vi salir por la puerta de atrás y correr hasta alcanzarlos. Nela lo recibió con una sonrisa sincera y Jürgen, antes de echar sus brazos sobre los hombros de ella con confianza, miró hacia la ventana con una sonrisa cínica. El golpe de mi puño sonó seco sobre la mesa de caoba. «¡Joder!», musité antes de sentarme frente al portátil y teclear la clave de la intranet de mis empresas. A veces deseaba haber sido el jodido hijo pequeño de los Müller.

NELA

Volvimos al anochecer, con palos y piñas para las chimeneas. Alguien se ocupaba ya de esa tarea, pero era divertido volver con las piernas cansadas y riendo como locos.

El pobre Mirko iba detrás bufando, parecía harto de nuestras tonterías. Hacía tiempo que no me relajaba tanto, aunque la culpabilidad rasgaba ese momento feliz. A cada paso dado junto a Jürgen, imaginé que era Soren el que sonreía como un niño y hablaba sin parar, que era con él con quien compartía esa tonta intimidad. ¡Se parecían tanto físicamente! Soren nunca sería así, expresivo y divertido, y yo tampoco lo deseaba; lo cierto era que me gustaba su expresión seria e intentar arrancar una sonrisa en su rostro. Tan especiales por ser tan escasas. Suspiraba por un hombre que no tenía, por alguien que se escudaba en la frialdad, que no dejaba que lo tocaran sin su permiso y que, con solo hablarme, convertía mis piernas en gelatina líquida.

Dejé a Jürgen en el estudio bebiendo una copa, piqué algo de la comida que había sobre la mesa del comedor y subí las escaleras. Hasta eché de menos a Mirko detrás.

—Hola, Helga —dije cuando la encontré a punto de bajar las escaleras.

—¡Señorita! —exclamó con su alegría innata—. El Zählen acaba de preguntarme por usted, si había vuelto de su paseo.

—¿Está con Meike?

—No, acabo de llevarle la cena a su habitación.

¿Quiere que le avise de que ya ha vuelto? Le he notado un poco intranquilo.

–No se moleste, Helga, yo misma se lo diré.

En cuanto esas palabras salieron de mi boca, me arrepentí. Un paso detrás de otro llegué al otro extremo del corredor, al lado contrario a mi habitación. La última vez que fui hasta allí, Soren me besó y me echó, por ese orden, y a su vuelta, dos días más tarde, sentí lo que significaba el placer entre sus brazos. Necesitaba hablar con él, preguntarle cuál era ahora nuestra relación. ¿Podía él besarme en público, o yo a él? ¿Estábamos juntos? ¿Volvería a estar entre sus brazos? ¿Querría que acabásemos lo que ya habíamos empezado?

Soren estaba como la última vez, de pie detrás de la mesa, y la pantalla del ordenador iluminaba su silueta mirando hacia el bosque. Las luces de los focos exteriores llegaban difusas hasta los rincones de la habitación. Debió de oírme, porque se giró con las manos en los bolsillos.

–Ya hemos vuelto. Me he encontrado a Helga, dice que has preguntado varias veces por nosotros. No tenías que preocuparte, Jürgen decidió acompañarnos.

–¿Jürgen te atrae, Nela?

Si no se hubiese tratado de Soren, hubiera pensado que estaba celoso. Seguí avanzando hasta llegar a su lado.

–No –negué simplemente. Las explicaciones solo servirían para adornar esa verdad absoluta.

–¿Lo has pasado bien?

Su tono era seco, hasta parecía dolido. Y el dolor de Soren empezaba a ser mío también.

–Ha sido frustrante. Llevo días queriendo salir a campar por ahí a mis anchas y solo pensaba en ti.

Los hombros de Soren se relajaron, sacó las manos de los bolsillos y se giró para mirarme por primera vez desde que había entrado. ¿Ahora qué se suponía que debía hacer? ¿Debía hablar, tirarme a sus brazos? Mierda, acababa de abrir mi corazón de par en par a un hombre frío como un témpano que lo siguiente que haría sería echarme de su habitación.

Soren rompió mi cadena de pensamientos y dudas rozando mis mejillas con las palmas de sus manos, acunó mi rostro con suavidad como nadie lo había hecho nunca.

–Nela, ¿qué voy a hacer contigo?

Su tono desesperado casi me hizo gracia, hasta que agarró las solapas de mi chaqueta y la deslizó por mis hombros. Los brazos me quedaron laxos, atrapados aún por las mangas, y se inclinó sobre mí. Su olor me envolvió mientras se acercaba a mi cuello. Hizo aquello que me desarmaba, buscó el punto en el que el latido de mis venas era más fuerte y sus labios lo absorbieron entre sus dientes. Acabó de quitarme la chaqueta y la dejó con cuidado sobre la silla. Lo observé atónita. ¿Cómo era capaz de sentir su pasión y contenerse hasta el punto de colocar la ropa cuidadosamente? Soren se dio cuenta de la expresión con la que lo miraba y sonrió con seguridad.

Las finas arrugas que aparecieron en su rostro hicieron que sus ojos grises se iluminaran. Adoraba su semblante las pocas veces que lo veía relajado. Con determinación, me quité las botas de montaña con los talones, descendí unos centímetros y la distancia entre nuestros rostros aumentó. Cogí las botas sin apartar la mirada y las lancé sobre la alfombra.

Soren se rio y yo con él. No creo que nadie le sepa tocar las narices tan bien como yo.

–¿Vas a besarme o tengo que recoger primero lo que he tirado?

–No sé si voy a besarte o a darte unos azotes por incordiarme.

–¿Beso o azotes? Beso, sin duda.

Esa vez no se rio, me rodeó con sus brazos e incliné la cabeza para esperar su beso. Los labios me cosquillearon ante su contacto y lo recibí con todo mi cuerpo, refugiada entre su sabor y su calor. El olor de Soren, de su piel, indescifrable, tan agradable y conocido, inundó mis sentidos. Noté su tacto sobre mi espalda y me aventuré de puntillas a aferrarme a sus hombros. Sentí cada nudo de sus músculos, con una caricia cargada de intenciones, de arriba abajo, hasta llegar a sus muñecas sin que me apartara. Con valor, hundí las manos bajo su camiseta para sentir su estómago firme, las líneas oblicuas que marcaban su ingle hasta el pecho. Supuse que no duraría más que unos segundos hasta que Soren me alejara.

Uno a uno, con los labios sobre los míos, desabrochó los botones de mi blusa con la precisión de un cirujano, sin dudas ni temblores, hasta tenerme solo con el sujetador. Moría por tener sus manos sobre mí, un deseo palpitante que no podía aplacar. Apreté las yemas de los dedos contra la fibra de su torso, hasta llegar al cuello. Soren se quitó los pantalones y me separó con brusquedad para cogerme en brazos.

Soren caminó hasta la cama con grandes zancadas, sin mirarme, como si yo no pesara nada, y caímos juntos sobre las sábanas. No me importó cuando inmovilizó mi cuerpo y quedé entre sus piernas, quieta, viendo cómo se quitaba la camiseta. Sus ojos estaban entornados mientras me levantaba los brazos sobre la cabeza, y quedé expuesta ante él, desnuda e insegura. A la tenue luz de los focos, el cuerpo de él era perfecto, ancho como para perderse, y tentador, con esas líneas que marcaban el inicio de sus caderas. Era la primera vez que lo veía completamente desnudo, y no solo el corazón comenzó a latirme con fuerza.

–Soren, yo...

–Calla, Nela, después –dijo, y me dio un beso que me hizo callar mientras su lengua se hundía una y otra vez jugando conmigo.

SOREN

Nela me miraba como si fuera a comerme, su pasión y su entrega solo eran comparables a su inocente forma de intentar tocarme. Poco a poco era consciente de sus manos sobre mis brazos y mis hombros, pero joder, podía soportarlo. Mierda, ¡claro que podía, por una vez tenía que soportarlo, necesitaba sentir su maldito tacto sobre la piel. La reina del sexo rosa se estaba ganando mi piel centímetro a centímetro y solo deseé que esos labios se cerraran en torno a mi erección y acabar enseguida, pero ver a Nela excitada, con solo esa ropa interior blanca tan inocente, entre mis sábanas, me volvió loco. Pasé las manos por su espalda haciendo que ahuecara el torso contra mi cara y le desabroché el sujetador. No perdí ni un momento y comencé a lamer cada centímetro color canela de sus pechos hasta notar cómo se endurecían bajo mi lengua. Saboreé cada recoveco de su cintura hasta su vértice empapado y posé la palma de mi mano sobre él. Mi gesto le arrancó un gemido y enseguida quiso apartarse, pero la retuve un poco más con las muñecas agarradas. ¿Algún día me dejaría atarla?

Recorrí con el dedo la línea blanca de sus bragas en contraste con la piel morena, rozando su sexo, me encantaba la sensación, aun así, tiré hacia abajo de ellas a riesgo de soltar sus muñecas. Estaba húmeda y preparada ante mí con sus piernas abiertas. Una vez más, Nela, inquieta y ansiosa, se encorvó de placer y quedó enterrada contra mi rostro. Con la lengua, me abrí paso entre sus pliegues. Un surco de humedad amenazó con desbordar a Nela, pero continué, cegado por sentir su cuerpo retorcerse de placer. Iba a correrse en un momento y sentí sus manos en mi espalda, una caricia posesiva que pronto sería ansiosa. Aparté la lengua e introduje los dedos, separé mi cuerpo del suyo y los introduje lentamente hasta que sus músculos se contrajeron en torno a ellos. Nela me desarmó, su rostro anhelante, sus ojos entornados, su ansia por tocarme, aunque aún se conformara solo con tener sus manos en mis brazos. Seguí introduciendo los dedos en su cuerpo con una cadencia suave, retrasando el momento de su orgasmo, y ella levantó los ojos hasta los míos.

Entonces lo supe. Daba igual que la hiciera correrse, Nela no estaría completa hasta tenerme por entero. Enlacé los dedos, húmedos de su propia esencia, con los suyos, al agarrarle las manos. Nela abrió los ojos con una interrogación dibujada, pero se dejó hacer. Respiré hondo antes de tomar el control sobre el miedo. Llevé su mano derecha hasta mi pecho y vi su sonrisa dulce, la dejé allí posada para que sintiera cómo mi corazón bombeaba deprisa debido a la excitación. Latido tras latido, Nela se mordía los labios sabiendo lo que ese simple gesto significaba para mí, tan cerca del corazón. Con determinación, descendió despacio, como si el momento fuera eterno y en sus dedos contuviera toda la ternura del mundo, hasta aferrarse a la excitación de mi pene. Ahogó un gemido de sorpresa ante la potencia de mi erección. Así, con nuestras miradas entrelazadas, con su mano envuelta en mis líquidos y la mía en los suyos, gemimos de placer. Aparté sus manos a los lados y ella rio ante mi falta de control y la suya propia. No me molestó, sino que, sin saber por qué, la besé antes de embestirla. Un acto de ternura del que no me creía capaz en mitad de cada envite contra su cuerpo. Me costaba llegar hasta su fondo, y ¡sí! la penetré con fuerza y rapidez mientras la calidez de los músculos de Nela, estrechos y húmedos, envolvían mi pene.

–¡Soren! –gritó perdiendo el control de su cuerpo.

Me corrí como un puto crío al sentir sus espasmos, la llené por entero y vacié en ella hasta la última gota de placer de mi cuerpo. Nela me abrazó. La desbordé por entero mientras ella gritaba mi nombre. El sudor de mi cuerpo se fundía con el suyo, no quería salir de ella. Para Nela, esa era su forma de dar y recibir, el contacto físico, y simplemente no quería hacerle daño. No deseaba apartarme de manera brusca, Nela no era otra de esas mujeres que pasaban por mi cama para no volver, Nela tenía demasiado corazón, demasiado pasado para ser duro con ella. Cualquiera habría dejado a Meike allí tirada en la cama, pero como una tirana, Nela me había abierto los ojos. Debía llamar a un médico y ella se hizo cargo de la situación. Nela encontraba todos los huecos vacíos de mi interior y los llenaba de nuevo de luz.

La dejé abrazarse a mi cuerpo y rodé hasta colocarla a mi lado. Tan cauta como siempre, se acurrucó sin tocarme. Era curioso que siempre me hiciera enfadar con tonterías y luego aceptara mi extraña forma de ser.

–Soren, ¿tengo que irme a mi habitación? –preguntó somnolienta con el rostro hundido en mi piel.

Coloqué la barbilla sobre su pelo para que no me viera pensar. ¡Joder! La próxima vez tenía que sacarla de allí para follar. ¿Y ahora qué, Soren?

–Nela, escucha, te llevaré a tu cama, allí dormirás más a gusto que conmigo.

No contestó, así que me incliné para mirarla: se había dormido y su respiración era profunda. El pelo le caía por el rostro, ocultando el arco de sus cejas, y me recreé admirando sus pómulos suaves. Tenía una

fina línea en la frente por su permanente ceño fruncido y la seguí con la yema de los dedos como si quisiera borrarla. La tentación de despertarla era fuerte,
aunque podía cogerla en brazos y llevarla hasta su
habitación. Un momento más hasta que durmiera
profundo y lo haría.

Antes de que el sueño me venciera, recordé que
toda nuestra ropa estaba tirada por la habitación y
que no había llevado a Manuela a su cama.

NELA

Desperté desorientada, aquella no era mi habitación. Los recuerdos de la noche anterior me inundaron, la forma en la que Soren y yo nos habíamos entregado, su cuerpo sobre el mío. Había permitido que lo tocara por un breve instante y fue una sensación maravillosa. Estaba tapada con las sábanas y lo busqué a mi lado con cierto temor, sus ojos a veces eran tan fríos que no me decían nada de sus estados de ánimo. No estaba.

Al levantarme, vi toda nuestra ropa recogida y colocada sobre una silla, y me puse colorada al ver las bragas y el sujetador cuidadosamente doblados. Ese hombre era un misterio lleno de obsesiones. ¿Qué habría llevado a Soren a ser así? ¿A rehuir el contacto físico y ser tan desconfiado? Jürgen hablaba de casi todo, a excepción de las manías de su hermano. El resto de habitantes de Waldhaus daban por normal sus rarezas y tampoco hablaban de ellas, todos se habían convertido en mis cómplices y me advertían con pequeños gestos cómo lidiar con Soren. Colocaban un libro que yo había cambiado de lugar o recogían mi chaqueta olvidada en alguna silla del salón, pequeñas pistas que me ayudaban a comprender a su alemán. Ya vestida fui hasta mi habitación sin encontrarme a nadie en el camino y bajé una hora después, tras darme una ducha fría para apaciguar el fuego que aún me recorría el cuerpo al rememorar cada momento con Soren.

Soren, Soren. Enfadada conmigo misma, bajé las escaleras. ¡¿Cómo podía ser tan estúpida?! Al ir a su habitación sabía lo que ocurriría, y ahora me daba cuenta de que, poco a poco, me estaba enamorando de él. La pregunta de qué significaba yo para Soren Müller no me dejaba en paz, se repetía una y otra vez en mi cerebro.

Desayuné sola, no apareció ninguno de los dos hermanos, así que subí a mi estudio a continuar el trabajo. Al menos, cuando estaba allí, pensaba un poco menos en Soren. Una alegría inexplicable me arrancaba una sonrisa cuando estaba frente al cuadro, como si cada vez que me sentara frente a él estuviera en casa. El mismo día que descubrí la figura que el artista había escondido, apareció Meike. Como si de alguna forma, a medida que avanzaba descubriendo los colores del lienzo, también avanzara mi relación con los habitantes de la casa. Era incapaz de concentrarme, inmersa en el mundo de los Müller.

–¡Nela!

–¡Meike! –La hermana de Soren apareció en la pequeña puerta del estudio seguida de Mirko. Estaba fantástica, con unos pantalones de pinzas negros que mostraban sus finos tobillos y una camisa grande remangada. Su rostro aún tenía un color pálido y su extrema delgadez era evidente, pero nada que ver con el amasijo tembloroso de hacía unos días–. ¡Estás mucho mejor!

–Sí, ¿verdad? –contestó con una sonrisa y un guiño de ojos.

Giró sobre sí misma con los brazos abiertos y sus ojos grises, iguales a los de Soren, brillaron. Mirko, a su espalda, no se perdió uno solo de sus movimientos. Lo señaló con la cabeza con una mirada cómplice.

–¿Te importa que Mirko y yo nos quedemos un rato? No puede separarse de mí, ¿sabes?

Lo entendía. Soren temía que, sin vigilancia, Meike huyera de nuevo.

–Pasad, por favor –dije mientras les ofrecía los taburetes de alrededor. Meike se sentó sin dudar a mi lado y Mirko fue hasta los ventanales para observar el exterior.

–¡Ey, Nela! –exclamó Meike acercándose al Monet–. ¡Fantástico! Llevas un buen ritmo. Es precioso, es una verdadera pena cómo lo trataron. Su gemelo estaba mucho mejor cuando comencé con él.

Me giré como un resorte para mirar a Meike.

–¿Eres tú la persona que ha restaurado el cuadro de Renoir?

Enfrentó sus ojos grises a los míos con cierta decepción. Vi cómo Mirko se giraba y nos miraba, alerta. Meike relajó un poco su expresión dolida y sonrió.

–Bueno, supongo que lo merezco. ¿Creías que era solo una yonqui loca?

–Meike... –intenté disculparme.

–¡Bah!, no importa, Nela. Estudié Bellas Artes en el Royal College –me contó, sonriendo ante mi asombro–. Nada más terminar los estudios, conocí a Andréi. Me casé con él a pesar de la oposición de mi padre y mis hermanos y comencé a volar sin control. Mi marido, quince años mayor que yo, resultó ser un mafioso ruso traficante de drogas que periódicamente me secuestra y me engancha de nuevo para retenerme a su lado.

Mirko se acercó a ella y Meike lo retuvo con un gesto de la mano.

–Meike, ¿estás bien? –le preguntó con evidente cariño.

–Tranquilo, Mirko, solo saco mi mierda a pasear. Nela sabe escuchar tan bien como tú.

Meike dejó en suspenso lo que aquello significaba y me pregunté si Soren tendría alguna idea de que Mirko estaba completamente enamorado de su hermana pequeña.

–Así que eras tú la restauradora. Me imaginaba a un señor muy mayor y meticuloso, con sus lupas de aumento. –Reí mientras me llevaba las manos a los ojos y simulaba unos anteojos. Al fin lo logré, Meike se relajó. Cogió un pincel de la mesa y mesó los suaves filamentos con cuidado–. Ayúdame, Meike, es tu trabajo, yo solo te sustituyo.

Con pena, sostuvo el pincel entre sus dedos y me mostró en alto cómo le temblaba el pulso.

–Aún no puedo, pero sí quedarme. ¿Quedarnos? –dijo mirando a Mirko, que asintió–. Mis hermanitos se han marchado esta mañana a Berlín a no sé qué subasta, creo que volverán el domingo...

Una semana sin Soren... un mundo sin él.

–Quédate, Meike. –Cogí sus manos entre las mías para quitarle el pincel–. Ya habrá tiempo para todo. Tú también, Mirko, por favor.

SOREN

Volví sin aire, sin saber qué me había pasado en Berlín. Normalmente, las crisis de ansiedad aparecían ante situaciones frustrantes, como cuando una mujer besaba mi mejilla o hacía el amor sin atarlas. A veces, solo cuando alguien me palmeaba en el hombro o me daba la mano. Casi siempre respiraba hondo hasta recuperar el control. Nunca así, sin más, y creía saber la respuesta. Día tras día revivía el cuerpo de Nela, su sonrisa, hasta su forma de tocarme los... Y Jürgen lo pagó todo. Le hice pujar por obras que no queríamos, perdí una espada otomana del siglo XII por estar distraído y, bajo cuerda, estuve a punto de comprar una falsificación. Al final, me rendí y volví antes que Jürgen y su sonrisa satisfecha por verme tan jodido.

Había nevado y una fina capa blanca cubría los jardines de Waldhaus, así que Helga había ordenado que echaran sal sobre los escalones. Supervisaba la tarea dando pequeños saltos embutida en un abrigo de lana. Tenía que recordar traerle de Berlín un abrigo polar como los de mis guardas.

–Zählen, no sabíamos que volvía hoy. Le prepararé el almuerzo.

–¿Y la chica?

Helga sonrió de la misma manera absurda que Jürgen ante mis idas de cabeza.

–En el estudio, señor, con todos.

¿Con todos? ¿Qué todos? Pasé de preguntar a Helga, tan parca en palabras como siempre. ¿Quiénes eran todos? No tenía acceso desde el móvil a las

grabaciones del estudio fuera de la finca, afortunadamente, porque no dudaba de que en más de una
ocasión me hubiera sentido tentado de verla trabajar. Me desprendí del abrigo, que dejé de cualquier
manera sobre la escalera, y subí los escalones de dos
en dos sin saber por qué corría. Atravesé el corredor y
me detuve en las pequeñas escaleras que llevaban al
estudio. Todo estaba en silencio, así que entré despacio mientras me deshacía de los guantes. Mirko dio
un salto del sofá en que estaba sentado al verme y le
ordené con el índice sobre los labios callar. ¿Un libro?
¿Mirko leía en el estudio? ¿Un tratado sobre pintura?
¿En serio, Mirko?

De espaldas, cada una sentada en taburetes altos e inclinadas sobre el cuadro, estaban las dos. La
figura de Meike, más alta que Nela, se inclinaba en
mayor ángulo; su pelo rubio bajo un pañuelo en forma de pico luchaba por escapar. Llevaba puesta una
de las camisetas de trabajo de Nela, que le quedaba
mucho más corta que a ella. Y allí estaba Nela, con el
pelo recogido con un pincel largo y los brazos desnudos bajo la camiseta sin mangas. Se puso de pie para
coger algo de la mesa y la luz se reflejó en su pelo castaño. Su pequeño pendiente brilló captando la luz
y admiré la suave curva de su cuello. De perfil y con
aquella ropa, parecía muy joven e inocente. Debió de
sentir mi presencia, porque giró sus ojos cobalto.

Mantuvo la mirada con intensidad, pero al momento sonrió, estaba contenta de verme. Yo no podía reaccionar. ¿Nela había hecho que mi hermana
volviera a tocar un lienzo? La complicidad de ambas
hacía un momento, envueltas por el silencio, atravesó algo parecido a mi alma si aún la tuviera.

Me sentí un intruso ante la escena de las dos com-
penetradas y Mirko allí leyendo un libro hasta hacía
un instante, como una escena campestre del estudio

de algún maestro pintor, bucólico y tranquilo. Hasta el sol se había dignado a aparecer y calentaba a través de las cristaleras.

Sonreí cuando Nela trastabilló al ponerse sus zapatos planos, esos que parecían de bailarina. Por lo menos, ya era capaz de encontrarlos sola. Dejó el lienzo a la vista al moverse, casi habían terminado entre las dos.

—¡Soren! Pensé que volvías el domingo.

El dolor me invadió como nunca lo había conseguido una maldita paliza de mi padre. Lo vi en sus ojos. Nela estaba enamorándose de mí. Permanecí inmóvil, cagado de miedo. Quería abrazarla, decirle que la había echado de menos, pero no pude. Sentí cada latido de mi corazón golpeándome el pecho.

Meike nos observó a uno y a otro, igual que Mirko, y rompió la tensión que se había instaurado entre Nela y yo acercándose a mí.

—Soren. —Meike besó mi mejilla, dándome tiempo por si quería apartarme de ella.

—Os espero para comer.

Salí de allí antes de cometer la tontería de coger a Nela en brazos y recibir la bienvenida que merecía con sexo duro sobre la mesa de mi estudio, o coger el jodido lienzo y volver a ensuciarlo para que el tiempo no corriera tan deprisa, para que Nela no se fuera nunca.

MANUELA

–¿Qué pasa entre Soren y tú? –preguntó Meike al ver marcharse a su hermano sin saludar.

–Nada –contesté aturdida. ¿Qué esperaba, que él se acercara y me besara?

–No me mientas, a mí, no –dijo Meike volviendo a su sitio. Ante nuestra sorpresa, Mirko desapareció sin querer saber nada de nuestra conversación. Crucé los brazos en actitud defensiva, de pie frente a ella–. Lo he visto, Nela.

–¿Qué crees que has visto? No hay nada entre tu hermano y yo, ya te lo he dicho.

–No te das cuenta, pero lo miras con un brillo en los ojos que no puedes esconder. –La vi levantarse y coger un pequeño lienzo en blanco de las mesas, uno de los que usábamos para las pruebas de color–. Está bien, haré terapia contigo, la pintura es la expresión del alma. Sé bastante de estas cosas, es lo que tiene haber estado en mil centros de locos. Si tuvieras que pintar a Soren, lo que sientes por él, Nela, ¿cómo sería tu cuadro?

–Yo no... Estás loca, Meike.

–Hazlo. Dime qué dibujarías.

Permanecí un momento en silencio, la mente de artista de Meike intentaba jugarme una mala pasada, suspiré hondo al comprender que estaba acorralada. Me producía vértigo pensar en lo que había entre Soren y yo y saber que mis esperanzas de tener una relación normal con él eran cero. El suspiro que lancé al volver a respirar hizo que el corazón se me escapara por la boca.

—El amor no se puede pintar.

Caí derrotada en el taburete, confusa, herida, abochornada, porque si Meike lo había notado, era muy probable que Soren también. Negar tantas veces ese sentimiento a una misma no hacía que desapareciera por arte de magia.

—Escucha, Nela. —Me cogió las manos para encerrarlas entre las suyas—. Te aprecio mucho y nada me gustaría más que Soren encontrara algo que hiciera latir su corazón, pero te hará daño. De relaciones tóxicas sé bastante. No, no me mires así. Está muy tocado, ¿sabes?

La dejé hablar porque no tenía sentido negar lo que sentía por él, cuando ya era demasiado evidente.

—¿Qué le ocurrió, Meike? Algo debió de provocar que se volviera así, ya sabes. No hablamos, no deja que lo toque... —insinué mientras sin querer me clavaba la virola del pincel en la yema de los dedos y retorcía las cerdas manchadas de pintura.

Meike miró un momento hacia el exterior y agarró con fuerza mis manos haciendo que soltara el pincel curvo.

—No te lo ha contado, claro. Jürgen y yo lo superamos a nuestra manera, pero Soren era el mayor. Nuestra madre murió joven y mi padre era un desgraciado voluble que tan pronto nos abrazaba como, sin motivo aparente, se molestaba por los tres mocosos que corrían por la casa y nos daba una paliza. Soren siempre era su blanco preferido, le decía que debía hacerse un hombre, que la vida era dura y debía forjarse para estar a la altura de nuestra familia. Nuestro padre fue un cabrón que tuvo engañado a todo el mundo... Jürgen se refugió en las mujeres y las fiestas; yo, en Andréi; y Soren... bueno, en sus paranoias. Quedó marcado por las palizas, nadie podía tocarlo de niño sin que gritara o huyera. Se escondió tanto tiempo en su mundo que perdió la capacidad de expresarse. Todos necesitamos un lugar para escondernos y Soren lo encontró en sí mismo, alejado de los demás. ¿Puedes entenderlo, Nela?

Meike contuvo el aliento esperando una respuesta que no llegaba. La vida de Soren era tan oscura como la mía. Claro que lo entendía, pero, si no podía apenas con mis traumas, ¿cómo hacer para enfrentarme a los de él? Antes de llegar a Waldhaus trabajaba del día a la noche sin descanso para olvidar la soledad de no tener una familia. Para no pensar en lo que quería hacer con mi vida, seguía el ritmo que Alice y su padre me marcaban. Ser coordinadora del museo era lo que ellos siempre habían esperado de mí. Simplemente, no deseaba defraudar a nadie mientras era yo quien me fallaba a mí misma.

SOREN

Apagué la cámara tras la declaración de Meike, pero no pulsé el botón de borrar en la grabación del estudio. Las palabras de Nela no se podían borrar u obviar. «El amor no se puede pintar», había dicho. Manuela estaba enamorada de mí y a punto de terminar su trabajo.

MANUELA

La comida fue una tortura con Soren sentado enfrente. Estaba de mal humor, apenas dijo una sola palabra. Solo me miraba fijamente mientras bebía vino y veía cómo rellenaba su copa una y otra vez. Meike se excusó rápido, diciendo que estaba cansada. ¿Dónde estaría Jürgen cuando se le necesitaba? Al menos con sus bromas podría aplacar un poco a su hermano.

–¿Quieres vino? –preguntó cuando volvió a servirse. Miró mi plato aún lleno.

–Sabes que no bebo alcohol –contesté con tono seco–. De todas formas, ya te has bebido la botella entera. ¿Y Jürgen? ¿No ha vuelto contigo?

Echó la silla hacia atrás con tanta brusquedad que me asustó. Rodeó la cabecera de la mesa en dos pasos. No soportaba más su mal humor, no entendía qué había podido pasarle en Berlín, pero yo no tenía la culpa. Se acercó como un depredador.

–Meike dice que es imprescindible hacer una prueba al cuadro de Monet y aplicar un haz de luces infrarrojas.

Odiaba que me hablara desde arriba. Solté la servilleta sobre la mesa y me puse de pie. Nunca sería tan alta como él, pero no me haría sentir inferior.

–Te lo dije, debajo de la pintura hay una figura. Creemos que es la de una mujer en la playa, le añadiría valor. Existen otros casos de famosos pintores que pintaron un cuadro sobre otro, el mero hecho de contener un misterio sumaría millones.

Si creía que iba a acobardarme con su ceño fruncido, lo tenía claro. Si iba a llevarme ese cuadro cuando acabara, quería saber todo lo referente a él, porque yo ya había elegido. No me hacía falta ver sus otras obras, quería el Monet en pago por mi trabajo. Cuando lo llevara bajo el brazo para una exposición temporal, el museo tendría que darme una plaza fija. ¿Qué sería de mí si no? ¿Mendigaría a Alice y a su padre otro puesto en algún otro museo? ¿En su banco, quizá?

–¿Quieres ir o no? –preguntó Soren tendiendo su mano–. Vamos a averiguar si estás en lo cierto.

No entendía sus bruscos cambios de humor ni su forma de mirarme, pero aquella mano tendida que nunca había podido coger fue el mejor ofrecimiento que podía hacerme para aceptar.

–Sabes que sí.

Con decisión, tomé su mano antes de que pudiera arrepentirse y la sentí cálida. Mis dedos encajaron entre los suyos como si no hubieran tenido otra finalidad y percibí la corriente que nos unió, más fuerte que los besos dados. Fue algo tan personal que no quise decir nada, solo me dejé guiar mientras Soren ordenaba a los hombres que se prepararan y que uno de ellos trajera mi abrigo. Otro guarda bajó con un enorme maletín gris de transporte, rígido, en el cual supuse que estaba el cuadro. Soren ya sabía que nos íbamos y lo había preparado todo. Otra vez me sentía dirigida por él.

El perfil de Soren era serio y desconcertante. ¿Adónde íbamos? Cogí el abrigo en el regazo. En ese breve momento que tardé en salir de Waldhaus y entrar en el coche sentí el frío golpearme el cuerpo, pero no quería soltar la mano de Soren. Me había ofrecido un tesoro y no sería yo quien lo rechazara. Nada más sentarnos quedamos separados y a la vez unidos por nuestras manos.

Dejamos atrás las verjas negras de la casa. Soren no dijo nada en el breve recorrido bordeando la carretera del lago. Subimos las montañas que semanas antes me habían llevado a su casa y pegué la cara al cristal. Podría pasarme la vida viendo las copas verdes de los árboles, los bosques interminables y las praderas lejanas, ahora blancas por la nieve. Para una chica de ciudad como yo, todo aquello resultaba nuevo y hermoso, como lo que sentía por Soren. Entonces, caí en la cuenta.

–¿Adónde vamos? ¡No iremos a coger el avión!

Era asombroso que me hubiera acostumbrado a esos lujos y me permitiera hablar así. ¡Como si toda mi vida hubiera podido disfrutar de un avión privado!

Miró en mi dirección como si fuera un ser de otro planeta y puso los ojos en blanco.

–¿Cómo crees que iremos a Praha? ¿En coche?

–¿Praga? –repetí el nombre de la ciudad en castellano–. No puedes moverme de un sitio a otro como si fuera un muñeco, ¡otra vez voy sin ropa!

Entonces, empezó a reír y sus ojos grises brillaron divertidos. Tirándome de la mano con suavidad, me atrajo hacia él. Caí sobre sus piernas y me besó, con los ojos grises puestos sobre los míos. ¿Cuánto se puede desear un beso? Lo supe en el momento en el que su lengua buscó la mía y abandoné todo pensamiento rendida ante sus brazos, con su olor traspasando mi piel.

SOREN

Manuela volvió a sentarse en el avión en el mismo lugar que eligió la primera vez, frente a mí. Los hombres se sentaron detrás. Est vez nos acompañaban tres de seguridad, prefería que Mirko se quedara cuidando a Meike en nuestra ausencia. Despegamos al atardecer con un fuerte viento que asolaba la pista. Nela intentaba peinarse con los dedos después del vendaval. Su manera de vestir estaba cambiando debido a que la única ropa que tenía era la que Helga le proporcionaba. No sabía por qué le preocupaba tanto qué ponerse, estaba preciosa. Llevaba unos pantalones oscuros ajustados y una blusa de seda rosa suelta bajo un abrigo, que se quitó con cierta timidez evitando mirar hacia mí. Nela, ¿por qué te escondías antes bajo esas ropas anodinas?

–¿Y dónde se supone que llevamos el cuadro? En el Instituto Goudant pueden hacer las pruebas que necesitamos, ¿por qué no allí?

El cuadro, junto a nosotros, se hallaba protegido en una caja hermética envuelto en un papel especial que preservaba la temperatura.

–En Praga hay un sitio donde pueden hacer las pruebas que quieras a cambio de un pago no muy justo. Mis obras de arte no siguen los cauces normales.

–Y si conoces un sitio así, ¿por qué no recurriste a ellos para restaurar el lienzo?

Emití un carraspeo al acercar a Nela una botella de agua. Ella me miró con la ceja arqueada antes de abrir el tapón hasta que sintió el clic de la apertura. Por primera vez, la vi reírse de sí misma con confianza.

–No dejaré uno de mis cuadros durante meses en un lugar extraño. El sitio al que vamos no tiene carteles en el exterior ni placas conmemorativas.

–Entiendo. ¡Vaya, Praga! No conozco Praga –repitió Nela intentando disimular la emoción.

–Aún puedo drogarte si estás muy nerviosa –aseguré mirándola fijamente.

–No te atreverás –contestó con una sonrisa. Volvió a beber, desafiante, acariciando el borde de la botella con los labios.

Ahora podía analizar con más frialdad qué me había llevado a decidir sacar el cuadro de Waldhaus para hacerle unas pruebas que me importaban una mierda. Nela. Estaba celoso de Jürgen, de intentar no mostrar lo que esa mujer me provocaba, cabreado porque estuviera terminando su trabajo y con ello volvería a su hogar. La quería para mí solo, no metida en ese estudio con Meike ni compartiendo su ingenio con Jürgen. Dejé de mirar cómo Nela movía el pie arriba y abajo, nerviosa, y solté mi cinturón de seguridad, incómodo. Se giró un momento para ver qué hacía; con una breve sonrisa, volvió su mirada hacia la ventanilla y despegamos.

La observé un rato, queriendo entrar en esa mente y descubrir lo que pensaba con tanta seriedad que ni se percataba de que estaba siendo vigilada.

–Soren.

No le había dado ni cinco minutos y aguantó diez en silencio, no estaba mal. Hice un gesto con la cabeza para que hablara. Nela se levantó y se sentó a mi lado.

–¿Qué somos tú y yo? Quiero decir, si me presentases a un amigo, ¿qué dirías?

Sus ojos azul eléctrico se entornaron buscando algún indicio en los míos, podía prever una contestación que podía ser dolorosa para ella o dejar que albergara una leve esperanza. Nela estaba enamorada de mí, pero no por ello era distinto, yo no era distinto del que la trajo a Alemania.

–No debes preocuparte, no tengo amigos, solo conocidos. ¿Además? ¿Es necesario ponerle nombre?

–Tal vez para mí, sí –aseguró mientras se inclinaba hacia mi asiento.

–Podemos disfrutar, Nela, eso es la vida, ¿no? Arriesgarse por un día o una temporada a sentirse bien... Restaurar mi cuadro y follar como locos.

El silencio acompañó mi declaración. Lo que no tenía previsto era qué haría si ella se echaba a llorar en aquel espacio cerrado... ¡Joder!

–Vale –dijo Nela.

¿En serio? ¿Sin pataletas? Eso me dolió. Si no hubiera oído sus palabras en el estudio con Meike, pensaría que no le importaba una mierda. No podía haberme equivocado tanto con ella.

–Solo hay una regla conmigo, Nela: no te enamores. No hay cabida para ti en mi vida y no la habrá nunca. Si es para ti un problema, dilo ahora, será solo trabajo y no volveré a tocarte.

Silencio, solo sus ojos atravesándome.

–Quizá hubiera sido mejor que me drogaras, Soren, si tenías pensado hablarme tan claro. Al menos, el viaje hubiera sido menos largo. –Se mantuvo entera hasta que volvió a su asiento–. No, no es ningún problema –añadió con cierto tono de burla.

En Praga había nevado más que en casa, la niebla envolvía todo a nuestro alrededor al bajar del avión. La atmósfera oscura previa al anochecer, antes de encender las luces de la ciudad, nos recibió tragándonos. Antes de bajar del coche, Nela se refugió en su abrigo con la barbilla escondida y los ojos alerta.

No había pronunciado una sola palabra desde nuestra conversación en el avión. Ni siquiera miró por las ventanillas mientras nos acercábamos a la ciudad.

–«Veo una gran ciudad en cuya gloria se tocan las estrellas. Veo un lugar en medio de un bosque donde, en un empinado acantilado sobre el río Moldavia, un castillo glorioso se elevará».

Nela se giró al divisar el puente de Carlos y la silueta del castillo elevado al escuchar mis palabras, pero sin contestar.

MANUELA

¿Cómo alguien con tantos conocimientos podía ser tan estúpido como Soren acerca de los sentimientos?

El hotel estaba frente al río Moldavia. Antes de entrar, me giré para mirar la silueta de la antigua fortaleza con su castillo de tres torres iluminado y la catedral de Praga. La niebla comenzaba a elevarse desde el río a la ribera en la que estábamos. Los pocos transeúntes del puente se veían difusos a la luz de las farolas que iluminaban las estatuas de piedra de formas grotescas. Soren tomó mi codo y lo acompañé hasta el interior del Viejo Hotel.

No pasamos por la recepción, una señorita con altos tacones y uniforme perfecto nos acompañó hasta el ascensor. En la última planta, salimos y avanzamos por el pasillo de adornos rojos y puertas cerradas. La mullida alfombra de intrincado diseño barroco ahogaba nuestros pasos mientras, a lo lejos, se oían algunas voces. Lo sentía, pero no me conformaba con disfrutar el momento y solo sexo, una palabra sin significado ni sentimientos.

–Quiero una habitación para mí sola.

Hasta yo me sorprendí con mis palabras delante de la puerta que nos señaló la empleada del hotel.

¡Vale, había mentido! En el avión intenté ser fría, una mujer de mente abierta, pero de sobra sabía que no podía seguir con aquello. Soren me importaba, estaba enamorada de él y cada día que pasaba a su lado más. ¡A saber por qué! Pero así era. Quería más de él. Quería que entendiera que, o ponía distancia entre él y yo, o me iba a destrozar el corazón.

–De acuerdo, quédate mi habitación. Diré que me preparen otra –contestó Soren con indiferencia y cierto tono de molestia en la voz.

Lo vi desaparecer por el pasillo rumbo a los ascensores, con ese andar decidido y cabreado, seguido de uno de sus guardaespaldas. Los otros dos entraron delante de mí en la habitación. Ya estaba acostumbrada; revisaron cada rincón, los armarios, el baño, las cortinas, bajo la cama y, una vez terminada la inspección, salieron cerrando la puerta. Me quedé allí, de pie en el centro de la sala anterior al dormitorio, sumida en un silencio horrible. «Solo hay una regla conmigo, Nela. No te enamores. No hay cabida para ti en mi vida y no la habrá nunca». Las palabras frías de Soren se repetían en mis oídos. Fui hasta el mueble bar con un vaso en la mano y agarré una botella pequeña del minibar y un refresco. Sentada ante el balcón, observé la vieja ciudad con sus torres, el río de aguas oscuras que alguna barcaza perdida se esforzaba en remontar, y comencé a beber. No entendía el dicho de ahogar tus penas en alcohol, pero di un trago. «¡Mírate, Nela! Llevas media vida renunciando a cualquier cosa que pueda crearte adicción y hacerte parecer a tus padres, para que al primer dolor de corazón caigas borracha».

La puerta se abrió de un portazo, pero ni siquiera me moví. Soren se acercó en silencio y, al verme con la botella, sonrió.

–¿Estás bebiendo, Nela?

–¿Qué haces aquí? Creí que nuestra relación se limitaría a lo profesional. He decidido por los dos, tú mismo dijiste que podía elegir –solté muy segura de mí misma desde la oscuridad.

–Vamos, tenemos una cita.

–¿A estas horas? ¿Tú y yo?

Abrí los ojos, sorprendida.

–¿Crees que mis contactos quedan a las doce del mediodía para comer en un restaurante? Nela, ponte los zapatos, nos esperan para ver el cuadro.

Una vez más, estaba equivocada. Pensaba que, arrepentido por sus palabras, venía en mi busca, pero Soren parecía no arrepentirse nunca de lo que decía.

Decepcionada, cogí mi abrigo y lo seguí fuera del hotel, los guardias nos acompañaron. El vaho salía de nuestras bocas, vi que ningún coche nos esperaba. Atravesamos la avenida y nos dirigimos hacia el puente; al comienzo, una placa indicaba su nombre: Karluv Most. La niebla aún no se había disipado y me acerqué un poco más a Soren. Apenas se veía nada ni delante ni detrás de nosotros, solo las luces de las farolas. La piedra del suelo estaba resbaladiza y deseaba agarrarme a su brazo para no caer, pero el orgullo me lo impedía. Caminamos entre las esculturas y los bancos incrustados en el murete hasta llegar casi al final. Apenas nos cruzamos con unas pocas personas, turistas en su mayoría, hasta llegar a un letrero clavado en la pared en el que se podía leer *Kampa*. Bajamos unas escaleras dobles de piedra hasta descender la altura del puente. Se trataba de una lengua de tierra en el mismo río, pequeña y envuelta por el mismo halo gris de niebla donde ni siquiera las luces amarillas de las farolas conseguían alumbrar el camino.

–¡Es una isla! –susurré, sin saber por qué hablaba bajo. La atmósfera fría, el vaho en nuestras bocas y la niebla hicieron que temblara.

–La isla de Kampa –contestó Soren.

Algo había cambiado en su semblante, tanto él como los guardias estaban tensos cuando atravesamos una calle donde comenzaban a cerrar los puestos de bebida caliente y apagaban los hornillos de la comida. El olor a especias y carne era tan fuerte que me tapé el rostro con el abrigo de paño. El rumor del agua se acercaba de nuevo y atravesamos un viejo puente de piedra, dejando a un lado una enorme rueda de molino que ya no giraba. De día podía ser un lugar hermoso, pero con la oscuridad sobre nosotros era un sitio lúgubre y abandonado. Soren le pidió a uno de los chicos que le pasara el maletín con el cuadro y entramos en tierra firme. Debía de ser la ciudad vieja, con estrechas calles y suelos empedrados; algunos edificios oscuros, apenas iluminados, formaban un laberinto. Nos detuvimos ante una de esas casas antiguas. Soren ordenó que esperara, llamó al timbre mientras me giraba para admirar los tejados de punta y los elaborados balcones de las casas. La ciudad era una mezcla de antigüedad salpicada de elementos modernos, pobre y, a la vez, un ejemplo de derroche que no acababa de cuadrar. En todas partes, carteles de pequeñas tiendas recordaban los símbolos de la antigua Unión Soviética entre pintadas indescifrables.

–¡Nela! –me llamó Soren con impaciencia.

Un hombre nos abrió la puerta. De un salto, subí los escalones hasta llegar a la entrada y el viejo nos hizo entrar deprisa, dejando atrás a los hombres de Soren.

Agradecí el calor de la casa, pero un olor a rancio me hizo contener una mueca de asco. El anciano de pelo gris nos condujo por un pasillo estrecho de papel pintado con flores de lis rojas mientras hablaba con Soren en alemán. La casa parecía abandonada, sin muebles y sucia, apenas iluminada con lámparas de otra época. Los seguí en la penumbra, sin dejar de mirar atrás, temiendo que alguna de las puertas que pasábamos se abriera y me atrapara una figura tenebrosa. Bajamos por unas escaleras hacia un sótano y los potentes focos, en comparación con la débil luz de la casa, casi me cegaron.

–¡Soren Müller! –gritó una mujer con demasiado entusiasmo.

Acabé de bajar los últimos escalones. La sala estaba forrada como si se tratara de un quirófano y la mujer que acudió a nuestro encuentro vestía con una bata blanca. Saludó con dos besos a Soren y él la dejó, debía de conocerla muy bien para permitírselo.

En aquella sala enorme que seguramente ocupaba los sótanos de varias casas había máquinas de rayos infrarrojos, escáner y maquinaria de última generación que debía de valer una fortuna.

–Andrea, esta es Nela. Mi ayudante.

No pude evitar una mirada de celos cuando vi cómo Soren le rodeaba la cintura al presentarla. Era una mujer muy bella, de pelo rubio recogido en un moño y ojos castaños. Llevaba los labios pintados de un rojo chillón. Recorrió mi silueta con una sonrisa de suficiencia.

–Encantada –susurré en algo parecido al poco alemán que me había enseñado Jürgen y sin mucha convicción ante Andrea–. Así que tu ayudante –farfullé a Soren, que encogió los hombros con una sonrisa.

Ahí tenía mi respuesta si alguien le preguntaba quién era yo para él. ¡Su ayudante!

La amiga de Soren se quitó la bata con movimientos sensuales como si fuera a desnudarse y resoplé. No debieron de creer importante hablar en mi idioma o en inglés para que los entendiera, así que me acerqué a una mesa donde un hombre se inclinaba sobre un lienzo con una lupa de aumento a modo de flexo. Elevó un momento la mirada y continuó su trabajo sin hablar conmigo. Miré el lienzo y contuve la respiración. ¿Un cuadro de Lowry? Me deshice del abrigo, plegándolo en el brazo, y seguí hasta la siguiente mesa, donde una mujer tomaba muestras de un pequeño recipiente de barro que parecía una antigüedad griega. Iba a girarme para preguntar a Soren dónde demonios estábamos cuando vi cómo entregaba mi lienzo de Monet a la tal Andrea.

En dos pasos me interpuse entre ellos, antes de que acabara en las manos de aquella mujer, y lo sostuve como a un bebé.

—Yo me ocuparé del cuadro, solo dígame dónde hacen las pruebas de infrarrojos.

—¡Vaya genio! ¿Española? —dijo Andrea con cierto tono despectivo.

—Haz lo que dice, Andrea —ordenó Soren con una sonrisa suficiencia mientras yo protegía el cuadro.

—Tú pagas, tú decides, Soren. No cobraré menos, aunque haga ella las pruebas —aclaró en castellano mientras nos invitaba a seguirla hasta otra sala como la que acabábamos de ver.

Soren me guiaba del codo mientras el culo de aquella mujer se contoneaba delante de nosotros en su vestido negro entallado.

—No hables con los empleados —ordenó Andrea al ver que me detenía para mirar los objetos sobre las mesas, y obedecí empujada por Soren.

En la pequeña sala hasta la que nos llevó tenían una enorme lámpara de infrarrojos que cualquier museo envidiaría.

—¿Cómo puedes tener esto aquí? —pregunté mientras dejaba el cuadro sobre la plataforma preparada para ello—. Todo este material vale millones.

—No preguntes, Manuela. Hay un mundo detrás de tu museo que no conoces —aseguró Soren mientras ambos acudíamos al ordenador en el que saldría plasmada la imagen.

Pronto veríamos las capas que componían el cuadro. Soren se inclinó a mi lado y su olor inundó el breve espacio entre él y yo. Giré la mirada y sus ojos grises se dilataron cuando Andrea apagó las luces de la sala. Tan cerca como estábamos, me distrajo al apartarme el pelo de la cara y lo retuvo en mi oreja con suavidad. Un gesto que me hizo suspirar y perderme en su rostro antes de que la luz morada se reflejara en sus ojos.

Asentí, ilusionada, para devolver la vista a la pantalla hacia aquello que nos unía, ese pequeño lienzo de una playa de dorada arena que me había llevado a su vida. Ante nosotros apareció la imagen del cuadro; tenía razón, y quise restregárselo a Soren. El primer boceto contenía la figura de una mujer, de contornos precisos, que el pintor se ocuparía de matizar e impresionar para luego borrar sin más. No reconocí por otros cuadros a la esposa del pintor, retratada en muchos de sus otros bocetos. Sabía que Monet tuvo una amante, ¿se trataría de ella? ¿O acaso pintó tan solo a una mujer que caminaba por la playa? Y si así fuera, y lo más importante, ¿por qué la borraría después? Pulsé el botón de imprimir, quería averiguar quién era ella...

La sala se iluminó de repente y Andrea gritó furiosa. El anciano de la entrada corrió dando gritos en un idioma desconocido, Soren se enderezó y ambos se miraron.

—¡Vamos, Nela! —ordenó tirándome del brazo para que me levantara del asiento.

—¿Qué ocurre, Soren? —grité asustada.

Vi pasar por el pasillo a los empleados de bata blanca a la carrera. Algunos llevaban de cualquier manera las obras que estudiaban o restauraban.

—Debemos irnos, ¡ahora!

La orden de Soren mientras era arrastrada por él hacia la puerta me hizo reaccionar. De un codazo, me solté de su agarre y volví sobre mis pasos antes de que pudiera impedirlo. Cerré los ojos para no deslumbrarme con las luces infrarrojas y cogí mi cuadro como pude. Escuché en mitad del jaleo y los gritos cómo me llamaba desde la puerta. Agarré en el camino una sábana que protegía los aparatos y envolví el lienzo. Antes de echar a correr vi cómo la impresora expulsaba la imagen de la mujer oculta en el cuadro y la doblé deprisa hasta que entró en el bolsillo de mi pantalón. Soren esperó a que llegara mientras vigilaba la puerta. Su rostro estaba tenso y alerta. Al llegar a su lado, oí su bufido de enfado. ¡Fuera lo que fuera lo que estaba pasando, mi cuadro no se quedaba allí!

Corrí tras él por el pasillo, guiados por Andrea. Detrás de nosotros se oían gritos, patadas a las puertas y ruido de cristales rotos. ¿Qué diablos pasaba? Llegamos a unas escaleras de piedra. Arriba, un empleado sujetaba la trampilla que daba al exterior y salimos de golpe. La calle era un caos entre los curiosos y los empleados intentando huir. La gente corría en una dirección y otra, las luces de la policía se veían al final de la calle y, por instinto, eché a correr en dirección contraria, protegiendo el cuadro contra el cuerpo de la gente que corría y chocaba a mi alrededor. Correr fue mi único pensamiento en los siguientes minutos. No debería hacerlo, yo no había robado nada. En otro tiempo, estaba convencida de que había ido hacia la policía con los brazos en alto y entregado el cuadro, pero ahora era mío y mi propósito no era quedármelo, sino llevarlo restaurado a un museo. Aquella gente del sótano sí que traficaba con obras de arte que debían recuperarse; la Interpol, la policía del arte, debería perseguirlos a todos y no a mí. Dejé de oír pasos a mi espalda y me giré, aterrada. Estaba sola. ¿Y Soren? ¿No iba detrás?

Con la respiración agitada, me detuve. Un dolor en el costado hizo que me doblara un momento sin soltar mi preciada carga. El cuadro, tenía que sacarlo de allí. Soren se las arreglaría solo, ¡era yo la que llevaba el maldito cuadro! ¿Dónde había estado? ¿Eran todas obras robadas? ¿Y si habían detenido a Soren? ¡Imposible! Simplemente, nos habríamos separado.

Miré a un lado y al otro de la calle. En la lejanía se oían las sirenas y el bullicio, pero por fortuna la niebla me cobijaba. No podía ser tan difícil volver al hotel, solo tenía que encontrar el puente que atravesaba la ciudad.

MANUELA

Volví a mirar el reloj, harta de recorrer las calle-juelas andando sin rumbo. Había pasado más de una hora en aquel laberinto llamado Malá Strana, como deduje al ver las placas de las calles. Menos mal que una pareja de turistas ingleses supo indicarme el camino de vuelta al puente. Me crucé con grupos de jóvenes de marcha por la ciudad y algún mendigo que, afortunadamente, decidió ignorar mi presencia.

Caminaba por las aceras mientras los coches de los años ochenta iluminaban el camino a toda velocidad. Salían chispas cuando rozaban los bordillos de piedra con los neumáticos. Atravesé el puente junto a algunas parejas que paseaban y miraban con curiosidad mi bulto enrollado en una tela blanca. Cada dos pasos, me aseguraba de que estaba bien envuelto para evitar la humedad de la niebla y pensé que, a esas alturas, Soren me estaría buscando o pensaría que me habían arrestado. ¡Qué fuerte! ¿Cómo había acabado paseando sola por las calles de Praga huyendo de la policía? Intenté tranquilizarme a medida que apuraba el paso hacia las luces de la otra orilla del ancho río. El dolor se me instaló de nuevo en el costado debido al ritmo que llevaba y casi pierdo la respiración al cruzarme con dos policías. Aflojé el paso desenfadada, como si hubiera comprado un simple recuerdo y volviera al hotel. Un recuerdo de millones de dólares. Me entró la risa floja al ver que no me paraban y seguían hablando entre ellos, estaba volviéndome loca.

Reconocí la fachada del hotel, las luces de la entrada y, parados ante la puerta, estaban Soren y sus hombres visiblemente nerviosos hablando por sus interfonos y paseando de un lado a otro.

–¡Nela! –gritó Soren. Lo vi correr hacia mí y pensé que estaría aliviado al ver que tenía el cuadro.

Llevaba el abrigo arrugado y el pelo alborotado. Con una mirada de determinación en sus ojos grises, me alcanzó porque había parado en seco, agotada, fruto de los nervios y la larga caminata a toda prisa. Caí de golpe contra su torso, con la frente pegada a su pecho y con el brazo libre apoyado en él. Sentí el calor de su cuerpo mientras me envolvía entre sus brazos.

–¿Dónde demonios te habías metido, Nela? Creí que te había pasado cualquier cosa.

¿Eran imaginaciones mías o había notado en la voz de Soren cierta alarma? La preocupación de su tono hizo que mi corazón se acelerara a mil revoluciones por minuto.

–No sé cómo pude despistarme, estabas ahí, detrás de mí, con esa mujer y, de repente, me vi sola en una calle... Todas son iguales, tardé tanto en encontrar el dichoso puente...

Soren levantó mi barbilla y nuestras miradas se cruzaron. Si no fuera él, diría que le brillaban los ojos de alivio.

–¿Y esa mujer? ¿Andrea? ¿La han detenido? ¿Qué ha sido todo eso, Soren? ¿La policía, la Interpol?

Se apartó un poco y miró alrededor para ver si alguien nos escuchaba.

–Soren, en serio. ¿A qué te dedicas? –pregunté, por fin, dispuesta a enfrentarme a la verdad.

Su mirada gris recorrió mi rostro y se dio cuenta, con sorpresa, de que llevaba el cuadro aferrado bajo el brazo. Hasta ahora no había reparado en ello, y pensé que estaba realmente preocupado por mí y no por el lienzo. Cruzamos la calle hacia el hotel, guiada por su brazo y con la respiración sofocada por la humedad que desprendía el río Moldavia. Atrapada por su voluntad me condujo hacia la entrada con el ceño fruncido y andar pensativo. Cruzar, sentía que eso era lo que había hecho aquella noche, atravesar la línea hacia el lado oscuro, dejar a un lado mi moral, mis creencias, todo lo que defendía por poseer el lienzo que llevaba bajo el brazo.

–¿Qué crees que hago, Nela? Nunca admitiré nada, no por ti, sino por quien te pregunte en el futuro.

–¡Es una barbaridad, el arte debe ser expuesto en museos, forma parte de la historia, no de unos pocos privilegiados! –grité con el lienzo como escudo, resistiéndome a la persona en que me estaba convirtiendo.

–Curioso, viniendo de alguien que acaba de arriesgar su vida y la mía por un cuadro que podía haber entregado a la policía y que, sin embargo, se ha llevado bajo el brazo por toda Praga. Si crees con tanta seguridad que lo he robado, ¿por qué no lo has entregado? Habrías acabado con esto, regresarías a casa y yo habría ido a la cárcel. Trabajo terminado.

Sé que lo miraba cabreada, pero Soren tenía razón; ¿por qué había corrido como una delincuente? Simplemente, debí haber levantado las manos y haberles dado el cuadro, pero el Monet era mío, pensé encabezonada. «No, Nela, el cuadro no es tuyo. Es de Soren, que lo ha robado o lo ha comprado en el mercado negro. Sea como sea, no es tuyo».

–Vamos al hotel, Nela, tenemos que recoger todo, borrar nuestras huellas en Praga y volver a Waldhaus. No es seguro quedarnos aquí.

–¿Por Andrea? ¿Les dirá que estuvimos allí con un cuadro? ¿La han cogido?

Soren se giró mientras atravesábamos las puertas del hotel y se detuvo irritado.

–Nela, aún no eres consciente del poder que tengo, ¿verdad? Andrea dejaría que la torturaran hasta la muerte y no pronunciaría nuestros nombres jamás.

Sonreí con la cabeza baja mientras ajustaba el cuadro a mi torso para llevarlo. Soren no era tan diferente a su hermano Jürgen, la prepotencia se le escapaba por cada poro de la piel.

–Bueno, ¿lo has visto? Tenía razón –contesté para que no creyera que me dejaba impresionar por él y su fanfarronería.

–¿Qué...?

–Yo tenía razón, Soren. El artista pintó una mujer en la orilla. Creo que era su amante. ¿No te das cuenta? No quiso compartirla con su amigo, que la expusiera otro pintor, por eso la eliminó de la composición.

Oí su bufido y después su carcajada mientras los guardaespaldas nos seguían por el interior del hotel hacia los ascensores. Menos mal que nos íbamos, no tendría que salir a comprar ropa interior.

SOREN

Nela se estaba durmiendo. Me sentía culpable por haberla llevado a Praga y hacer que corriera riesgos innecesarios.

Eso era yo, la policía, huir, extorsionar, mentir y más si era necesario. La vi decepcionada, no sé si por ver al fin mi verdadera naturaleza. En el coche hasta el aeropuerto privado ella había mirado a través de los cristales la ciudad, quizá algún día la traería para que conociera la vieja biblioteca del castillo y caminara por los suelos empedrados de la ciudadela como una reina. Quizás incluso podríamos venir en verano y alquilar un pequeño barco, navegar juntos... Me levanté desoyendo la advertencia de despegue para que me abrochara el cinturón y toqué con los brazos estirados el techo del avión mientras la observaba dormida. ¡Mierda! ¿Qué estaba haciendo esa chica conmigo? Yo era como el pintor, no quería compartir a Nela con nadie y por ello la había llevado hasta allí.

Había cometido una gran imprudencia, podría haber resultado herida.

La preocupación que sentí al perderla entre la gente me volvió loco e irracional. Esas horas sin saber nada de Nela, perdida en las calles desiertas de una ciudad desconocida para ella, hicieron que supiera lo importante que se estaba volviendo para mí y, por primera vez en años, sentí miedo, como cuando era un niño y mi padre levantaba la mano para castigar a Jürgen o a Meike y me sentía impotente ante su fuerza de adulto.

Cada vez confiaba más en ella, cada vez se acercaba más. Nela debía acabar su trabajo y marcharse de mi casa antes de que me volviera loco o ella acabara en mi mundo.

MANUELA

Soren volvía a estar taciturno. Ni siquiera fui a dejar el cuadro al estudio, lo llevé conmigo a mi habitación y me encerré con llave sabiendo que el sueño me vencería en pocos minutos y que su rostro sería el último pensamiento que tendría antes de cerrar los ojos.

Desperté con la luz de la tarde entrando a través de los ventanales y suspiré, contenta ante la familiaridad de mi habitación en Waldhaus. Frente a mí, con una mirada divertida en su rostro, estaba él.

–¿Qué haces aquí, Soren? –dije al recordar que había cerrado la puerta–. ¿Has entrado con tu llave? Estoy segura de que cerré.

Se apartó con los dedos el pelo y se inclinó con mirada pícara.

–Lo habrás soñado, has dormido profundo –afirmó señalando el pequeño redondel que quedaba en las sábanas, justo al lado de mi boca.

–¡Oh! ¡No deberías hacer que lo has visto! –grité y lo intenté apartar con la almohada, pero él me sujetó los brazos y la tiró hacia atrás sin preocuparse adónde iba a parar. ¿Dónde quedaba nuestro acuerdo? Solo trabajo.

–Nela, ayer me sorprendiste. Correr perseguida por la policía, ocultar un lienzo que podría ser robado... –comenzó a decir mientras tiraba de las sábanas hacia abajo.

Le dejé hacer mientras me fijaba en que no llevaba la misma ropa, una camiseta negra le marcaba los brazos y la cintura. La tenía suelta sobre unos vaqueros azules.

Soren olía a jabón y a loción de afeitar y no pude evitar pasar la mano por su mandíbula suave y recién afeitada. Cada vez que lo tocaba, sentía una corriente recorrer los poros de mi piel. Aún tenía el rostro amoratado en la mandíbula y el pómulo, parecía un ángel con el atractivo de un demonio. Alejó la cara de mi caricia y sus labios rozaron los míos, con la respiración calentando la sensible piel y sus ojos haciéndome frente, retándome a que me resistiera a besarlo.

–Creí que no me querías en tu vida, solo trabajo.

–No iba a dejar que me distrajera, quería respuestas. ¿A qué venía ete cambio de actitud?–. Soy solo tu ayudante, ¿recuerdas?

–Nela –pronunció mientras sus labios pegados a los míos me acariciaban–. ¿Por qué ocultabas esto en el bolsillo de tus pantalones? –preguntó sosteniendo la impresión de la mujer del cuadro, la que recogí del laboratorio de Andrea y escondí antes de salir.

–¡Devuélvemela! –grité mientras intentaba cogerla.

Soren me agarró las muñecas para evitar que se la arrebatara y se separó de mí como si quemara.

–Nela, cuéntame por qué es tan importante lo que Monet pintó para que te detuvieras a recogerlo sin saber el peligro al que nos enfrentábamos.

Se alejó y desde allí, casi a un metro de distancia de mí para que no lo tocara, Soren me miraba con desconfianza. Sus ojos grises escrutaban mi rostro en busca de un porqué.

–No sé quién es la mujer –mentí.

Había atravesado la frontera del mundo de Soren y, si ahora él sabía el inmenso valor del cuadro jamás dejaría que lo sacara de Waldhaus. ¿Quién sería el loco que dejaría escapar una obra única sin venderla por una suma incalculable, por nada más que una exposición? Soren no, traficaba con arte y no dejaría escapar semejante oportunidad.

–Conoces todo sobre el pintor y sus cuadros. Confía en mí, Nela. Dime qué has descubierto.

Su mirada desgarró mi alma, y no pude evitarlo, me acerqué a él despacio. Soren se quedó quieto, levantó la mirada y pude ver por un momento lo mucho que le aterraba que estuviera tan cerca y libre para tocarlo. Estuve a punto de levantar las manos con todo el amor que sentía por Soren, atraerlo hacia mi cuerpo y exponerlo de forma brusca a sus miedos. ¿Podía vivir sin su contacto? Necesitaba sentirlo en toda su extensión, necesitaba confundirme con su piel. Aún recordaba sus palabras en el coche a mi llegada: «Suéltame, Nela, o te haré daño». Por alguna extraña razón, no le creí entonces y tampoco ahora. «No te soltaré, Soren, no caerás sin mí en el vacío que te tiene atrapado». Este era el momento, elegir entre el cuadro o él, cambiar información por sentir el tacto de su piel. Con cuidado, llevé las manos hasta su pelo y lo acaricié, y él agachó la cabeza despacio hasta que nuestros ojos quedaron a la par. Después del cuello, lentamente acaricié sus hombros hasta que la rigidez de sus miembros se fue.

–¿Confías tú en mí, Soren?

–Nela, no puedo... –contestó intuyendo lo que de verdad pretendía.

SOREN

Algo en el pecho oprimía mis pulmones, una sensación de asfixia incontrolable como hacía años que no sentía. Poco a poco, la falta de aire comenzó a aturdirme y sentí la necesidad de gritar. Necesitaba empujar a Nela contra las sábanas con brusquedad, inmovilizarla hasta que la ira desapareciera, pero sus ojos me lo impidieron, el azul cristalino de su mirada y la inocencia de su rostro. No permitía que nadie me tocara sin permiso y esa mujer intentaba por todos los medios meterse bajo mi piel. Rendido a su mirada me dejé llevar por esas primeras veces que Nela me arrancaba, y suspiré con fuerza.

–Es una historia de amor, Soren, como solo la vida puede hacer real –comenzó a decir Nela. Poco a poco, centímetro a centímetro, las yemas de sus dedos recorrieron mi cuerpo despacio, como si solo me rozara con suavidad la línea del cuello. No era tonto, Nela iba a intercambiar su historia a cambio de vencer mis demonios y, aun así, permanecí quieto–. Monet se enamoró joven, de Camille, la modelo de sus cuadros y de los de su amigo Renoir. Se casó con ella en contra de todos, renunció a su familia y su dinero por amor...

Sentí sus labios acariciar los míos mientras sus manos se deslizaban por mi rostro, donde en el pasado solo había sentido golpes y rabia.

–... la pintó una y otra vez, en sus mejores obras, pero un día Camille enfermó y en poco tiempo murió, dejándolo sumido en la tristeza. Sus paisajes se oscurecieron y su trazo se difuminó mucho tiempo.

Abrí los ojos, que de manera involuntaria había cerrado, y encontré la mirada de Nela llena de lágrimas sin saber si era por la historia o porque por fin podía tenerme entre sus manos, acariciándome.

–... y Monet volvió a casarse al cabo de los años, y volvió a llenar de color sus paisajes, a viajar para captar el mar y nuevas ciudades. Pero, como en todas las historias solo hay un amor único y verdadero, el pintor siempre guardó el recuerdo de Camille...

Los brazos de Nela me envolvieron, su cuerpo contra el mío, sentados en la cama, y una vez que sentí cómo se aferraba a mi cuello, expulsé todo el aire que retenía en los pulmones. Nada había pasado y a la vez el mundo que conocía se vino abajo.

–Su nueva mujer, Alice, odiaba encontrar en cada rincón de la casa la mirada de Camille, y destruyó todos los cuadros en que ella aparecía... intentó borrar su existencia de la vida del pintor.

La barbilla de Nela acabó descansando sobre el hueco de mi clavícula, sin soltarse, y las fuerzas volvieron a mi cuerpo enterrando el miedo.

–Y por eso es tan importante la mujer que oculta *La bahía*, porque no quedan retratos de Camille de mano del propio pintor, solo de sus colegas... –continué al controlar el tono de mi voz ante Nela.

Con suavidad me separé de ella, atónito por lo que había pasado entre nosotros. ¿Cómo esa chiquilla había roto mis defensas con una simple historia? Sin decir una sola palabra, la empujé contra las sabanas y salí de la habitación, pensativo, enfadado y, sobre todo, aterrado.

MANUELA

En mitad de la noche me había sentido envuelta por el brazo de Soren después de horas sin saber de él. Desperté con temor. ¿Cuál sería su ánimo después de casi obligarlo a dejar que lo tocara? Me incorporé para mirarlo a los ojos y suspiré aliviada al ver en su boca una sonrisa y, desconcertada, sonreí también.

–¡Arriba, Nela, es muy tarde! –me ordenó mientras se levantaba de la cama, como si horas antes no hubiera visto el terror en sus ojos.

Lo vi ir al baño y entrar en la ducha, esperé paciente hasta que salió y se envolvió con una toalla la cintura. Se detuvo ante el espejo un instante y se peinó con los dedos. En esos momentos era una espía de sus actos cotidianos, y me gustó, una especie de familiaridad que me conmovía. Soren me miró a través del cristal y salió para vestirse. Deslizó la camiseta por sus músculos y se subió los pantalones. Se sentó en la butaca frente a la ventana y se puso sus botas de montaña. ¿Qué hacía conmigo? Embelesada, lo miraba como si fuera un antiguo dios de Roma y no un hombre atándose los cordones. Soren hacía de cada movimiento de su cuerpo una sinfonía de sensualidad.

–¿Bajas a desayunar o prefieres que Helga te suba algo de comer? –preguntó sacándome de mi atontamiento. Su voz era fría y distante, pero sus ojos albergaban un brillo diferente.

–No, no. Ni hablar, bajo ahora mismo –contesté ya en movimiento.

No me había vuelto tan burguesa como para hacer subir a Helga con una bandeja llena de comida porque sí. Soren, ya vestido, fue hasta la puerta y volvió sobre sus pasos, se inclinó sobre mí y sentí sus labios con un leve roce antes de salir.

—Ponte ropa cómoda, salimos en cuanto estés lista.

—Espera. ¿Adónde vamos?

Intenté retenerlo un poco más agarrando el cuello de su camiseta y Soren me esquivó con una carcajada. Sentada en la cama, vi cómo se alejaba hacia la puerta. Sonrió moviendo la cabeza.

—Voy a llevarte a ver ese maldito castillo, Neuchwanstein, pero te advierto de que el exterior es mucho mejor que lo que hay dentro. Supongo que te gustará, está lleno de historias tan tristes como esas que te gustan de pintores bucólicos y damas enfermas.

—Nunca dejarás que me lleve el cuadro a mi museo, ¿verdad?

El rostro de Soren se tornó oscuro e impasible y su mirada gris me congeló.

—Ahora vale más, Nela, y tú lo has cambiado por unas cuantas caricias...

Soren seguía siendo el mismo, frío, calculador e interesado. Desapareció y caí de nuevo sobre la cama con los brazos abiertos, haciendo un ángel sobre las sábanas. Me importaba una mierda si aquello era temporal, si Soren me echaba de Waldhaus cuando terminara el cuadro, si tenía que volver a mi vida en Madrid. ¿Qué era si no el amor? Querer, sin esperar nada a cambio.

—¡Ey, Nela!

Jürgen sonrió al verme bajar la escalinata, se acercó como un caballero y me ofreció la mano para descender los dos últimos escalones. Dejó atrás a un Soren con el ceño fruncido y las manos en los bolsillos. Jürgen me abrazó como si no me hubiera visto en años. La mirada de Soren sobre nosotros me incomodó. ¿Sentía celos?

–Me alegro de verte, Jürgen. ¿Cuándo has vuelto?

Sonreí, separándome azorada, y recibí un guiño de sus ojos. Era un granuja, lo hacía a propósito y funcionó, porque Soren se acercó y le empujó lejos de mí como si fuera un juego.

–Deja a Nela –ordenó mientras su brazo se colocaba por encima de mis hombros.

–¡Ya estáis discutiendo!

Meike apareció, seguida de su sombra. Mirko cruzó los brazos y se mantuvo al margen, detrás de ella.

–¿No podéis comportaros como adultos? –los regañó–. ¿Qué tal la excursión? –dijo Meike mientras me guiñaba un ojo y abría los ojos sorprendida al ver el brazo de su hermano sobre mis hombros.

–Intensa –afirmé con los ojos entornados–. ¿Nos acompañáis? Vamos al castillo de Neuschwanstein.

–No –contestó Soren por ellos.

–Sí –afirmaron los otros dos hermanos.

NELA

La pequeña carretera que rodeaba el lago era estrecha, pero Jürgen afirmaba que por ella nos ahorrábamos al menos cinco kilómetros y tenía mejores vistas. Los turistas nunca utilizaban esa vía secundaria, casi un camino, porque tenían la principal, que llevaba al castillo. Fuera de la propiedad de Soren divisé unos cuantos embarcaderos con pequeñas lanchas y puestos de pesca, ahora desiertos y rodeados por una capa de nieve. El frío era intenso e incluso con la calefacción a tope del todoterreno sentí escalofríos. Desde atrás cruzaba la mirada con Soren a través del retrovisor, ya que conducía él. Mirko iba sentado en el asiento del copiloto. Soren permanecía serio mientras oía a sus hermanos, uno a cada lado junto a mí, hablando sin parar. Lo miré intensamente y encogí los hombros a modo de disculpa, yo no tenía la culpa de aquella excursión familiar improvisada. No creo que fuera habitual que todos se juntaran de aquella forma fuera de Waldhaus. ¿Qué pretendía Soren cumpliendo mis deseos de ver el castillo? ¿Distraerme de la idea de llevarme el cuadro?

–Nela, en verano podríamos bañarnos en el lago, el agua está helada y solo puedes entrar y salir, pero...

–Meike, estamos en los Alpes –afirmó Jürgen riéndose–. Seguro que en Rusia ibas a la playa todos los días con tu maridito...

Mirko se giró hacia Jürgen y este dejó de reír al momento, intimidado por su ceño fruncido; sus ojos negros advirtieron a todos que nadie debía molestar a Meike, y menos reírse de ella.

–No estaré aquí en verano, Meike.

Según pronuncié esas palabras, los ojos de Soren y los míos coincidieron a través del cristal y él apartó por primera vez la vista, como si estuviera concentrado en conducir.

–Oh, claro, Nela, lo siento. A veces pienso que llevas aquí desde siempre –aseguró Meike mientras me cogía la mano entre las suyas–. Mira, ¿ves aquel puente? El puente de María, desde allí se sacan las mejores fotografías del Cisne Blanco.

–¿El Cisne Blanco?

–Es lo que significa Neuschwanstein. Lo sé, es más bonito en español, más... romántico... –afirmó Meike mientras su mirada se deslizaba hasta la espalda de Mirko.

Bajamos a pocos metros de la entrada al castillo donde los coches no podían acceder, y ascendimos la rampa guiados por Soren y seguidos por Mirko. Al llegar arriba, los guardas nos dejaron pasar, saludando a Soren con respeto. Pasamos junto a grupos de turistas a los que los primeros copos de nieve les pillaron de improviso con sus cámaras preparadas. ¿Cómo podía decir Soren que el interior me defraudaría? Los muros del patio se parecían de manera increíble a Waldhaus, con ventanas ojivales y contrafuertes. Al fondo, la fachada del palacio parecía iluminada por los dos tejados dorados de las torres, coronadas en forma de puntiagudos tejados. Parecía sacado de un cuento de hadas al brillar bajo las nubes grises. Los balcones de formas neogóticas destacaban con sus galerías de ventanales cargadas de detalles. Más que hermoso, el castillo era evocador, quizá demasiado recargado, pues intentaba contener entre sus murallas toda la época medieval y lo que esperarías encontrar en ella.

Meike, a mi lado, sonreía al ver mis expresiones

ante cada nuevo descubrimiento. Miró alrededor para ver si sus hermanos nos seguían y me detuvo frente a una escena de la famosa leyenda de dos enamorados que no acabaron muy bien, Tristán e Isolda.

–Nela, no he querido preguntarlo delante de mi hermano. ¿Te quedarás cuando acabemos el trabajo, al menos hasta primavera?

Sus ojos, iguales a los de Soren, se clavaron en mí con cierta dureza.

–No lo sé, Meike. Creo que me gustaría, ni siquiera he pensado en cuando llegue el momento de irme. –Vacilé e inspiré hondo–. Tu hermano es... todo es difícil a su lado. A veces es frío, otras vulnerable y tierno; he intentado hablar con él, pero lo evita. ¿Crees que seré capaz de atravesar todo ese dolor que siente? ¿Que confiará en mí algún día?

–Lo importante es si lo crees tú, Nela –contestó con la mirada fija en las pinturas.

–Con todas mis fuerzas.

Meike se giró con la ceja arqueada, como si en realidad hubiera esperado que me rindiera ante el imposible de su hermano mayor.

–¡Pues adelante, Nela! ¿Qué sé yo del amor y las relaciones? Nadie sabe nada, en realidad. Has llegado más lejos que cualquiera, Soren no solo permite que lo toques, sino que busca el contacto contigo. Nunca lo había visto así con nadie... No pierdas la esperanza con él, por favor –suplicó con sinceridad.

–No la pierdo, Meike, pero es mejor que pensemos que, tal vez, no esté mucho más tiempo en Waldhaus.

Vi a Mirko sonreír a espaldas de ella, escéptico, con esa mirada mordaz que, sin saber por qué, había enamorado a Meike. Al ver que lo había pillado escuchando, se fue en silencio hacia el exterior.

SOREN

No dudé que Nela iba a disfrutar de la excursión al castillo. No tenía ni idea de por qué había decidido llevarla hasta allí, como cada maldita cosa que hacía por ella, pero sí estaba seguro de que no había invitado a nadie a venir con nosotros. Necesitaba que volviera a abrazarme sin reservas, sentir que Nela había destruido la jodida barrera que llevaba tanto tiempo ahogándome, saber si su forma de acabar con mis miedos funcionaba fuera de Waldhaus, funcionaría en cualquier situación y lugar.

Disfruté desde lejos su rostro al ver la Sala del Trono, el delirio de un rey loco que creía ser divino, pero como supuse le gustó mucho más la Sala de los Cantores y sus leyendas inspiradas en las óperas de Wagner. Observé a Nela caminar con Meike y las caras de los turistas, que no entendían por qué aquellas mujeres podían andar a su antojo mientras ellos iban tras un guía, yo no tenía la culpa, pequeños privilegios de ser el puto amo de ese rincón del mundo. En pequeños altavoces sonaba la música del compositor favorito del emperador Guillermo y su célebre ópera *Tristán e Isolda*, en la cual se inspiraba la decoración de algunos frescos. El día nublado no mitigaba la cantidad de colores de los interiores recargados, los paneles bordados en oro y las lámparas bajas. Hacía años que ningún Müller paseaba por el castillo y noté que habían añadido algunas mejoras y se habían restaurado gran número de paneles, tarea difícil en aquel castillo, ya que, en todas las habitaciones, cada rincón estaba lleno de detalles. Observé cómo Nela y mi hermana ascendían al piso superior con una de las guías que se prestó a enseñárselo. Jürgen y yo las dejamos seguir con la visita para salir al patio con una complicidad que ya creíamos olvidada. Como cuando éramos niños y el abuelo nos enseñaba el lugar donde los soldados habían escondido los cuadros que él descubrió por azar junto a uno de los guardas del castillo. Tras la derrota de los ejércitos alemanes, el castillo quedó desierto y nuestro abuelo lo saqueó entero. Media Europa estaba arruinada por la guerra y los Müller, que no apoyaron el nuevo régimen nazi, no fueron la excepción. Jürgen y yo bajamos las escaleras y fuimos hasta la escalinata paralela que parecía no llevar a ningún sitio. Ambos nos miramos con una sonrisa al subir los escalones de piedra hasta el muro sin salida y ver que habían tapado la entrada a los sótanos con piedras similares al resto de la fachada. Durante años había permanecido abierta hacia el fondo oscuro, un sótano de enormes dimensiones del cual el abuelo y nuestro padre sacaron con discreción la mayoría de las obras que habían pagado las reformas de Waldhaus y las deudas de nuestra familia. Obras de arte moderno, que se destruirían, y clásicas, los cuadros perdidos, los llamaban los expertos en arte, un conjunto de obras requisadas por los nazis a los judíos, el ejército alemán solo esperaba a que acabara la guerra para llevarlas a Berlín, ya fuera a sus museos o quemarlas en la Königsplatz, al igual que millones de libros que ellos consideraban aberrantes. La vergüenza de lo que ocurrió en aquella horrible guerra aún se escondía por muchos rincones de nuestra tierra, y tardaría siglos en desaparecer. Al menos, se pudieron salvar algunas obras de arte que no fueron quemadas en la locura de un régimen que no admitía el arte moderno. Así comenzó nuestro negocio, nuestras primeras obras de arte que, por supuesto, no entregamos a las autoridades, sino que fueron vendidas en el mercado negro, el principio del imperio Müller.

Con un suspiro de fastidio, pensé que Nela moriría por ver lo que Waldhaus escondía entre sus pilares.

MANUELA

Meike y yo salimos al exterior, sin rastro de los demás. Mirko nos aguardaba apoyado en uno de los muros con paciencia. Una preciosa estampa invernal nos esperaba, gruesos copos de nieve caían a nuestro alrededor, sobre nuestro rostro y nuestra ropa. Se difuminaban sobre mi abrigo negro al contacto con la tela mientras extendía las manos para capturarlos. Como una niña, miré a Meike alucinada porque nunca creí que los copos de nieve pudieran ser tan grandes y perfectos.

–Vamos, Nela, debemos volver antes de que la carretera se bloquee.

La hermana de Soren sonrió mientras volvíamos al todoterreno. Al atravesar la puerta de entrada del castillo, una bola de nieve impactó contra Mirko, que no la había visto venir. Le dio en el brazo y se giró como un resorte mientras llevaba su mano hacia la pistola que siempre llevaba a la cintura.

–¡Te hemos pillado, Mirko!

La voz de Jürgen hizo que el guardaespaldas se relajara y reímos al ver la cara de cabreo de Mirko. En ese momento se inició el fuego cruzado de los dos hermanos Müller en mitad de una guerra de bolas de nieve. Fruncí el ceño, Soren estaba acribillando a su hermano sin clemencia.

–¡Parecéis dos críos! –gritó Meike regañándolos.

En un momento, se agachó e hizo con una rapidez pasmosa una bola de nieve mientras se reía a carcajadas. El proyectil pilló despistado a Soren, dándole en el hombro.

–¡Ah, no! –grité demasiado tarde, cuando una bola impactó en mi pecho.

De repente, me vi corriendo hacia el coche con Meike mientras no parábamos de arrojar nieve y recibir impactos. Comenzó a nevar con más fuerza, y apenas veíamos a unos metros de distancia, lo que hizo la guerra de bolas más divertida mientras un grupo de turistas mayores nos miraban sonrientes. Soren rodeó el coche a la carrera y se deslizó a mi lado, yo estaba acuclillada y casi me hizo caer hacia atrás.

–Te has pasado a nuestro bando, ¿eh? –susurré cuando noté su cuerpo tan cerca del mío que sentí el calor que desprendía.

Soren apenas llevaba una parka fina y me pregunté si jamás tenía frío. Sus ojos grises me miraron alegres. Nunca lo había visto tan relajado, la sonrisa se le escapaba mientras los copos caían entre los dos. Noté cómo uno de ellos me caía sobre las pestañas y Soren soltó la nieve de las manos para subirme la capucha.

–Estás preciosa, española –susurró mientras acercaba su rostro sonrojado al mío.

–Soren, yo...

Un proyectil impactó en mi espalda e impidió que le hablara antes de decir algo de lo cual después me arrepentiría, pero era tan difícil sentir algo tan grande por alguien y no poder decírselo con palabras... Se lo conté con los ojos y la respiración entrecortada. Por un momento, solo un segundo, pareció que Soren me comprendía e iba a decir algo cuando oímos la carcajada de Jürgen a nuestro lado. Con resignación, Soren me ayudó a levantarme mientras Meike daba por finalizada la batalla, alentada por Mirko. Se avecinaba una tormenta de nieve.

–La próxima vez, se quedan en casa –susurró Soren para que solo yo lo oyera.

–A ser posible, con Jürgen encerrado en el sótano.

No sé qué dije, pero Soren soltó una carcajada antes de abrir la puerta del coche para que entrara.

Esta vez condujo Mirko de vuelta a Waldhaus mientras la nieve nos rodeaba, cayendo con insistencia. Quedaba menos de una semana para las fiestas, ese año sería mi primera Navidad blanca. Me pregunté si los Müller recibirían visitas o saldrían fuera, no me apetecía quedarme sola en la casa. No me gustaba esa época del año en la que me sentía sin lugar propio al que ir. Todos los años, Alice y su padre me obligaban a acompañarlos a Londres para no pasar las fiestas sola. En su casa, un sinfín de familiares estirados deambulaban a todas horas. Siempre me había sentido cohibida sin poder disfrutar del ambiente festivo; ese año tenía la excusa perfecta: quedarme en Waldhaus, si Soren me lo permitía.

Sentí su mirada desde el asiento delantero y sonreí. Soren fruncía el ceño, pensativo, mientras me observaba. Estaba a punto de preguntarle por qué me miraba así cuando el coche dio un bandazo hacia la derecha. Por fortuna, Meike y yo llevábamos el cinturón y solo nos inclinamos con el fuerte golpe sin salir despedidas. El coche estaba inclinado en la cuneta junto a los altos pinos y, de repente, todos empezaron a dar órdenes a voces en alemán.

—¡Jürgen! —gritó Soren mientras comprobaba que estábamos bien.

—Bien —contestó su hermano.

—Mirko, ¿qué...?

Las palabras se ahogaron en mi boca cuando Soren y él se agacharon en los asientos y sacaron dos rifles. Le pasaron a Jürgen casi al vuelo una pistola.

—¡A la de tres, Meike! ¡Y ni se te ocurra separarte de Nela! —gritó Soren en inglés. Me miró por última vez con una advertencia en los ojos, no sé si para que obedeciera o para que me mantuviera a salvo.

Los tres hombres abrieron la puerta a la vez y Jürgen tiró de mi mano; Meike me siguió, agazapada. Entonces, comenzaron los disparos. ¡Joder! Ahora sí que agachaba la cabeza. Nunca había oído un disparo.

–¡Deprisa! –ordenaba Jürgen mientras corríamos hacia los árboles.

Me giré en redondo para localizar a Soren; se había quitado la chaqueta y permanecía agazapado tras la rueda delantera del coche, con el rifle apostado en el lateral del guardabarros. Después de unas breves señas de Mirko, se adelantó un poco. ¿Y si lo herían?

Desde el otro lado de la carretera, cortada por dos todoterrenos, comenzaron a disparar.

–Nela, ¡no te pares, por favor!

Jürgen agarró mi brazo, obligándome a refugiarme tras un árbol.

–Pero ¿qué ocurre? ¿Por qué nos disparan?

–Debían vigilar Waldhaus y, en cuanto salimos, nos prepararon una emboscada. ¡Mierda!

Meike miró a su hermano mientras caía de rodillas en la nieve, parecía derrotada y muy cansada. Los ojos verde esmeralda de Jürgen se clavaron en ella, decepcionados, y supe por las lágrimas de Meike que el que disparaba eran su marido, Andréi, y sus hombres.

–Andréi no me hará daño, pero sus hombres pueden herir a Soren y a Mirko.

–Ni de broma, Meike. Ya oíste a Soren. Esta vez no, no irás con él. Si hace falta, yo mismo te dispararé, pero no volverás a esa mierda.

Los disparos se habían espaciado. Probablemente, los otros hombres se movían al ver que no conseguían alcanzar a Soren y su guardaespaldas, y Jürgen vigilaba alrededor, atento, para protegernos.

–¿Qué vamos a hacer, Jürgen? –pregunté tiritando por la nieve que nos empapaba, a la vez que levantaba la mirada para asegurarme de que Soren seguía bien.

–Soren ha llamado a los refuerzos en la casa, no tardarán en llegar. Andréi debió pensar que nos pillaría desprevenidos y sin armas –asintió, mientras comprobaba las balas de su cargador.

Nunca había estado tan cerca de una pistola, ni siquiera había visto el cañón de un arma así antes. Los guardias de la casa siempre las mantenían escondidas o colgadas del hombro como si fueran un adorno que yo al principio miraba con curiosidad, pero luego se convirtieron en algo tan cotidiano que dejé de preguntarme por qué las llevaban, manteniéndome ignorante del peligro que corríamos.

Meike, aún de rodillas a mi lado, se agazapó. Nuestras miradas se cruzaron, ajenas a Jürgen. Parecía increíble que tan solo media hora antes riéramos como niños mientras nos arrojábamos bolas de nieve y ahora estuviéramos esperando que nos dispararan.

–¡Andréi! –gritó Soren, rompiendo el silencio que se había impuesto unos segundos antes.

Meike se enderezó al oír el nombre de su marido en labios de Soren.

–Soren, deja que Meike venga sola hacia aquí y olvidaremos esto –respondió una voz con fuerte acento ruso que supuse sería la del marido de Meike por cómo ella se llevó las manos a la boca.

–¡Jodido capullo! –gritó Jürgen.

Soren lo miró en la distancia y, con un gesto, le ordenó callar.

–Tenemos a los hermanos Müller al completo. ¡Meike! Ven conmigo. ¿No querrás que dispare por accidente a uno de tus hermanos?

A mi lado, Meike bajó la mirada. Tenía el pelo rubio empapado por la nieve. Negó con la cabeza una vez más hecha un ovillo; a pesar de su altura, parecía muy pequeña, plegada sobre sí misma en cuclillas. Un disparo se escuchó al impactar contra la carrocería de nuestro coche a modo de advertencia.

–Tranquila –le dije–. Los refuerzos no tardarán.

Oí el susurro de su abrigo antes de poder impedirlo. Con el pie flexionado, se levantó como si se tratara de una corredora olímpica. Salió corriendo y Jürgen cayó al suelo al tratar de impedírselo. Eché a correr tras ella mientras sonaban algunos disparos, con toda seguridad para que los hermanos y Mirko no se movieran.

–¡Nela!

Ni siquiera la voz de Soren me detuvo y fui tras ella sin poder alcanzarla. Mirko, arriesgándose a que le dispararan, cayó sobre Meike y ambos rodaron delante de mí.

–Ya está. ¿Ves, Meike, qué fácil es cuando colaboras?

Paré en seco. Un hombre completamente vestido de negro apuntaba a Soren a la cabeza y le ordenó que se pusiera de rodillas mientras otros hacían lo mismo con Jürgen.

Otros tres hombres nos encañonaban por delante a Mirko, a Meike y a mí con pistolas. El más alto de los tres se quitó el verdugo y sonrió. Se agachó frente a Meike y la cogió de la barbilla. Tenía el pelo negro corto y los ojos azules, fríos y rasgados. Quizás era el hombre más guapo que había visto en mi vida, podría pasar por un modelo de revista si no fuera por su expresión de asesino.

–Ya vale, Andréi, vas a herir a alguien –lo regañó Meike, apartándose de su mano. Se levantó como una reina, casi tan alta como su marido–. Diles que guarden las pistolas.

Mirko intentó levantarse y el hombre que lo vigilaba lo empujó hacia atrás con el arma.

–¡No irá contigo! Te juro que esta vez te desollaré vivo –gritó Soren.

Andréi se rio y cogió a su mujer del brazo.

–No puedo entretenerme contigo, Soren, habrás llamado a tus hombres. –Arrastró a Meike con él hasta donde estaba Soren y, sin mediar palabra, le asestó un golpe en la cara con la rodilla–. ¡Joder, te lo debía de la última vez!

Así que eso era lo que le había pasado cuando Soren llegó de su primer viaje: venía de salvar a Meike de su marido.

–¡Deja a mi hermano! –gritó Meike.

Se soltó del agarre de Andréi y lo empujó hacia atrás. Andréi levantó la mano para abofetearla y Mirko, aun a riesgo de que le dispararan, cayó sobre el ruso. Sus hombres tuvieron que apartar al guardaespaldas mientras le asestaba unos cuantos puñetazos en la mandíbula.

–¡Voy a matarte de una vez por todas!

Meike se interpuso entre su marido y Mirko. Me costaba horrores seguir la conversación, hablaban en inglés y demasiado rápido. Soren no apartaba la vista de mí, preocupado.

–¡Y una mierda, Andréi! –gritó enfadada–. Se acabó, no quiero volver. Cada vez que venías a buscarme volvía contigo como un perro adiestrado, pero ya no, eso se acabó, ¿me oyes?

–¿Qué dices, Meike? Eres mi mujer, me perteneces.

–No, Andréi. No te he pertenecido nunca, solo te amaba con todo mi corazón...

Andréi apartó la pistola y la miró ceñudo.

–No sabes lo que dices, tus hermanos te han lavado el cerebro.

–Mírame, Andréi. Estoy mejor que nunca, lúcida y feliz. ¿Cuánto hace que no me veías así? Si alguna vez me has querido, déjame con ellos, déjame volver a mi casa –suplicó mientras abría los brazos–. Andréi, he vuelto a pintar...

El ruso la miró sorprendido, quizá reconociendo en su mujer a la adolescente de la que un día se enamoró. Su mirada pasó a Mirko, que aún forcejeaba con los hombres que lo sujetaban, y entornó los ojos.

–Esto acabará con alguien muerto, debe parar ya, Andréi. Por favor, no quiero volver.

Si sospechaba que Meike estaba enamorada de ese otro ruso que la protegía a riesgo de que le pegaran un tiro, Andréi no dijo nada. Para mí era más que evidente lo que pasaba entre Mirko y ella y cómo se miraban. En la distancia se oyeron los coches acercándose, los refuerzos habían llegado y Andréi se vio obligado a rendirse ante la evidencia de que, en breve, estaría rodeado.

Andréi se acercó al rostro de Meike y la besó en la mejilla, antes de aferrar sus brazos para empujarla con él. Ahogué un gemido cuando vi que Meike sostenía entre su cuerpo y el de su marido un arma. Temblé al pensar que Meike iba a disparar. El rostro de Soren parecía animar a que lo hiciera de una vez por todas y acabar con el ruso.

Solo unas palabras en ruso que no comprendí de Meike cambiaron el semblante de Andréi.

–¡Todos fuera! –gritó el ruso a sus hombres–. Meike, te encontraré estés donde estés, a ti y a tus hermanos. Aprovecha la última oportunidad que te doy y vuelve tú sola a nuestro hogar –gritó con rabia.

Meike miró cómo se daba la vuelta con sus hombres y cayó de rodillas al suelo nevado mientras lloraba como una niña. Mirko se acercó, le quitó la pistola de las manos, la misma que él le había entregado hacía semanas. La hizo levantarse. La refugió entre sus brazos mientras Soren y Jürgen los miraban atónitos.

–¿Tú lo sabías? –la pregunta de Soren sobre mi cuello me hizo suspirar con alivio.

–Ni idea –mentí antes de tirarme a sus brazos como una cría.

No sé muy bien cómo llegué al coche arropada por los brazos de Soren, intentando que entrara en calor. Debía de estar en estado de *shock*, el tiroteo, las armas, la angustia en el pecho ante el peligro de que lo hirieran. Los guardias llegaron y, sin saber por qué, Soren apartó al hombre que conducía uno de los coches y, tras meterme dentro, se puso al volante. Dejamos atrás a sus hermanos y a Mirko. Sin ni siquiera abrocharme el cinturón, hizo ruedas sobre la nieve y el vehículo empleó toda su fuerza al acelerar. Ni una mirada mientras yo permanecía aferrada al asiento y las ruedas levantaban una capa blanca a nuestro alrededor.

En un momento llegamos a Waldhaus, Soren no quitó las llaves del contacto y salió. Me miró a través del parabrisas un segundo antes de abrir la puerta y cogerme en brazos. Aún tiritaba cuando Helga, alarmada, se detuvo ante nosotros.

–Ahora no, Helga –ordenó Soren con su voz más grave.

Aturdida en sus brazos, él subió los escalones de dos en dos cargando conmigo como si no pesara nada.

–Soren, ¿qué haces?

–Nunca debí llevarte a Praga ni meterte en aquel lugar. Nela, jamás debiste conocer a Andrea ni estar en mitad de un tiroteo en la nieve. Te he puesto en peligro de todas las formas posibles. ¿Entiendes por qué no puedes estar conmigo?

Intenté que me mirara, pero solo veía su perfil, la sombra de su barba, que comenzaba a crecer. Presentía la tormenta que se avecinaba en el interior de Soren.

–Soren, no soy débil, fui yo quien quiso ir contigo a Praga y lo de hoy...

–¡Lo único que quiero es que acabes y te alejes de mí! ¡Estoy harto de tus tonterías! ¿Qué quieres? ¿Qué diablos esperas de mí? –gritó mientras de una patada abría la puerta de su habitación.

–¡Suéltame! ¿Por qué te comportas así? No iré a ninguna parte, Soren.

Dejó que me deslizara por su cuerpo hasta tocar con los pies el suelo. Soren tenía el rostro descompuesto, pálido, y se llevó las manos a la cabeza echando su pelo hacia atrás como si no supiera qué hacer. Advirtió que aún temblaba y que las gotas se deslizaban por mi rostro, por los vaqueros empapados. Sus ojos al fin encontraron mi mirada y pude por un segundo ver su interior, el hombre que estaba tan asustado porque me hirieran que no sabía cómo afrontarlo.

–Nela. *Meine liebe* –pronunció en un susurro, dejando un beso suave en mi frente, acunadas mis mejillas por sus enormes manos.

No tenía ni idea de qué significaban aquellas palabras, pero me atrajo por la cintura hacia su cuerpo. Cerré los ojos. Sentí su boca chocar con la mía, sus labios sobre los míos. Sus brazos me envolvieron sosteniendo mi cuerpo porque ya no tenía fuerza ni voluntad para resistirme. Anduvimos hacia atrás hasta topar con la mesa, me elevó y sus cosas cayeron al suelo con un estrépito de cristales rotos. Sin pensar, enlacé las piernas alrededor de su cuerpo con fuerza para rozarme con la erección que, a duras penas, Soren contenía en sus pantalones. Con la lengua buscó mi cuello, sus dientes tantearon mi piel sin cerrarse y su lengua lamió mi pulso.

Soren se apartó solo para quitarme las capas de ropa helada e hizo lo mismo con la suya, se quedó enlazado a mí para sentir el calor que emanaba de ambos. Dudé un segundo y me atreví, posé las manos heladas en sus hombros y deslicé las yemas de los dedos por su torso, rodeé sus músculos con veneración, las suaves bandas de su estómago mientras me observaba sin respirar y los nervios marcados en sus brazos por la tensión.

–Ven, Nela –suplicó al quitarme el sujetador y dejar expuestos mis pechos–. Es la única manera de que entres en calor –susurró con voz ronca y la respiración entrecortada.

–Soren –acerté a decir cuando su mano acarició mi pecho y lo agarró con fuerza entre sus dedos.

Con la otra mano, me empujó de la cintura hasta que noté el calor que me inundaba pegada a él. En ese momento en el que su rostro descendió hasta mi pecho, suspiré al ver su cabello contra mi piel, su lengua rodeando mis pechos. Caí hacia atrás empujada por su fuerza para dejarle quitarme los pantalones, que bajaron junto a la ropa interior a nuestros pies. Gemí al ver a Soren en todo su esplendor, con el sexo envarado sobre el estómago. Sin pretenderlo, me mordí el labio de pura lascivia y sus ojos se clavaron en mi boca, tiró de mis labios con un pellizco de los dedos y sentí cómo se hinchaban, excitados.

Agarró mis nalgas sin preámbulos, guio su miembro hasta mi entrada y acometió con una embestida. Supuse que dolería por su tamaño en ese momento, pero no fue así, solo sentí un reguero de placer que me abría con brusquedad para él. Estaba tan excitada que al momento me contraje en torno a su pene y me perdí en un mar de placer. Sucumbí a sus movimientos, me penetró mientras controlaba mis movimientos con sus manos bajo mi trasero. Una y otra vez gemí incoherencias, arqueé el cuerpo para recibirlo y Soren me sostuvo entre sus brazos besándome el cuello.

Un momento antes de perderme hizo que lo mirara, levantándome la barbilla hundida en su hombro.

–Me gusta ver tus ojos cuando gritas para mí.

Aquellas palabras arrancaron el placer, deshice cada músculo, hueso y minúscula gota de sangre en mi cerebro y mi cuerpo para sentir a Soren mientras él iba vertiendo toda su furia y miedo en mí.

Cayó sobre mi cuerpo. Los dos estábamos exhaustos y yo, además, dolorida por la carrera en la nieve. Toqué su pelo rubio, cuyo color me maravillaba, y Soren levantó la cabeza. Por un momento pensé que estaba confundido, que aquel rostro ahora tan tierno no se correspondía con el inflexible alemán que era antes conmigo.

–Ya no tengo frío –dije muy bajito, azorada por el placer que Soren despertaba en mí.

Se rio con un suave gemido ronco, provocando que esas finas arrugas alrededor de su boca y sus ojos se acentuaran.

–Te llevaré a la cama solo por si acaso, no quiero que caigas enferma.

Dejé que de nuevo me cargara en brazos, una sensación de protección y posesión que conmovía a la mujer romántica que habitaba en mi interior. Soren se tumbó a mi lado a pesar de ser casi mediodía y nos tapó con las sábanas. No me resistí, me refugié en su piel cálida, rozando cada recoveco de su cuerpo. Busqué a propósito con el rostro el lugar en el que podía oír su corazón y, bajo su palpitar, me quedé dormida al momento.

SOREN

Desperté sobresaltado. ¿Cómo había podido dormirme así en mitad de la mañana? Había descuidado a mis hombres, debía haber estado con ellos cuando volvieron a la finca. ¿Nela? Toqué el hueco aún tibio entre las sábanas y me incorporé de la cama. Sobre una silla toda mi ropa, excepto los pantalones aún mojados, estaba doblada con esmero.

Tuve que reírme. Hasta cuando Nela seguía mis normas, era para desafiarme. «¿*Meine liebe*? ¿En serio, Soren?», me dije. Jamás había pronunciado toda aquella mierda de palabras dulzonas, tal vez ver a Nela tan entregada e inocente en mis manos me hizo imaginarlo. No era extraño que hubiera perdido la cabeza, esa misma mañana me había cegado el miedo por ella. Si la hubieran herido, habría arremetido contra Andréi sin pensar en las consecuencias. Ni siquiera cuando todo había pasado pude mantener la serenidad. Nela era una debilidad, tan dulce y obstinada que incluso intentó detener a la estúpida de Meike al arriesgarse a que su marido entrara en razón. «¿Y Mirko? ¿Desde cuándo están liados mi hermana y mi guardaespaldas?».

Salí de la habitación, vistiéndome con prisas. Atravesé el corredor y me quedé paralizado sin saber si ir en busca de Nela a su habitación o bajar. ¡Me estaba convirtiendo en un imbécil! ¿No era yo quien desaparecía de las camas después de tirarme a una...? ¡Joder!, si no podía llamarla ni tía. «Nela», repetía mi cabeza con insistencia, con su sabor grabado en mi boca.

Helga apareció de la nada ante las escaleras.

–Zählen, he preparado un almuerzo rápido abajo –soltó nerviosa. Esperé con paciencia a que hablara, parecía haber estado al acecho para decirme algo–. La señorita Manuela se levantó hace un rato y me pidió que le dejara un móvil.

Solo Helga podía parecer tranquila después de la noticia de un tiroteo.

–¿No se lo habrás dado?

–Pero parecía importante después de lo que ha pasado, ¡qué horrible!, y me miró como ella hace, ya sabe...

–Lo sé, Helga. ¿Dónde está? –la corté cansado.

–Abajo, señor –contestó más alegre al ver que no la regañaba.

Giré para bajar cuando su voz chillona me detuvo.

–Zählen, ¿he de suponer que este año pasarán aquí la Navidad?

Miré confuso a Helga por lo absurdo de la pregunta en aquel momento.

–Sí, creo que sí –respondí desconcertado.

Desde que éramos niños, no habíamos vuelto a juntarnos los tres hermanos, la familia, en Waldhaus, y ahora estaba también Nela. Porque Nela no querría irse en esos días, ¿verdad? Ni siquiera había contemplado esa posibilidad.

–Helga, dile a la cocinera que prepare algo especial, algo que coman en el país de Nela por Navidad.

Abrió los ojos tanto que pensé que se le saldrían de las órbitas, recordé el *meine liebe* dirigido a Nela y me cabreé conmigo mismo.

–Pero no sé qué comen allí...

Dejé ensimismada a Helga en lo alto de la escalera.

Oí la voz de Nela en la biblioteca al pasar hacia el comedor, la puerta estaba entreabierta y hablaba por el móvil con alguien.

–Lo siento, Alice, discúlpame con tu madre... no sé cuándo acabaré. Quizás dos semanas más, después de Año Nuevo... Podemos ir juntas en abril a Londres... No, en serio, no estoy rara. Que sí, estoy bien... Se portan muy bien conmigo... Sabes que no puedo hablar de ello...

Rio ante algo que le dijo su amiga con cierta tristeza y se despidió. Al colgar, entré como si acabara de llegar y no hubiera escuchado su conversación. Nela se sobresaltó. No le había contado a su amiga nada de tiroteos y salas subterráneas ocultas, se estaba convirtiendo a la oscuridad de los Müller.

–¡Soren! –exclamó a la vez que me mostraba el móvil. No había una sola doblez en Nela. Llevaba una de sus camisetas blancas que utilizaba para trabajar y unos vaqueros de azul gastado–. Le pedí el teléfono a Helga, no te enfades con ella, por favor. Necesitaba hablar con Alice, necesitaba oír su voz para saber que hay algo real fuera de aquí después de lo de esta mañana. Fuera de tu mundo, Soren.

–No vuelvas a salir de la habitación a hurtadillas, nunca.

Sus ojos azules se entornaron mientras cogía de una de las butacas un jersey que había dejado tirado al entrar.

–Pensé que no te importaría –dijo Nela al acercarse de puntillas para intentar ponerse a mi altura, pero, descalza como iba, le sería imposible–. Ya sabes. El sexo rosa, los besos y todo eso, creí que no te gustaban.

Nela se rio antes de salir. Fui tras ella para contestarle como se merecía cuando Meike se coló entre nosotros.

–Nela, te buscaba. ¿Hoy no vas a trabajar? –la acorraló Meike, más nerviosa de lo habitual, sin prestarme atención.

–Pensé que, con todo lo que ha pasado, no querrías.

–Lo necesito, Nela. Eso o emborracharme, así que vamos al estudio –confesó mientras se la llevaba hacia arriba casi a rastras.

–Meike, tengo que contarte algo sobre *La bahía*. Es una historia preciosa, ¿quieres oírla?

Me quedé parado en la puerta, apoyado en el marco mientras sonreía a Nela con cara de idiota. ¿Qué mierda me pasaba? Helga pasó tras ellas con una bandeja de comida. Fue entonces cuando Nela arqueó las cejas antes de sonreír. Después de todo, seguía obsesionada con llevarse el cuadro, y Meike no iba a ser de ayuda, conocía a mi hermana. Después de Año Nuevo acabarían el proceso de restauración, como Nela le había dicho a su amiga, y se iría para siempre, pero sin el lienzo.

MANUELA

–Hay que seguir unas normas, Nela, vestir de etiqueta –afirmó Meike recostada en uno de los sillones junto a Jürgen.

Acabábamos de cenar y pasábamos un rato en el estudio, como las últimas noches desde el incidente del tiroteo. Soren, por precaución, no nos dejaba salir hasta que estuviera seguro de que Andréi había salido del país.

–¡Perfecto! –Suspiré fastidiada. Huía de la rigidez de las fiestas en casa de Alice para encontrarme ante las tradiciones de Meike.

–Hay que visitar el Weihnachtsmarkt de Füssen.

–¿Y eso qué es? –pregunté, alarmada al oír la extensión de la palabra en los labios de Jürgen.

Soren empezó a reír y los dos hermanos se giraron a mirarlo con la boca abierta. Aún les costaba ver a su hermano tan relajado. Estaba sentado frente a mí, con una copa en la mano que agitaba a intervalos al ritmo de su respiración, cada vez más agitada. Las llamas del fuego en la chimenea se reflejaban en su rostro y su mirada se volvió profunda al posarse sobre mí, oscura y dura.

–Un mercado navideño, nada más –me aclaró.

–Y beber vino caliente, Glühwein –añadió Jürgen.

–Nunca seré capaz de aprender alemán –pensé en voz alta.

Miré a Soren, ¿qué sería lo que me había susurrado al oído antes de hacer el amor? Tenía que recordar preguntárselo porque no me atrevía a contárselo a Meike por si era algo guarro, pero si Soren seguía evitando estar conmigo a solas, sería imposible. Solo acudía a mi lado antes de acostarnos para tomarme de la mano y llevarme hasta su habitación, donde había pasado las últimas noches. El tiempo en Waldhaus solo se medía por la noche y el día, alejado de todo y refugiados del resto del mundo.

Un suave toque en la puerta nos sobresaltó, era Mirko. Los dos hermanos gruñeron a la vez al ver a Meike levantarse como un resorte.

–Tiene una visita, señor –dijo, frío como el hielo a la vez que miraba a Soren. Él se levantó al momento, dejando la copa sobre la mesa, y lo siguió extrañado.

No sabía qué hacer, no deseaba volver a casa sola, y Soren, aunque no me lo había pedido, daba por hecho que me quedaría con ellos. No quería ser una extraña o molestar con mi presencia. Al rato, di las buenas noches a los hermanos y a Mirko, que había aprovechado la salida de Soren para sentarse junto a Meike.

La casa estaba en silencio y me pregunté quién visitaría a Soren a esas horas. Anduve hasta las escaleras con la intención de subir cuando vi una puerta abierta bajo el hueco de la escalera. Ni siquiera me había fijado antes en que allí hubiera una entrada. Delante de los escalones vi la luz encendida que conducía a las entrañas de Waldhaus. La escalera estrecha y oscura me recordó a la excursión en Praga y dudé un momento, pero ese recuerdo despertó la curiosidad acerca de por qué Soren estaba allí abajo a esas horas de la noche.

Y me dispuse a bajar, por lo de la polilla y la luz y porque mi curiosidad podía con cualquier pensamiento lógico.

–No sé si encontraré mercado abierto para esto, Soren. Tenía un acuerdo contigo, el dinero está en tu cuenta desde hace meses. Hay un americano interesado en ellos.

La voz de suave acento italiano me detuvo. Asomé la cabeza desde las escaleras de piedra, en cuclillas, oculta por las sombras del pasamanos de madera y los listones.

–Ya, lo sé, Pietro, pero ahora no puedo entregárselo al comprador. He tenido una visita de mi cuñado, estará esperando la mínima oportunidad para joderme. No pienso exponerme a que robe las obras durante el traslado.

Me tapé la boca cuando enfoqué bien lo que ambos, el italiano que ya había visto por la casa y Soren, tenían delante y detrás, y colgados. En una antigua bodega, bastante grande, de paredes curvas apenas iluminadas por unas bombillas en el techo, había cuadros, unos con marcos, otros en bruto con la tela desgarrada, estatuillas griegas, rollos de bocetos unos sobre otros. Era un almacén de arte. Soren sacaba de allí sus obras, o las compraba y luego las almacenaba, o las robaba y allí las escondía.

Salí escaleras arriba, con el aire retenido en los pulmones, sin querer hacer ruido. El enorme Caravaggio de la entrada, que yo creía falso hasta ahora, parecía tener más color y dominar el vestíbulo. Fui corriendo escaleras arriba. Estaba nerviosa y alterada, siempre había pensado que los guardias armados eran para la protección de Meike, pero, en realidad, eran para proteger aquella bodega y los tesoros que los Müller escondían. ¿Por qué no exponía todos aquellos cuadros como las antigüedades que adornaban las salas de la casa? Fácil, había robado todos y cada uno de ellos.

Pasé por delante de la habitación y seguí hasta el estudio, necesitaba estar en mi refugio. Entré de golpe para encontrarme con la oscuridad de la sala. Los focos de fuera estaban encendidos, comenzaba de nuevo a nevar con fuerza y las copas de los pinos se inclinaban hacia los cristales. No encendí las luces, sino que, apreciando los perfiles familiares de mi estudio, avancé hasta mi cuadro. Encendí un pequeño flexo sobre la esquina de la mesa. Lo destapé con veneración y *La bahía* me saludó con sus colores brillantes. Tan solo una esquina permanecía en las sombras: Sainte Adresse, como habíamos reconocido Meike y yo por otras obras del artista. El rincón francés de Normandía lucía con el efecto de la luz sobre el mar y los barcos en tres planos, cielo mar y playa, cuidadosamente separados. No como mi corazón de mi cabeza. Soren era la otra cara del arte, la que no se ve y solo se escucha en los diarios cuando un cuadro se pierde o se roba de un museo. Se lo dije en Praga, el arte debía ser admirado por todos y no por unos pocos privilegiados, tenía la firme convicción de que era un deber universal legar esas maravillas. ¿Cómo tenía Soren todos esos cuadros, esculturas, libros...? ¿Eran todos desconocidos como los dos lienzos que tenía delante, sin ni siquiera catalogar? Quedaba poco para acabar, ni siquiera servía de nada que en los últimos días retrasara mi trabajo una y otra vez sin poder centrarme en lo que hacía.

Incliné el cuerpo y acerqué las yemas de los dedos sin guantes, sin nada entre la superficie rugosa de los trazos y mi piel. No debía hacerlo, podía dañarlo, pero la tentación era más fuerte que nada, toqué el mar y la arena. Amaba ese cuadro y amaba a Soren, aquella casa.

Apenas seis horas me separaban de Madrid, del refugio de lo conocido y seguro, del despertador y las prisas, de Alice, Roberto, Juan. Esa era la vida real y no esta, junto a Soren.

—¿Sabes que estás dejando tus huellas por todo el cuadro?

La voz de Soren me despertó y aparté las manos de *La bahía*.

–Y mi capacidad para pensar –afirmé cuando sentí el calor de su cuerpo en mi espalda–. ¿Se ha marchado ya tu amigo Pietro?

Se retiró hacia atrás y me hizo girar en el taburete, apoyó sus manos en mis muslos y se agachó hasta quedar a mi altura.

–¿Has bajado a la bodega? –preguntó, sabiendo la respuesta de antemano–. Nunca te he mentido, Nela, sabes lo que soy.

–¿De dónde has sacado todo esto? ¿También estos cuadros estaban allí abajo?

–No, Nela. Estos dos cuadros son especiales. Algunas de esas obras de arte las compré en Praga, es la puerta del este para el mercado negro, pero la mayoría de los que hay abajo estaban ocultos en Neuschwanstein.–Continúa, Soren –lo animé mientras sus pupilas dilatadas buscaban los signos de mi rostro.

–Los encontró mi abuelo, arruinado después de la guerra, donde los nazis los habían escondido en su retirada. Fue el comienzo de nuestra carrera como marchantes.

–¿No tienen dueño, no son de nadie?

–En su mayoría pertenecían a la élite judía, y la mayoría no sobrevivió a la guerra. Es horrible, lo sé.

–Entiendo. ¿Y mi cuadro? ¿También se lo darás a ese hombre para que lo venda sin más?

–No, Nela, no lo entiendes –dijo separándose con voz fría–. Es fácil juzgarme, pero ¿es mejor lo que tú haces? Si pudieras tenerlos en tus manos, ¿qué harías? ¿Crees que no sé que quieres llevarte este cuadro? ¿Y para qué? ¿Como una donación desinteresada o porque quieres ser directora del museo algún día? Ya sean los cuadros de ahí abajo o los que rescato de otras manos, los restauro y los vendo, a museos o particulares. Roberto ha gestionado muchas de esas transacciones porque es otra forma de proteger el arte.

–No digas tonterías, Soren, es dinero cambiando de manos. Si tan noble eres, entrégalos a un museo para ser expuestos.

–Pues no, Nela, no soy tan noble y puro como tú –dijo Soren en tono sarcástico.

Ambos suspiramos al ver el cariz de la conversación, acabaríamos discutiendo. Era imposible que alguno de los dos entendiera la postura del otro. Ni siquiera yo había obrado en consecuencia en Praga, cogí el cuadro y corrí en dirección contraria a la policía, segura de que lo volvería a hacer otra vez en la misma situación.

–Me quedaré hasta después de Navidad, si no te importa; después, volveré a mi país. Sabes que nunca diré nada.

Soren levantó la vista hacia el techo pensando en mis palabras, intentando controlar su mal humor.

–Está bien, Nela. Cuando acabes tu trabajo nada te retiene aquí –claudicó, a la par que me acercaba para engullirme entre sus brazos.

MANUELA

Desperté sola en la habitación de Soren, como cada mañana desde la noche en la que discutimos ante mi cuadro. Esta vez, al levantar la cabeza, lo vi sentado en uno de los butacones observando el bosque a través de las cristaleras. Sobre la mesa había una bandeja con dos tazas humeantes y un plato tapado con un paño. Salté de la cama al captar el olor a algo conocido y que echaba de menos. Enrollada en una toalla, corrí hasta la mesa.

–¡Soren! ¡Es chocolate caliente con churros! ¿Cómo lo has conseguido?

Se rio al verme destapar el plato y descubrir los lazos humeantes, cargados con mucho azúcar encima, como más me gustaban. Sentada, con suma emoción, cogí uno entre los labios y agarré el tazón caliente sintiendo el calor que me subía por las manos.

–Helga los consiguió. No son como los de tu país, la cocinera no tenía ni idea de qué eran y los trajeron congelados.

–¡Tengo que darle las gracias a Helga! ¡Están buenísimos! ¿Los has probado? –pregunté con la boca llena.

Soren miró mi pie descalzo balanceándose con alegría mientras daba cuenta de los churros. Suspiré feliz, amanecía con los primeros rayos de sol sobre la capa de nieve del suelo, casi deslumbrándonos con su blancura. Si Soren quisiera, podríamos pasar la vida entera sentados uno al lado del otro sin hablar.

–Me has estado evitando estos días, Soren.

–Sí, es probable. Me miras como si te avergonza-

ras de lo que soy y no me gusta, Nela. Nunca he tenido conciencia y no quiero empezar a tenerla ahora.
No voy a cambiar.

–¿Cuántos «noes» y «nuncas» puede tener una
frase, Soren Müller?

–Tantos como sean necesarios para que lo dejes
pasar. Soy lo que soy.

Admiré su perfil serio, la nariz recta que deseaba
delinear en ese momento y sus ojos mirando al paisaje.

–¿Sabes que tu nombre es un anagrama? –comen-
té con la boca llena–. Si le das la vuelta, contiene el
nombre de Eros, el dios del amor.

–O Neros, el emperador que destruyó Roma.

–Prefiero Eros.

–Prefiero Nerón.

Sonreímos al mismo tiempo, embarcados en
nuestras pequeñas luchas de voluntades, hasta que
Soren cogió la otra taza humeante y cruzó las piernas.

Desde fuera la estampa de ambos, cómodos frente al paisaje, se me antojó demasiado familiar e ínti-
ma. El sexo era fácil de separar, pero estos momentos
cada vez más frecuentes entre los dos eran difíciles
de catalogar.

Soren también debió de sentir lo mismo; algo
cruzó su mente, por la oscuridad que vi en sus ojos
grises, y dejó con fuerza la taza sobre la mesa para levantarse con prisa.

–Tengo que trabajar.

Salió de la habitación sin despedirse y yo miré la
taza abandonada apenas sin probar y la cucharilla
manchada de chocolate sobre la mesa. Fuera lo que
fuera lo que había pensado, debía de ser horrible
para romper sus manías sobre la limpieza. Observé
un momento más la mesa y empecé a recoger los

restos del desayuno sobre la bandeja. Pensando en su comportamiento, me quedé sentada un rato más, acompañada por el movimiento de los pinos y la nieve golpeando el cristal. «Nunca, Nela. Nunca le digas lo que sientes por él».

MANUELA

La gente comenzó a llegar y llenaron el salón de alegres voces en alemán e inglés. Mirko y yo observábamos escondidos desde una de las puertas entreabiertas del comedor. Habían retirado la gran mesa, las sillas y los demás muebles. Helga había dispuesto la colocación de musgo y muérdago de manera estratégica, era una romántica que pretendía los besos espontáneos entre los invitados.

Meike ordenó traer un abeto enorme con adornos rojos y dorados, tradición de cuando eran niños en Waldhaus. No había fiestas desde hacía más de una década y todos estaban entusiasmados, desde los trabajadores de la casa hasta Jürgen y Meike. Se enviaron invitaciones a personalidades locales y viejos amigos que dormirían en el pueblo. La fiesta tenía lugar dos días antes de Navidad y muchos viajarían esa misma noche de regreso a sus casas. Un dueto de violín daba los primeros acordes cuando Jürgen apareció por detrás para agarrarme de la cintura.

–Meike se ha esforzado mucho, ha intentado hacer las cosas a la antigua y está de los nervios en la entrada, saludando a los invitados. –Sonrió con picardía mientras recorría con la mirada mi vestido rojo burdeos–. Nela, estás cañón...

–Se lo dirás a todas esta noche –bromeé con él como dos viejos amigos.

Recordé la fiesta del museo en la que conocí a Soren, lo insegura que estaba en ese vestido y subida a esos tacones. Una eternidad. Ahora me sentía poderosa y femenina por culpa de Soren. Ver a aquellas mujeres no me afectaba ni me hacía sentir inferior, tenía mis propios encantos, que encandilaban al hombre que, estaba segura, sería el más atractivo de la fiesta.

Sentí su presencia detrás de nosotros, el corazón me dio un salto y el estómago, un vuelco. Hacía días que no lo veía con traje y ese de gala le sentaba perfecto sobre los anchos hombros. Soren llevaba el pelo más largo de lo habitual y una fina barba. En contraste con su vestimenta impoluta, parecía un hombre algo diferente. Me tendió la mano y la cogí. Guio mis pasos con reverencia escaleras arriba, en vez de al salón, ya atestado, donde Meike revoloteaba saludando a viejos conocidos. Con una risa de niña pequeña, le pregunté dónde íbamos. Impaciente, Soren cerró la puerta de mi antigua habitación, donde ya no dormía. Aplastó mi cuerpo entre el suyo y la puerta. Su aliento caliente se posó sobre mis labios.

–Estás preciosa, *meine liebe* –susurró.

–¡Oh! Tú también, Soren.

Quise preguntarle qué significaban esas palabras, pero sus labios firmes y su lengua voraz se abrieron paso en mitad de nuestra respiración agitada. El rumor de la seda al levantar la falda de mi vestido me hizo jadear de anticipación. Soren se separó con los ojos abiertos por la sorpresa en cuanto tocó las medias prendidas en el liguero de encaje. Recorrió con las manos mis muslos y me observó desde los tacones al rostro. Sus cejas se alzaron seguidas de una sonrisa, que ahogó en mi cuello al levantarse.

–*Du bist eine Königin.*

–¿Soy una...? –intenté traducir.

–Reina –completó la frase en castellano.

Las risas se nos escaparon entre jadeos. Soren se hundió en el hueco de mi cuello, y besó con una caricia de la lengua el lóbulo de mi oreja, me estremecí ante el cosquilleo que sentí en todo mi cuerpo. Sus manos se deslizaron por mi silueta, deteniéndose en los pechos, y bajaron hasta la cintura, donde con un movimiento brusco, me acercó más a él. Mis formas encontraron hueco en su cuerpo, rozando nuestros sexos, como el complejo y perfecto puzle que formábamos cuando estábamos juntos. Noté cómo subía la excitación de Soren por su respiración, acarició mi abertura húmeda, sentí su dura erección contra mi sexo, liberada de los pantalones, y lo guie hasta mí. Con excitante suavidad, me penetró y salió hasta que, atrapada entre la pared y sus brazos, me dejé ir mientras sentía su explosión en mi interior.

Nuestros dedos se desligaron y salió con una delicadeza poco habitual en Soren. Dejó tras de sí el rastro de su ser llenándome entera, colmada de él, y sus labios gimieron, presos de los míos.

—Soren, te quiero.

Al momento me arrepentí, sin haber acabado de decir aquellas palabras. Soren se separó con frialdad. En ese instante supe que la había fastidiado, que no podría borrar lo dicho, y mi corazón se encogió de miedo mientras deseé poder pulsar el botón de rebobinado.

—Nela, no puedo...

—Calla, Soren —supliqué al ver sus ojos grises llenos de lástima por mí.

Coloqué el dedo índice sobre sus labios, sin querer oír su asco de acuerdo sobre solo follar, que ni siquiera recordaba haber aceptado.

Lo besé un instante, cerrando los ojos por si aquello era una despedida. Soren se apartó hacia atrás y la falda volvió a su lugar entre los dos. Se recompuso sin levantar la mirada.

—Sí, Soren, te quiero. No puedo borrar lo dicho. No te he pedido nada a cambio ni que me mientas. Lo dejaste claro, no tengo sitio en tu vida.

Quizá esperaba que lo negara todo y, como en una película, se arrodillara y me dijera que en realidad estaba enamorado de mí. Que podía superar sus miedos, amarme y ser felices.

–Mañana me iré, debí hacerlo hace tiempo. Meike puede acabar sola en un día o dos.

–Manuela, lo siento.

–No lo hagas, solo eres sincero. Soy yo quien me engañé.

Aparté el cuerpo de la puerta, que Soren miraba como si yo lo retuviera allí en contra de su voluntad. En cierto modo, era así; creí que bastaría con entregar todo mi corazón para que él sintiera algo, pero nunca tuve más oportunidad que pasar por su cama.

–¿Vienes, Nela? –preguntó Soren con indiferencia, como cuando teníamos una discusión tonta, solo que esta vez yo había traspasado la frontera demasiado lejos como para obviarlo.

–Solo un momento y bajo.

Desapareció y cerró la puerta tras él. ¡Pobre idiota estaba hecha! No quería bajar tras Soren ni mirarle a la cara, ni a él ni a nadie. «Ni una maldita lágrima, Manuela, solo es el corazón. Cosas peores te han pasado en la vida que soltar la lengua como una cretina inocente». Me sequé las lágrimas contenidas con cuidado, abrí la puerta y respiré hondo antes de volver a la fiesta. Mañana me iría de Waldhaus y no volvería a ver a Soren.

Meike se acercó en cuanto traspasé las puertas del salón.

–¿Dónde estabas, Nela? ¿Te encuentras bien? Pareces enferma.

–No..., quiero decir, sí. Estoy bien, de verdad.

Tenía que evitar entrar en una sala y buscar a Soren, como hacía siempre. Allí había mucha gente. Preocupada, seguí buscándole con la mirada solo para asegurarme de que estaba bien. ¿Se pondría nervioso entre tanta gente?

–Ven, Nela, quiero presentarte a unos amigos. –Meike me arrastró entre los invitados y saludé de manera mecánica sin saber qué decían.

–Pareces ausente –me regañó Meike al llevarme hacia otro grupo.

–No, Meike, ahora no, voy a buscar a Soren. –Acerqué mi boca a su oído para susurrar–. No creo que le guste que hayas invitado a tantas personas, sabes que no soporta...

–No te preocupes, ya se ha encargado de desaparecer, lo vi subir hace un momento con Andrea.

Si me hubieran golpeado el pecho, no habría sentido más dolor que en ese momento, y recordé cómo se enlazó a ella a nuestra llegada al sótano de Praga, cómo Andrea movía el trasero delante de nosotros mientras Soren no se perdía un solo vaivén. ¡Claro, Andrea! Sin complicaciones, ella no intentaría hacerle sentir algo a Soren, ni tocarlo esperanzada porque él comprendiera que lo amaba con todo su ser.

Cuando quise darme cuenta, subía los escalones decidida, deshaciendo el mismo camino de hacía apenas media hora. Parada ante el corredor, dudé: derecha a su habitación o izquierda al estudio. La puerta de acceso a la escalinata estaba abierta. ¡Eso no, joder! ¡En mi refugio, no! ¡Con mi cuadro allí, no!

La vena española de sangre caliente no se había muerto con tanto *appelstrude* y salchichas. Entré como una fiera en mitad de un vendaval, con los zapatos de tacón en la mano.

Mi mundo estalló en pequeños fragmentos, como cuando un rayo desgarra el cielo oscuro.

Soren la besaba, agachado sobre su rostro, con las manos sobre las caderas de su vestido negro. Ni siquiera se dieron cuenta de que yo estaba allí, sin respiración, rota y vapuleada. Al apartar la mirada de ellos, asqueada por haber estado en esa misma postura con Soren hacía menos de una hora, lo vi. *La bahía*, el cuadro, no estaba en su caballete; en cambio, el maletín en el que lo transportábamos estaba sobre una de las mesas.

Soren se giró. No había nada en sus ojos ni en su rostro.

–¡Ah! Tu ayudante, ¿verdad?

Esas simples palabras de Andrea abrieron la herida aún más. Soren se irguió en toda su altura.

–¿Qué hace aquí, Soren? –pregunté señalando a esa mujer. «Y menos humos, alemán, que con los tacones casi te llego».

–Viene a por el cuadro.

–¿Vas a dárselo? ¿Así, sin más? ¿Sin decirme nada? ¡¿Ibas a entregar mi cuadro?!

–Soren, creo que debo irme, Pietro me espera abajo –dijo Andrea sin esperar contestación, con el maletín en la mano.

Fui a detener a esa mujer que se llevaba mi cuadro y Soren se acercó furioso. Dejé que mis brazos, antes apoyados en mis caderas, cayeran laxos a los lados del cuerpo; pero aún tuve fuerzas para levantar la barbilla.

–¿Tu cuadro, Nela? ¿Quién crees que eres en mi vida para pedirme explicaciones? No eres nada, Nela. ¡Sal de aquí, coge lo que quieras de abajo y mañana vete de una puta vez!

¿Qué me había creído? ¿Que Soren era mi novio o mi pareja? «Ayudante» no era ni significa más que eso. Era su *amanyudante* o algo así, ¿eso existía?

–Nela, nunca te dije que te lo llevarías a tu museo, no te mentí en ningún momento. Eres tú la que has confundido follar con una relación, yo no salgo con nadie.

Intentó acercarse al ver que había traspasado la frontera entre explicar las cosas y hacerme daño. Corrí, porque no podía enfrentar por más tiempo a Soren sin derrumbarme. Seguí corriendo escaleras abajo, sujetándome la falda del vestido. Meike intentó detenerme al ver que iba hacia la salida, y Mirko la apartó de mi camino.

Salí al exterior y el frío me golpeó con dureza. Dudé un momento y Mirko, que había venido a mi encuentro, me echó un abrigo por los hombros. Deshecha en lágrimas, no me importó que los invitados más rezagados me vieran así. Mirko me abrazó un segundo para después sonreír con lástima.

–Nela, coge esto.

Meike puso sobre mi mano las llaves del coche y dinero en efectivo. Si alguien podía comprenderme, era ella, a quien el amor casi la mata.

–No sé qué te ha hecho el imbécil de mi hermano, pero puedo imaginarlo. Te lo dije, Nela, se ha cagado en los pantalones. Todo lo que haya dicho o hecho es para apartarte de él, no dejes que te haga daño.

–No es eso, Meike. ¡Lo siento tanto! Siento haberme puesto así en tu fiesta.

–¡No digas tonterías! A los de ahí dentro no los quiero como a ti.

Mirko y ella se miraron hasta que Meike asintió.

–Te llevo, Nela, ¿dónde quieres ir? –preguntó Mirko mostrándome mi cartera tanto tiempo en su poder, desde que salimos hacía meses de Madrid. Todo el mundo sabía que esto ocurriría menos yo.

Abracé el cuerpo delgado de Meike y la besé en la mejilla.

–Al aeropuerto más cercano.

MANUELA

Mirko condujo como un rayo. Sin palabras y encogida en el asiento, entramos en la autopista hacia Múnich y dejamos atrás los bosques, la nieve y los pequeños pueblos. Me alejaba de Soren, de su mundo y de ese maldito cuadro. Pedí a Mirko que se detuviera en la entrada a la terminal y, no muy convencido, dejó las llaves puestas en el contacto sin decidirse a marcharse.

–Nela, ¿quieres que le diga algo a Soren?

–No, Mirko, no merece la pena –asentí entre lágrimas–. Cuida de Meike.

–Eso tengo pensado –dijo con una sonrisa.

Atravesé sola las puertas automáticas del aeropuerto. Lloré cuando pagué el billete y, después, lo primero que hice fue ir a comprar un móvil en las *duty free* del aeropuerto. Llamé a Alice antes del embarque y mucho más tarde, en el avión, me derrumbé en el asiento, aún llorando. Si había salido de Alemania era porque Soren así lo quería, con sus contactos, jamás lo hubiera conseguido.

SOREN

–¿Dónde está Nela? –volví a gritar frente a los tres.

Mirko me miraba frío como el hielo, tenía que haber sido él quien la había ayudado a irse. Nela no conocía las carreteras ni sabía dónde ir, y él tenía toda su documentación para salir del país.

–¿De verdad, Soren? ¡Que te den! Ahora no nos acoses con tus mierdas, piensa en lo que le has hecho a Nela en lugar de interrogarnos. ¿Quieres que te diga una cosa? ¡Te has cagado en los pantalones! –Meike me acorraló con el dedo apuntando a mi pecho–. Una mujer inteligente, guapa y que te aguanta, ¡eso es! Te has asustado tanto que a saber lo que le has dicho. ¡Me voy, tenemos invitados! –Meike salió de la habitación con un portazo que hizo vibrar los cuadros de la pared.

–Tampoco hay que ser un genio para saber que ha vuelto a su casa, ¿no? –añadió Jürgen con sarcasmo. Se levantó del sillón y se acercó hasta la mesa, donde había dejado su vaso lleno–. Por tu cara, Soren, no era lo que querías. ¿Es la primera mujer que te deja sin suplicar? Está colada por ti –añadió metiendo más cizaña.

–Mirko, ¿al menos te dijo algo? ¿Dónde iba?

–Nada.

Desesperado ante su falta de información, salí del estudio. No era esto lo que había pretendido al besar a Andrea, nunca pensé que Nela saldría huyendo. Su rostro destrozado, sus lágrimas... Su forma de reclamar el cuadro en vez de cabrearse por ver cómo besaba a otra mujer. Meike decía que me había cagado,

¿era eso lo que había pasado? ¡Joder, solo quería que olvidase esa tontería de que estaba enamorada! ¡Que odiara hasta pronunciar mi nombre! Debería haber imaginado que Nela no era cualquier mujer, que no era como Andrea y las otras, que no aceptaría una relación a medias. ¿Y yo? ¿Qué quería ahora que Nela no estaba?

MANUELA

Arrastré los pies, enfundados aún en mis tacones, por todo el aeropuerto llamando la atención de todo el que me rodeaba con mi vestido lujoso y el abrigo negro de Mirko. Debía parecer una loca, con el pelo revuelto y los ojos hinchados. Un guarda de seguridad del aeropuerto esbozó una sonrisa compasiva que trató de ocultar al pasar junto a él mientras mis compañeros de vuelo se dirigían hacia la cinta de las maletas.

Esperé a que abrieran la puerta y saqué mi último pañuelo limpio, una azafata muy agradable me había dado una caja al empezar el vuelo; busqué una papelera y tiré los restos que llevaba en los bolsillos. Heathrow estaba desierto a esas horas en comparación con las otras veces que había pisado el aeropuerto de Londres.

Alice esperaba tras la cinta de llegadas, sus ojos se entornaron horrorizados al verme y, sin esperar a que llegara hasta ella, entró en el área restringida. La abracé con fuerza; más alta que yo, envolvió mi cuerpo con un abrazo de oso.

–¡Nela! Pero ¿qué te ha pasado? ¡Estás horrible!

–Ay, Alice, sácame de aquí, por favor.

Condujo entre el tráfico previo a las Navidades mientras, entre hipidos y lloros, le pedía tiempo para contárselo todo, en ese momento no podía. Al fin llegamos al barrio de Kensington, a la casa de los Barday; un sitio conocido, un lugar seguro lejos de Soren.

¿Por qué no dejaba de engañarme?

Él ni siquiera notaría que me había marchado.

Caí redonda en la cama, dando vueltas hora tras hora sin que los fríos ojos de Soren y sus últimas palabras me concedieran un descanso.

CUARTA PARTE

MANUELA

–¡Buenos días, Manuela! –me saludó Martha, la madre de Alice, al verme entrar en la cocina–. ¿Has dormido bien, cariño?

Oír la voz de la persona más parecida a una madre que había tenido hizo que sonriera otra vez. Ni una pregunta desde hacía dos noches cuando aparecí con Alice, ni una interrupción en mi cuarto, sin preguntas molestas ni escenas. Los Barday habían dejado que recompusiera mi fachada en soledad en las últimas cuarenta y ocho horas. Esa noche era Navidad y no podía seguir encerrada en mi habitación.

Martha llenó dos tazas de té y puso sobre la enorme mesa de la cocina un plato con galletas de mantequilla. Alice y ella eran como dos gotas de agua, rubias y altas, con ese aire inglés de total corrección y el mismo gran corazón. La Fundación Barday era el proyecto de Martha, ayudaban a niños que habían perdido a sus padres en circunstancias como la mía, por culpa de las drogas o que no tenían recursos y que destacaban en sus estudios. Su mayor desgracia fue ocuparse de otros niños mientras perdían a Alice. Los Barday habían confiado en mis capacidades siendo solo una niña y habían guiado mi vida, pero era hora de iniciar mi propio camino.

–¡Genial, Martha! Echaba de menos Londres. Muchas gracias por acogerme en plenas fiestas sin avisar.

–Ni se te ocurra decir eso, esta es tu casa, siempre lo ha sido, Nela. Solo con mirar a Alice y ver lo feliz que está, siento que eres parte de nuestra familia. ¡Harás más entrañables estos días, siempre echo de menos tu sonrisa! –Noté su duda antes de continuar–. Nela, esta noche hay una pequeña reunión de amigos. Si pudiera la cancelaría, cariño. Conoces a casi todo el mundo, nada ostentoso, solo unas copas después de la cena. Por cierto, estará tu jefe, Roberto Márquez. Espero que no te importe.

–No. Tranquila, Martha.

Sonreí a medias. Justo lo que no quería, encontrarme con un conocido, y menos con Roberto, que me acribillaría a preguntas sobre Soren.

La vida seguía por muy parado que tuviera el corazón. «Por cosas peores has pasado, Nela», me dije como un mantra antes de beberme el té. Odiaba el té con leche.

Alice apareció en la cocina con una sonrisa al verme levantada.

–Entré en tu habitación a buscarte y casi pensé que habías escapado de la casa, ¿desde cuándo dejas todo tan colocado? Solo falta que te hayas convertido en dos meses en una maniaca del orden.

–No sé, Alice. –Revolví el té con asco, me moría por un café de los de Helga con espuma por encima. Dejé a propósito la cucharilla manchada sobre la mesa y, al momento, la limpié con pena. Soren podía estar a kilómetros de distancia, pero seguía dentro de mi cabeza.

–Le decía a Manuela que esta noche tenemos invitados, Roberto, vuestro jefe, vendrá. Está en Londres por trabajo.

Alice y yo nos miramos con los ojos en blanco.

–Tengo que ir a comprar algunas cosas –afirmé al levantarme de la mesa.

–¿Quieres que vaya contigo? –susurró Alice, preocupada. Su mano me retuvo con cariño y negué con la cabeza–. Necesito estar sola, estaré bien.

Aún tenía el dinero de Meike en efectivo, pero no tenía mis tarjetas ni mi antiguo móvil, Mirko solo me había entregado la documentación. Al menos, tenía el carné para poder identificarme y viajar.

Salí con un abrigo de Martha. Fuera llovía con insistencia y me tapé la cabeza con la capucha. Londres era maravilloso en Navidades, por mucho frío que hiciera, tenía un ambiente cálido. Anduve por las aceras mojadas siguiendo la fila de rejas negras de las casas, poca gente con la que me cruzaba llevaba paraguas, y sí gorros o capuchas. A medida que me aproximaba al centro, las calles se llenaban de gente y era casi imposible andar con normalidad. Sentí vibrar en el bolsillo el móvil que había comprado en el aeropuerto. Nadie conocía ese número, así que contesté.

–Nela, soy yo.

–Meike, ¿cómo tienes este número?

–Por favor, no pongas en duda qué mi hermano sabe ya dónde estás y como localizarte –confesó con alegría–. ¿Dónde estás? El muy idiota no ha querido decírmelo.

–En Londres. No tenía fuerzas para volver a casa sola.

–Lo entiendo –dijo tras un silencio–. Escucha, probablemente no quieras saber nada de Soren, ni del cuadro, pero...

–No, Meike, no quiero saber nada de él –repliqué, molesta. A punto de colgar, me detuve. Era su hermano, no se trataba de una traición, quise creer.

–Estuvo buscándote –afirmó deprisa, sospechando que iba a colgar.

–Meike, escucha, después de un tiempo aquí volveré a Madrid y te daré mi dirección, pero, por favor, no quiero oír hablar de tu hermano.

Tras unas breves compras de regalos navideños,

volví a casa de los Barday. ¿Soren sabía dónde estaba? ¿Aún tenía la estúpida esperanza de que él apareciera? ¿No había aprendido nada de ese orgullo suyo de soberbio alemán? Había desaparecido de Waldhaus sin decir nada ni haber dejado una nota y ahora quería asegurarse de que no lo delataría, que no hablaría de sus negocios sucios y que no diría en qué había trabajado en su casa. ¡Por eso me había buscado! No era una niña despechada, no quería volver a hablar con él, pero tampoco iría corriendo a una comisaría a confesar. Tuvo la oportunidad de tenerme, con todo mi corazón entregado a él, pero Soren era incapaz de amar, al menos a mí. «Ni una lágrima más, Nela».

Atravesé por Charing Cross hasta llegar a Foyles, una de las librerías más antiguas de Londres, de las pocas que quedaban con olor a libro y a antiguo. Tras mirar el escaparate unos minutos me decidí a entrar, caminé entre las estanterías hasta la sección de diccionarios y cogí el más pequeño que encontré, ese serviría. Fui hasta el mostrador desierto y un chico me sonrió, puse las libras frente a la caja y me eché a un lado. Comencé a buscar las palabras que cerrarían la historia con Soren, en el móvil había sido imposible con los cinco millones de resultados. Solo sabía cómo Soren las había pronunciado, no cómo se escribían.

Cerré la tapa del nuevo diccionario con más fuerza de la que pretendía, frustrada. Nunca sabría qué era lo que él me decía, aunque ahora no importaba demasiado.

–¿Puedo ayudarte? –La voz del chico tras el mostrador hizo que levantara la vista un poco avergonzada. Tenía las mejillas coloradas por la vergüenza–. Sé alemán, si buscas algo, puedo ayudarte –dijo al señalar la cubierta.

–Es una tontería, no importa...

–Si has entrado aquí solo para comprar un diccionario, debe de ser importante –contestó con una sonrisa.

–Sí, lo era. –El chico parecía agradable y me decidí–. No tengo ni idea de cómo se escribe, *meine leben* o algo así. No encuentro su significado.

–¿*Meine*? Mío. Pero ¿*leben*? –De repente, se puso rojo como la grana–. ¿Te lo ha dicho un chico?

–Sí –susurré pensando que había sido muy mala idea.

–Mi amor.

–¿Qué? –repuse sin creerlo.

–*Meine liebe* significa «mi amor».

–¡Gracias! –exclamé al chico, colorada hasta las orejas antes de salir, pensativa.

«*Meine liebe,* Nela». ¿Mi amor? Salí de allí desconcertada. ¿El Soren que conocía era capaz de decir esas palabras?

MANUELA

No fui a la reunión de los Barday, ni pasé la Navidad con ellos, simplemente recogí mis cosas y hui lejos de allí. Soren no tardaría en asegurarse de conseguir mi silencio, y necesitaba respirar, pensar en lo que me había ocurrido en Alemania, rehacer cada pedacito de corazón roto por él. Sus sombras me acompañaron casi desde que salí del aeropuerto y volví a la casa que compartía con Alice. Cada día al levantarme miraba a través del cristal, tal vez hoy, me decía, quizá él apareciera con otro encargo imposible o con la loca idea de que lo siguiera a algún siniestro lugar. Nada de eso pasó, al invierno le siguió un respiro tras otro, ya era capaz de asomar la cabeza a la calle y poder caminar bajo el tímido sol de finales de enero junto al resto de la gente normal. A cada día le siguió otro igual, a veces, llorando; y otras, odiando los momentos que pasé en Waldhaus. Sus sombras no desaparecieron de mi vida, sus hombres me seguían día y noche fuera donde fuera, si él hubiera querido venir a buscarme lo habría hecho.

La excedencia que había tomado al irme con Soren acababa en unos días, volvía a ser la versión más controladora de mí misma, así que anduve hacia el museo caminando por el paseo que cruzaba la ciudad.

Roberto, mi jefe, esperaba a la puerta del museo. Vio cómo bajaba las escaleras y tuvo que mirar dos veces antes de asegurarse de que era yo. Sabía que había cambiado, estaba más segura de mí misma y se notaba hasta en mi forma de vestir y en el maquillaje suave que llevaba.

–Nela, ¡estás preciosa! Martha me dijo que estabas en Londres y luego desapareciste.

Asentí con una sonrisa, lo besé en las mejillas y me hizo gracia ver su rubor.

–Solo fueron unos días antes de volver a Madrid.

–¿Has vuelto a tu antiguo piso? Alice no quiso decirme nada en Londres.

«No, Roberto. En realidad, no estoy aquí. Nela sigue presa en un lugar de Baviera donde las puestas de sol sobre los altos pinos le hacen sonreír. Donde un café bien cargado es lo único que calienta sus manos en invierno. Donde hay trineos que se hunden en la nieve y Soren sonríe cuando dejo mis zapatos por cualquier parte o le obligo a coger la comida con las manos. ¿Tanto he cambiado? No, es que me he dejado el corazón en Waldhaus».

–¿Sabes algo de Soren? –dijo apartándome hacia un lado–. ¿Qué ha pasado, Nela? Estaba muy enfadado, me llamó cuando desapareciste.

–Soren siempre está enfadado –afirmé en un intento de ser graciosa. Suspiré decepcionada por su mirada de censura–. No me interesa tener nada que ver con él. Roberto, lo siento por el museo, pero no he traído nada conmigo para las exposiciones.

Roberto alzó la ceja, incrédulo, no sé si por el tono resignado de mis palabras o porque no lo creía.

–No vas a contarme nada de lo que pasó, ¿verdad?

–No, Roberto, pero quería preguntarte: en los negocios de Soren, ¿tú cómo encajas?

Se puso pálido, aunque no demasiado porque cuando me entregó a Soren y a aquel trabajo, sabía que corría ese riesgo.

–Como puedo, Nela, a veces el mal justifica un bien mayor. Obras perdidas, o robadas, pueden volver al mercado, muchos museos no tienen fondos para restaurarlas como es debido ni les interesa comprarlas...

–Roberto, no quiero mi antiguo puesto, déjame volver a los sótanos como una más, quiero volver a restaurar pinturas.

–¡Estás aquí, Nela! –me llamó Alice–. Ven, tenemos una nueva exposición que te encantará... ¡Vamos!

Me excusé con Roberto sin remordimientos. Lo había decidido en el momento en el que salí de Waldhaus: no volvería al museo sin mis propias condiciones, quería trabajar como restauradora. Aquello era lo que me llenaba el hueco del alma y no pasar el día persiguiendo a los señores de la junta pegada a un teléfono. Lo malo era que no tenía nada para negociar.

SOREN

La encontré enseguida, mucho antes de que abandonara Londres, Nela tampoco había intentado esconderse. Había pasado demasiado tiempo a mi lado como para saber que yo tenía lo que quería al momento, con un chasquido de dedos.

Estaba seguro de haber hecho lo correcto, alejarla de mi vida. Nela no estaba preparada para vivir a mi lado, demasiadas mentiras, robos, muertes, cosas que ella nunca debía ver. Lo mejor para ella era volver a su rutina, pero todos a mi alrededor me hacían ver lo estúpido de mi comportamiento, según ellos, y estaba cansado de echarla de menos. Empezaba a sospechar hasta de Helga, en su afán de borrar todo rastro de ella y tener siempre cosas de ella a la vista. Pasé por la puerta de la habitación y allí la vi, con enormes cajas de cartón, metiendo en ellas la ropa de Nela.

Me paré en la puerta en seco, aún sentía su presencia en la casa, en cada rincón y en cada habitación. Parecía que en cualquier momento saldría del baño tarareando *Imagine* de Lennon como hacía a todas horas, incluso sola en el estudio.

Un viejo dicho alemán dice que el recuerdo de los que habitan una casa permanece entre sus muros más allá de lo físico durante generaciones. Waldhaus guardaba demasiados fantasmas tras sus paredes, pero Nela había conseguido eclipsarlos a todos.

—Buenos días, señor, ¿qué quiere que haga con todo esto? No creo que la señorita vuelva —dijo Helga con tristeza al verme parado con la mirada perdida.

—Tíralo todo.

La mirada de Helga era seria, hacía tiempo que no la veía así conmigo. Nunca censuraba nada de lo que pudiera hacer o decir, pero en esa ocasión no lograba perdonarme. Nela se había colado en su corazón, igual que en el de Meike. Hacía dos días que mi hermana se había marchado de Waldhaus con Mirko «para vivir la vida de verdad», había dicho. Andréi nunca le concedería el divorcio, pero estaba seguro de que a ella y a mi guardaespaldas no les hacía falta casarse para ser felices.

Entré en el estudio, ahora frío e impersonal como el día que llegó Nela. Los botes abiertos y los olores cargaban el ambiente. Los zapatos planos que usaba ella estaban bajo el caballete vacío donde una vez estuvo el cuadro de *La bahía* de Monet. A un lado, su gemelo de Renoir permanecía tapado. Sonreí por la ternura de Nela, lo tapaba porque no quería comparar a un pintor con el otro y, sin embargo, el Renoir era mucho más valioso, y era mío. Aquel cuadro era el legado más precioso que me había dejado el cabrón de mi padre. El único cuadro que nos pertenecía a los Müller por derecho propio.

–Se ha dejado los zapatos

La voz de Jürgen me sorprendió. Estaba sentado en una silla junto a los ventanales, apoyado en la enorme cristalera. Como siempre, y aunque fuera por la mañana, llevaba un vaso medio vacío en la mano.

–Le diré a Helga que limpie esto –afirmé, dispuesto a salir de allí.

Jürgen se levantó y fue hasta el cuadro que había quedado. Levantó la tela tirando de un pico.

–Recuerdo el día en el que le dijiste a nuestro padre que querías este cuadro.

–Yo también.

–Lo quitó de las escaleras y lo metió en la bodega. ¿Nunca le hablaste a Nela de que eran nuestros, los dos? ¿Cuándo lo traerá Andrea? ¿Han podido extraer el retrato de la primera mujer del pintor?

–Lo han catalogado ya, oficialmente, son parte de nuestro patrimonio. De los tres. Y se ha preparado una copia casi perfecta del retrato oculto de la mujer.

–Dejaste que Nela pensara que lo vendías. ¿Por qué?

Caminé hasta mi hermano y miré el cuadro de Renoir de verdad, por primera vez en años, tal y como le exigí un día a Nela en ese estudio. No como una propiedad millonaria, sino como lo hermoso que era.

–También recuerdo el día en el que te encariñaste con el perro labrador y el viejo le pegó un tiro. Te quedaste más jodido que con cualquier paliza de nuestro padre. ¡No hablabas, no dejabas que nadie te tocara, hasta llegué a pensar que no nos querías a Meike y a mí por si el viejo nos metía también un tiro!

–¿Adónde quieres llegar, Jürgen?

–Cada cosa o persona a la que querías nuestro padre lo apartaba de tu lado con la excusa de que eras débil: niñeras, animales, cosas... Y ahora tú lo haces... con Nela. Soren, no te he visto sonreír nunca como cuando ella está en la misma habitación, ni que algo te produjera tanto miedo como ver a Nela en peligro.

–¡Cállate, Jürgen!

–Entendido. No es cosa mía, estoy seguro de que tus hombres la vigilan, acaba de volver a Madrid, escondida en casa de esa amiga suya. Alice Barday le pidió mi número a su padre, llamó hace media hora, está preocupada por Nela. La has destrozado, Soren.

MANUELA

Alice y yo pasamos junto a la puerta de la cafetería, casi en la entrada del museo. Tantos recuerdos de mis días trabajando y ni siquiera recordaba haber pisado aquel lugar en mis tres años allí. Nos miramos con un suspiro y una sonrisa mientras el aroma a café recién hecho nos llamaba. A los dos minutos, salimos con un café bien caliente entre las manos.

–Echaba de menos esto, Nela. Tú y yo trabajando de nuevo juntas y no dejándote cada día en el piso echa una pena –afirmó Alice chocando contra mi brazo con una sonrisa. Estuvo a punto de echarme el café encima y la empujé lejos de mí, bromeando–. Yo también, pesada –contesté con una media sonrisa, porque cada vez que intentaba sonreír se me escapaba una lagrimilla. Estaba tan sensible que estaba segura de que, si me caía una gota en el ojo, rompería a llorar.

Habíamos llegado a la puerta de exposiciones, ya no tenía acreditación para entrar por las puertas del personal. Alice pareció dudar ante la puerta.

–Nela, eres como una hermana para mí, lo sabes, ¿verdad?

–Me pondré bien, Alice, en serio. Solo necesito tiempo, te lo digo todos los días –susurré sintiendo que toda la fachada creada en las últimas semanas iba a derrumbarse de un momento a otro.

Los ojos azules de Alice me miraron sin parpadear. No era muy dada a las muestras de afecto y ella lo sabía. Antes de cruzar las puertas de la sala, la abracé con toda la intención de no derramar una sola lágrima más por un alemán imbécil.

Nos metimos entre la enorme cantidad de gente que hacía cola para ver algo, acababan de abrir la sala y apenas nos podíamos mover. Un chico me empujó al pasar y tropecé, a punto de caer junto a la puerta, una mano me sujetó por la muñeca. La presión sobre el pulso de la vena, la dureza de aquellos dedos en comparación con el suave gesto, hicieron que se me acelerara el corazón. Levanté la mirada para encontrarme con la de Soren, gris y expectante. Al instante, tiré con fuerza y solté la mano, presa del pánico. Nos levantamos a la vez. Llevaba una camisa azul remangada a la altura de los antebrazos y el pelo más largo de lo habitual. Se había dejado una fina barba que le sentaba muy bien.

–¿Qué haces aquí, Soren? ¿Es que no te basta con que tus hombres me sigan a todas partes? No voy a contar nada de los Müller –grité, ofendida por su presencia.

–Nela, eso no importa.

Alice estaba parada frente a nosotros y sus ojos expresaban tal culpabilidad que al momento supe que ella me había traicionado. Lo de acompañarme había sido una excusa mala hasta que Soren apareciera y que no pudiera salir huyendo.

–¡Claro que importa! ¡Quiero que te vayas, Soren!

–No mientas, Nela, dijiste que me amabas.

Exasperada, sentía cómo la gente nos empujaba a un lado y a otro, y para Soren parecía como si nuestra discusión hubiera sido ayer mismo y no hace semanas.

–Soy una idiota. No sé por qué dije aquello, que te quería. ¡Era mentira! Teníamos un acuerdo, ¿no?

–Sí, y tú no lo cumpliste, Nela –afirmó con una sonrisa.

–Soren, no sé qué es lo que quieres, pero vete ya, por favor –supliqué.

«Ni una lágrima, Nela».

–Te vi, *meine liebe*, por las cámaras, aquel día en el estudio. Escuché lo que le dijiste a Meike cuando ella te pidió que pintaras lo que sentías. Ya sabía mucho antes que estabas enamorada de este imbécil, pero esa noche, la de la fiesta, me asusté tanto porque comprendí... Utilicé a Andrea para alejarte, para poder escapar de este... este «nosotros».

Contuve el aliento. Soren sabía desde hacía tiempo que estaba enamorada de él y no había dicho nada. Tomó aire y se pegó a mí hasta que nuestros rostros quedaron tan cerca que pensé que iba a besarme. Hundí la mirada en sus ojos grises, nublados y del color de la nieve.

–¿Por qué, Soren? ¿Qué fue lo que pasó la noche de la fiesta?

–Lo supe, sin previo aviso y con una certeza total.

–¿Qué...?

No acababa de entender lo que Soren quería decir, lo veía tan calmado y a la vez tan alegre que no sabía cómo actuar. Solo seguí con la frente pegada a la suya olvidando todo lo que había a nuestro alrededor.

Soren cogió mi mano y me guio entre la gente. Con su altura se abrió paso hasta que delante de mí, en la sala principal del museo, protegidos por sendos cristales de seguridad, los vi. Los dos cuadros gemelos de cada pintor, y en el centro una fiel reproducción de lo que *La bahía* escondía. El retrato de Camille, pintado por Monet. Soren los había cedido al museo para la exposición temporal que yo siempre quise hacer con ellos.

Soltó el cordón de seguridad y, arrastrándome con él, se detuvo frente a los cuadros. Sus ojos grises encontraron los míos y supe que lo seguía amando con todo mi corazón.

–Nela, dame un pequeño trozo de papel y pintaré

un corazón para ti. Uno con flechas y nuestros nombres a cada lado. ¿Quién dijo que el amor no se puede pintar? He intentado convencerme de que no encajarías en mi vida ... pero te necesito a mi lado, si quieres dibujaré una sonrisa tuya y tu mirada sobre la nieve, ¡maldita sea! Eso lo es todo para mí, tú y yo. Echo de menos cuando andas descalza por todas partes y me das calor con tus manos, desordenas mis cosas y mueves el pie, nerviosa. Solo tú, Nela, puedes tocarme, porque solo tú has podido llegar a mi corazón.

Me quedé muda frente a sus ojos grises sin saber qué decir o qué hacer. Agarré sus manos grandes entre las mías, entrelazando nuestros dedos sin querer soltarlos nunca más.

–Te doy todo, Nela, tu exposición, tu cuadro, tu puesto de directora esperándote, te devuelvo tu vida...

–¿Aún no te has dado cuenta que no quiero esto? Mi vida eres tú, Soren, tú y Waldhaus.

–¿Todo bien, Nela?

La voz de Roberto nos hizo sonreír por lo inesperado.

–Soren, ¿te quedas para la presentación de Nela sobre los hallazgos en el cuadro?

–¿Qué dices, Nela? ¿Me quedo? –preguntó Soren con una sonrisa bajo su nueva barba.

–No te vayas nunca, Soren Müller.

MANUELA Y SOREN

La primavera en los bosques bávaros era una explosión de colores, distintas tonalidades de verde con miles de pequeñas flores creciendo entre los claros que dejaban los árboles. Nunca me cansaba de la belleza de aquel lugar. Apoyada contra el cristal del estudio, vi cómo una ardilla saltaba de una rama a otra con poco equilibrio.

–Es toda una artista del salto.

Sobresaltada, casi dejo caer la taza de café cuando Soren habló desde detrás.

–No hagas eso, Soren, un día vas a matarme del susto –dije sonriendo.

Sin soltar la taza, lo abracé sin importarme que el líquido se derramara. ¡Lo había echado tanto de menos! Y solo habían pasado dos días desde que se fue a Berlín.

No podía decir que Soren había cambiado mucho, no grandes cambios en los últimos meses. Sonreía un poco más, quizá, y era más amable con sus hermanos, lo justo para que no nos siguieran a todas partes.

Cada día conquistaba, con paciencia y amor, un pequeño trozo de su corazón y de su piel. Siempre sería callado y un poco frío, pero así era él. No creo que años de traumas pudieran borrarse ni en décadas, pero lo intentaría con todas mis fuerzas.

–No me digas que nadie ha venido a interrumpirte al estudio. Por cierto, no me habías dicho que Meike y mi guardaespaldas vendrían a dar la murga...

–Yo tampoco lo sabía. –Sonreí–. Deja de llamarlo

tu guardaespaldas. Llámalo Mirko, o enfadarás a tu hermana. ¿Jürgen ha vuelto contigo?

–Por desgracia, sí –dijo mientras me rodeaba con sus brazos. Se sentó en la mesa y me cobijó contra él, mi espalda apoyada en su pecho. Me apartó el pelo y me besó el cuello trazando un pequeño sendero con la lengua. El cosquilleo hizo que me revolviera contra él.

–Ahora que todos están aquí aprovechándose de mi dinero he pensado que podemos coger el avión y escaparnos lejos.

Reí con ganas, nunca cambiaría. Observamos el exterior y me sorprendió ver a un pequeño cachorro ladrando a los guardias.

–¿Y ese perro, Soren?

–Nuestro, me gustan los animales. Se lo compré en Berlín a un viejo amigo. El último que tuve no acabó muy bien. Es hora de cambiar algunas cosas.

Sabía la historia porque Jürgen me la había contado. Su padre le había metido un tiro al pobre animal cuando vio que Soren lo adoraba. Siempre quiso arrebatarle todo para que fuera frío y despiadado como él, para que mantuviera su imperio en el tiempo con frialdad y mano firme.

–Me encanta, Soren –contesté sincera al ver al pequeño pastor alemán con el hocico entre las hierbas–. Ummm, aunque no sé si a Helga le gustará también cuando tengamos que limpiar sus desastres.

–Si le dices a Helga que te encanta, seguro que lo adopta ella misma.

Permanecimos en silencio unos segundos observando cómo el animal desaparecía entre los árboles y volvía con palos que ofrecía a los guardas de fuera. Soren chasqueó la lengua al ver cómo uno de ellos jugaba con el perro.

–¿Qué tal en Berlín? ¿Encontrasteis Jürgen y tú algo interesante?

–Nos ofrecieron algo, pero no estábamos seguros de si era una falsificación. ¿Y tú, has empezado? ¿Podrás recuperar el cuadro? Lo encontraron en la buhardilla de una mansión en París. Es tan pequeño que debieron de pensar que se trataba de un cuadro más, un autorretrato de algún familiar suyo.

–¿No tiene dueño, Soren?

–No, joder, Nela –negó con fastidio–. Lo han investigado, la familia desapareció hace generaciones e iban a derribar la casa.

Después ya vendrían las discusiones acerca de qué hacer con el cuadro, había comprobado que no todo era tan fácil como yo creía. Tras venderlos en subasta, los propietarios a veces los cedían a exposiciones temporales y miles de personas podían disfrutar de su belleza, debía conformarme con eso porque otros volvían a desaparecer. Giré la mirada hacia nuestros cuadros, el Renoir y el Monet, en la pared del estudio; tras la exposición habían vuelto sin problemas a su hogar. Incluido el retrato de Camille en Saint Andresse. En verano, Soren me había prometido que iríamos a ver el paisaje que los había inspirado.

–¿Serás capaz de vivir así, Nela, rodeada de secretos, armas y enemigos?

Soren contuvo el aliento y sus pupilas se dilataron hasta borrar el gris de sus ojos.

–Si tú estás a mi lado, sí. –No eran palabras vanas, tenía fe en que mi amor por él ganaría a todo.

–Tengo que ir a Londres en unas semanas, ¿quieres venir?

Ahogué un grito elevando la cabeza hasta enterrarla en su cuello.

–¡¿Y ver a Alice?! Sería fantástico contárselo en persona. ¡Te quiero tanto, alemán!

SOREN

Encogí el estómago como siempre que hablábamos del tema: un hijo. Había abandonado los ataques de ansiedad que tenía cuando Nela me tocaba y los había sustituido por el mareo que me provocaba pensar que iba a ser padre. ¡No tenía ni maldita idea de cómo ser padre!

–¿Por qué no nos casamos, Nela?

–¡Qué romántico, Soren! ¿Has estado ensayándolo?

Hizo que riera ante su dulce tono de voz, era el mejor sonido del mundo. Nela me miró con el ceño fruncido adentrándose en mis pensamientos.

–Serás un gran padre, Soren, deja de preocuparte. Los dos lo seremos. No permitiremos que tenga una infancia como la nuestra.

Hice que Nela se girara y la miré con seriedad. Amaba a esa mujer con todo mi corazón. Leía mi alma negra con toda claridad.

No. Nela nunca permitiría que la oscuridad volviera a Waldhaus porque nunca volvería a dejar que se marchara.

NELA MÜLLER

Una vez Meike me dijo que todos necesitamos un lugar donde escondernos, y Waldhaus es nuestro mundo, el lugar en el que estamos seguros, esta es ahora mi familia porque al fin formo parte de algo. Puede que a partir de ahora sea una vida oscura sin tonos rosa, pero eso es ser un Müller.

EL ARTE DEL AMOR

MIRANDA BOUZO

Lo que más necesito de todas las cosas es el color.
Claude Monet

JÜRGEN

Los rayos de sol sobre el rostro acabaron por despertarme como una terrible condena: la cabeza latía con vida propia como si fuera a estallarme, la boca seca y el cuerpo dolorido. Abrí los ojos con cuidado para no quedar ciego al instante, en efecto, tuve que hacer dos intentos más antes de poder enfocar la vista en el techo.

«Bien, Jürgen», me animé. Era una habitación de hotel, una *suite*, «menos mal». ¿Cuántas veces había despertado ya en casa de alguien desconocido? Apoyé los codos sobre las sábanas para poder mirar alrededor. Un baño a la izquierda, cristaleras grandes cubiertas por cortinas finas y blancas inmóviles, un escritorio pequeño y unas sillas. Toda mi ropa, los vaqueros y una camiseta negra en el suelo, más allá, cerca de la puerta, la cazadora de cuero. Sentí mi propia desnudez bajo las sábanas de hilo, pero ni rastro de la ropa interior.

No tenía la menor idea de dónde estaba, ni la ciudad ni el país, ni siquiera qué día de la semana era o cómo había llegado hasta allí. Casi con temor miré a mi lado, pelirroja. Sin nombre. Su ropa cuidadosamente doblada sobre la silla. Intenté salir de la cama despacio, lo que menos necesitaba en ese momento era que esa chica se despertara. ¿Era mi habitación o la suya? «Joder, tío, ¿a qué límite has llegado?», me dije cabreado.

Con los ojos entornados llegué hasta las cortinas y las descorrí con suavidad para no despertarla. El fuerte sol me cegó un instante y suspiré cuando vi a través de los cristales los tejados de la ciudad. Cientos de cúpulas rasgando el azul del cielo entre los edificios y la luz brillante del sol reflejada en ellos. Estaba en la ciudad eterna, Roma.

Los recuerdos de la noche anterior comenzaron a venirme en forma de *flashback* y negué decepcionado. Ni siquiera había sido una noche memorable y la resaca duraría todo el día. El maletín con el cuadro seguía allí y podía respirar tranquilo. Soren me hubiera matado si supiera que había paseado aquella joya del Renacimiento por todo el barrio del Trastévere en mitad de una borrachera legendaria. Podían haberme robado, secuestrado y cien opciones más nada agradables, pero si algo he aprendido es que la mejor forma de pasar desapercibido es no haciéndolo.

La suave melodía de Bach comenzó a sonar desde el bolsillo de mis pantalones tirados en el suelo, corrí justo cuando el volumen comenzaba a subir de tono en el móvil, lo cogí sin mirar el número de quien llamaba y contesté con un susurro.

–Jürgen, dime que no te he despertado.

La voz de Nela, la mujer de Soren, mi hermano, sonaba suave y comprensiva como siempre. Miré el reloj, las nueve.

–No, no. Susurré yendo hacia el extremo opuesto de la habitación.

–¿Interrumpo? Hablas tan bajo que casi no te oigo.

–¿Qué quieres, Nela? Si llamas para saber si tengo el cuadro, dile a mi hermano que sí, ha sido fácil –mentí.

La pelirroja acababa de despertarse y con una sonrisa apartó las sabanas, invitándome a volver a la cama. Con un gesto del índice sobre mis labios y una sonrisa encantadora que no sentía, le dije que se mantuviera en silencio un momento. Mientras Nela hablaba en mi oído miré a la mujer con atención. Era más joven de lo que solían gustarme, ni siquiera recordaba cómo se llamaba. La cabeza empezó a doler más y mi estómago se revolvió con angustia.

–Soren está preocupado por ti, me ha pedido que te diga... –la voz de Nela seguía hablando, desde Waldhaus. Hacía meses que no veía a Soren y a Nela. Meses fuera del único lugar que podía llamar hogar, quemando las interminables noches y pasando cada día de resaca en resaca y de mujer en mujer. Huyendo de mí, en busca de algo que no lograba encontrar, fuera lo que fuera no estaba en Berlín, París, ni Roma, ni donde hubiera estado antes. Con la excusa de cumplir los encargos de Soren recorrí todas esas ciudades, llevaba una semana en Roma, o eso creo, pendiente de la subasta de ese cuadro. Había usado métodos poco honestos para hacerme con el lienzo que quizá hasta mi hermano desaprobaría.

–Nela, mañana te veo.

Colgué sin dejar que mi cuñada se despidiera. Era hora de volver a casa, a Alemania, a Waldhaus, hora de reencontrarme con mi hermano y con viejos recuerdos.

La pelirroja descubrió su cuerpo en una clara invitación que no me atraía demasiado, me di cuenta de que seguía desnudo y recogí los pantalones del suelo con cierta timidez ajena a mí.

–Perdona, preciosa, ¿esta es mi habitación o la tuya?

JÜRGEN

El viaje en avión lo pasé dormido, recuperando cada célula de mi cuerpo de los excesos del alcohol y la falta de sueño. Desperté justo al aterrizar en nuestro pequeño aeropuerto, iba sin maletas, en algún momento las había perdido en algún hotel o coche, ni idea. Agarré con fuerza el maletín con el lienzo. Soren estaría contento, hacía ya un año que le perdió el rastro a su juguete, en Berlín. Sus obsesiones acababan siendo las mías porque ahora no se podía mover con tanta libertad como antes, iba a tener un hijo. Otro de los motivos por los cuales me fui de Waldhaus, la casa del bosque había cambiado con la llegada de Nela, demasiado calor familiar para un sitio que siempre fue un mausoleo frío y sin amor, lleno de fantasmas y miedos.

Tal vez Soren no quisiera vender «el cuadro de los papas» como lo llamaban desde el siglo XVI en que lo pintó Da Vinci para el papa León X, uno de los pocos encargos que consiguió realizar el pintor para la sede de la cristiandad. Quizá mi hermano quisiera incluirla en la colección de la familia, entre nuestros tesoros artísticos. Tendría que ser entre los privados porque ese cuadro no debería haber salido nunca del palacio episcopal del que lo robaron hacía ya dos años. Seguro que Nela no tenía ni idea de aquella subasta ilegal en la que habíamos participado. Por primera vez en días sonreí mientras conducía el coche de alquiler por la estrecha carretera, arropado por los altos abetos alemanes y pensando que debería comentárselo a ella en cuanto llegara y, de paso, cabrear a Soren.

Me miré en el espejo del retrovisor, el verde de mis ojos era el mismo y las ojeras casi habían desaparecido, por fortuna mi cara ya no reflejaba la juerga de la noche anterior.

Bajé demasiado deprisa la carretera, poniendo a prueba mis reflejos, hasta que tras una curva apareció el lago, y reduje la velocidad. El verano acababa y la paz volvería a aquel rincón de Baviera, al sur de Múnich. Los turistas y las familias se irían huyendo del frío y nos dejarían con un otoño helador tan cerca de los Alpes, y nieves más tempranas de lo normal. Estaba anocheciendo y la silueta blanca de Neuschwanstein dominaba el valle con la grandiosidad de sus torres, el castillo de cuento de hadas entre las montañas que atraía a turistas del mundo entero me dio la bienvenida. Dejé atrás la fortaleza y seguí la carretera adentrándome en los bosques. Aquella era mi tierra y mi hogar. No creo que pasara este invierno en la casa.

Las verjas negras tardaron un poco más de lo acostumbrado en abrirse, la entrada a la finca estaba llena de guardas armados y se había doblado el número de cámaras en el exterior. O mi hermano estaba paranoico por culpa de la llegada de mi sobrino o algo inusual pasaba.

Desde la garita dos guardias saludaron al reconocerme y, al fin, abrieron después de lo que pareció una eternidad.

Waldhaus estaba iluminada por los focos del jardín, la luz se reflejaba en la antigua fachada de piedra blanca, en las ventanas ojivales que marcaban cada piso y en las cristaleras de las dos torres, a ambos lados del edificio central. Los tejados en forma pico brillaban bajo la luz artificial y la hiedra había comido parte de la fachada hasta alcanzar el estudio de cristal de Nela, donde restauraba los cuadros. Había pasado demasiado tiempo fuera, igual que mis hermanos adoraba aquella casa, llena de recuerdos horribles, pero también el único refugio que conocíamos desde niños. Obligados a viajar por culpa de nuestro padre, o a estar internos en colegios, solo aquel lugar era el centro de nuestras vidas, allí crecimos y lloramos, a veces hasta reímos. Allí ya no quedaba nada de nuestro padre, Soren lo había enterrado en Berlín, donde ya no podría alcanzarnos nunca. Sus rígidas costumbres y su amor por las palizas y la bebida no nos hizo llorarlo precisamente.

Entré bajo la atenta mirada de los guardias, dos de ellos, los que vigilaban la parte delantera, hicieron un movimiento con la cabeza a modo de saludo. Nada más atravesar las puertas de madera, con sus grandes cristaleras, el enorme cuadro de la entrada me dio la bienvenida, el lienzo del pintor Caravaggio me recibió con nostalgia, envuelto en el olor a manzana que provenía de las cocinas. Helga y su famoso pastel de manzana. Antes de que apareciera mi hermano cogí el maletín con el cuadro y lo dejé sobre la mesa del estudio, quizá debería haberle puesto un puto lazo rojo. Ya estaba en casa.

ALICE

Los nervios aún no se habían calmado, salí de Heathrow con la incertidumbre por encontrarme con Nela, había pasado demasiado tiempo y ahora, en el aeropuerto de Múnich, seguía temblando como una niña ante el primer día de colegio.

Una decisión rápida, sin pensar, me había llevado hasta su nuevo hogar en Alemania, quizá la última discusión entre Colin y yo había sido demasiado fuerte, demasiados gritos y reproches para dos personas que se casaban en apenas unas semanas. ¿Cómo una simple conversación, un sonido del viento o una hoja al caer nos despierta del trance de saber que nuestra vida no va en la dirección adecuada, que tal vez, solo tal vez, podría vivir otra diferente? El camino no siempre es recto, pero ya había agotado todas las curvas posibles, viraje tras viraje, y Colin era mi recta, precisa e imperturbable, solo tenía que volver a encontrar la dirección correcta. No habíamos anulado la boda, al menos oficialmente él no, nos habíamos dado un tiempo para reflexionar y ya me arrepentía de ello.

Esperaba que Nela ya estuviera allí, tras la línea de seguridad, con una sonrisa enorme. Tardé un poco más justificando en seguridad la cantidad de chocolate con menta que llevaba en mi bolso. Nela fruncíría un poco el ceño al ver el color de mi pelo, una decisión que ni había pensado, cambié hace unas semanas el rubio por mi color natural, un castaño claro, ¡es que muchas cosas habían cambiado sin ella!

Nela era risas y café por las tardes, confesiones y

miradas cómplices. Tristeza por no vernos y un abrazo cálido cuando algo dolía, era el último caramelo
de la bolsa y la alegría de compartirlo conmigo. Nela
era la confianza de saber que en algún lugar del mundo estaba ella, la única persona que podía comprenderme porque Nela era el color azul, el de la amistad,
los buenos consejos, el cielo de un día en Hyde Park...

¿Seguiría Nela con su olor a pintura y a rosas? La
abrazaría como si fuera otra vez a escaparse de mi
vida para vivir con un loco alemán que amaba tanto el arte como ella. A nuestro lado pasarían con sus
gestos, su ropa, sus voces, uno y mil colores difuminados que nunca entrarían en mi vida, personas ajenas
a ese reencuentro, y Nela sonreiría, porque ella no sabía que ya no podía verlos. Los colores habían muerto para mí hacia tanto tiempo que solo tenía un vago
sentimiento de cómo eran y cómo los pintaba. Estaban entre mis recuerdos, mamá era el blanco con
matices rosas como el color de sus mejillas... Mi padre, gris, del color de sus corbatas. Nela, azul y Colin,
el rosa. Sabía que sonaba extraño, pero era como me
sentía a su lado, cuando todo parecía perfecto entre
nosotros y disfrutábamos al ver una película, sentados en el sofá de su casa. Así era antes, cuando podía
pintar y cada sentimiento tenía un color, hasta que
un día simplemente dejé de verlos, podía imaginar-
los, pero no volví a sentirlos, y dejé de pintar.

Volví al ruido del aeropuerto y esperé mi encuentro con Nela, un encuentro que fue muriendo mientras
mis pasos me llevaban a los tornos de salida de la
terminal. Tras la cinta de seguridad, no estaba ella.
Confundida, miré a un lado y a otro. A mi alrededor,
la gente se reencontraba: abrazos, saludos fríos, algún que otro cartel con el nombre de personas, nadie
para mí.

Se había retrasado, solo eso. Sonreí por mi estupidez y me deshice del bolso colgado al hombro. Me eché a un lado junto a los aseos y, para poder llamarla, me puse a buscar el móvil en la maraña de cosas que había llevado a mano. Mi pesado y enorme bolso, lleno de pequeñas cosas que la mitad de las veces no necesitaba, pero que estaban ahí, por si acaso.

—¡Nooo!

Alguien me empujó, el asa se me escurrió, no sirvió de nada que intentara poner mi rodilla para parar la imparable caída de todo el contenido sobre el suelo. Lo único que de verdad me importaba eran las tres tabletas de chocolate y menta de Hans Sloane, el mejor regalo que podía hacerle a Nela, su marca favorita. Las cogí casi en el aire antes de que tocaran el suelo y caí de rodillas.

Unas botas de montaña, de puntera de acero, se detuvieron junto a mi preciada carga y un hombre se agachó junto a mí. Un mechón color miel le cayó sobre el rostro al coger la única tableta de chocolate que estaba en el suelo y la sostuvo dándole la vuelta con curiosidad.

—¡Gracias! —esbocé al agarrar el extremo antes de que él me la devolviera.

Entonces levantó la mirada, unos ojos verdes profundos del color de las hojas de menta bajo unas cejas más oscuras que el color de su pelo. Un rostro que hacía girar a las mujeres que pasaban a nuestro alrededor con todo el descaro del mundo. No soltó mi preciada carga como esperaba, sino que se levantó, y yo, desde el suelo, admiré su cuerpo. Unos vaqueros oscuros ceñidos a sus piernas y una camisa blanca remangada hasta los codos. Sin ninguna duda, deberían estar prohibidas esas camisas que tensan los músculos de los brazos y las espaldas anchas. Con una sonrisa, me tendió la mano, unos dedos largos con un anillo enorme en el índice. Miré su mano y su sonrisa, una después de la otra. Esos ojos debían estar prohibidos por alguna ley internacional.

–¡Gracias! –balbuceé de nuevo, un momento antes de levantarme. Él seguía teniendo en la mano el chocolate de Nela y lo giró para verlo por un lado y por el otro–. Perdona, ¿puedes devolvérmelo? –pregunté con cierta timidez, impresionada por su descaro.

Sonrió y, si pensaba que era guapo antes, ahora me pareció... buuf...

–¿Es After Eight? ¿Eres inglesa? –preguntó con un profundo acento alemán en su perfecto inglés, devolviéndomelo sin borrar su sonrisa y esas finas líneas que rodeaban sus labios y alrededor de los ojos. La punta de mis dedos se rozó con los suyos y su enorme anillo brilló bajo las luces artificiales del aeropuerto.

–Sí, es un regalo –volví a articular con poco acierto–. Estoy esperando a alguien.

¡Ojalá siguiera percibiendo los colores y pudiera clasificar en mi mente a ese descarado alemán!

Las puertas de la terminal se abrieron y el olor a ese hombre, agradable y suave, a algo que no lograba ubicar en mi memoria, me llegó impulsado por el viento de fuera. Era casi invierno y en Alemania se presentía ya un frío horrible.

Un grito me envolvió, aún con mi bolso en la mano, haciendo equilibrios, y la mitad de mis cosas en el suelo.

–¡Alice!

–¡Nela!

Ahora sí, nos fundimos en un abrazo lleno de saltos, pisamos todas mis cosas, sin importarnos, y nos separamos un instante con los ojos como platos, sus ojos azules y los míos bajaron a la vez hacia lo que nos separaba varios centímetros. Una enorme barriga de embarazada que nos hizo reír aún más. No supe cómo actuar, tocar su vientre, prometerle que todo saldría bien ahora que estaba allí, o seguir llorando.

Aparté la mirada buscando los pañuelos entre mis bolsillos y las lágrimas que luchaban por salir, llorar en público iba contra toda mi severa educación de manual inglés. Fue entonces cuando reparé en la sombra que permanecía a nuestro lado, en aquellos ojos verdes que nos observaban en ese momento que tenía que ser mágico y solo nuestro. Su pelo rubio oscuro se agitó de nuevo en torno al rostro y creo que suspiré ante aquel hombre y la fuerza que exudaba por cada poro, una energía capaz de barrer el aeropuerto entero.

–Alice, este es Jürgen. El hermano de Soren –dijo Nela con orgullo. Así que el hombre de los ojos verdes era su cuñado.

Resoplé con una sonrisa mitad aliviada, mitad culpable por mis palabras, más bruscas de lo habitual, era el hermano de Soren. Si en ese momento hubieran medido mis pulsaciones me habrían dado por muerta. ¡Se parecía tanto al marido de Nela! Cuando él se acercó sin dudar y me dio un suave beso en la mejilla sentí un hormigueo recorrer el punto exacto en que sus labios se posaron en mi piel, nunca había olido ni sentido la energía pura en una persona como en él.

–Soy Alice Barday, la amiga de Nela –dije sin pensar, ese hombre me ponía nerviosa. Jürgen. Sus ojos verdes, lagunas frías, se posaron en mí, desde los pies al último pelo de la cabeza. Permanecí más tiempo del necesario escrutando su rostro, intentando averiguar qué pensaba de mí, como si de pronto tuviera toda la importancia del mundo conocer su veredicto.

JÜRGEN

–Soy Alice Barday, la amiga de Nela.

¿Es una broma? Tiene que ser una jodida broma. Cuando oía hablar a Nela de su amiga, imaginaba a otra persona, una amiga delgaducha y bajita, compañera de sus clases de historia, o yo qué sé, todo menos una mujer así. El pelo castaño recogido en un moño prieto que tiraba de su rostro hacia atrás y unos ojos marrones, del color de las hojas en otoño. No demasiado alta, pero lo suficiente para que admirara sus largas piernas bajo los amplios pantalones de vestir. Sus mejillas, cubiertas de pequeñas pecas y una sonrisa llena de hoyuelos dedicada a Nela. El penitente conquistador que llevaba dentro dio saltos y aplaudió tanto, el muy cabrón, que no dejó que oyera (en realidad sí lo oí, pero bastaba con ignorarlo), era la «amiga de Nela», intocable.

Lo que menos esperaba al regresar a casa, después de tanto tiempo, en busca de paz y tranquilidad, era que esperábamos visita al día siguiente: la amiga inglesa de Nela iba a pasar unos días en Waldhaus, antes de que mi sobrino naciera y, ante mi sorpresa, Soren se lo había permitido a ambas.

Allí estaba ella, Alice Barday, con sus pantalones de pinzas azul marino y su camiseta de los Rolling bajo una chaqueta del mismo tono apagado que sus pantalones, con los ojos entornados escrutando mi cara, la barbilla levantada, su desconfianza pintada en el rostro y su moño tenso anudado con fuerza. A primera vista parecía una chica estirada y tímida, pero ahora que veía sus gestos sencillos y la forma de bajar la mirada, me cuadraba más con el carácter de Nela.

–Encantado, Alice –dije tras darle un suave beso en la mejilla. Al hacerlo, rocé su cuello con la barbilla y un escalofrío me recorrió el cuerpo. Su piel era suave y sin perfumes.

–Deja que te ayude con las maletas –reaccioné al fin con frialdad. Sin dejar que ella contestara, cogí sus cosas.

Allí estaba yo, huyendo de una vida de desenfreno, juergas y mujeres, para encontrarme con una monada inglesa de ojos increíbles entre el dorado y el castaño. Tal vez estar en casa unas semanas no sería tan aburrido como pensaba y podría distraerme haciendo claudicar a aquella estirada inglesa.

–Heiner nos espera fuera –ordené mientras las dos me seguían entre chillidos y risas. El camino a casa se iba a hacer largo.

ALICE

Frente a la puerta de la terminal nos esperaba un enorme coche con el tal Heiner, que debía de formar parte de la seguridad de Nela y su chófer. Supuse que en algún momento me acostumbraría a la altura de aquellos hombres y sus mandíbulas cuadradas para no sentirme tan pequeña entre ellos. Nela y yo nos sentamos juntas en la parte de atrás y, enfrente, Jürgen. Se trataba de un coche enorme con dobles asientos. Durante todo el camino, mientras Nela y yo nos poníamos al corriente de nuestras vidas, desde el corto espacio de tiempo entre nuestra última llamada y ese momento, sentí la mirada de Jürgen sobre nosotras. Esos ojos verdes no eran lo único de lo que debía huir, su rostro de cincelada mandíbula tenía un bronceado que no esperaba encontrar en un alemán; se notaba que había estado en algún lugar soleado de vacaciones. Al contestar a Nela con un sí o un no, sus ojos brillaban y la piel se tensaba a la altura de la comisura de los labios, formando unas líneas seductoras. La mano me tembló al pensar cómo sería rodear su rostro con ambas manos, hundirlas en su cabello rubio e inclinar la cabeza sobre el hueco del cuello para sentir su piel bajo los labios.

–¿Cómo están tus padres?

Tuve que mirar a Nela dos veces para olvidar los estúpidos pensamientos que ese hombre despertaba en mí.

–Bien, están muy ilusionados con la boda y con Colin –dije en voz baja como si el hecho de pronunciar su nombre en voz alta delante de Jürgen me avergonzara.

–¡Tengo unas ganas enormes de conocerle! ¡El hombre que por fin ha conseguido enamorar a mi Alice! Pero ¿por qué tan rápido? Creí que, el día que conocieras al definitivo, te lo pensarías mucho antes de casarte.

Nela, como siempre, sin medias tintas ni rodeos. La había echado mucho de menos. ¡Estaba tan guapa con esa tripita llena y la cara más redonda! No podía criticar a Colin ahora. No era justo que yo juzgara nuestra relación a raíz de los últimos días. De todas las cosas que había hecho en la vida él era seguramente la mejor y más acertada de todas, como decía mi padre, pero últimamente Colin tenía demasiado trabajo, apenas nos veíamos, como si al poner fecha para la boda algo hubiera cambiado en mí. Discutíamos por cosas absurdas las pocas veces que conseguíamos estar solos y luego, arrepentida, pedía perdón. ¿Dónde estaba el maldito manual de cómo casarse y estar segura de que es el hombre de tu vida? Colin era todo lo que se podía esperar de una pareja: atento, sexy, educado, fiel y todo lo que se pueda imaginar cuando alguien habla de relaciones. Se llevaba de maravilla con mi padre; de hecho, trabajaban juntos y él lo miraba como si ya fuera su hijo y heredero de sus conocimientos en la banca de la City. Entonces, ¿qué haces aquí, Alice?

–No lo sé, Nela, el amor llega así, ¿no?, de repente –contesté con una sonrisa sin entrar en detalles. Colin simplemente había aparecido en el momento oportuno, cansada de conocer chicos e intentar que funcionara. Mi gran desfile de amores fracasados y relaciones absurdas.

–Sí, supongo que sí –dijo Nela pensativa mientras sus ojos me escudriñaban en busca de respuestas. Después, parecían prometer, no iba a convencerla sin más.

–Colin y yo nos enamoramos la primera vez que nos vimos –aclaré hacia el rostro insondable de Jürgen, él permanecía absorto en la pantalla de su móvil, ignorándonos.

¿Por qué ha sonado tan frío «Colin y yo»? Hablaba como una persona ajena a todo lo que había vivido en los últimos meses. El paisaje, a través de las ventanillas, comenzó a cambiar a medida que salíamos de la gran ciudad hasta dejar la enorme autopista por una carretera más pequeña. A los lados, enormes bosques de abetos ocultaban pequeños pueblos de tejados rojos y negros. Todo el rato, asomados a las copas de los árboles, se divisaban en la lejanía las enormes montañas del sur de Alemania. Poco a poco, al ver el paisaje, lograba comprender por qué Nela se había enamorado de esta tierra. Mientras nos adentramos en el valle, un lago apareció ante nosotros, aguas azules cristalinas que copiaban los árboles y el cielo con sus nubes. Primero, lo vi en el reflejo del agua y parpadeé, no una, sino dos veces, confundida. Al elevar mi mirada hacía la roca fue cuando, por primera vez, vi Neuschwanstein, el castillo de hadas imagen de mil fotografías. De muros de piedra blanca, elevado sobre un valle con un pequeño pueblo de casas con tejados inclinados y ventanas de madera. Sus torres redondas desafiaban a las montañas y los árboles centenarios. Las fotos no hacían justicia al castillo más famoso de Alemania que, con sus formas estilizadas, se alzaba como si se tratara de una construcción irreal para desafiar al cielo. Un paisaje y un castillo que creía magnifico hasta que el coche entró hacia una pequeña carretera de tierra, los enormes abetos formaban sobre nosotros un arco con sus ramas y los rayos del sol se difuminaban sobre el camino mientras las sombras nos engullían.

El tono de mi móvil anunció un mensaje. Deslicé la pantalla para encontrarme con un mensaje de Colin y dudé un momento si contestar, para después apagarlo sin leer su contenido. «Más tarde», me dije, como si fuera a desaparecer o pudiera simplemente obviarlo.

–Son los bosques bávaros –Jürgen, que todo el rato había estado en silencio, habló al captar mi sorpresa, con una leve sonrisa burlona, sus labios se curvaron para volver a ignorarme.

–Es un paisaje increíble, esto es precioso.

–Espera a ver la casa. Waldhaus, en alemán, significa «la casa del bosque» –dijo Nela.

Atravesamos unas verjas negras y, poco a poco, el camino ondulante por el bosque se fue aclarando hasta que en una explanada enorme apareció la casa. Waldhaus, la había llamado Nela.

JÜRGEN

Encerrado en el estudio, oía el incesante parloteo de mi cuñada y esa chica mientras recorrían la casa. Cotilleé la mesa de Soren, llena de papeles, artículos de obras subastadas en países de nombres impronunciables, catálogos de colecciones y, junto a todo, muestras de color rosa y beis, fotos de flores y papel de colores. La decoración para el cuarto del futuro Müller parecía acaparar la mesa de mi hermano. Cuando Soren volviera, esperaba que pusiera orden y tirara todo a la basura.

Como si lo hubiera invocado como al mismo demonio, la puerta se abrió y él entró con paso decidido. Con el paso de los años nos parecíamos más y más, él quizá un poco más rubio y con los ojos azules en lugar de verdes, como los míos. Él era idéntico al rostro de los retratos de la escalera, al de todos los Müller, al de nuestro padre. Era así como debía ser, Soren es el heredero de todo.

No me equivocaba, al ver su espacio lleno de porquerías ñoñas, ladeó la cabeza con fastidio y colocó la papelera al final de la mesa. Con el brazo arrastró todo hasta que cayó en el cubo.

–¿Ya está aquí la chica? –preguntó Soren, como si desconfiara de que me hubiera portado bien y hubiera llevado a Nela a buscarla al aeropuerto. Ni un saludo, ¿para qué?

–Sí, hermanito, anda por ahí con tu mujer. ¡Joder, lo que hablan!

Soren sonrió, quizá porque Nela llenaba su carácter callado y reservado con interminables frases y sonrisas, ya no quedaban apenas silencios en la casa.

–¿Cómo está Alice? –preguntó Soren y, al hacerlo, la sorpresa se reflejó en mis ojos. ¿De verdad le importaba a mi hermano o era por Nela?

–Muy buena –contesté con una sonrisa que lograba siempre desesperarlo. Al acercarse, golpeó mi hombro para llamarme al orden.

–Sabes que no era eso lo que preguntaba, Jürgen. «Le vendrá bien a Nela tenerla por aquí», y punto, eso debías contestar. Aléjate de ella, se casa el mes que viene y, si le jodes la boda a su amiga, Nela te matará. Y nada de fiestas, ni amiguitas medio desnudas recorriendo la casa.

Ambos recordábamos el momento en que conocí a Nela en aquel mismo estudio, yo con una rubia colgada de mi cuello y ella, con su habitual timidez, me caló al instante con una sola mirada.

–He cambiado, hermanito –afirmé muy serio porque así lo sentía, o al menos eso quería pensar. A punto de sonreír, sé que Soren me dejó de prestar atención al minuto al ver el maletín en el que estaba el cuadro. Sus ojos brillaban con interés–. Ahí tienes tu juguete, ¿tienes comprador?

–Sabes que podemos permitirnos quedarnos con él.

–Lo dices porque no sabes lo que pagué por él...

Casi con reverencia saltó los dos clics de seguridad del maletín y con las dos manos cogió el lienzo con admiración. Era pequeño y eso permitía no tener que enrollarlo, era tan antiguo y delicado que lo trataba con sumo cuidado y admiración. La luz de invierno, que entraba por los ventanales y arrojaba destellos sobre las paredes llenas de libros, nos permitía observarlo con detalle. Los bordes estaban comidos por el tiempo y el color amarillo, tan característico de las viejas obras, lo cubría y difuminaba. Soren me miró complacido, con una sonrisa de triunfo. Su mirada en ese momento fue adrenalina pura, poder y victoria.

–Jürgen, ¿te costó mucho sacarlo de Roma?

–No demasiado, tuve que sobornar a algunas personas, pero fue fácil. Había otros hombres en la puja que no se tomaron muy bien que los Müller nos lo lleváramos. –Distraído, me acerqué hacia la pared de libros que llegaba hasta el techo.

–¿Debemos preocuparnos? –preguntó Soren, inquieto.

El mercado del arte negro era así, grandes familias pujábamos por obras robadas o desaparecidas para luego venderlas a su vez por el doble de lo que se había pagado. Los Müller éramos eso, cambiantes de arte o marchantes desde tiempos del abuelo. Unas veces más honestos que otras. Arruinados tras la primera gran guerra, nuestra familia había encontrado la manera de subsistir y encontrar el beneficio de los conflictos en Alemania. Tras un golpe de suerte, en la segunda gran guerra, el abuelo se hizo con obras de arte que sobrevivieron al expolio nazi, siempre al margen de la política y de los horrores que rodeaban al país. Todas fueron escondidas en los sótanos del castillo de la otra orilla del lago, en Neuschwanstein, y él solo tuvo que ir a recogerlas cuando la guerra terminó.

–No creo, pero en la puja estaba Andréi.

Andréi era todavía el marido de nuestra hermana, Meike. Se habían separado un año antes cuando ella se enamoró del guardaespaldas de Soren. La enemistad entre ambas familias era desde entonces insalvable.

Soren iba a preguntarme algo cuando la puerta se abrió de golpe y las dos mujeres irrumpieron en el estudio.

–¡Soren, has vuelto! –gritó Nela. A la carrera se colgó del cuello de mi hermano.

Para cualquiera que conociera a Soren eso era como un milagro cada vez que lo veíamos, me alegraba por él, pero a veces el carácter de Nela desprendía tanto cariño y corazones que me ponía malo.

Detrás de ella, con cierta timidez, entró su amiga inglesa. Enseguida percibí sus mejillas rojas y el movimiento nervioso de sus manos.

–Alice, me alegra verte.

Soren la saludó desde lejos y ella no hizo ademán de acercarse. Conocía como todos las neuras de mi hermano: si él no mantenía contacto físico, nadie podía tocarlo, una de las grandes herencias que había dejado el cabrón de nuestro padre. Los tres recibíamos sus golpes, pero Soren fue su blanco más veces de las que podía recordar. Un niño solitario y callado, huía de la gente y de nosotros, hasta que Nela entró en Waldhaus.

–Yo también, Soren, te agradezco mucho que hayas permitido que os hiciera una visita. La casa es... ¡es preciosa!

Me dieron ganas de reír a carcajadas, la tímida Alice evitaba mirar en mi dirección desde que entró por la puerta. ¿Huía de mí?

ALICE

Intentaba no ver las cosas que Nela no me había contado en todo este año, los guardias armados de fuera, las obras de arte colgadas en las paredes, un lienzo en un maletín negro. Los Barday no éramos pobres, no me era desconocido el lujo ni las cosas hermosas que podía comprar el dinero, pero toda aquella casa estaba llena de obras de incalculable valor. No era ostentoso, nada sobraba en aquel lugar, pero en la casa se respiraba un aire tenso desde mi llegada. No había sido buena idea venir a Waldhaus. Cada vez estaba más convencida de que los Müller rayaban la ilegalidad. ¿Cómo encajaba Nela en todo ese mundo? ¿En qué momento sus principios habían cambiado tanto?

Helga, la mujer que al parecer se ocupaba de toda la casa, era un encanto. Rubia, de generosas proporciones y permanentes mofletes rojos, me había tratado con amabilidad. El resto de las personas que conocí en las últimas horas me trató con verdadero cariño, pero me sentía bienvenida y a la vez espiada, como si todos desconfiaran de los extraños.

Y allí estaba otra vez Jürgen, con sus inquisidores ojos esmeralda y esa sonrisa de triunfo al ver cómo lo evitaba. Colin es más guapo, con su aire elegante de inglés y sus ojos azules. Debía centrarme en pensar en Colin, no dejar que lo que ocurría en la casa me distrajera. Ahora soy otra persona, más madura y centrada, con un futuro prometedor. He aprendido a seguir las normas y todos a mi alrededor tenían razón, soy más feliz siguiendo la senda correcta, como

dice mi padre. No puedo perder la cabeza por un rostro atractivo. Todas las parejas discutían y más aún
a falta de unas semanas de la boda. Era totalmente
normal. Este tiempo alejados ya me hacía echarlo de
menos. Colin envió mensajes para ver si había llegado bien, por si era bien recibida en la casa, y lejos
de molestarme su habitual forma de controlarme
me reconfortaba saber que después de ser yo quien
quería aplazar la boda, siguiera preocupado por mí.
Él fue quien insistió en mantener la fecha, Colin pensaba que siempre podía cambiar de idea, que todo
se debía a los nervios de última hora e incluso me
animó a que me tomara un tiempo. Lo que no le hizo
gracia fue que quisiera venir a ver a Nela y ahí estaba
ese punto que siempre estropeaba las buenas acciones de Colin.

–¿Dónde están todas las muestras para el cuarto
del niño? –Nela me sacó de mis pensamientos con
esa pregunta inocente.

Con cuidado, los dos hermanos se miraron con
una sonrisa mientras ocultaban a la vista de Nela
la papelera llena de cuadernos de colores, muestras
florales y tarjetas en blanco. Toda mi atención estaba
puesta en el maletín al que Nela no le prestaba la menor atención, estaba abierto y un cuadro reposaba en
su interior. Intentaba asomarme para ver qué era y,
disimulando, di un paso hacia él.

–¿Quién ha tirado todo esto? –les regañó Nela con
el ceño fruncido.

Aprovechando el momento en que estaban discutiendo, entre risas, me acerqué con paso dubitativo a
echar un vistazo.

–Así que te quedarás aquí unos días.

Jürgen se interpuso entre la mesa y yo, con su
cuerpo y con esa sonrisa encantadora a la vez que
burlona. Para detenerme, posó sus manos en mis

brazos, a la altura de los codos, y una corriente recorrió al momento mi piel desde las muñecas hasta los hombros. Al levantar la mirada hacia él, encontré esos increíbles ojos verdes profundos, con una mirada tan seria que parecía atravesar mis pensamientos. Sin pensar, di un paso atrás intimidada por su presencia.

—Eso no es de tu incumbencia —me advirtió él con voz grave al ver que mis ojos se abrían sorprendidos.

—Solo curioseaba, es lo malo que tiene trabajar en un museo, no he podido evitar ver la cantidad de obras de arte que tenéis aquí y me preguntaba si era alguna nueva adquisición.

Al fin, se relajó, sonriendo, e inclinó la cabeza hasta llegar a mi oído.

—No seas curiosa, Alice, no está bien hurgar en las cosas de los demás. Además, tú no eres restauradora, ¿no? Te ocupas de las relaciones públicas del museo, ¿verdad? —Esa voz grave y potente, capaz de sacudir cada fibra de mi ser, se acercó tanto a mi piel que retrocedí otro paso hacia atrás.

¡Poco sabía él que había hundido de verdad el dedo en la herida! Nela jamás contaría lo mucho que me dolió el día que me apartaron de la restauración, tenía poca paciencia, poca disciplina, decían. Como si de una niña se tratara, Jürgen me apartó y cerró la tapa del maletín con cuidado. ¡Como si me interesaran sus asuntos! En ese momento, al ver mi expresión, se rio con ganas y con el dedo índice en mis labios me ordenó que callara señalando a Nela y Soren.

—Silencio, están entrando en bucle. —Nela por fin había visto el maletín, el tono de ambos era bajo a la vez que iba creciendo la tensión en aquella habitación—. Ven —ordenó Jürgen con mi mano entre las suyas, arrastrándome hacia la puerta, sin opción a que pudiera resistirme, hasta sacarme fuera de la habitación. Al salir cerró despacio.

No sé si se dio cuenta de que nuestras manos seguían unidas cuando nos deslizamos hasta la salida. Era tan incómodo que necesitaba detenerme y dejar de sentir sus dedos cerrados sobre los míos.

–¿Qué haces? Suéltame de una vez.

Sin hacerme caso, atravesó la puerta de entrada con sus enormes cristaleras y bajó los escalones, pasamos entre dos árboles y cayó sobre un banco de madera apoyado en la fachada. Se trataba de un pequeño refugio en la fachada lateral, la pared cubierta de hiedra y los pequeños setos creaban la ilusión de estar en un hueco con la piedra rodeándonos por todas partes.

–Cuando se ponen así es mejor huir –rio como un niño–. Soren al final descarga su cabreo conmigo o con quien pilla más cerca. ¿No querrás que te fastidie la escapada y te mande de vuelta a casa?

Estaba anonadada, ese hombre era increíble, después de arrastrarme con él como si lo conociera desde siempre, se sentaba tan tranquilo. Tampoco quería invadir la intimidad de Nela y su marido, así que, en lugar de escapar, me quedé en aquel sitio, me senté y esperé confundida.

–No te entiendo, ¿la escapada? –pregunté mirándolo, tal vez fuera por culpa del idioma que no le entendía, su inglés de acento alemán, un tanto ronco y profundo. Por primera vez tan cerca, le observé despacio, apreciando las pequeñas arrugas que aparecían alrededor de las comisuras de los labios y de los ojos al sonreír. Tenía encanto, era indudable.

–Sí, ¿por qué ibas a estar aquí si no? ¿A qué has venido, Alice? ¿De qué huyes?

Silencio, las palabras no brotaban de mi garganta y la mente se había quedado en blanco. ¿Cómo se atrevía?

–No huyo, estoy aquí por Nela, quería verla antes de la boda.

–Ya –una sola palabra llena de ironía–. ¿Problemas en el paraíso prematrimonial? ¿Cómo dijiste en el coche?, Bobby, ¿no? ¿Es que Bobby ya no quiere casarse? No, espera, eres tú...

–Es Colin, no Bobby –contesté molesta por su tono irónico.

–Como sea, los dos son nombres anodinos. ¿Es inglés como tú? ¿De esos de la raya a un lado y traje de raya diplomática? ¿Té a las cinco y flema inglesa?

Intenté permanecer impasible mientras le veía reírse de Colin, o tal vez de mí.

–¿Y tú, Jürgen? –le pregunté al levantarme del asiento de piedra. A su lado no podía concentrarme en hablar y sentirlo tan cerca. Perpleja, vi cómo se sacaba del bolsillo un cigarrillo liado y lo encendía sin preguntar. La cerilla rasgó la caja y el humo me molestó al rodearnos en una espesa columna gris, allí dentro el aire no se movía–. Está claro que no eres de los que disfrutan del campo ni de estar encerrado.

Conseguí llamar su atención y clavó su mirada interrogadora en mí, pero al momento sonrío con un gesto de la mano como si pasara de lo que le decía.

–Esta es mi casa, estoy a gusto aquí. ¿Por qué dices eso, dulce Alice? No me has contestado, ¿problemas con Rusty?

El tono con el que cambiaba el nombre de Colin acabó de sacarme de quicio. ¿Qué le habría hecho yo a este idiota? ¿Y Nela tenía que convivir con él? Ahora recordaba alguna ocasión en que Nela me había contado del incorregible hermano de Soren, su afición a las mujeres y a las fiestas.

–Déjame adivinar, Jürgen, coches caros, bebida, chicas, trajes y fiestas. Eres un estereotipo fácil de calar.

–Prototipo –repitió confundido al traducir la palabra al inglés con poco acierto. Sin querer, hizo que sonriera al ver su ceño fruncido por primera vez.

Jürgen apagó el cigarrillo contra la pared de piedra y se levantó con energía, ya no sonreía. ¿Por qué tenía tantas ganas de enfadarlo? De alguna manera me sentía amenazada por su atractivo. En cuanto empezaron sus ataques debí darme la vuelta y entrar en la casa. No me gustaba, era peligroso con esa arrogancia. Pero ¿por qué había acertado con sus preguntas y mis respuestas no dadas? «Porque hay fisuras, Alice», me dije, pequeños resquicios de rebeldía que debía cerrar para dejar de ser aquella universitaria alocada y sin rumbo.

–Sí, tú, Jürgen, pareces alguien que disfruta de la vida, sin ataduras y que, cuando su hermano mayor le tira de las orejas, vuelve a casa.

Esa risa otra vez, como si nada le llegara dentro y nada le importara.

–¿Crees que me has calado, niña inglesa? –dijo acercándose con un solo movimiento, tuve que mirar hacia arriba para encontrarme con sus ojos. Estaba enfadado–. Nadie me tira de las orejas desde hace años, pero sí de otra cosa, ¿quieres probar?

Tan cerca, pude sentir el calor de su cuerpo y los latidos de mi corazón, golpeando deprisa. Desde que le vi en el aeropuerto algo me presionaba el pecho cada vez que estaba cerca de él, y sus groserías no hacían más que encender esa pequeña llama de calor, nadie a mi alrededor jamás había sido tan brusco ni tan grosero.

–¿Siempre que no quieres escuchar algo te vuelves impertinente?

–¡Qué palabra tan bonita, Alice, «impertinente», muy inglesa! ¿Te la enseñó Rusty?

No tenía por qué seguir escuchando a ese idiota

prepotente, así que giré para irme sin que él lo impidiera.

–¡Estás aquí, Alice! Te estaba buscando. –Nela se detuvo en seco para mirarnos a los dos con los ojos entrecerrados.

–¡Eh, Nela!, ¿Qué tal mi hermano? ¿Ya le has cabreado bastante?

–¡Cállate, Jürgen, disfrutas viendo a Soren así! Vamos, Alice, te enseñaré tu habitación. Luego hablaré contigo. –Amenazó con el dedo a Jürgen. Me giré en el último momento para ver cómo Jürgen volvía a recostarse en el banco y encender otro cigarrillo. Con la mano me dijo adiós de un modo tan irónico que hice una mueca irritada.

Seguí a Nela al interior de la casa, escaleras arriba, sorprendida por la reacción que había tenido con Jürgen, como si debiera justificar mi forma de ser y mis pensamientos ante él.

ALICE

La habitación era preciosa, de techos de madera bajos y colores cálidos. La cama, enorme y alta, con una mullida colcha anaranjada. Entre los altos pinos la luz entraba a raudales a través de los ventanales. Una suave brisa se movía entre las ramas y lanzaba sombras sobre las paredes de piedra. Cuadros preciosos, reproducciones de Van Gogh, Cézanne, todas de pintores impresionistas, todas seguramente elegidas por Nela al conocer mis gustos.

Nela fue a sentarse frente a la chimenea apagada, en una de las dos sillas, aprovechando que investigaba cada rincón de la habitación.

–Necesito sentarme, cada vez me cuesta más subir las escaleras.

Su tono cansado llamó mi atención y con decisión acerqué una de las sillas y me senté frente a ella con una sonrisa de satisfacción.

–¿Cómo estás, Nela?

–¿Cómo crees? ¡Gordísima! –contestó entre risas tocándose la enorme tripa en un gesto cariñoso. Sus ojos volaron a los míos, se incorporó un poco y atrapó su mano con la mía. Con una sonrisa y sus dedos enlazados la llevó hasta su abultado vientre. En ese momento sentí el enorme calor que desprendía la vida que ya estaba casi formada en su interior–. Y feliz, muy feliz, Alice.

–Nunca te había visto así, estás radiante, Nela. –No quería emocionarme, pero me pareció sentir un movimiento bajo la palma abierta que Nela sujetaba.

Si alguien hubiera dicho, el día que nos conocimos siete años atrás, que seríamos como hermanas, quizás me hubiera reído en su cara. Ella, apocada y tímida, había entrado en silencio en el pequeño apartamento de estudiantes en el que vivía. Aquel día, como tantos otros, estaba preparada para salir, era la fiesta de principio de curso. Mi segundo primer curso en Bellas Artes. Todo lo hice en contra de los deseos de mi padre, que quería que estudiase Económicas. Busqué a propósito una universidad lejos de casa, en un país extraño, y me matriculé en la carrera que podía hacer de la pintura una profesión. Después todo vino rodado, fiestas, drogas, noches locas... y entonces apareció Nela y me dijo que por qué aquella noche no me quedaba con ella para conocernos. Y la Alice que era joven e impulsiva, esnob y prepotente, lo hizo.

–¿Qué ocurre, Alice? ¿Por qué estás aquí cuando deberías estar eligiendo centros florales y probándote vestidos de novia por todo Londres?

–No lo sé, Nela. –Era increíble cómo todo el mundo me acorralaba y ni una palabra salía de mis labios, y la primera vez que Nela me preguntaba todo quería salir de golpe. Frente a ella, con la mano puesta sobre su tripa las lágrimas empezaron a salir–. No sé qué me ocurre, es la tristeza. Es como si poco a poco fuera abriéndose paso en mi corazón, nada me llena, nada me hace feliz. Sonrío porque así debe ser, ¡voy a casarme! Debería ser la chica más feliz del mundo. Y, por el contrario, tengo la horrible sensación de que eso me hará más infeliz.

–¿Colin te trata mal? ¿Ha ocurrido algo entre vosotros?

–No, no, al contrario. Colin es lo que siempre esperé de un compañero, pero falta algo, algo que no consigo encontrar y, mientras el tiempo pasa y la fecha se acerca, creo que ambos merecemos algo mejor, ¿sabes qué quiero decir?

–Que no eres feliz.

–¡Nela! –exclamé quitando la mano–. ¡Eres capaz de resumir todo en una palabra cuando llevo días sin saber qué hacer!

–¡Alice, no puedo creerlo! –gritó alarmada–. ¿Has venido hasta Alemania para decidir si te casas con él? Quiero decir, estoy encantada de que estés aquí, ¡pero no pretenderás que te diga qué hacer!

–No. Sé que tengo que decidir sola, aclararme, por Colin y por mí. Nela, me he perdido a mí misma, no sé quién soy en este momento de mi vida. Te necesitaba cerca, y alejarme de él un tiempo.

–Yo también, me haces falta, Alice. Estoy deseando que el niño nazca, que Soren deje de preguntarme si estoy bien, dónde estoy, qué he comido o qué hago a todas horas.

–No creo que sea para tanto.

La puerta se abrió en ese momento de golpe, dando con la pared, y el marido de Nela apareció con el ceño fruncido.

–Nela, te estaba buscando. ¿Qué hacéis? ¿Has comido ya?

Con lágrimas en los ojos, entre la alegría y el llanto, Nela y yo nos miramos y echamos a reír, probablemente Soren no lo entendería, pero no podíamos parar.

ALICE

Seguí a Nela, después de que ella aplacara la ansiedad de Soren, a través del corredor iluminado por la luz del sol. Nunca había imaginado que la casa tuviera tantas habitaciones. Una puerta cerrada tras otra hasta llegar al extremo del enorme pasillo.

–Es aquí, Alice.

Nela abrió una puerta de madera más clara y pequeña que las demás. Subimos unos pocos escalones de piedra, una alfombra en el suelo evitaba resbalar en ese estrecho ascenso hasta que, de repente, a espaldas de ella, la luz me cegó un momento. Bosque. Esa es la única palabra que me vino a la mente, el verde de los árboles mecidos por el viento. Era la misma vista que tenía desde mi habitación solo que, en esa sala, cristales del suelo al techo en tres de sus paredes hacían parecer que te hubieras internado entre sus ramas.

Nela caminó entre dos largas mesas de madera clara, llenas de botes transparentes, pinceles, paletas y pequeñas muestras. El olor, acetato y disolventes, pintura acrílica y pegamentos. Huele a pasado y una época sin preocupaciones. Pasé los dedos sobre las mesas dispuestas en dos enormes borriquetas mientras, con satisfacción, me entretenía en tocar algún objeto conocido. Volví a tener seis años menos y a entrar en la sala de restauraciones de la universidad. Roberto Márquez, nuestro profesor, nos explicaba la función de cada miembro del equipo de restauración mientras yo miraba al guapo chico que tenía de compañero. Él me guiñó un ojo. Mi primer chico en la universidad. Días más tarde, en una fiesta, fue cuando tuve mi primer contacto con las drogas y la bebida y, a partir de ahí, todo fue mal, muy mal. Los colores se difuminaron a mi alrededor porque ya no me preocupaba captarlos. Murieron para mí cada vez que cogía un pincel entre las manos.

–Es impresionante, Nela, es un estudio completo, aquí en mitad de los bosques.

¡Siempre ha sido tan ordenada! A pesar de los cientos de frascos y soluciones, pequeños bastones y gasas, todo aparece alineado y con un orden concreto. Fue en ese momento cuando lo vi: un cuadro pequeño sobre un caballete, tapado con una sábana de protección para evitar la luz del sol y los cambios de temperatura.

–Este es el cuadro en el que trabajo –afirmó Nela con una sonrisa que conocía de sobra. La niña traviesa que habitaba en ella pareció llamarme para jugar en el patio de los mayores.

Lo descubrió despacio y entornó los ojos con ojo crítico: un lienzo de pequeñas dimensiones, de un hombre mirando de perfil, con la cabeza ladeada y una mirada triste de ojos avellana. Sus ropas, siglo XVI, un jubón oscuro y un sombrero de pintor granate. Esos colores densos y cargados de pigmentos, el sólido negro, la sensación de una capa gruesa formando el manto verde.

Ahogué un suspiro porque no podía creerlo, había visto antes ese cuadro de fondo oscuro y trazo minucioso. Aparecía en cientos de listas en la red, las malas, las de cuadros perdidos, desparecidos o robados.

–Rembrandt, autorretrato.

Las palabras se me escaparon en un suspiro. Sin apartar la mirada busqué a tientas la mano de Nela y la obligué a acercarse conmigo para ver las pinceladas y la firma que no encontraba. Tal vez, si no estaba firmado, podría afirmar que era una copia.

–Es auténtico, Alice –afirmó Nela–. Puedo demostrarlo, he estudiado cada milímetro del lienzo. Estaba abandonado en una pequeña buhardilla en París.

–Está en la lista de los diez cuadros desaparecidos más famosos –sentencié–. ¿¡Y lo tienes tú, Nela!?

Era peor de lo que imaginaba. ¿A qué se dedicaban los Müller? Esa casa escondida en mitad de un bosque era un almacén de obras de arte, ¿robadas?, ¿expoliadas en el pasado?

–Sé lo que piensas, Alice, pero es legítimo. Soren compró la casa en la que estaba y todo lo que había dentro. Pertenecía a una vieja familia alemana exiliada durante la guerra en París, ellos a su vez lo adquirieron en una subasta en Zúrich. Soren tiene muchos contactos que no sé cómo encuentran estas cosas, ni quiero saberlo.

La miré con cierto recelo, ¿sería verdad?

–¿Quieres decir que el cuadro estaba allí tirado en un rincón? ¿De verdad es auténtico?

–Aunque no lo creas, estaba destrozado, manchado de polvo y restos de desechos de pájaros y ratones. Soren sigue las pistas, tiene gente que se encarga de ello, encuentra los cuadros y yo los restauro.

–¿Y el de ahí abajo?

Nela calló y sus ojos azules me esquivaron.

–No puedo cambiar lo que son los Müller, a veces no todo es legal, pero he de conformarme con que algunas obras vuelvan a la luz después de tanto tiempo. Se venden para preservarlas. Alice, esto tiene que quedar entre nosotras, nadie puede saberlo, nunca. Destruirías nuestra familia.

Sentada sobre el taburete porque las piernas me flaqueaban, volví a mirar la pintura. Era hermosa. Nela casi había terminado el proceso de restauración. No había podido salvar un extremo duramente golpeado y necesitaba reconstruir la pintura de ese lado casi en su totalidad. La tela rasgada indicaba que alguien había maltratado el cuadro, o no sabía lo que de verdad valía abandonándolo sin piedad en un rincón. Comprendía lo que Nela me decía, esa parte del artista que necesitaba recuperar una obra de arte, devolverla a la vida sin importar las connotaciones de su procedencia.

–Quedará entre nosotras, Nela. Sabes que nunca os pondría en peligro –contesté a la vez que miraba su vientre abultado.

Nela sonrió como si supiera mi respuesta antes de dársela. Luego, destapó un lienzo en blanco, de mayores dimensiones.

–¿Y eso? Está en blanco.

–Es para ti, Alice –dijo mientras cogía de la mesa cercana un pincel de Gouché, delicado, de madera natural y cerdas cortas.

–Sabes que ya no pinto –dije sin coger el pincel que me tendía, escondí la mano a la espalda en un acto reflejo, huyendo de la impotencia de no poder plasmar ya nada sobre un lienzo.

–Puede ser un buen momento para volver hacerlo, tal vez te ayude a pensar. Necesito tu ayuda con este cuadro de Rembrandt, sabes que yo no pinto como tú...

Nos miramos, cómplices de tantas confidencias y momentos compartidos. Había dejado de pintar hacía demasiado tiempo, cuando una buena fiesta y un par de pastillas de colores eran lo único que llenaba mi vida. Demasiada pasión por vivirlo todo, por no desperdiciar un solo momento, por beberme la vida. Con los bolsillos llenos, en un país extranjero, lejos de la protección de papá y mamá y muy poca experiencia fuera de casa. Hasta el día en que me desperté en un barrio del centro de Madrid, en un callejón, la cara llena de golpes y sin recordar nada de lo que había sucedido la noche anterior. La llamé a ella, fue quien me llevó a que me reconocieran y con quien suspiré al saber que solo había sido un robo. Con quien confesé ante mis padres, muerta de miedo, y les expliqué todo. Nela cada fin de semana lo pasaba conmigo en la clínica en la que me internaron. Nunca me abandonó ni perdió la esperanza, confió en mí como nadie.

—Inténtalo, hazlo por esta gorda embarazada o el niño saldrá con un pincel en la frente y tendrás que explicárselo a Soren.

Reí con ganas por sus trucos de antojos. Quizá mañana. Quizá otro día.

JÜRGEN

Agarré el vaso con fuerza, los nudillos blancos, estaba a punto de reventar el duro cristal de bohemia y relajé la mano, agarrotada por el esfuerzo. ¿En qué momento había perdido la cabeza y corrí a Füssen para ver a Suzanne? En cuanto me llamó y tuve la menor oportunidad de salir de la casa. Y allí estaba yo, escuchando su interminable lista de reproches acerca de que no la había llamado en semanas, que pasaba de ella, que no sabía mantener una relación. Pero ¿qué relación? Esa mujer era preciosa, con su melena rubia y su andar sexy, los labios llenos y... No teníamos ninguna relación, aparte de que cuando me aburría la buscaba. La tenía a mano, a una hora de Waldhaus, buena bodega y una casita típica de los Alpes con una enorme chimenea en el salón. Sin complicaciones. La miraba a los ojos y no veía más que vacío. En realidad, no creo ni que le importara más de lo que ella a mí, pero soy un Müller, dinero y buena vida, además de un físico envidiable.

—Escucha, Suzanne, no ha sido buena idea. Es mejor que me vaya.

Sus enormes ojos azules se abrieron de par en par, sin poder creer que me hubiera tragado toda aquella charla y fuera a marcharme sin pedir nada a cambio.

—Estás con alguien —afirmó de repente, como si yo hubiera dicho algo aparte de que me marchaba.

—Siempre estoy con alguien, Suzanne. Que yo sepa, no te he prometido nunca fidelidad.

Y, sin embargo, la imagen de una inglesa de cabellos tostados y ojos color avellana me asaltó por sorpresa. ¿Qué...?

–No, no lo has hecho, pero nunca antes te había visto tan serio y sin ganas de sexo. Llevo sin verte meses y ¿ahora te vas así?

Solté el vaso sobre la mesa, fui derecho hacia la puerta. Cogí las llaves del coche y me giré un momento para mirar hacia su rostro perplejo.

–Estoy cansado, Suzanne, otro día, ¿vale?

No sé si quería que la escuchara al cerrar la puerta, pero el insulto lo oí tan claro como si estuviera a mi lado. Fuera, subí por el camino de gravilla hasta el Porsche, otra tontería de las mías, solo podía conducirlo en verano porque en invierno se hundía en la nieve y permanecía en el garaje casi un año. ¿Tendría razón la inglesa? ¿Todo sería parte del «estereotipo» como ella me llamó? Al acelerar sobre el camino, el rugido del motor pareció contestar. No. Eres Jürgen Müller y te gusta.

Conduje deprisa, con el acelerador tan a fondo como el tráfico permitía. Era viernes y la autopista estaba llena de coches, aún hacía buen tiempo y la gente escapaba hacia las casas de verano en busca de los últimos días de calor.

Al tercer cambio de carril volví a mirar, el retrovisor me devolvió la imagen de un todoterreno negro. Esperé un poco más. Ahí estaba de nuevo. Volvió a cambiar de carril siguiendo mi trayectoria. Puse de nuevo el intermitente, tres coches más atrás hizo lo mismo.

Busqué la siguiente salida y me pegué al lado derecho como si fuera a coger el desvío, otra vez el mismo movimiento que yo. No podía ver al conductor con la luz del sol tras nosotros.

–¡Joder! –grité cabreado. No sabía desde cuándo me seguían, pero estaba claro que iban detrás de mí. No era difícil, llevaba el coche más llamativo de todos. ¿Sería por el jodido cuadro? Debí contarle a Soren que intentaron robármelo. Andréi se había cabreado demasiado, más que en otras ocasiones, cuando le levantaba una antigüedad que él deseaba. Recorrí toda Roma para esquivar a sus hombres, de tugurio en tugurio, hasta perder el conocimiento, cobijado por el anonimato y mis amigos.

Con el intermitente puesto hice el gesto de girar y el todoterreno se metió en el carril de salida, giré el volante con fuerza y volví a entrar en la autopista provocando unos cuantos pitidos y derrapajes. Intentó seguirme, pero ya era demasiado tarde, lo vi desistir hasta perderse en un cambio de sentido. Pisé el acelerador en vez de sonreír, un regusto amargo se quedó anclado en el estómago. Soren no debía enterarse, en Waldhaus estaríamos seguros.

ALICE

Al salir, rodeé los muros por el sendero hasta ver la casa en toda su magnitud: los arcos ojivales de las ventanas, los contrafuertes de piedra blanca y los tejados de pizarra negra con vertiginosas caídas. Paseé siempre vigilada por los guardias apostados en cada una de las esquinas, en la linde con el bosque, donde las últimas luces se filtraban sobre el suelo de agujas y un aire frío comenzaba a soplar. Heiner, el jefe de seguridad, pasó junto a mí y me saludó con la cabeza con frialdad. Era el único con el que apenas había intercambiado unas breves palabras de agradecimiento cuando nos llevó del aeropuerto a Waldhaus el día anterior. El rugido de un motor rompió la paz del paisaje, un Porsche antiguo, de color azul claro, entró a toda velocidad y siguió el sendero hasta parar frente a la entrada con un chirrido de sus frenos y dejando una estela negra sobre la gravilla blanca.

Sonreí cuando Jürgen bajó del coche. ¡Solo podía ser él! Llevaba unos vaqueros negros y una camiseta del mismo color. Fruncía el ceño como si pensase en algo que no acababa de convencerle, y entonces me vio. Su expresión cambió con rapidez de la sorpresa al reconocimiento, ¿se había olvidado de que yo estaba allí?

—¡Eh! ¡Inglesa!

Intenté no enfadarme con él, me hacía gracia su saludo: «¡Eh!». Y lo cierto es que sí era inglesa, y hacía unas horas lo había tratado un poco mal. «¿A qué has venido, Alice, de qué huyes?». Tal vez Jürgen solo intentaba saber qué me había llevado allí, igual que

Nela y Soren, igual que mi familia y yo misma. Si íbamos todos a convivir unos días no quería provocar problemas a Nela. Iba a llevarme bien con el hermano de Soren. «Una excusa como otra cualquiera para no confesar que te atrae...», apagué la voz que de vez en cuando se reía de mí desde dentro.

–Hola, Jürgen. Bonito coche.

–Si vas a decir que ya sabías qué coche tenía, o algo sobre que soy una muestra del típico niño rico, déjalo, de verdad. No estoy de humor –contestó mientras se liaba un cigarrillo con maestría antes de cerrar la puerta de su coche con el pie.

Quedé parada frente a él mientras Jürgen se giraba para sacar las llaves del contacto con gesto cansado.

–Lo decía en serio, es una pasada, ¿un Porsche 911?

Jürgen me observó con el ceño fruncido, decidiendo si hablaba en serio o íbamos a discutir de nuevo. Una medio sonrisa acompañó al bufido, ¿sabría que intentaba mantener la paz entre nosotros?

–Es un Porsche, sí –contestó molesto.

–¡Guau! A mi padre le encantan los coches. De pequeña siempre me arrastraba a las carreras y a las ferias de automóviles. –Acaricié un momento la carrocería con devoción–. Oye, Jürgen, lo siento. Esta mañana fui un poco brusca –me disculpé aun sabiendo que él había sido más borde que yo, pero no podía estar mucho tiempo enfadada.

–No importa.

Jürgen vio cómo temblaba ante los últimos rayos de sol, el viento sopló con fuerza. Él volvió a abrir el coche, sacó una chaqueta del asiento del copiloto, una cazadora de cuero con los puños desgastados y las marcas de los antebrazos. Con una expresión de fastidio se acercó y la puso sobre mis hombros intentando no tocarme. Olía de maravilla, a jabón y crema

de afeitar y ¿a perfume de mujer? Sus ojos esquivaron a los míos para prestar atención a los guardias
que se movían a un lado y al otro.

–Gracias.

–Déjala luego dentro, Helga hará que la suban a
mi habitación.

Se fue sin más, arrojó el cigarrillo al suelo dejándome sola en el exterior con la sensación de que tal
vez Jürgen no quería ser así, que con mis palabras lo
había herido de alguna manera y ahora tendría que
ganarme su confianza.

Le seguí a los pocos minutos, entré con la chaqueta en la mano, la dejé sobre una silla, reticente y
frustrada por ser incapaz de hablar con ese alemán
obstinado. Me preguntaba cómo sería su habitación.
¿Como la mía? ¿O con una larga fila de fotos enmar-
cadas con las chicas que le perseguían? Porque eso
no se podía negar, Jürgen era guapo, atractivo, de
esos hombres que, al caminar por la calle, son seguidos por los ojos de alguna mujer.

Pasé delante del estudio, la puerta estaba abierta
y mis pasos se detuvieron junto al dintel. No había
nadie. Entré llevada por la curiosidad, el maletín negro seguía allí. Miré hacia atrás para asegurarme de
que nadie me veía entrar y avancé hasta la mesa. La
tapa estaba abierta, quedé al segundo atrapada por
la imagen. Las formas redondas, la fuerza de las miradas, la madre mirando a su pequeño, en su regazo.
Me enternecieron las expresiones de sus rostros, la
redondez de sus pómulos, la media sonrisa de sus
bocas. Las manos delicadas sosteniendo al pequeño
en contraste con la escena de atrás en la cual aparecía
la mirada perdida de un santo. ¿San Juan Bautista?
Una escena religiosa. Una composición triangular
con el fondo en ruinas y la silueta de cúpulas de iglesia y los edificios bañados en una niebla azulada. La

belleza del cuadro estaba presente en sus rostros, en sus ropas de colores difuminados, rojo, azul y blanco, los paños italianos sobre las cabezas... La serenidad inconfundible del cuadro, la técnica del esfumado y el glacis para aplicar luz me hizo saber al momento de qué escuela se trataba y quién podía haberlo pintado. Con reverencia acaricié suavemente la superficie admirando la rugosidad de los trazos, venerando lo hermoso de la composición y el brillo de las miradas.

En el fondo del maletín, acolchado para no dañar el contenido, una pequeña etiqueta de las que ponían en los museos para identificar las obras en restauración se había caído en una esquina. Miré de nuevo hacia la puerta para asegurarme de que seguía sola y la cogí temiendo rozar aún más el lienzo. Era tan pequeña que el número de serie con que habían catalogado la obra estaba apretado, casi ilegible, la giré y fruncí el ceño. *Museum Vat.* El papel debía de estar ahí de antes porque, si no, significaba que ese lienzo había salido del Museo del Vaticano y eso era imposible.

La voz de Roberto Márquez, mi profesor y ahora mi jefe en el museo en el que trabajaba, me llegó tan nítida como aquella mañana en clase de restauración, por mucho que ese día tuviera resaca: «Catalogar la obra mediante códigos es lo normal. Si habéis estado en un aeropuerto sabréis que en vuestro billete de avión aparece un código de la ciudad a la que vais, AMS, Ámsterdam, Madrid, MAD. Los museos tienen sus propios códigos, cuando una obra se cataloga aparece EXP si pertenece a una exposición temporal. Si no, encontraréis solo el nombre del museo y un número de serie, el autor... Si está expuesta en las salas, pondrá MS y, si está archivada, las referencias del lugar estarán reflejadas...».

Nunca creí que pudiera ver una obra salida del Museo del Vaticano, una obra que había estado expuesta en alguna de sus salas, y que pudiera observarla tan cerca. Se lo había prometido a Nela, tenía que olvidar ese lienzo y su procedencia por el bien de mi amiga.

JÜRGEN

Las voces que provenían del comedor me obligaron a entrar. Sentados a la mesa estaban Soren y Nela, al otro extremo, la inglesa. En cuanto atravesé las puertas se quedó mirándome, fija en mis ojos. Emití un soplido haciendo que supiera lo que me molestaba su presencia allí, y se revolvió incómoda en el asiento. Con todo lo que estaba pasando, coches que me seguían y la certeza de que esta vez había cabreado a Andréi de verdad, lo que menos quería era una extraña en casa.

–¡Jürgen! Hemos empezado sin ti –aclaró Nela.

Como si no lo supiera, la culpa era mía, no tenía que haber bajado.

–Ya. No pensaba bajar –dije antes de ver el despliegue de comida tradicional de la zona. Salchichas, puré de patata, ensalada de col, seguro que Helga aparecería en breve con su famoso pastel de manzana y las enormes pretzel artesanales en honor a nuestra invitada.

–¿Dónde has estado todo el día?

Al sentir que Soren se dirigía a mí, levanté la mirada del plato aún vacío con aparente desinterés. Encogí los hombros.

–En Füssen.

Esperé que eso acallara sus preguntas, sabía de sobra lo que había hecho en la ciudad y que estaba con Suzanne. Soren nunca hablaba por hablar, así que esperé su contraataque.

–¿Con Suzanne?

Nela y la inglesa levantaron la mirada atentas a

lo que iba a contestar. Sin saber por qué asentí mientras intentaba no perderme la reacción de Alice. Ella, sin embargo, creía que la jodida salchicha de su plato era más interesante que mi contestación porque, tras un lapsus, volvió a arrinconarla con el tenedor. Me hacía gracia, pero entonces, al ver su perfil de niña inocente, recordé sus palabras, a mí no me tira nadie de las orejas.

–Sí, ¿te importa?

Soren levantó la mirada despacio, con la ceja arqueada. ¿Era eso? ¿Quería sacarme de quicio delante de la inglesa?

–No, en absoluto –contestó con aparente desidia, el brillo en el fondo de sus ojos permaneció un momento más.

La melodía de un móvil irrumpió en el silencio con que mi hermano y yo nos retábamos, como en los viejos tiempos, fruto de interminables discusiones. Soren sospechaba que ocultaba algo. Todos miramos a Alice mientras se levantaba apresurada de la mesa girando la pantalla del móvil.

–¡Es Colin! Perdonad –pronunció con una sonrisa tímida para después salir de la habitación con una disculpa. La seguí con la mirada hasta que Heiner, el jefe de seguridad, apareció en la puerta.

–Dale recuerdos a Bobby –dije a Alice mientras salía mirándome con cara de pocos amigos.

–Todo listo, señor.

–¿Dónde vas, Soren? –pregunté sin pensar al ver cómo mi hermano se levantaba.

–A München, me han hablado de una subasta y quiero ver las piezas que tienen, alguna puede interesarnos.

–¿Qué pasa, Jürgen? Estás tenso, ¿me ocultas algo?

–No –contesté a la vez que le quitaba a Nela una tira de beicon del plato. Ella sonrió, me conocía y sabía que lo hacía como un juego. Le guiñé un ojo y ella bajó la cabeza sonriendo, lo suficiente para distraer a Soren.

–Está bien, cuando vuelva hablaremos –amenazó Soren.

Me removí en el asiento, incómodo, no era el mejor momento para que Soren saliese de la casa, ¿y si el todoterreno negro también lo seguía a él? Iba con varios hombres armados, no había nada de lo que preocuparse, así me daría tiempo a revisar la seguridad de la casa e incluso doblar el número de guardias en el exterior.

ALICE

Corrí manteniendo la respiración y la cadencia de los brazos, una concentración que a base de practicar cada mañana salía sola. Seguí el camino de entrada, rodeaba la casa y volvía al punto de partida. La alarma del reloj señaló que llevaba cinco kilómetros y me detuve con la respiración entrecortada. Caminé atravesando el sendero de gravilla aún con el móvil en la mano.

Un mensaje de Colin, otra vez. La noche anterior me había pedido que volviera a casa, decía que a pesar de nuestras últimas discusiones me echaba de menos. Y yo también a él, más que nada nuestras rutinas diarias, desayunar juntos, recibir un mensaje suyo a media mañana o escaparnos del trabajo para almorzar juntos los jueves. El que yo hubiera querido anular la boda y él se resistiese a hacerlo me creaba cierta ansiedad, como si de algún modo me retuvieran en contra de mi voluntad. No quería dejar a Colin, lo quería aún, solo necesitaba posponer o anular aquella fecha que una y otra vez me acosaba como un molesto zumbido en la cabeza. No ayudaba que en Waldhaus me sintiera un poco extraña, como la forastera que no acababa de encajar, los alemanes eran fríos y de carácter sobrio, aún más que mis compatriotas ingleses y, sin embargo, sentía más paz que en Londres. Contemplé los abetos mecidos por el viento y el tenue sol sobre las ramas, me encogí un poco más sobre la sudadera fina que llevaba rodeándome los brazos. Eran apenas las siete y la luz del estudio del Nela ya estaba encendida, dormía poco y lo aprovechaba para trabajar.

Los hombres de Soren me vigilaban en la distancia, me sentía continuamente observada. Lo hacían de soslayo. Nunca de manera abierta, pero aun así me incomodaba como si estuviera dándoles más trabajo. Giré la esquina de la casa y entonces vi a Jürgen. Apareció entre un sendero natural del bosque, con unos pantalones cortos y zapatillas de deporte, el torso desnudo con la camiseta anudada a la cintura. Él también corría, ajeno al frío del amanecer, con el sudor cayéndole desde el cuello. Arqueé las cejas, escéptica, lo intuía bajo sus camisetas y la forma de sus brazos, pero verlo así me lo confirmó, no era el cuerpo de alguien entregado a las mujeres y las fiestas, sino que cada músculo se marcaba donde debía estar, en su estómago se dibujaban firmes líneas oblicuas hasta donde la camiseta enrollada ocultaba su cadera. Los brazos fibrosos y anchos, como si los ejercitara cada día en el gimnasio. Quedé absorta mirando la perfección de sus movimientos, su cabeza gacha con el pelo ocultando su frente y sus ojos, se movía como alguien que corría grandes distancias. Su respiración era suave, como si se esforzara en controlar cada porción de aire que entraba en sus pulmones. Levantó la vista y al verme se detuvo, se quitó los cascos y llegó a mis oídos la leve melodía de música clásica, ¿Vivaldi? Definitivamente, Jürgen no dejaba de sorprenderme.

–¡Buenos días! –le dije al ver que se acercaba al tronco grueso de un árbol y levantaba la pierna para estirar. ¿Pretendía ignorarme? Creí oír de sus labios un gruñido parecido a una respuesta y me acerqué desde el otro extremo, imitando su forma de estirar, con la pierna en alto–. No sabía que corrías, podemos hacerlo juntos, vuestros guardas no me dejan salir del sendero, de la entrada, rodear la casa y volver al mismo sitio, tal vez contigo pueda ir por el bosque.

No conseguí siquiera que elevara la vista hacia

mí, aún recuerdo cómo me miraba cuando nos encontramos en el aeropuerto, con curiosidad y cierto interés, su actitud conmigo había cambiado por completo.

–Corro solo, inglesa, además, no creo que aguantaras mi ritmo –contestó cambiando la pierna de apoyo. Sus gemelos y el muslo se contrajeron, tenía las piernas tonificadas, eso no era de correr algunos kilómetros de vez en cuando.

–Cuando quieras probamos –lo tenté por fastidiarlo, y resultó, porque se apartó del árbol y me miró con el ceño fruncido. Sus ojos verdes e intensos brillaban con fuerza, su mirada se fijó en mis piernas y la sudadera que se adaptaba a mi cuerpo, tal vez decidiendo si tenía pinta de corredora.

–¿Y Dusty, corréis juntos?

–Colin, mi novio se llama Colin, y no, no corre.

Chasqueó la lengua y se puso la camiseta, hizo ademán de buscar algo en los bolsillos y encogió los hombros como si lo hubiera olvidado.

–Una pena, Alice, pero yo corro por el bosque, tú por el sendero.

Jürgen me dejó allí parada y llamó a uno de los hombres. Tras una seña de camaradería le pasó un cigarro y un mechero. Debía de tener los pulmones de hierro para, después de correr, ponerse a fumar. Me acerqué hasta él, no me gustaba que me dejaran con la palabra en la boca.

JÜRGEN

Si ahora mismo se acercaba esa inglesa para tocarme las narices y regañarme por fumar, lo que veía en sus preciosos ojos dorados, la metía yo mismo en el primer avión a Siberia. Allí estaría genial, con todas esas capas de ropa que siempre llevaba, para ser inglesa tenía frío todo el día y estábamos a finales del otoño. No me extrañaba que se pasara todo el jodido día envarada como si tuviera algo metido... y luego esa forma de hablar como si se supiera todo el puto diccionario...

–No deberías fumar –alegó ella. Lo sabía. Sabía que iba a decir algo. Ante sus ojos y con movimientos exagerados encendí el cigarrillo y la miré desafiante–. Tu novio, ¿Bobby? ¿No fuma?

–Te he dicho que se llama Colin –repuso enfadada una vez más.

Por culpa del bufido que dio, el mechón castaño que le caía sobre el rostro se movió sobre sus ojos dorados llenos de expectación. En un acto reflejo pasé el pulgar por su mejilla para apartar el dichoso mechón que se pegaba a la piel sudorosa de su rostro, y por alguna razón me incordiaba.

–Señor, disculpe –Heiner, el jefe de seguridad nos interrumpió con su voz grave. Asentí para que hablara–. Alguien ha intentado entrar por la parte de atrás, en el perímetro del bosque, y uno de los guardias ha disparado como advertencia.

–¿Estás seguro, Heiner? –interrogué al jefe de seguridad.

–La verdad es que no vimos nada, Fritz cree que

era un turista de esos que hacen senderismo, pero no pudo verlo bien, al disparar al aire huyó corriendo. No le hubiéramos dado importancia de no ser por su advertencia de ayer.

–¿Un turista? –gimió la inglesa a mi lado hasta que se echó a reír–. ¡Él sí que tenía que estar asustado! ¡Estáis locos, disparar a un pobre turista!

Apagué el cigarro contra el suelo y lo pisé con la zapatilla de deporte. El corazón parecía querer saltar en el pecho, ¿qué he hecho? Debí avisar a Soren de que ayer me seguían, es por el puto cuadro, estoy seguro. Los chicos dicen que no pasa nada, pero mi instinto me dice lo contrario, alguien está poniendo a prueba nuestras medidas de seguridad, es lo que haría yo en su lugar.

–Heiner, vamos dentro. Tenemos que hablar.

Supuse que era por mi expresión seria, pero nuestro jefe de seguridad arqueó la ceja, pensativo. Era lo máximo que le había visto gesticular en el año y medio que lleva con nosotros, así que había llamado su atención. Al girarme, Alice estaba en medio, escuchando nuestra conversación, así que pasé por su lado como si no existiese, no tenía tiempo para sus juegos.

–¡Inglesa, no molestes!, ve a la casa y no salgas –ordené empujándola suavemente hacia el interior.

¿Acababa de cogerme de la camiseta? ¿Reteniendo mi cuerpo aferrada al borde de mi camiseta?, al ver que yo daba un tirón agarró mi brazo con fuerza.

–No acepto ordenes tuyas –susurró Alice dándose la vuelta con la barbilla levantada. Su voz desafiante y, a la vez, aquella mirada del color de las hojas de otoño hicieron que me girara hacia ella.

–Alice, Alice, nadie me lleva la contraria.

La cogí del brazo sin explicaciones, arrastrando su cuerpo por el brazo hacia la casa, ante sus protestas.

Abrí las puertas dobles de la entrada y la metí dentro, me fui a hablar con Heiner. Aún con la puerta cerrada, oí sus elaboradas frases en las que no había ni una sola incorrección ¡Maldita inglesa consentida!

ALICE

Meike Müller, la pequeña de los tres hermanos, era un ángel de cabellos rubios y ojos grises, los mismos que Soren, quizá tenía un aire pícaro similar al de Jürgen, pero su sonrisa era abierta y sincera. Con decepción, al entrar, la vi sentada ante mi lienzo en blanco, el que esperaba por mí, donde Nela pretendía que acabara pintando. Ahora Meike lo observa con un pincel en la mano. Lo movía mientras hablaba con Nela animadamente. No es que yo fuera a pintar... pero quizá sí... El día anterior, después de mi carrera y el nuevo desencuentro con Jürgen, Meike apareció en Waldhaus con su pareja, un ruso de duras facciones que apenas hablaba y al que sin embargo adoraba, se notaba en las miradas que uno y otro se dedicaban. Sin hablar parecían entenderse a la perfección. Crearon un revuelo que duró toda la mañana mientras Nela los recibía con entusiasmo y Jürgen con cierto fastidio. El estudio, a pesar de las enormes cristaleras y los suelos de piedra, era un lugar acogedor en el que se estaba muy a gusto, tal vez fuera por los techos bajos o porque parecía la guarida de un pintor. Olía a pintura y sonrisas. Observé a Nela, que trabajaba en el autorretrato de Rembrandt, su obra perdida. Estaba intentando apuntar con precisión la punta de su pincel en una esquina y su tripa rozaba continuamente con el cuadro. No se había atrevido a tocar aún la esquina dañada, necesitaba un pintor experto para hacerlo.

–¡Hola, Alice! –exclamó Meike con entusiasmo–. Ven aquí, creo que Nela tiene problemas con la logística.

–Estoy enorme y aún me queda más de un mes, si es tan grande como Soren, lo llevo claro.

–Mi madre decía que Soren y Jürgen fueron muy pequeños al nacer... –dijo Meike pensativa–. ¿Y si son gemelos?

–Meike, hay una cosa que se llama ecógrafo, créeme que ya lo sabría si fueran gemelos...

Me reí con ellas, a Nela la conocía demasiado, trataba de bromear, pero estaba asustada por el parto, da igual que tuviera los mejores médicos o todo el amor de Soren, ¡tenía que dar miedo! ¡A mí me lo daba una simple boda!

Estaban ambas giradas en los taburetes altos, mirándome, hasta que Meike observó despacio mi expresión y se lanzó:

–¿Te gusta Waldhaus? Siempre me ha sorprendido la impresión que causa nuestra casa en la gente, supongo que es porque estoy cansada de verla...

–Es enorme, y preciosa. Tiene el encanto de otro siglo entre sus paredes –contesté con una sonrisa. Supongo que por muy hermoso que fuera algo, si lo ves todos los días, no tiene nada de excepcional hasta que alguien lo ve por ti de nuevo.

–¿Qué tal con mis hermanos? ¿Ya lo has conocido, a Jürgen?

–Sí, es toda una experiencia –contesté mientras curioseaba los materiales sobre la mesa. No quería mirar a la pequeña de los Müller, parecía atravesar mi alma con esos ojos de lobo y querer saber por qué me ponía colorada al hablar de su hermano.

Un carraspeo me hizo girarme, no había visto a Mirko el silencioso, la pareja de Meike. Estaba sentado en el sofá detrás de nosotras y lo saludé con la cabeza, él respondió con otro movimiento. No conocía con demasiados detalles la historia de esos dos, sabía por Nela que Meike estaba casada con un ruso,

Andréi, al que abandonó por Mirko, su guardaespaldas. El marido no se lo tomó demasiado bien y no le concedía el divorcio.

Meike me recordó a su hermano por su mirada inquisitiva.

–Jürgen solo conoce dos estados, o reírse de todo o ligar con una chica. ¿Qué ha hecho contigo, querida? –preguntó soltando el pincel al recibir un codazo de Nela.

Afortunadamente, al ver su mueca la tensión se deshizo con unas sonrisas.

–¡Mira qué divertido! –dijo Jürgen apareciendo de repente en la puerta–. Un ruso, una española, una inglesa y una alemana. ¡Parece un chiste!

Meike se dobló de risa al oírlo y le besó en la mejilla antes de tirarse en el sofá junto a Mirko.

–Hablábamos de ti, Jürgen –le dijo, creo que más para chincharlo que por otra cosa.

–Me dan igual tus bromas, Meike, vengo a por Mirko.

La expresión de Meike cambió al segundo, tornándose seria. Mirko entornó sus ojos azules y se levantó, dejó sobre los cojines el libro que leía y siguió a Jürgen fuera de la habitación sin pronunciar palabra, como era habitual en él.

–¿Qué ha sido eso? –susurró Nela cuando desaparecieron–. Meike, es la primera vez que Jürgen no te contesta con alguna salida de las suyas.

–Y jamás hablaría con Mirko a solas...

–Será por el turista que se ha colado esta mañana –las interrumpí contando el episodio a Nela y a Meike–. Todos parecían bastante preocupados.

–¿En qué andáis metidos, Nela? –preguntó Meike paseando por el estudio–. Si van a meter a Mirko en esto quiero saberlo –exigió bastante enfadada.

–Es por el lienzo.

Nela y Meike se miraron retándose, todo el anterior buen rollo que había entre ellas se deshizo con esas cuatro palabras que pronuncié pensativa.

–¡Es otra de vuestras reliquias! Da igual, no me lo cuentes, Nela. Mirko me lo dirá en cuanto se lo pregunte. Solo espero que no metáis a Mirko en vuestras mierdas, si lo hacéis, me iré de aquí.

Meike salió de la sala enfadada y Nela me miró con los ojos en blanco.

–Espero no haber hablado demasiado –le dije–. Oí a Jürgen hablando con uno de los de seguridad.

–No es culpa tuya, Alice, creo que ese maldito cuadro de ahí abajo nos va a traer problemas. ¡Ojalá Soren vuelva pronto!

–Es un lienzo de gran valor, Nela, ¿sabes que han tenido que robarlo de algún sitio? Incluso descubrí en el fondo del maletín el registro del Museo del Vaticano, ha estado expuesto en alguna de sus salas, lo que no sé es cómo ha podido salir de allí.

–¡Estás loca! No vuelvas a curiosear las cosas de Soren, podrías ponerte en peligro tú sola. Además, no has podido verlo bien, ni siquiera yo lo he tenido a mi alcance, no sabes ni quieres saber de dónde procede esa obra, ni de quién es.

Sus palabras se quedaron flotando a nuestro alrededor como una amenaza que no pensaba tomarme en serio.

JÜRGEN

Meike estaba de mala leche, mi hermana igual estaba dando saltos de alegría que se ponía como una loca, cada vez se parecía más a Soren. Seguro que Mirko se lo contaba todo, ahora Soren sí que iba a tirarme de las orejas por no contarle que Andréi andaba tras el cuadro, y lo del turista o no turista. Mirko también creía que podrían haber puesto a prueba las medidas de seguridad, el tío es bastante bueno en lo suyo y va a encargarse de revisar las cámaras y las guardias de los chicos. Meike se lo ha llevado y, allí, parado en el recibidor, veo a la inglesa bajar las escaleras con aire distraído, se ha duchado y aún lleva el pelo mojado. Me gustaba más con las mallas de correr. Al verme, porque me había visto seguro, había bajado la cabeza para ir hacia el salón.

–Me has visto.

–No, qué va.

A veces era muy graciosa en sus réplicas, aunque me costase seguirla por culpa de su inglés cerrado y su forma estirada de hablar. Debía de estar cabreada porque la arrastré hasta la casa sin miramientos.

–¿Dónde vas? –pregunté sin saber por qué quería retenerla un momento más.

Oí revuelo en la entrada y al girarme no podía creerlo, vi por las cristaleras de las puertas a Suzanne. ¿Suzanne? La habían dejado entrar, claro, al fin y al cabo, es «amiga de la familia». Heiner iba a su lado, quizá demasiado cerca, con las cabezas inclinadas como si compartieran un secreto. Abrí las puertas con fastidio, con los ademanes exagerados de un viejo mayordomo y Suzanne hizo una entrada impecable, con un movimiento de sus faldas de vuelo debajo de su chaquetilla corta, pero ya no me impresionaban sus dotes de seducción ni caía rendido a sus trucos de mujer fatal. No se podía negar que era guapa y el tic tac de mi cuerpo siempre saltaba al verla, debía de ser por costumbre. En su bonito rostro se dibujaba un enfado monumental e intenté recordar qué había pasado en su casa la otra noche. Joder, ¿qué había hecho para enfadarla?

–¡Jürgen! Tus guardias no me dejaban pasar.

–¿Qué haces aquí, Suzanne? Podías haber llamado.

Tras una mirada, Heiner desapareció.

–¡Y lo he hecho! Tienes un montón de llamadas y mensajes míos.

Encogí los hombros, era posible, pero con todo lo que tenía en la cabeza lo había olvidado por completo.

ALICE

¡Guau! Me detuve al oír el nombre de Suzanne, la mujer estaba parada frente a Jürgen con la mano en la cadera y expresión de enfado. ¡Así que ella era Suzanne! Olfateé el aire y su perfume me resultó conocido, era el mismo que el de la chaqueta de Jürgen. Él, hábilmente, la empujaba del brazo para sacarla de la casa, abrió la puerta dejando que ella hablara sin parar hasta que llegaron a la escalinata de la entrada. Lo cierto es que Suzanne parecía sacada de una revista de moda, una falda de vuelo azul oscuro que se agitaba con el aire, una chaqueta corta de algún diseñador famoso y su pelo rubio atrapado bajo una pamela. Seguro que era para proteger la piel tan blanca de su rostro de los débiles rayos de sol. Yo, que iba todo el día embutida en capas y capas de jerséis y chaquetas, y ella, que parecía sacada del número de primavera de una conocida colección de moda.

–¡Hola! –No sé por qué lo hice.

Jürgen y ella se giraron al oírme. Suzanne hizo un repaso a mi moño alto, mis zapatos planos, mi traje sobrio de pantalón y chaqueta corta y ni siquiera me contestó.

–Suzanne, esta es Alice –replicó Jürgen con fastidio. ¿Se ha puesto algo colorado?–. Mira, no sé qué haces aquí, Suzanne, pero es mejor que te vayas, estoy ocupado.

Miré con verdadero interés la pamela que oscilaba en la cabeza de Suzanne. ¡Debe de tenerla cogida con algo!, ¿horquillas?, hace aire y no se mueve de su cabeza.

–¡No vienes a verme! Nuestra relación...

–Suzanne, te lo dije, no tenemos ninguna relación, no empieces otra vez. Nunca te he mentido.

Giré hacia un lado la cabeza para poder ver mejor su recogido y me puse de puntillas intrigada. Notaba la mirada de Jürgen ajeno a la retahíla de Suzanne y, al sonreírme, le devolví el gesto para volver a lo mío. Siempre quise tener el estilo para llevar un sombrero similar... Tal vez mis damas de honor podrían llevar un sombrero así... Colin era de Cornualles y la boda, en caso de celebrarse, sería allí, muy cerca de la playa, si consiguiera...

–Jürgen, te esperé anoche... ¡Qué hace esta chica!

–Perdona, me tiene intrigada, el recogido y la pamela... –dije de puntillas tocando de forma delicada el ala.

–Pero ¡qué...! ¡Quita tus manos de mi sombrero, niña! –Al sentir que probaba la resistencia de su recogido, Suzanne se giró molesta–. Oohh, ¡no se puede hablar contigo, Jürgen! ¡Eres imposible! Si quieres que lo nuestro funcione, ¡ven esta noche a mi casa! ¡No pienso seguir así!

Suzanne, con un movimiento de faldas a lo Marilyn, se giró, bajó las escaleras en una muestra de enfado en que sus tacones parecieron volar sobre cada escalón. Uno de los guardias abrió la puerta de su cochazo rojo y ella se puso al volante. Con un chirrido horrible de ruedas levantó la gravilla antes de desaparecer por el camino.

–¡Vaya carácter tiene tu amiga! ¿Por qué no le dices que no estás interesado en ella? Que no quieres nada más de las mujeres que jugar con ellas.

Jürgen pasó de mirar cómo se alejaba el coche a mirarme con una sonrisa, ¿sospechaba que yo lo había hecho a propósito? ¿Deshacerme de Suzanne?

–No me malinterpretes, inglesita, adoro a las mujeres. Su forma de pensar, la fortaleza de su carácter, sus cuerpos llenos de curvas y, sobre todo, su incansable esperanza de que algún día encontrarán el amor de sus vidas. Pero todo eso no es para mí, nena. –Jürgen pareció pensar lo siguiente que iba a decir y sus ojos verdes se clavaron en mí–: Como tú con Rusty, confías tanto en que el amor es maravilloso que le darás el resto de tu vida, rodeada de niños, fiestas de cumpleaños y noches en vela esperándolo mientras está en sus reuniones en la City.

–¿Todo eso tiene algo de malo, Jürgen? Y no le esperaré sentada, tengo mis propias metas.

–¿Y él sabe que las tienes? ¿Conoce tus secretos? ¿Tus verdaderos anhelos? –Jürgen se acercó hacia mí con el dedo oscilando ante mis ojos, quedó tan cerca que bajó la mano y ladeó el rostro para quedar a mi altura. La sonrisa había desaparecido de sus labios. ¿Por qué se movía con esa autoridad? Su energía me envolvió como una crisálida hasta que se acercó unos centímetros más a mi rostro y sentí la electricidad que me recorrió el cuerpo–. Creo que no, inglesita.

–¡No me lo puedo creer! ¡Ja! ¿Qué sabrás tú del amor?

Jürgen emitió una carcajada que trajo su aliento sobre mi mejilla y se acercó un poco más, hasta que nuestros labios casi se rozaron, casi podía oír los latidos acelerados de mi corazón con él tan cerca, casi podía acariciar su piel y sentir su tacto.

–Pero sé de arte, ¿y qué es el amor sino el arte de enamorar cada día?

–¡El arte del amor en el cual estás muy versado! –reí con sarcasmo para escapar de su cercanía. Tan próxima a él me daban ganas de apartar de sus ojos el mechón de pelo rubio que los ocultaba. Dolía esa expresión cínica en sus ojos hacia esta Alice tímida que hace tiempo perdió la confianza y su forma de seducir–. Amar es dar lo mejor de ti –se escapó de entre mis labios.

Jürgen rio con ganas, sacó el papel de fumar para liar un cigarrillo y, al saber que lo observaba, levantó la mirada hacia mí, había algo diferente en cómo lo hacía, con cierto interés, o eso creía.

–No lo necesitas –dije deteniendo su meticulosa labor, con una mano sobre las suyas–. Es solo una pose, Jürgen, lo dejas siempre consumirse entre los dedos.

Abrió los ojos sorprendido, con cierta tristeza, debió de tirar el cigarrillo sin hacer porque sus manos rodearon mi cintura.

–Hübsch –dijo en alemán al capturar mi rostro entre sus cálidas manos. Fue la forma en que lo dijo, no tenía ni idea de qué significaba, pero caí rendida a su encanto, sus labios se abrieron, miró mi boca con una respiración suave y lenta, me temblaban los labios de anticipación. Sus ojos verdes y profundos, sus manos grandes y fuertes sobre la cintura. Mi pecho rozó su torso y mis caderas quisieron adelantarse. Cerré los ojos y sentí su caricia sobre la piel sensible de mis labios, al principio suaves hasta que los separó con la lengua y entró en mí. Nadie había sabido arrancar de mi boca un gemido así. Jürgen no solo besaba bien, sino que lo convertía en una forma de hacer el amor con la boca. Sus movimientos, su lengua jugando con la mía, su cuerpo acogió el mío, cada curva y recoveco contra su duro torso, las piernas enredadas aun estando de pie. Perdí el sentido, rodeé con las manos, de puntillas, su cuello para perderme en su pelo rubio, me aferré a su nuca sintiendo la fuerza de sus hombros bajo mis antebrazos. La sensación de mis dedos hundidos en su cabello, cortado lo justo para que lo aferrara entre mis manos. Jürgen me empujó un poco más contra él, como si quedara espacio entre su erección y mi sexo, y supe que ya no me sostenía sola, él me tenía entregada en sus brazos. Entonces lo vi, con los ojos cerrados, negro, mi color favorito. Hacía años que no lo veía en otra persona y ni siquiera recordaba haber visto nunca esa pureza de color aciago. Era Jürgen y su beso, mi entrega a él. Abrí los ojos molesta cuando se separó y quedamos a la par, su mirada y la mía, no me gustó su forma de sonreír ni cómo el color se había difuminado al instante.

JÜRGEN

«Va a doler, inglesita». Con sus ojos frente a los míos sabía lo que tenía que hacer, era la amiga de Nela, una preciosidad, inteligente, y tenía algo, algo que me conmovía hasta lo más profundo de mis entrañas, parecía tan perdida.

–¿Lo ves? Es un arte como otro cualquiera y se me da bien.

Alice se separó con los ojos abiertos de par en par, sorprendida tal vez porque fuera tan capullo, con un ligero empujón acabó por separarme de ella. Reaccionó al momento como yo esperaba, con el ceño fruncido y, después, una sonrisa falsa.

–Bueno, no ha estado mal, lo siento porque no soy muy objetiva, necesito que alguien me atraiga de verdad para valorar. Colin besa muy bien, no sé, quizá a Suzanne le gusten tus besos...

Touché.

–Y yo no te atraigo...

Alice pareció pensarlo un momento, lo que le hizo gracia al torcer ella un poco los labios y mirar al cielo. En ese momento noté cómo se enfadaba con su propio juego.

–No, creo que no.

Sonreí, podría estar todo el día peleando con ella, luchando contra su arrebatadora chispa y al final volver a besarla, había sido como deslizarse fuera de las pistas de esquí por el camino prohibido, sin saber si te vas a dar el golpe de tu vida o hacer el mejor descenso, empalmado por la velocidad.

–¿Bobby te besa así?

–¡Se llama Colin!

Otra vez íbamos a enzarzarnos cuando oímos que alguien salía de la casa, era mi hermana, la tocanarices.

–Jürgen, déjala respirar. ¡Vas a ahogarla!

La inglesa se puso colorada y saltó hacia atrás como si fuera el resorte cargado de un arma. Tras un breve saludo a mi hermana recompuso su aspecto y desapareció dentro colorada hasta las orejas.

–Jürgen, tienes problemas más gordos encima como para andar besando a la amiga de Nela. Cuando Soren vuelva tendrás que justificar ante él por qué no le has contado que Andréi estaba en la puja y que ahora le tenemos otra vez encima. Mirko piensa que estará al acecho, no sabes lo orgulloso que es... Afortunadamente no cree que tuviera nada que ver con lo que pasó en el bosque. Yo tengo mis dudas. Jürgen, si has traído otra vez a mi marido a nuestras vidas te mataré yo misma.

Mi hermana era casi siempre una persona dócil de sonrisa fácil, pero en lo que se refería a su exmarido, no daba tregua. Tenía razones sobradas para temer a Andréi, su negocio era el contrabando, las drogas y las armas; al contrario que nosotros, que jamás tocábamos ese tipo de transacciones, el ruso había creado su imperio a partir de la extorsión y la fuerza. ¿Que si nos creíamos mejores por no ensuciarnos las manos con esa mierda? Sí, por supuesto.

–La culpa la tiene ese maldito cuadro, se le antojó a Soren como un estúpido juguete. Hablaré con él en cuanto llegue. Hay que estar preparados por si Andréi aparece.

–Más te vale o lo haré yo, hermanito. ¡Y deja a la inglesa! ¿Es que no te queda un ápice de moralidad?

Ambos quedamos en silencio cuando Nela salió de la casa con su andar de pato y el bolso en la mano.

Alice la seguía también preparada para salir, me evitó con la mirada fija en el suelo y el rostro aún arrebolado. Hablaba con alguien, con el móvil pegado a la oreja y se despidió con un beso ñoño.

–¿Dónde creéis que vais?

–¡A Füssen! Tengo que comprar material para los cuadros y algunas cosas para cuando el bebé nazca. –Nela lo miró como si estuviera loco.

–¡Ni hablar! De aquí no se mueve nadie hasta que vuelva Soren.

¡Hay que joderse! ¿No van a estarse nunca quietas? ¿A Füssen?

–Haré lo que quiera, Jürgen, no me fastidies.

–No mientras esté yo al mando.

Nela miró a Meike, que no replicaba, y a Alice. Sorprendida por no encontrar resistencia a mis órdenes bajó los hombros en señal de rendición.

–Está bien, Soren llega esta tarde. ¡Habla con él, por favor! ¡No pienso permanecer encerrada en mi propia casa!

ALICE

En efecto, Soren llegó por la tarde y los hermanos Müller se encerraron en la biblioteca para decidir qué hacer. Nela y yo nos quedamos en el estudio. Ella quitaba capas de barniz con un pequeño bastoncillo, retirando las partículas adheridas al cuadro.

–¡Tiene tanto polvo que ya no sé las capas que llevo limpiadas! Alice, si pudieras ayudarme a pintar la esquina dañada...

El pelo lo llevaba recogido en un moño alto con un prendedor que brillaba bajo la poca luz que entraba a esas horas, era solo media tarde y las nubes cubrían el cielo. El invierno se acercaba y quedaba menos de un mes para la fecha de mi boda. Al no responderle sus ojos azules se clavaron en los míos, no hacía falta que preguntara, nos conocíamos lo bastante bien como para que fuera yo quien diera el paso.

–Esta noche es la fiesta en Füssen, ¿vendrás? –preguntó Nela como si cualquier cosa–. Te vendrá bien salir, así podrás comprobar cómo parezco un pastel de moras con el vestido que encargué.

Nela sonrió y otra vez sus ojos inquisidores me atravesaron.

–Sí, claro, ¿es seguro que salgas, con todo lo que está pasando? Con ese tal Andréi acechando...

–Soren dice que no sabemos si es cierto, son solo suposiciones. Heiner, el jefe de seguridad, dice que no hay pruebas de que alguien intentara entrar en la propiedad y tampoco Mirko cree que haya peligro. De todas formas, Meike y él se quedan aquí por si acaso, vamos solo los cuatro.

–¿Los cuatro?

¿Por qué la ceja de Nela se arqueaba?

–Soren, Jürgen, tú y yo. Es un acto en honor a los Müller, tenemos que asistir. Tú no estás obligada, aunque me gustaría que vinieras, la verdad. Es en el antiguo hotel de Füssen, convertido después de la segunda guerra en la mansión de una conocida familia alemana, te encantaría ver la colección que exhiben sobre Monet y las esculturas de Baumbach en los jardines.

No le contesté y ella cogió de nuevo el pequeño bastoncillo y siguió trabajando, la única reacción fue que trabajaba más deprisa sobre el cuadro.

–Nela, ¿no vas a decir nada?

Suspiró y se giró por completo hacia mí. Quedamos a pocos centímetros una frente a la otra. Como cada vez que me ponía nerviosa cogí un pincel y estrujé los filamentos entre las yemas de los dedos.

–No. Creo que no me cuentas algo, pero eres mayorcita para saber lo que haces...

–¿A qué te refieres? –pregunté a Nela como si estuviera ofendida. Moría por contarle que había besado a Jürgen, o más bien él a mí. Desahogarme y explicarle por qué andaba besando a ese arrogante pretencioso cuando hace nada estaba prometida y mi novio me esperaba en Londres, quizá si se lo explicase, yo misma lo entendiese.

–Meike te lo ha contado, ¿verdad? Me vio con Jürgen, él me besó.

–Sí –contestó Nela enfadada–. Escucha, Alice, me niego a hablar mal de Jürgen, toda esta familia tiene sus rarezas y las salvan como pueden, para Jürgen es un juego, no hay chica que se le resista y tú... eres atractiva. Nunca pensé que él volvería en estos días, nunca está aquí, no quiero que sufras y tal vez por mi culpa te veas metida en un lío.

–Solo fue un beso, Nela, ni siquiera creí que debía contártelo. Para mí Jürgen no es nada, no tienes de qué preocuparte, en unos días volveré a casa, incluso he pensado que un viaje solos, Colin y yo, nos vendría bien, alejados de la rutina, de mis padres, del trabajo. –Debió de verme poco convencida porque apartó la vista y volvió al cuadro.

«Para Jürgen es solo un juego». ¿Por qué me hicieron tanto daño aquellas palabras? Porque eran verdad, debía dejarlo archivado en algún lugar oscuro de mi mente. Cada vez estaba más convencida de que nunca debí venir a Waldhaus. Nunca debí rendirme tan fácilmente ante las discusiones con Colin, ni salir huyendo como una cobarde.

ALICE

–¿Vas a ir tú solo?

No pude evitar preguntarlo al ver a Jürgen dirigirse a su flamante deportivo. Moría de ganas por conducirlo, culpa de mi padre, me encantaban los coches, oír el ronroneo de un motor y sentir la velocidad. Nela se giró para esperarme junto al coche en el que irían ellos junto a los escoltas, un todoterreno enorme.

–No mires así mi coche, ni de coña te voy a dejar conducir, inglesita, tú al Batmovil con Soren y Nela.

Jürgen estaba guapísimo, la verdad, vestido de gala era aún más imponente. Como decía mi madre, la percha lo es todo y él tenía una buena percha, desde luego. Creo que me estaba poniendo colorada al pensar en nuestros cuerpos unidos, cómo había sentido cada porción de músculo y fibra sobre mí. Sus ojos resaltaban sobre el negro del traje, parecían dos lagos verdes y profundos. Por mi parte me había pasado una hora arreglándome, después de hacerme una docena de peinados decidí llevar el pelo suelto sobre los hombros. Cuando me quitara la única chaqueta que había encontrado entre las cosas de Meike, y que podía combinar con el vestido verde, quedaría mejor sin duda... o no. ¿Por qué hacía tanto frío es ese país?

–No iba a pedírtelo –le grité mientras me daba la vuelta hacia el todoterreno. Estuve a punto de pisarme el vestido al trastabillar con los tacones, eran altísimos, pero al hacer la maleta no tuve en cuenta que iría a una casa en mitad del campo o que estaría a finales de otoño con ese frío.

–¡Eh, inglesa! –alzó la voz lo suficiente para que me detuviera–. Voy deprisa. Sube.

Al girarme supe que esbozaba una sonrisa enorme, pero no dejaría escapar aquella invitación o lo que fuera.

–Sin problemas –contesté guiñando un ojo.

Jürgen me abrió la puerta del acompañante y me recogí todas las faldas en las manos, él fue hasta su asiento y montó con una sonrisa pícara. ¡Iba a hacerme sufrir!

Y fue rápido, muy rápido. Según dejamos atrás la alta verja de Waldhaus pisó el acelerador y sentí la fuerza con que la tracción me pegaba al asiento. Al momento me fui relajando mientras veía la concentración con que conducía y su habilidad para trazar las curvas ascendiendo la montaña. La sensación de velocidad murió un poco al llegar a la amplia carretera de Füssen y mezclarnos con los otros coches. Poco a poco fue reduciendo la velocidad y la adrenalina que recorría mis venas. Yo había estado observando su perfil, se había remangado la camisa antes de salir y los tendones de sus brazos se tensaban al marcar las marchas. Se notaba que le gustaba conducir, en vez de optar por un coche automático controlaba cada uno de sus movimientos con precisión concentrado en la carretera. Ni siquiera me había mirado al salir de casa, ni una leve sonrisa de apreciación. Debía recordar que para Jürgen un beso no significaba nada, solo lo había hecho para demostrar sus dotes y darme una lección.

–No has dicho nada en todo el camino, inglesa.

Aparté la mirada al instante para evitar que supiera que lo había estado observando todo el rato.

–¿Estabas asustada?

Reí y me recosté un poco contra la ventanilla para ver sus ojos, él se giró con una sonrisa. En un instante, al mirarme, se puso serio.

–No. Conduces muy bien, señor Müller.

–Alice, Alice. Puedes tutearme –rio al girar por un camino, en dirección a una casa a las afueras de la ciudad. En un momento nos detuvimos junto a algunos vehículos aparcados a un lado del camino de gravilla, un aparcacoches hizo una señal hacia nosotros y Jürgen negó con la mano, la mansión se veía al final de la fila de coches aparcados. Le miré, la tensión que se respiraba en el interior del coche había crecido hasta límites insospechados, sentía el vestido largo pegado a las piernas, el escote incapaz de contener mi respiración agitada y las manos sudorosas. ¿Qué querías en realidad al montar con Jürgen en su coche? «El Batmovil era seguro, Alice», me dije enfadada y sin embargo había preferido ir con él. ¿Por qué?

Se quitó el cinturón y se inclinó sobre mí, apagó la lista de reproducción en la que sonaba Adele con su *Someone Like You* y sus ojos verdes recorrieron mi rostro, la garganta, el cuello... Esbozó una media sonrisa y se detuvo a la altura de mi pecho que se agitaba cada vez más rápido por culpa de mi respiración. Su mirada volvió a mi cara, a los labios, no podía dejar de mirar los suyos, entreabiertos, apenas quietos porque su respiración también se entrecortaba. Jürgen se acercó hasta unos milímetros de mi boca y su mano me tomó de la nuca, sujetándome, mientras sentía cómo me tiraba del pelo atrapado entre la piel de sus dedos y mi cuello.

–Alice, Alice –susurró acariciándome con su aliento mientras me deshacía con el poder de su voz grave y sensual. Rozó sus labios con los míos con un cosquilleo que sacudió todo mi cuerpo y la espalda se me arqueó en busca de su calor. «¡Alice!». La voz de la conciencia me detuvo antes de arrojarme a su boca en busca de su lengua. ¡Colin! ¿Recuerdas? Tu prometido. Me aparté con los ojos abiertos conteniendo la respiración y vi a Jürgen esbozar esa sonrisa que bien podía empezar a odiar. «Arrogante estúpido».

Me soltó despacio, liberó mi cuello en el momento que un golpe en la ventanilla del lado de Jürgen nos sorprendió, Soren nos miraba con cara de pocos amigos y el ceño fruncido. Lo seguimos como dos niños pillados en el coche de papá, en silencio y cada uno inmerso en sus propios pensamientos.

Al quitarse el abrigo, Nela de verdad parecía un pastel color mora con su enorme tripa, estaba guapísima y embarazadísima. Jürgen no perdió oportunidad de comentarlo. Aunque se podían decir muchas cosas de Jürgen, a cual más odiosa, tenía que reconocer que adoraba a Nela y era un verdadero caballero. Me ayudó a quitarme el abrigo, me condujo con su mano en mi espalda a través de la sala mientras nos presentaba a Nela y a mí, ya que Soren odiaba estas cosas y había desaparecido con el dueño hacía rato. La enorme mansión era preciosa, inspirada en las formas clásicas, el comedor donde se servía el cóctel tenía columnas griegas a los lados donde se habían dispuesto mesas con canapés, durante la guerra debió de ser el antiguo comedor del hotel. Unos camareros se ocupaban de pasear las bandejas con bebidas entre los grupos que conversaban. En el centro diáfano se había dejado espacio para el acto por el cual estábamos allí: Soren había financiado la reconstrucción de la antigua iglesia de Füssen y era la manera en que se entregaba un cheque bien abultado entre la gente fina, con champán y comida. No en vano, durante más de trescientos años hasta la abolición de los títulos, su familia había ostentado la dignidad nobiliaria del condado. La gente a nuestro alrededor parecía de un nivel económico escandalosamente alto. Sonreí al ver a Suzanne ir decidida en nuestra dirección y sentí cómo la mano de Jürgen se tensaba sobre mi espalda. ¡Le estaba bien empleado ser arrinconado por ella!

Él se adelantó decidido, como un valiente, todo hay que decirlo, hasta una espléndida Suzanne, con un vestido dorado y un escote en forma de corazón. Le dijo algo al oído y ella negó con la cabeza. Sí, Suzanne era dorado, riqueza, poder, cosas superfluas... Me erguí tensa, ¿sería posible que volviera a ver los colores?, ¿qué volviera a asociarlos con sentimientos y personas? Porque el vestido de Suzanne era burdeos, mis ojos así lo decían y mi cerebro insistía en que era dorado color oro, lleno de reflejos azafrán. Como siempre, ganó mi cerebro y me giré para olvidar a aquellos dos y miré hacia el resto de las personas. Nela, a mi lado, notó algo diferente en mí y puso una copa de licor en mis manos.

JÜRGEN

Estaba harto de Suzanne y su persecución, hacía tiempo me hacía gracia, ahora era un jodido incordio. No sabía dónde me llevaría el maldito juego con la inglesa, lo que sí sabía era que deseaba tenerla en mis brazos y besar sus sugerentes labios rojos. Estaba preciosa esa noche, con el pelo castaño sobre los hombros, apenas ondulado. Sus ojos color almendra captaban toda la luz de la sala mientras su escote sin joyas se agitaba con su respiración. La forma de sus pechos, la cintura estrecha y el vaivén erótico de sus caderas me volvía loco, no importaba que fuera con pantalones sueltos o esas jodidas mayas que llevaba a todas horas por Waldhaus marcando el culo respingón. Daba igual que llevara sus mejores galas, conocía cada curva de su cuerpo, llevaba días adivinando sus formas como un obseso. Pretendía hacerle creer que si yo quisiera caería en mis redes sin pensar en el jodido Colin, pero había llegado a un punto en que no pensaba en otra cosa que follar con ella.

No sé qué mierda me estaba contando Suzanne mientras me tocaba la camisa una y otra vez intentando reclamar mi atención. Comencé a tontear, exagerar las miradas con Suzanne, responder a sus caricias melosas, el juego de siempre con un único fin: que Alice lo viera. Y cuando la miré de nuevo, la vena del cuello cerca de la sien empezó a palpitarme.

Mis ojos, estúpidos inconscientes, estaban puestos en Alice y los que la rodeaban. En el momento que me había separado de su lado, la habían rodeado un montón de moscones, que revoloteaban a su alrededor a la caza y le comían el escote con miradas lascivas. La culpa era de ella, ¿por qué se había quitado aquella horrible chaqueta verde? Ahora sus pechos se apretaban en ese vestido formando una línea que mataría por lamer.

Dejé allí a Suzanne. Ya valía de juegos.

ALICE

Jürgen se acercó a mí, era inútil fingir que no lo había estado observando por el rabillo del ojo mientras hablaba con Suzanne. Ella no dejaba de tocar su camisa, los brazos e incluso su mejilla para llamar su atención. Caminaba con una expresión indescifrable, tenso y serio hasta que llegó a mí y me agarró del codo.

Con decisión se disculpó frente a una mujer que hablaba con Nela y conmigo. Jürgen me empujó hacia la terraza, abrió la puerta sacándome fuera. El aire frío me cortó la respiración al momento, mis hombros descubiertos empezaron a temblar de forma incontrolable.

–¡No me uses para huir de tus amorcitos! –me quejé dando dos pasos por delante de él. Me froté los brazos y los crucé sobre el escote, avancé hasta a la puerta con toda la intención de volver a entrar, pero él agarró mi mano y tiró de mí hasta que choqué con su torso. Sentí el golpe y enseguida el calor que emanaba de su cuerpo. El muy sinvergüenza bajó la mirada hacia mis pechos aplastados contra su camisa, ¿se ha mordido el labio al sonreír?

–No huyo, tenemos algo pendiente tú y yo, inglesa.

Esta vez no hubo vacilación ni juegos, me cogió de la nuca con ambas manos y me presionó contra su boca. Mordió mis labios y me obligó a abrirme a él, solo un instante porque en cuanto saboreé su lengua contra la mía me rendí, no tenía sentido resistirse, deseaba besarlo desde la primera vez que sus labios tocaron los míos. Deseaba de nuevo su cuerpo fuerte contra mis curvas, sentir su excitación contra mí y hundir mis dedos en su pelo. Colin, sí, Colin estaría en Londres, cenando a estas horas probablemente con mi padre. Nos habíamos tomado un tiempo, ¿no? El duende de la culpabilidad se fue por donde había venido cuando sentí las fuertes manos de Jürgen rodeándome la cintura. La antigua Alice, libre y espontánea, se apoderó de mi cuerpo, de mi deseo, y Jürgen me arrastró con él a la oscuridad que presentí en él desde que lo vi por primera vez.

Sus dedos subieron en una caricia por la espalda del vestido hasta encontrar la cremallera. Antes de que pudiera quejarme la deslizó hacia abajo hasta que logró su objetivo y mis pechos quedaron expuestos a él. Cerré los ojos cuando apretó sus palmas contra ellos, elevándolos, los mesó con su fuerte caricia, perdido en observar cómo ocupaban toda su mano. Agachó el rostro sobre mí, sentí el roce de su pelo sobre la piel, cubrió con pequeños besos la línea de mi garganta a mis senos, marcando el camino a fuego. El calor de su boca al rodear el botón duro de mi pecho hizo que gimiera arqueándome contra su boca.

El sonido de aplausos en el interior de la fiesta le hizo reaccionar, por fortuna, porque mi voluntad había muerto ante sus caricias. Levantó su mirada más ardiente, la que convertía aquellos ojos verdes en fuego.

—¡Vámonos, inglesa! Ven conmigo —suplicó sin sonrisas, con la voz ronca de deseo.

Afirmé con un asentimiento y me giré para que subiera la cremallera del vestido. De nuevo al sentir la tela sobre la dureza de mis pechos, dudé, Jürgen parecía leer mis pensamientos, sus dedos rodearon los míos con decisión.

Lo seguí mientras me conducía de la mano, salimos por un sendero de los jardines adentrándonos en la oscuridad hasta ver desde nuestra posición los coches y solo los setos que nos separaban de ellos. Fui tras él con la falda recogida entre las manos, me quité los tacones ignorando cómo se clavaba la fina gravilla en mis pies y rasgaba mis medias. Jürgen se detuvo antes de llegar a su coche, con una sonrisa encantadora, con deseo me aplastó contra su cuerpo, atrapada por su torso volvió a besarme. Podía perderme la noche entera con él, en sus abrazos y sus besos, en su cuerpo y el sonido de su voz. Necesitaba que volviera a tocarme con desesperación, sentir el cosquilleo desde el vientre hasta las piernas. Lo que había surgido entre los dos, esa pasión desbordada entre ambos estaba mal, muy mal. Colin.

–Oigo tus pensamientos, inglesa –afirmó como si supiera exactamente en qué pensaba.

–Jürgen, yo... esto es demasiado. Si hago esto no habrá vuelta atrás, hace unas semanas iba a casarme... un tiempo no es esto...

–No... se... lo... cuentes...

Cuatro palabras certeras y llenas de engaño. Suspiré mientras volvía a besarme, empecé a tomar el control sobre mi cuerpo dispuesta a alejarme de él cuando su rostro se unió al mío para convencerme. Su piel suave y recién afeitada, la respiración de su deseo por mí me acarició con más acierto que cualquier beso y con un movimiento elegante me envolvió con su chaqueta.

–Solo un momento, inglesa, debo avisar a Soren de que nos vamos. Y a Heiner.

–¿No podemos irnos sin más? Todos se preguntarán por qué me voy contigo. Además, ¿por qué tanta seguridad y misterios? No quiero que sepan que tú y yo...

–¿Te avergüenzas de caer en los brazos de un tipo como yo?

Miré a Jürgen con asombro, por su tono parecía

dolido con esa posibilidad. Pero no podía ser que su segura fachada tuviera una pequeña fisura, ¿o sí?

–¡Noo!, es solo... No entiendo por qué tenéis tanta seguridad alrededor y por qué no le regaláis el cuadro al ruso, sois dueños de obras mucho más valiosas. ¡Ese lienzo no vale tanto como para mirar el resto de vuestra vida hacia atrás por si aparece el tal Andréi!

Jürgen se rio.

–¿Que no vale tanto? Pensé que sabías de arte, que trabajabas en el Museo de Madrid. ¡Es un Da Vinci, Alice! –dijo con tono juguetón–. ¡Vale una puta fortuna!

Desconcertada me aparté un poco de él para en la penumbra mirar sus ojos.

–No, pensé que lo sabíais.

Jürgen comenzó a ver que no estaba jugando y me cogió de los hombros desnudos con más fuerza de la necesaria.

–¿Qué sabíamos qué, Alice?

Tenía que haber una cámara oculta en algún sitio. Era alguna perversa broma de los Müller en la que todos saldrían riéndose de entre los árboles y gritando: «¡Has caído, Alice!». El rostro de Jürgen, más serio de lo que nunca lo había visto, empezaba a ponerse blanco como el reflejo de la luna sobre el estanque cercano.

–¡Oh, mierda! No lo sabías, ¿verdad? Lo vi apenas unos minutos en el estudio de Soren, pero creo estar en lo cierto...

–¡Qué! –gritó Jürgen zarandeándome.

–Cesare da Siena –solté de repente sin pensar. –Es uno de los discípulos de Leonardo. Ese cuadro es una copia de un Da Vinci –dije del tirón. Jürgen me estaba poniendo nerviosa–. No es un pintor muy conocido, la sociedad del momento hundió a sus alumnos y seguidores cuando el maestro cayó en desgracia, los trataron de sodomitas, un crimen en Florencia y Roma en aquella época. Cesare pintó un cuadro gemelo al de su maestro para aprender las técnicas leonardescas, era un gran imitador y técnico, pero carecía del talento de Da Vinci. Bueno, en realidad nadie tenía su talento.

Lo vi revolverse el cabello una y otra vez, incrédulo ante mi discurso, conocía infinidad de detalles de la vida de Leonardo por Roberto Márquez, el profesor de Arte y luego nuestro jefe en el museo, de Nela y mío. Un friki de las conspiraciones y mensajes ocultos que hizo su tesis sobre el gran personaje y nos martilleaba con los simbolismos ocultos de los cuadros, su técnica. A Nela le hacía gracia y revoloteaba siempre a nuestro alrededor. Por fortuna, Jürgen dejó de estrujarme los hombros y sacó su móvil. Espero la contestación sin que deje de mirarme con expresión de enfado.

–¡Soren, tenemos que volver a casa! Alice tiene algo que contarte.

Debía sentirme aliviada de que su descubrimiento hubiera alejado ese aire seductor sobre mí y que mi piel dejara de quemar. ¿O no?

JÜRGEN

–¡No lo vi! ¡Apenas tuve el cuadro en mis manos dos minutos antes de que lo guardarais! –contestó Nela.

Serví una copa para mí y le pasé otra a la inglesa, sentada en el sofá de la biblioteca. Si no pensara que en realidad era una buena chica diría que se estaba riendo un poco de todos nosotros. Estaba casi de espaldas y su pelo liso y castaño le caía recogido sobre el hombro con una sensual onda, la piel le brillaba ante el reflejo de las luces. ¡Qué cerca había estado! Unos minutos y la hubiera traído a casa, recostado en la cama... y me hubiera hundido una y otra vez en ella.

En la mesa del estudio descansaba el cuadro, ¿en serio me había jugado la cabeza por una falsificación? La puta pesadilla de cualquier marchante, que te engañen en una subasta, y no solo eso, ahora teníamos a Andréi tras nosotros por una maldita copia.

–Son las ropas –afirmó Alice levantándose para acercarse al lienzo. Soren lo había colocado en un bastidor transparente para verlo en vertical, lo cual ayudó a que pudiera señalarlo–. ¿Lo veis? Las tres figuras llevan ropas florentinas, pero los colores están mal. El manto de la Madonna, la madre, debería ser azul, un azul representativo del simbolismo de la figura y no una mezcla cromática para conjugar los colores y que quede bien. Y el fondo es el contorno de Roma, ¿es una vista desde el parque de Pincio? ¿Qué crees, Soren? Se ven las montañas que rodean la ciudad–. Alice frunció el ceño y señaló el perfil de la ciudad sin esperar respuesta–. Esto tampoco cuadra, si lo hubiera pintado Leonardo, habría profundizado en los espacios, habría decorado con más detalle cada iglesia y casa, cada palacio, seríamos capaces de distinguirlos si viviéramos en esa época. Por otro lado, mirad los rasgos de la mujer y el niño; este fue el único encargo que el papa León X le hizo a Leonardo y él decidió ser fiel a su carácter religioso, pintar a las tres figuras con sencillos ropajes. Una composición triangular, la base de la cristiandad, eso sí está bien, a Leonardo le encantaba esa estructura en sus cuadros, así podía resaltar el plano principal sobre los demás elementos. San Juan, a su espalda, está casi difuminado, pero ocurre lo mismo que en las otras figuras. El cuadro de Leonardo sí tenía esas características, pero este es una copia con unas cuantas libertades por parte de Cesare, su discípulo, que lo copió en el estudio de su maestro, en Roma. Da Vinci era fiel creyente de los simbolismos, azul, la palabra del Señor, nunca habría pintado así el manto de la Virgen– concluyó inmersa en los colores que creaba el cuadro.

Jürgen resopló fastidiado, Alice tenía razón. Cada vez que miraba la composición de las tres figuras en forma de triángulo, la mujer sosteniendo en sus brazos al niño regordete y detrás, ante una mesa, un hombre serio de aspecto enfadado. ¡Joder! Con toda esa oscuridad alrededor del santo en comparación de la bella escena de delante... Da Vinci podía haber sido el precursor de las películas de terror.

–¿De verdad es tan evidente la diferencia de colores? –preguntó Soren mirando el cuadro con los ojos entornados, con la cabeza inclinada para captar lo que decía la inglesa–. Apenas puedo apreciarlo.

–Digamos que Alice es una experta en cromática –susurró Nela en el oído de Soren, hasta yo reconocía esa mirada de «luego te cuento».

–Es curioso porque hay una leyenda sobre este cuadro –siguió Nela con una sonrisa dirigida a Alice.

–¡Son tonterías, Nela! ¿Vamos a creer en viejas historias? –respondió Alice.

Soren y yo las mirábamos con desconcierto. Lo que para ellas parecía un juego a nosotros nos había costado en la subasta tantos ceros que tenía las partes bajas en la garganta, atravesadas, tal cual, y me temía que a mi hermano le pasaba lo mismo.

–¡Yo sí lo creo! Da Vinci jugaba con los secretos, los mensajes ocultos, ¿por qué no sus seguidores?

–Sigue –ordenó Soren a su mujer con voz seria.

–¡Bien! –aplaudió Nela a su marido y nos miró a todos con los ojos brillando mientras su enorme tripa se sacudía arriba y abajo al ritmo de su respiración–. Roberto Márquez, nuestro mentor en el museo decía que tras la copia de Cesare no solo había un lienzo perfectamente ejecutado, sino que decía dónde escondió el verdadero. Como suponéis, cuando Leonardo acabó el cuadro no le gustó a la Iglesia y el maestro quiso destruirlo al igual que otras muchas obras que él consideraba inconclusas o malas. Lo quería destrozar, quizá dolido porque un tal Miguel Ángel tenía toda la atención de la época. Sí, sí, el gran Miguel Ángel que pintó la Capilla Sixtina, un muchacho en aquel entonces con mucho talento, pero sobre todo una cualidad de la cual carecía Leonardo: obedecía las reglas marcadas para crear una obra, no como él, un talento demasiado genial para la época que le tocó vivir.

–¿Dices que este cuadro oculta dónde está el verdadero? –preguntó Soren intrigado–. ¿Y nadie ha encontrado el auténtico, el pintado por Leonardo? –dijo sosteniendo la copia.

–¡No! –gritaron a la vez Nela y Alice entusiasmadas. Solo les faltaba ponerse a aplaudir.

La inglesa comenzó a pasear de un lado a otro para proseguir su explicación.

–Imaginad a un Leonardo enfadado porque hubieran rechazado su pintura, su primera oportunidad de pintar y colgar sus obras en la ciudad más importante del momento, debía marcharse de Roma, donde no podía subsistir. La Iglesia no aceptaba su vida disoluta, su afición a la aventura, sus extraños estudios de anatomía, todo ello despertaba el recelo del Vaticano y la Iglesia. Debía encontrar un nuevo protector. Cesare y el resto de sus discípulos, que siguieron al maestro desde Florencia, se hallaban desolados ante la marcha de Leonardo y aún más cuando ordenó destruir sus obras. Cesare adoraba este lienzo que pintó junto a su maestro. Incapaz de destruir la obra, temiendo que algún advenedizo se hiciera con la autoría del cuadro si lo conservaba él, lo ocultó de la vista de todos, se lo confió a su hermano, un joven y prometedor cura al servicio de una iglesia en Roma. Años más tarde, Cesare también cayó en desgracia, no se sabe muy bien por qué crímenes, y salió de la ciudad, su copia la vendió a un convento de Roma, donde creyeron que se trataba de una obra de Da Vinci y, casi un siglo más tarde, después de pasar por el Museo del Vaticano, apareció en un palacio episcopal de donde la robaron hace dos años mientras el original permanecía desaparecido.

–¿Y dónde deberíamos empezar a buscar en el caso de que dos idiotas a los que han timado quisieran encontrarlo y recuperar sus millones?

Apuré la copa de whisky y me puse de pie.

–En Roma, por supuesto.

Todos me miraron deliberando sobre mi respuesta y fue Alice quien se levantó con una sonrisa que congeló mi sangre.

–Creo que podríamos empezar por allí. Después

de su desencanto con la ciudad, el maestro se marchó de Roma y nunca regresó. Estaba arruinado, decían que salió de allí con apenas unos ducados en los bolsillos, no creo que llevara con él ninguna obra.

–¿Podríamos? –preguntó Nela con los ojos tan abiertos que sonreí.

–Nela, estás embarazada de ocho meses –contesté por Alice–. Soren y tú tenéis que quedaros aquí. Andréi busca el cuadro falso y Meike tiene que ocultarse si no quiere toparse con su maridito.

–Solo quedan ellos dos, Jürgen y Alice –confirmó Soren arrojando el contenido de su copa a las llamas de la chimenea.

ALICE

¿Cómo había accedido yo a semejante locura? ¿Buscar una obra desaparecida hacía siglos? ¡Debía de estar loca! Y me sentía viva, más viva que nunca. Era parte de algo importante, mi corazón latía con fuerza, golpeaba mis sienes alejada de la realidad mientras la adrenalina encendía mis mejillas. «Yo» había decidido ir, «yo», sin preguntar a nadie ni con el consejo de nadie. En cuanto Jürgen pronunció «Roma» supe que quería ir, buscar el cuadro, ir con él. Ahora, después de subir al avión con Jürgen, me hice pequeña, acobardada y temerosa de estar cometiendo el mayor error de mi vida.

Al llegar a Madrid, uno de los primeros chascarrillos que aprendí o, mejor dicho, una mezcla de varios, que venía que ni pintado... «Si quieres arroz, Catalina, toma dos tazas», tardé en comprender por qué la tal Catalina estaba descontenta si le habían dado dos tazas de lo que ella quería, y ahora lo comprendía a la perfección. Quería evitar a Jürgen y si pensaba que sería fácil en una casa llena de gente era imposible en un viaje a Italia, a Roma, juntos, solos, en el mismo avión privado, sentados codo con codo uno al lado del otro. ¡A Catalina que le dieran dos tazas, que se comiera el arroz! La que tenía problemas era yo, oliendo a Jürgen Müller a mi lado, siguiendo la línea de su mandíbula mientras su boca hablaba, viendo cómo bajo la camisa arremangada se tensaban sus brazos mientras una a una pasaba las páginas de un expediente que Soren nos había entregado.

–¿Conoces Roma, Alice?

–Sí, una tal Catalina me habló de ella –farfullé enfadada conmigo misma.

–¿Qué? ¿Quién es Catalina?

Estuve tentada de hablarle de ella, en su lugar me empecé a reír y me miró como si estuviera loca. ¿Por qué Jürgen se había vestido así? Con esos vaqueros y esa camiseta gris que marcaba su torso, parecía sacado de una revista de modelos y lo odiaba por ello. La azafata del avión privado de los Müller se lo comía con los ojos cada vez que pasaba a nuestro lado, y me hundí más en mi asiento. Debería haberme puesto algo menos cómodo que unos pantalones de pinza negros y una camiseta, parecía una mujer victoriana con los escandalosos tobillos al aire.

–Quería decir que no he estado nunca –dije al apartar la vista de él y centrarla en las nubes. Era más de mediodía y el sol deslumbraba contra las alas del avión–. Siempre quise ir.

–Te gustará.

Sonó a promesa, con esa voz grave que me perseguía desde la noche anterior en aquellos jardines. «No... se... lo... cuentes». Colin estaba a miles de kilómetros de mí, mucho más lejos de lo que él pensaba, y mi voluntad cada vez más mermada. Deseaba a Jürgen, el conquistador, el más versado de los hombres en el arte de la seducción, y comenzaba a sentirlo como una obsesión al imaginar cómo sus manos me tocarían o cómo me besaría si claudicara a sus juegos. Si al menos pudiera dejar de seguirlo con la mirada como una adolescente embobada pendiente de sus movimientos, podría pensar en el lío en el que me estaba metiendo.

Como si lo hubiera invocado con el pensamiento, Colin me llamó en ese instante. Sin saber por qué, apreté el botón rojo y colgué, y el mensaje no tardó en llegar: «¿Dónde estás, Alice? Te echo de menos, no te doy por perdida. Contesta mis llamadas».

¿Perdida? Quizá Colin pretendiera ser cariñoso, demostrar cuánto me echaba de menos, pero en el fondo, tras aquellas palabras, detectaba su ansia controladora, el tono que a veces utilizaba para invocar mi inconstancia, mis defectos, mi pasado que lo desagradaba en extremo y sobre todo su supremacía sobre mí, su capacidad para hacerme sentir mal y dirigir mis actos. Al levantar la vista, Jürgen me miraba con la ceja arqueada, interrogante y pensativo, como si hubiera visto cómo colgaba el teléfono.

Llegamos al amanecer a la «ciudad eterna». Aterrizamos en una pista privada de Fuimicino, lejos del bullicio de la gran terminal y de los otros aviones. Un coche nos esperaba, un Audi negro. Jürgen despidió allí mismo al chófer y se puso al volante; detrás se sentó Heiner, nuestra única compañía en aquella aventura. Una de las cosas que me llamaron la atención fue el caos que parecía reinar ya en las afueras de Roma. Mientras intentaba ignorar la poderosa presencia de Jürgen, sus fuertes manos agarradas al volante, su sola esencia cargada de energía y poder, empezaron a aparecer los edificios altos, salpicados de pequeñas villas pintadas de ocre y amarillos, naranjas brillantes y elementos clásicos. El paisaje fue cambiando a los altos edificios de la periferia. Jürgen serpenteaba con destreza entre la marea de coches que, sin orden ni concierto, intentaban acceder a la ciudad. Atravesamos la antigua muralla de «la ciudad eterna», unas enormes ruinas que parecían termas, y rodeamos en la lejanía el Coliseo. Creí enloquecer cuando nos encontramos de repente en el centro de Roma. El sol se colaba por las ventanillas del coche y calentaba, una deliciosa sensación después de comprobar en mi piel cómo el invierno caía sobre las montañas de Baviera. Waldhaus era todo paz, rodeada de bosques verdes y grandes montañas azuladas y Roma era luz, calor, nada que ver con los cielos plomizos de Alemania.

Jürgen tenía razón, me gustaba Roma.

Llegamos al hotel, junto a la estación de trenes de Termini, como él me había dicho, y sonreí ante su fachada clásica e imponente cuando Jürgen detuvo el coche en la misma puerta. Dos porteros con sendos trajes rojos y color oro se pusieron en movimiento, uno de ellos se dirigió al maletero y sacó las maletas mientras el otro me abrió la puerta con solemnidad. Salí del coche agradeciendo mis zapatos planos y mi pantalón de tela, hacía calor.

–No, por ahí no. –Me detuvo Jürgen al cogerme del brazo–. Nosotros no entramos por la entrada principal –susurró a la vez que veía a nuestro equipaje irse con los porteros.

Jürgen me guio con su brazo hacia un lateral, hacia una puerta más pequeña sin tantos adornos como la principal.

–Nosotros entramos por aquí. –La puerta se abrió al momento y entramos en un pequeño vestíbulo con un único ascensor. Él sacó una llave y la introdujo, el ascensor se abrió al momento y entramos–. Sube directo a nuestra planta.

–¿Tienes una llave de todos los hoteles del mundo?

–Pareces sorprendida. ¿Crees que en un negocio como el nuestro damos el pasaporte en la recepción? –dijo apoyándose en la barra del ascensor mientras ascendíamos.

–Lo siento, un pensamiento inaceptable –negué con ironía.

–¡Joder, Alice! Haces de la corrección inglesa un maldito afrodisiaco.

Le miré escandalizada mientras él comenzaba a esbozar una sonrisa que se tornó seria mientras daba un paso hacia mí. Ni siquiera pude impedir que inclinara la cabeza y sus labios rozaran los míos. Noté cómo el ascensor seguía subiendo a la vez que su lengua me acariciaba el interior de la boca. ¡Cómo besaba! Y, aunque hubiera cerrado los ojos, su forma de vestir, su camiseta gris sobre su estómago plano y los ceñidos vaqueros a la cintura seguían ardiendo en mis ojos. Las manos se me fueron a su cuerpo y me aferré a su espalda fuerte y tensa para sentir sus músculos. Su boca se movía con suavidad, como si no quisiera asustarme con su voracidad y, cuanto más ahondaba en mí, más excitada me sentía. Jürgen me cogió de las nalgas y me arrinconó en el pasamanos. Pasó mis piernas alrededor de su cuerpo con una facilidad pasmosa y sentí su erección al mismo tiempo que la humedad recorría cada fibra de mi sexo. Gemí por el calor, él había debido de detener el ascensor porque sentí que no nos movíamos. Sus manos se colaban por debajo de mi camiseta hasta tocar mis pechos, por primera vez sentí como si tuviera cinco tallas más y mi sujetador no pudiera contener la dureza de mis senos. Jürgen se apartó para mirarme y me ruboricé al abrir los ojos y verlo con la mirada brillante abarcando mi desnudez, se fijó en los delicados encajes rosas de mi ropa interior y la delicada tela que insinuaba mi excitación.

–Joder, inglesa, vas a convertirme en un eunuco si sigo deseándote y no me hundo en ti de una maldita vez.

–Jürgen –susurré mientras él agachaba la cabeza y me lamía sin pudor ninguno. Intenté cerrar los ojos y me acarició la mejilla con rudeza hasta echar mi cabeza hacia atrás y hacer que abriera los ojos. Deseaba mirarme a la vez que se deleitaba conmigo y el placer se extendió desde arriba hasta el vientre. Su mano se metió en mis pantalones y lo vi sonreír al tocar la tierna línea de mi entrepierna sobre las bragas. Estaba tan húmeda que me sentía mojada por entero. ¿Deseaba aquello? Claro que lo deseaba, sentir su mano ahí apartando a un lado la fina tela, con sus dedos, dentro de mí, rozando en semicírculos, provocando sensaciones desconocidas, descubriendo que cada terminación nerviosa acababa en mi sexo. Al pensar en el bulto que se adivinaba bajo sus pantalones y su dureza me tensé sobre su mano, tan excitada que gemí sin control. Necesitaba tocarlo como él hacía conmigo. Tuve que cerrar los ojos para poder respirar y él me lo permitió lo justo para volver a besarme sin aliento.

–¿Está bien, señor Müller?

Nos quedamos quietos en el acto, los golpes en la puerta del ascensor eran secos y apremiantes como si en el exterior supieran lo que hacíamos. Jürgen me colocó la ropa interior con cuidado y sonrió. Respiró con un control que me hizo sospechar que no era la primera vez que lo sorprendían en un ascensor. Mientras, yo tragaba mis jadeos frustrada por la interrupción.

–Sí, la señorita tenía un problema con sus lentillas –contestó gritando.

–¿Mis lentillas?

No pude evitar reír con la mano tapando su boca, ¿de verdad?, ¡un truco tan viejo! En un momento apretó el botón y el ascensor se abrió ante los ojos del conserje del hotel, que nos miró con los ojos entornados.

La habitación era la del ático, tras atravesar un pequeño vestíbulo entramos en una sala de estar, nuestros equipajes ya estaban allí. En la puerta de la derecha el mío, que daba paso a una enorme habitación con baño propio y, a la izquierda, otra. Jürgen echó un vistazo rápido y se giró con una sonrisa. Con el movimiento de un billete entre sus manos despidió a los mozos y me miró con lascivia de arriba abajo.

–Creí que tendríamos habitaciones separadas –me quejé retorciendo las manos como si pudiera desembarazarme de todos los nervios con ese simple gesto.

–¡Y lo están, inglesa! Hay en medio dos sofás, una mesa, hasta una televisión que puedes usar de barrera si consigues moverla.

–¡Muy gracioso! No esperaba esto –dije mirando cómo se apoyaba contra el quicio de la puerta. Me acerqué a contemplar las vistas que teníamos desde el balcón: Roma, a nuestros pies, multitud de calles en cuadrícula dentro de un orden desordenado por el tráfico y la gente. Más allá, el río Tíber con sus puentes y, al fondo, el mayor museo del mundo, la cúpula de San Pedro y el Vaticano. Me acerqué hacia las maletas y solté la funda en forma de cilindro donde estaba nuestro cuadro de Cesare, bueno, el de los Müller.

–¿A qué hora has quedado con Roberto Márquez? –preguntó Jürgen con voz traviesa.

–A la una, en menos de media hora, en un café de Piazza Navonna, donde Soren me sugirió. ¿De qué conocéis a Roberto? –dije mientras comprobaba el estado del cuadro.

–Nos consigue compradores, mi padre y él eran amigos. Hacían negocios.

Arqueé la ceja, Roberto había sido mi profesor y después mi jefe, y no desconocía que a veces sus inclinaciones por salvar obras de arte lo llevaban a rayar la ilegalidad, aunque nunca pensé que hasta ese punto. Los Müller eran verdaderos profesionales en el mercado negro, ¡si incluso tenían la llave de los hoteles! Ni siquiera había enseñado mi pasaporte inglés desde que habíamos aterrizado en el país.

A cada minuto que pasaba junto a Jürgen iba olvidando cada uno de mis prejuicios y no era porque él no se esforzara en ocultar su encanto. Cada gesto, hasta el más simple de ajustarse el reloj en la muñeca o liar esos cigarrillos que casi nunca llegaba a encender, emanaba sofisticación, sensualidad, o eso me parecía a mí. Jürgen era energía, poder, atractivo, que se le escapaban por cada poro de la piel. Me atraía todo de él, desde la chispa que surgía cuando nuestros ojos se encontraban a sus jadeos cuando rozaba mi brazo.

–Si sigues mirándome así, no iremos a la reunión –afirmó quitándose la chaqueta de cuero y arrojándola a uno de los sofás. Me recordó a esas películas en blanco y negro, de chicas seducidas por experimentados amantes sin más opción que caer en sus garras. Instintivamente me eché hacia atrás y rodeé las sillas, me parapeté tras ellas y extendí el pequeño lienzo. ¡Cómo no! Él se rio de mi actitud infantil.

–Jürgen, deja de jugar conmigo –afirmé armada de un valor que no sentía–. Soy de rosas y promesas –le recordé–. Estoy prometida. No podemos seguir besándonos así.

Se acercó despacio, si hubiera querido podría haber huido y, sin embargo, me quedé parada con los brazos cruzados a modo de protección.

–Alice, no vamos a prometernos amor eterno, solo somos esto, un hombre y una mujer en una habitación de un hotel. ¿No crees que deberíamos ser sinceros? Tú me atraes, tú lo quieres, dejemos de engañarnos.

Sus manos se posaron en mis mejillas y agachó la cabeza hasta que nuestros ojos quedaron a la par. Pude hundirme en sus pupilas, me vi reflejada en el deseo de sus ojos, en el brillo depredador del impenitente conquistador que era. Llamaron a la puerta y Jürgen ni se inmutó.

–Si es lo que quieres para sentirte mejor, dejaré de besarte, pero no me pidas más.

Cuando creí que no iba a cumplir lo que acababa de decirme, me soltó con brusquedad y quedé absorta viendo cómo iba hasta la puerta para abrirla.

JÜRGEN

Heiner nos acompañó en el ascensor, así que no tuve oportunidad de acorralar a la inglesa, se estaba convirtiendo en una jodida obsesión. Todo me olía a ella, hasta mis camisetas. Le miraba el culo cuando salía de una habitación y los pechos cuando aquellas camisas se pegaban a su cuerpo, sus ojos dorados me comían y luego, cuando la tenía en mis brazos, ella moría de miedo. Si tuviera delante al tal Colin me lo cargaría, ¿era eso lo que la retenía? Había visto la pantalla de su móvil en el avión, antes de que colgara con rapidez *Colin* en letras rojas, y después un mensaje que la inglesa contestó ocultándose.

¿Que no la besara? Podía pasearme por todo su cuerpo sin hacerlo. No me molestaba su reticencia, podía vencerla, sino la idea de que otro hombre la retuviera con estúpidas promesas de amor.

Solo por incordiarla comencé a liar un cigarrillo en el ascensor y en cuanto salimos por la puerta lateral lo encendí. Quise reírme cuando miró horrorizada cómo entraba en el coche con él encendido. Abrió la boca para quejarse, pero en el último momento calló y se fue al otro extremo del asiento con un mohín de disgusto.

Abrí la ventanilla y tiré el cigarro encendido.

–Gracias –susurró.

Al mirarla me sorprendió encontrar una enorme sonrisa en su rostro, cómo se transformaba en una preciosidad de mujer al olvidar su aire de niñera inglesa y su espalda envarada.

Ahora solo me faltan las rosas, porque la inglesa

sería una conquista difícil, tal vez no bastara con ser encantador.

Roberto Márquez nos esperaba en el interior del café. Una vez que lo vi sentado en una de las mesas, cedí el paso a Alice y despedí a Heiner. El tío no pasaba desapercibido así como así. Lo que no me esperaba fue la reacción de Roberto al ver a Alice. Era ya un hombre en la madurez, con el pelo plateado, pero parecía llevarlo bastante bien con un físico cuidado bajo un traje gris oscuro. No había envejecido un ápice desde la última vez que lo vi. Al ver a mi inglesa salió de detrás de la mesa con una sonrisa que pocas veces le había visto, y eso que le conocía desde niño. Roberto había trabajado para mi padre tasando obras de arte, consiguiendo contactos y cosas de las que nunca llegué a enterarme hasta que, con la muerte de nuestro padre, Soren y yo empezamos a colaborar con él. Alice no se quedó atrás, sus pequeños pies enfundados en esos zapatitos planos volaron hasta plantar dos besos en las mejillas de su antiguo profesor.

¿Se puso rojo el muy cabrón? Me tendió la mano con mucho menos afecto.

–¡Jürgen! Esperaba a Soren.

–Es lo que tienes –dije enfurruñado.

Roberto apartó la silla para Alice y acercó la suya demasiado, para mi gusto. ¿Qué mierda pasaba ahí? Los ojitos de ambos brillaban como dos bombillas. ¡Joder con Alice! ¿Esos dos habían tenido una historia? ¿Cómo estás, Alice? ¡Qué bien te veo! ¡Sigues tan guapa como siempre!

Mi inglesa se estaba poniendo tontita con su antiguo profesor hasta que sacó el móvil con la imagen del lienzo y le contó la historia de nuestro cuadro. ¡Joder, Roberto estaba supurando con la historia del discípulo de Leonardo! ¡Eso y con el hombro de Alice pegado al suyo!

–Jürgen piensa que el original está aquí en Roma, necesitamos que investigues por nosotros, Roberto. Tú puedes entrar en los archivos del Vaticano como profesor, a nosotros nos sería imposible –finalizó Alice con una sonrisita.

–Está bien. Haré lo que pueda, aunque no creo que sirva de mucho, los archivos de los que habláis, los de cuadros y cesiones, no están a la vista de todos, pero tengo amigos que pueden buscar por nosotros.

–Tiene que haber algo sobre el hermano cura de Cesare, quizá él le guardó el cuadro del maestro cuando tuvo que abandonar la ciudad.

–Hay que ser discretos, Roberto –le dije más serio de lo que pretendía. Alice me miró confundida–. Nadie puede enterarse, tenemos a gente detrás de nosotros.

–Alice, esto es muy peligroso –la advirtió Roberto–. Los Müller, no sé si sabes cuáles son sus negocios.

–Lo sabe –le interrumpí.

–Quizá sería mejor que te alojaras en mi casa, tengo un apartamento aquí en Roma.

–Haz lo que te hemos dicho, de Alice me encargo yo. Si tienes algo, llámame.

Arrastré a la inglesa fuera de aquella silla, ella intentó girarse para despedirse de Roberto y apreté el paso hasta salir de la cafetería. Solo una vez giré la cabeza antes de atravesar la puerta. Roberto Márquez me miraba y le atravesé con los ojos. «Ahora es mía».

ALICE

–¿De qué ha ido eso? Jürgen, no has dejado que me despidiera siquiera de Roberto, ¿crees que soy tu muñeco para tirar de mí cuando te conviene?

Lejos de la puerta me soltó la mano y se detuvo.

–¿Tuvisteis un lío? ¿El profesor y la alumna? ¿Crees que soy tonto? Sé cómo te miraba.

Quedé petrificada por sus ojos, no había rastro de bromas, ni su brillo habitual. Estaba enfadado de verdad. ¿Celoso?

–¿Cómo crees que me miraba? Roberto y yo solo somos amigos, soy la relaciones públicas del museo del que es director, tenemos una relación profesional.

–¡Y una mierda!

Intenté seguirlo mientras caminaba a toda prisa atravesando la plaza. Mientras yo tropezaba con los turistas, él avanzaba rápido, la gente se alejaba de él y las mujeres cuchicheaban a su paso.

–¡Estás celoso! –grité. Se detuvo al momento y se giró hasta mí sorprendido porque estuviera tan lejos de él.

–No eres nada mío, ¿por qué debería estar celoso, inglesita?

Cogió mi mano y siguió andando, poco a poco una sonrisa se curvó en sus labios.

–¿Dónde vamos? –pregunté con la respiración entrecortada. Jürgen estaba mucho más en forma de lo que yo nunca podría estar.

–Tengo que hablar con una persona –dijo Jürgen elevando su voz por encima de la de los turistas que nos rodeaban.

Heiner nos esperaba al otro lado de la plaza, con el coche subido a la acera y expresión inmutable. Condujo sorteando las callejuelas. Jürgen se separó todo lo posible de mí en el asiento y permaneció en un obstinado silencio mientras su mirada seguía las calles.

–¿A quién vamos a ver ahora? –me atreví a preguntar ante su ceño fruncido.

–Al hombre que me vendió el cuadro como verdadero. Y voy a verle yo –contestó de manera cortante.

Aún no comprendía de dónde provenía su enfado, no creía que un hombre como Jürgen se sintiera celoso de Roberto, ¿no se había mirado en el espejo? Tal vez estaba equivocada y otra cosa lo mantenía en ese mutismo. Llegamos a una calle que terminaba en un enorme parque. Heiner asintió ante la mirada del alemán. Al salir del coche una esplendorosa vista de una enorme plaza peatonal quedó a nuestros pies. Bajamos las escaleras de piedra y caminamos entre las enormes fuentes de piedra, adornadas con alegorías de tritones, delfines y animales marinos, hasta llegar a una iglesia. La fachada estaba siendo reconstruida en su totalidad y apenas se podían ver bajo las lonas verdes el pórtico y unos cuantos salientes de mármol.

–Alice, puedes quedarte en la exposición –sugirió al ver que iba a seguirlo al interior. Miré donde señalaba y sonreí ante lo irónico de la situación. Se trataba de una exposición de Leonardo Da Vinci en los sótanos de la iglesia–. No tardaré mucho, espérame dentro.

–Por una vez no me importa que me des órdenes –sonreí con sinceridad. Era curiosa por naturaleza y la verdad es que la exposición parecía tener encanto.

Jürgen hizo una seña a Heiner, que nos seguía, y tras una mirada de advertencia en sus ojos desapareció tras la enorme puerta de madera.

Entré junto a Heiner en una pequeña sala oscura,

atravesando la puerta de medio arco y él se ocupó de pagarme la entrada.

–¿No entras? –sugerí señalando el interior.

–No, señorita, estaré aquí si me necesita.

Resoplé por su forma estirada de hablar y su mutismo, atravesé otro arco y tuve que sonreír. En efecto estábamos en los bajos de la iglesia, puede que una antigua cripta de arenisca y piedra. El suelo lo habían cubierto de grandes cuadrados de cerámica. Olía a viejo y humedad, las voces en un curioso efecto de sonido traían los comentarios en varios idiomas desde los extremos de las diferentes salas, todas separadas por arcos bajos que daban la impresión de un laberinto. Miré recelosa una vez más hacia atrás y me adentré en la primera sala. En ella estaban expuestos los inventos del maestro, desde su traje de buzo hasta sus famosos diarios; en la siguiente sala, las armas de guerra que diseñó para Florencia y un prototipo de submarino. Todo estaba reproducido en madera en una escala pequeña para que se pudiera apreciar su ingenio. Era un hombre tan adelantado a su época que fue incomprendido como tantos otros.

Sentí la sonrisa nacer en mis labios cuando llegué a una de las últimas salas: allí estaban las reproducciones de sus más famosas obras, coronando la sala *La Gioconda*. Sonreí por la enorme reproducción del cuadro de Leonardo. En realidad, el original, que estaba en el Louvre, era un lienzo de ochenta centímetros. Todo el mundo se sorprendía de que algo tan pequeño fuera tan conocido. Me detuve en todos sus bocetos, rostros como el de nuestro cuadro, redondos y perfectos, con una enorme expresión en los ojos, torsos ocultos por pliegues de ropas y niños de dorados rizos. Al fondo del corredor estaba *La última cena*. Al pasar me detuve en uno de mis cuadros preferidos, *La virgen de las rocas,* y admiré la semejanza con nuestro lienzo. Los colores, pese a la débil iluminación del lugar, eran vivos: el rojo carmesí, el azul real, el paisaje del fondo con un cielo tormentoso...

–Es hermoso, ¿verdad? ¿Su cuadro preferido del artista?

Giré hacia la voz de cerrado acento. Un hombre observaba como yo la reproducción, inclinó la cabeza desde su tremenda altura y se ajustó unas pequeñas lentes sobre los ojos. Sonrió y me devolvió la mirada. Apenas unos años mayor que yo, tenía un rostro de ángulos marcados y a la vez hermosos.

–Sí –contesté por educación. Sus ojos azules parecieron sonreír, su mirada parecía atenta a todo lo que ocurría en aquella sala–. Uno de ellos.

–La entiendo, Leonardo atrapa con su incesante búsqueda del equilibrio, la composición, las formas del rostro, la luz, todo había de ser perfecto... se pueden tener muchas obras preferidas. –Sonrió.

Su acento del este era rítmico mientras con la mano acompañaba cada movimiento frente al cuadro.

–Y el color –añadí–. No olvidemos que fue un estudioso de los colores y el efecto de la luz sobre ellos.

Aquel hombre sonrió y me tendió su mano.

–¿Puedo preguntar su nombre? No es fácil tener el privilegio de admirar una obra con alguien que sabe de arte.

–Va a hacer que me sonroje, soy Alice Barday.

Él hombre estrechó mi mano con calidez, nuestros ojos se cruzaron solo un momento y volvieron a la pintura.

–¿Se imagina la cantidad de cuadros que pudo pintar el maestro y estarán desaparecidos? –comentó el hombre sin decirme su nombre–. ¿Los que se subastarán en la clandestinidad, en el mercado negro, que desaparecen entre grandes fortunas y grandes delitos?

Que aquel ruso hablara de ese tema en concreto

me puso en tensión, sería una casualidad o ese hombre en realidad me había buscado.

–¡Ve! Ahora todo el mundo discute si la *Bella Principessa* es de Leonardo o no... esperan encontrar una firma, pero en esa época los pintores nunca estropeaban sus lienzos con sus nombres, ¡era arte!

Me relajé al escucharlo, cierto era que el cuadro al que se refería, y estaba al lado del que admirábamos, aún no se había comprobado con total veracidad que fuese del maestro. Se trataba de un hombre encantador que admiraba el arte.

–Sería mucho más fácil si todos tuvieran esa firma, pero es imposible –sonreí al recordar cómo hacía años intentaron hacer pasar un lienzo falso por verdadero firmado por Leonardo Da Vinci, lo poco que firmaba lo hacía como Leonardo, que era su nombre real, Da Vinci solo era su lugar de nacimiento...

–¿Se quedará mucho en Roma? –me preguntó con coquetería.

–No, apenas unos días, tengo que estar de vuelta...

–En Alemania, ¿quizá?

Separé mi cuerpo del suyo, lo miré a los ojos y vi la frialdad que había escondido tras ellos con su amable comportamiento.

–No me ha dicho su nombre –dije con el poco valor que pude reunir.

–Dígale a Jürgen que recuperaré el lienzo, no sé qué hizo en esa maldita subasta, pero es mío. Se acabaron las negociaciones, va a dármelo y esta vez no pagaré por él. Va también por usted, si quiere negociar, estaré cerca.

Retrocedí hasta golpear la espalda contra la pared de piedra, intenté no dejarme dominar por el pánico, estábamos rodeados de turistas, había cámaras en los extremos de las salas, ese hombre no podía tocarme allí.

Sonrió al ver cómo valoraba mis opciones, miró una vez más el cuadro que tenía delante y luego a mí.

–Ha sido una interesante conversación, me gustaría seguir hablando con usted, señorita Barday, pero me temo que Jürgen Müller no andará muy lejos y este no es lugar para encontrarnos. Solo quería conocerla. –Antes de marcharse giró su rostro–: Por cierto, me llamo Andréi. De recuerdos a mi mujer, por favor.

Se giró sin esperar respuesta, seguí con la mirada su ancha espalda. Al llegar a la entrada de la sala, dos hombres vestidos como él, de negro, lo esperaban bajo el arco. Pensé en Meike, en qué debió llevarla a casarse con un hombre como él, al menos quince años mayor que ella. Había de decir que tenía su encanto y sabía disimular la frialdad de sus ojos. Aliviada, lo vi desaparecer, no pude dejar de fijarme en que aquellos hombres, bajo sus chaquetas, tenían un bulto que podía ser un arma. ¿Y Heiner? ¿No estaba en la puerta para protegerme? Esperé un poco más para asegurarme de que se marchaban del museo. Esa amenaza no era para mí, sino para Jürgen. ¿Qué hubiera pasado si Andréi supiera que llevaba el lienzo en mi bolso?

La luz del exterior hizo que entrecerrara los ojos y vi a Heiner que se acercaba desde el otro extremo de la plaza. Lo esperé en la entrada.

–¿No deberías estar aquí protegiéndome? –le reproché a la cara.

–Tenía necesidades.

Tras su afirmación entorné los ojos, ¡qué casualidad, justo en el momento en que Andréi había decidido conocerme! Sentí un toque en el hombro y me giré asustada. Era Jürgen y no estaba de muy buen humor, al parecer no le había gustado lo que su amigo le había contado en el interior de la iglesia.

–¿Pasa algo, inglesa?

–No –negué rápidamente, no quería contar nada delante de Heiner y creo que tampoco a Jürgen, eso era lo que pretendía Andréi y me negaba a entrar en su juego.

Sostuve la mirada inquisidora de Jürgen como mejor pude, bueno, era fácil porque sus ojos verdes parecían tener un poder idiotizador sobre mí.

–Heiner, llévate el coche y vuelve al hotel.

Creí que el guardaespaldas iba a contestar, pero en su lugar afirmó con la cabeza y se fue dejándonos solos.

–¿Qué te dijo tu contacto? ¿Sabían que el cuadro era de otro pintor?

–No, y le creo.

–¿Por qué?

–Es un cura, no creo que pueda mentir –rio con sarcasmo. Cogió mi mano y anduvimos hacia el otro extremo de donde Heiner había desaparecido.

–¿Tienes noticias de Roberto? –pregunté a sabiendas de que quizá le costaría encontrar información en los archivos del Vaticano acerca de nuestros cuadros.

El nombre de Roberto tensó su mano sobre la mía, a punto de hacerme daño. Negó con la cabeza mientras me conducía por las estrechas calles de Roma, sorteando a los turistas y los compradores.

–¿Dónde vamos?

–¡A comer, inglesa!

–¡Pero no me he cambiado! ¿Dónde me llevas? ¿No sería mejor esperar en el hotel?

No contestó a ninguna de mis preguntas mientras ante nosotros apareció un hermoso puente lleno de turistas. Con cuatro arcos sostenía el peso de la gente que fotografiaban el río Tíber. El agua discurría tranquila meciendo sus aguas verdosas, tan características, para perderse en las grandes curvas de su recorrido. Más arriba, el puente de *Sant'Angelo* y su fortaleza creaban la magia de una de las mejores vistas de Roma, antes de ver la avenida de la basílica de San Pedro. Los árboles, en la otra orilla del puente, el rumor de la gente, una brisa que comenzó a agitarse y las nubes jugaron con las luces sobre el verde de las plantas, el río y la luz del sol. Deseé, como antes, tener un cuaderno para captar en un lienzo el cuadro de luces, con el río Tíber, la fuerza del sol. Todo se quedó grabado en mi mente, un esbozo perfecto por la idea que saldría de aquella imagen y a la vez imperfecto porque tendría que pulir, alargar las sombras, crear el movimiento del agua. Jürgen se detuvo, me miró extrañado por el trance que me sacudía, absorta porque volvía a mí una sensación única, la del artista y su obra, algo íntimo e inexplicable que me llenaba de felicidad y tristeza por no poder conservar su imagen nítida.

–Vamos, Alice, estamos cerca. El puente nos llevará al barrio del Trastévere.

–¿Cómo conoces tanto Roma? –le pregunté.

–Es mi refugio, toda ella, un lugar en el que solo soy yo, sin el apellido Müller. Todos necesitamos un lugar en el que escondernos hasta de nosotros mismos.

¿De verdad era Jürgen? ¿Sin poses ni coches caros? Sin su traje y su cigarrillo liado entre los dedos. Había dicho aquello con el corazón y el mío palpitó con fuerza, tanta que cuando volvió a coger mi mano sentí su calor. Caminé a su lado, atravesamos el puente esquivando a todos. Callejeamos entre las calles estrechas con sus doradas fachadas y balcones llenos de flores, con el abrigo abierto para que el sol me calentara y una sonrisa pintada en mi rostro al recuperar una sensación que hacía tiempo no sentía.

–¿En serio, es aquí? –gemí al ver una puerta enorme pintada de verde con un pequeño cartel de madera pegado en la fachada. Trattoria Vecchia di Roma. Habíamos pasado por al menos tres preciosos restaurantes con mejor aspecto y mesas fuera. Pensaba que Jürgen me llevaría a un lugar sofisticado, un restaurante en el que mi forma de vestir no iría acorde con sus estrellas.

–No te dejes engañar por las apariencias.

Y no supe si se refería al restaurante o a él mismo. ¿Formaría esto parte de su plan para llevarme a su cama? No pude seguir elucubrando porque abrió la vieja puerta y entramos.

ALICE

Dentro, el pasillo alargado no tenía mejor pinta que el exterior, pintura desconchada, amarilla y naranja. Techos altos de un azul descolorido hasta que sentí cómo Jürgen me señalaba los zapatos. Casi grité por la impresión, bajo mis pies el suelo era transparente, de cristal, y bajo nosotros restos de columnas, vasijas antiguas, los restos de una verdadera villa romana en unos metros hacia abajo, iluminado con suaves luces amarillas.

–¡Jürgen! ¡Es precioso!

–¡Espera y verás! –dijo como un niño emocionado cambiando su ceño fruncido. Nunca había visto esos hoyuelos tan marcados en su rostro ni mirada más sincera en él.

Seguimos andando hasta llegar a un patio y empecé a preguntarme si de verdad aquello era un sitio para comer o Jürgen se reía de mí con otra de sus estudiadas tretas para sacarme de quicio. Allí realmente había algunas mesas vacías, muy parecido a los restaurantes que habíamos pasado. Jürgen me guio con la mano en mi espalda hacia un lateral, hacia un bullicio y música que pronto atronó a nuestro alrededor. Con la belleza de un patio italiano, con dos pisos rodeándonos con pequeños arcos clásicos, estaba el verdadero corazón de la *trattoria*. Mesas a rebosar, donde la gente se apiñaba en torno a ellas con pequeñas sillas, camareros con camisas de colores aquí y allá haciendo malabarismos con los platos cargados de pasta humeante y deliciosos olores que me rodearon. Era una sublime experiencia solo estar allí, aquella gente no eran turistas y tampoco todos italianos, había un poco de cada nacionalidad y sin embargo parecía una gran familia. Niños con sus madres, hombres con sobrios trajes y muchos gritos en italiano. *Presto, pronto,* palabras italianas que sonaban a gritos.

–*Ma como!* Jürgen Müller –oímos gritar a un hombre grueso con una camisa blanca y los pantalones manchados de blanco, quizá harina–. *La festa è iniziata!* –gritó mientras sus dedos se unían en alto juntando las yemas, un gesto que había visto hacer algunos italianos en nuestro camino.

–Dice que la fiesta ha empezado –tradujo Jürgen en mi oído mientras su aliento me rozaba la piel del cuello.

Me presentó al hombre, que hablaba tan rápido que solo entendí su nombre. Luigi no hacía más que aspavientos y sonreír. Nos condujo hasta una larga mesa de madera bajo el segundo piso lleno de arcos, nos sentó junto a una familia cuyos niños saltaban de banco en banco. Atónita, miraba a mi alrededor. ¿De verdad Jürgen venía a estos sitios? Le conocían bien y no solo por el recibimiento. En un momento, uno de los niños se plantó delante de él y le extendió su mano. El frío y arrogante, presuntuoso y mujeriego conquistador sacó una moneda y la tiró al aire. El niño, de apenas seis años, aguardó con expectación. Cuando Jürgen golpeó la moneda al aire contra su otra mano y la levantó despacio, el pequeño rio a carcajadas y la cogió de golpe.

–Siempre gana.

–Pero esa moneda no era un euro.

–Es de oro, de la colección de mi hermano. Si se enterara me mataría –contestó riendo–. Son gente del barrio, en su mayoría inmigrantes a los que Luigi de vez en cuando ayuda, creo que luego vende las monedas –dijo señalando al niño que corrió a enseñársela a sus amigos.

Estaba perpleja, por ese acto tan bondadoso por parte de Jürgen, porque conociera a toda aquella gente en su mayoría inmigrantes y gente de recursos limitados y más aún porque hubiera decidido compartirlo conmigo.

Ante nosotros, Luigi colocó una botella de vidrio llena de vino y dos vasos, unos platos humeantes y cubiertos.

–*Abacchio allá cacciatora*, carne de cordero y pasta *arrabbiata*. No solo tienen pizza y pasta, prueba, Alice, y se te descongelarán las venas inglesas.

Y comí intentando comprender en qué momento el alemán que conocía encajaba en aquel lugar, hablando en perfecto italiano con mujeres y hombres que se acercaban a saludarlo, niños que se nos metían entre las piernas. Bebí y poco a poco los hombros se me destensaron y comencé a tratar a Jürgen como a un hombre normal, sin creer que intentaba conquistarme todo el rato o reírse de mí. Comencé a verlo, y digo verlo porque me fijé en su sonrisa, en su forma de intentar hablar en italiano, en sus expresiones de sorpresa y en las de extrañeza, todas esas cosas en las que, con su cigarro en la mano y la sobriedad de Waldhaus, no había podido reparar. Era cercano y gracioso, sonreía a la vez que su mano se posaba en la mía en el banco de madera, o sus dedos me recorrían la espalda con una caricia suave que me hacía temblar. Uno de los camareros se lo llevó a saludar a unos hombres que acababan de llegar y Luigi, sentado a mi lado, me sirvió otro vaso de vino oscuro y tentador.

–Es un buen muchacho –dijo Luigi en un perfecto inglés que me sorprendió–. ¿Eres inglesa? Las inglesas tenéis la piel pálida –rio contrayendo su enorme barriga.

–No tenemos vuestro sol ni vuestra comida –contesté de corazón–, pero tenemos el té y el *after eight*.

Se rio de nuevo y chocó su vaso con el mío.

–¿Sabe Alice que el postre preferido del alemán es el *cioccolato alla menta*?

–¿Y Jürgen viene mucho con sus amigas? –pregunté como una retorcida víbora porque no me sabía si aquello era un teatro dispuesto para mí o porque no podía creer que el alemán fuera así realmente.

–¿Amigas? *Ma come*? Eres la primera chica que trae a mi casa, pensé que eras su novia. ¿No es así, *ragazza*?

No contesté, no era nada para Jürgen y tal vez Luigi lo vio en mis ojos porque suspiró negando con la cabeza. A nuestro alrededor iba oscureciendo, la luz se iba ocultando y cientos de bombillas se encendieron en el patio, los hombres que habían estado con Jürgen se fueron.

–¿Quiénes eran? –pregunté a Luigi.

–Son gente que viene a veces, hablan con él, sus negocios. Este es un lugar tranquilo, se van y ya no aparecen hasta que lo hace tu chico.

Jürgen volvió a mi lado y sonrió al ver que en lugar de beber vino me habían traído una botella de agua.

–A lo mejor estás siempre tan estirada por el agua con gas. –Jürgen sonrió mientras se acercaba tanto a mí en el banco que nuestros muslos se rozaban–. No puede ser bueno todo ese aire... para tu cerebro, ya me entiendes.

–Eres insoportable, ¿no te lo habían dicho antes?

–*Nain, nain* –pronunció en alemán–. Eso ni siquiera es un insulto, no llega ni a ofenderme... no sé, capullo quizá, o ese de pichacorta, aunque no me ofendería, ya me entiendes...

Tuve que reírme y el agua salió de mi boca al hacerlo.

–¡Para, Jürgen, lo digo en serio!

–Toda tú –dijo abarcando con un gesto de la mano todo mi cuerpo– eres sería, inglesa.

Bajé los ojos una vez pasada la sonrisa, tras sus palabras, con la cabeza gacha. ¿Qué creía? ¿Que me gustaba ser seria y tímida? ¿Que no me gustaría dejar de tomármelo todo como algo personal? ¿Que no hacía más que dar vueltas a lo que sentirá por mí? Mi cabeza quería, pero nunca encontraba la palabra inteligente para desarmar su ingenio, no era como él, que con una sonrisa burlona olvidaba todo. Me había querido poco durante mi vida, no podía negarlo, por eso Colin era seguro porque sentía que no pedía nada de mí.

Jürgen debió de ver por dónde iban mis pensamientos porque apretó mi mano y señaló a un grupo de mujeres que comenzaron a cantar una suave melodía, acompañadas de una guitarra, mientras algunas parejas salían a bailar. Jürgen se levantó con aquella mirada de resolución que siempre mostraban sus ojos y me tendió la mano. Tal vez fuera el vino o el ambiente familiar lo que otorgó la confianza suficiente para coger esa mano tendida.

JÜRGEN

No debía enfadar a Alice todo el rato, pero era superior a mí poder ver cómo su ceño se arrugaba y sus labios se curvaban hacia abajo, el mohín de su rostro cuando pensaba cómo contestarme. ¡Joder! ¿Qué hacía allí con Alice? En mi refugio, mi casa, mi restaurante, algo que ocultaba al resto del mundo porque era solo mío.

Tras hablar con el cura en la iglesia y saber que Andréi acababa de estar allí, salí corriendo en busca de Alice. La idea de que algo malo pudiera ocurrirle corrió por mis venas, envenenando mi juicio y puede que mi cabeza. No solo era la idea de que nos siguieran, sino la necesidad de enseñarle aquel sitio seguro y cálido, o solo tal vez al verdadero Jürgen.

ALICE

Recordaba aquellos cuentos de princesas que leía cuando era pequeña y me sentí un poco así, como si hubiera encontrado un lugar mágico en mitad del bosque, donde el hombre más atractivo solo me miraba a mí y era capaz de olvidar mi inflexible fachada.

Bailamos bajo la letra de animadas canciones italianas, creo que algunas hasta eran subversivas, y después, cuando parecía que los pies se me iban a deshacer, una suave melodía hizo que nuestros cuerpos se rozaran al lento compás de las notas. Para cuando la noche cayó me sentía bastante achispada y feliz. Reconocía en mí la sonrisa que le dirigía a Jürgen, los ojos entornados al recorrer las líneas de su rostro y, en más de una ocasión, me sonrojé pensando si él notaría cómo aspiraba el olor de su cuello mientras el pecho se me ensanchaba y se contraía a la vez que mi cuerpo buscaba el suyo.

El toque de una mano en nuestros brazos me despertó de mi ensueño, un niño de tantos los que corrían a nuestro alrededor traía en sus manos una guitarra clásica más grande que él, la risa de Luigi acompañó su vozarrón.

–¡*Andiamo*, alemán!

Jürgen se rio negándose a coger la guitarra de las manos del niño, ¿se había sonrojado al mirarme?

–Otro día, debemos irnos.

No quise que viera la decepción en mis ojos, hubiera sido el culmen de una tarde romántica oír a Jürgen tocar. ¿Romántica? Agaché la cabeza avergonzada, sin saber de dónde provenía esas locas ideas acerca de Jürgen y yo.

Nos despedimos de Luigi y de la gran cantidad de gente que dejamos bailando y comiendo. La noche en Roma nos recibió, nos cruzamos con parejas, grupos de amigos y algún borracho, atravesamos el puente. Jürgen, con el brazo sobre mis hombros, y yo con la extraña sensación de encontrarme con alguien con quien podía relajarme y disfrutar del paseo entre sonrisas a pesar del estado de alerta que mi cerebro insistía en mandar a mi corazón.

–¿Sabes tocar la guitarra? –pregunté curiosa, me hubiera gustado comprobar si tenía talento, no me cuadraba mucho la sensibilidad de la música con Jürgen, tal vez se trataran de canciones de taberna.

–¡Ah, eso de antes! Es un paripé que tengo montado con Luigi para cuando conozco a una turista y quiero llevármela a la cama...

Me detuve y lo miré a los ojos, con los míos abiertos de par en par, Jürgen sonrió y yo con él.

–¡No cuela! Luigi me dijo que soy la única chica a la que has llevado a la *trattoria*.

–Luigi tiene la lengua muy larga –susurró fastidiado. Obligada a pegarme de nuevo a él, ante lo estrecho de las calles, sonreí para mí misma por su afán de unir su cuerpo al mío.

–Sé tocar la guitarra lo justo, mi público de allí dentro no es muy exigente, me gusta el piano.

Sentí entrar en una parcela muy privada de Jürgen, pocas cosas hacían que él se mostrara serio. Recordé el tono de su móvil que había oído en más de una ocasión, Bach, o la música que sonaba en sus cascos cuando corría, Vivaldi. Pensé en el piano que adornaba una esquina del estudio en Waldhaus, ¿sería suyo? Nadie lo había tocado en los días que había estado en la casa. El silencio nos comió mientras caminábamos y empecé a sentirme incómoda con la intimidad que se estaba creando entre nosotros.

–¿Crees que Roberto encontrará algo en los archivos sobre el cuadro? –pregunté un poco nerviosa al ver que nos acercábamos al hotel.

–Supongo que no, mañana sabremos algo.

Jürgen se mantenía en silencio, como si su mente estuviera dando vueltas a algo, me apretó con más fuerza con su brazo sobre los hombros al ver el hotel.

Quizá debería contarle mi encuentro con Andréi en el museo, pero algo me impedía darle la satisfacción al ruso de que sus amenazas llegaran a Jürgen.

–Jürgen –susurré al entrar al ascensor y vi con sorpresa cómo me soltaba para irse al otro extremo. No tenía nada que ver con la fogosidad de esa misma mañana en que me había arrinconado contra la pared–. ¿Qué ocurre?

Sus ojos verdes fijos en el suelo se levantaron y deseé no haber hecho esa pregunta, era como tentar al mismo diablo encerrada entre cuatro paredes. Su mirada fue abrasadora y dura, como debía de ser el mismo infierno. Sostuve esa mirada aun sabiendo que lo estaba provocando, humedecí mis labios y apreté con fuerza las manos sobre la barra del ascensor. No debía temerle, era el mismo hombre de mirada sincera y sonrisa encantadora de la *trattoria*, era el hombre que reía con todos y deslumbraba a los niños. Quizá en un momento pensé en Colin, pero Colin no tenía cabida en aquel ascensor con Jürgen a punto de echarse encima de mí. Lo deseaba como a nada antes, desde que lo había visto en el aeropuerto de Múnich, desde que con esos dedos largos y finos en manos grandes y fuertes habían cogido mi chocolate de menta en aquel aeropuerto.

–¿Alice?

Iba a morir, ¿me pedía permiso? Si asentía no

se echaría atrás, no habría un reloj que girando las manecillas al revés cambiara nada de lo que iba a suceder. Un destello acaparó el verde de sus ojos, su boca se curvó cuando mi barbilla descendió en una afirmación.

JÜRGEN

Andiamo! Fue como si mi erección recibiera permiso para despegar, en dos pasos estuve a su lado. ¡Alice! Su nombre me quemó los labios a la vez que mis dedos se colaban en su pelo, deshice la coleta que ella hacía horas se había hecho en casa de Luigi e hice que buscara mis labios. Gimió cuando mi lengua acarició la suya, le agarré la cintura y la estreché contra mí sediento de su sabor. Noté sus pechos apretados contra mi cuerpo y me separé con el aliento entrecortado. Habíamos llegado a nuestra planta del hotel y lo increíble era que ni por un momento había planeado cómo daría cada paso, qué haría para seducirla ni qué sería lo que más le gustaría a la inglesa.

ALICE

El ascensor se había detenido y Jürgen tiró de mí al abrirse las puertas. Sin detenerse me condujo a la habitación de la derecha, la mía. Quería morir de la vergüenza, llevaba todo el día con aquella camiseta y esos pantalones arrugados, mi pelo desmadejado y, para mi propio bochorno, estaba un poquito achispada. Con su aspecto sensual, su mirada cargada de erotismo y esa ropa tan sencilla que yo llevaba me sentía como el patito feo. Sin soltar mi mano volvió a tirar de mí y choqué con su pecho. Olía a tabaco y vino, a crema de afeitar y sol por mucho que pareciera imposible. Sus manos en mi cintura me aferraron el borde de la camiseta y tiró hacia arriba desde su altura, me miró ávido y deslizó mi sujetador hacia abajo liberando mis pechos, que botaron por la fuerza con que lo hizo. Fui a taparme y me agarró las muñecas, llevó mis manos a la espalda y se agachó sobre mi cuerpo, aún de pie. Lamió mi cuello y me miró. Una sonrisa de lobo hambriento que hizo que me encogiera.

Me soltó e hizo que retrocediera con su sola presencia hasta caer de espaldas sobre la cama. Caí con suavidad mientras Jürgen se deshacía de su chaqueta, de su camiseta, soltó el cinturón de sus vaqueros y esta vez fui yo quien sonrió.

–Quítamelos, inglesa –ordenó.

Buuff, ¡claro que sí! Y mientras lo hacía, la culpabilidad, la excitación y el final glorioso que preveía hicieron que mi corazón latiera deprisa, unas veces encogido, otras con la sangre fluyendo a cien por hora. Jürgen tenía un cuerpo duro y fibroso, la mente era curiosa, ¿cuánto tiempo necesitaba para olvidar el pasado? ¿En cuánto tiempo mis manos podían sentir aquella piel como si nunca hubieran tocado otra? Esos dedos traicioneros treparon por los músculos de sus brazos sintiendo cada nudo que formaban en tensión a la vez que los dientes se me clavaban en los labios.

Jürgen se tumbó a mi lado en la cama, sus dedos delinearon mi cuerpo, desde la curva del cuello, pasando por el pecho, acariciando mi estómago. Con habilidad desabrochó el botón de mis pantalones y de un movimiento levantó mi trasero y tiró de ellos. Vibraba por la anticipación, porque me tocara los senos, por sus besos más abajo de donde su mano se había detenido en mis caderas. El sonido de su sonrisa al explorar mi cuerpo era una tortura, deseaba, moría, por el placer que Jürgen podía despertar en mí.

Apartó mis manos cuando se me fueron a su trasero, instándole a pegar su piel con la mía, a la fricción de nuestros sexos que ahora parecían arder. Su miembro erecto se acomodó contra mi pelvis y gemí solo con su contacto. Acarició con sus dedos mi ombligo, se deslizó a través de la piel hasta llegar al vértice de mis piernas con un suave roce, apenas noté cómo sus dedos buscaban la abertura que lo llevó a mi interior húmedo y caliente. Los músculos se cerraron en torno a sus dedos y jugaron a atraparlo con débiles contracciones.

Estaba sucumbiendo al orgasmo más poderoso y él lo sabía, jugaba conmigo como quería. Cuando estaba a punto de sentir las últimas bocanadas que me llevarían al placer separó su mano de mí y me empujó sobre él. A horcajadas sobre su cuerpo, lo sentí entre mis piernas y apreté las rodillas contra sus caderas. Su erección rozaba mi sexo mojado y me coloqué para dejar que Jürgen me penetrara. Fue tan despacio a la vez que mesaba mis pechos en una caricia ruda que comencé a moverme por los dos, su lengua lamió y sus dientes apresaron mis pezones provocando el delirio. En el momento que lo sentí completamente dentro de mí, agité el cuerpo arriba y abajo, tratando de liberar las corrientes eléctricas que llegaban a cada extremidad de mi ser, buscando el ansiado momento. Gemí, agarrada a sus hombros hasta donde mi cuerpo podía llegar. Demasiada tensión, demasiados días necesitando ese momento, excitada con su sola presencia y su olor, con la forma de peinar su pelo con los dedos y sus besos. La fuerza de su cuerpo al rozarme casualmente y todo estalló en un grito, «Jürgen», exigente y ronco. Sentí su explosión y caí sobre su pecho, recuperando cada porción de oxígeno para seguir respirando y volver a ver algo que no fuera el brillante negro que envolvía a Jürgen y me llevaría al infierno sumergida en el placer.

–¡Joder, inglesa! ¡Me vuelves loco!

Acogió mi cuerpo sin salir de mi interior, sus brazos me rodeaban el torso por completo y encontré el lugar exacto en que latía su corazón. Levanté el rostro y lo vi con los ojos cerrados. Al notar mi mirada los abrió y esbozó la sonrisa del hombre que lo tenía todo, que había conseguido su trofeo al fin. Cerré los ojos.

JÜRGEN

Con delicadeza sostuve en los brazos a la inglesa, algo había cambiado en su mirada y saltaron todas las alarmas en mi jodida cabeza. La aparté a un lado y ella se giró para darme la espalda, tenía la intención de volver a mi habitación, pero en su lugar la abracé para que se quedara pegada a mi cuerpo. Estaba rígida en mis brazos y lo ignoré, la sostuve un rato más hasta que noté que sus músculos se dejaban llevar por la laxitud y se quedó dormida, con mis manos enroscadas a su cintura.

Dormí como nunca, sereno y tranquilo, sin pesadillas ni viejos fantasmas, tal vez porque cuando abriera los ojos sabría en qué lado de la cama estaba y cuál era el nombre de la mujer que me encontraría por la mañana a mi lado.

ALICE

La voz de Jürgen en mi oído parecía un sueño hasta que su significado se hizo real en mi conciencia.

–Alice, levanta. Heiner nos espera abajo. Roberto nos dejó un mensaje ayer por la noche, en la recepción.

No quería abrir los ojos, encontrarme con Jürgen y la mirada de triunfo que me dedicó la noche anterior al caer en sus brazos. No me gustaba la vergüenza ni la culpabilidad, ni su sonrisa burlona, tampoco lo que me había hecho sentir, como si se tratara de un arcoíris con purpurina en un mundo rosa. Lo hecho, hecho estaba, pero no volvería a caer nunca más en la tentación que suponía el alemán. Me levanté como una niña pequeña, los ojos entornados, una sábana enrollada al cuerpo, apartando a Jürgen con la mano, y fui hasta el baño a la carrera. Abrí los grifos de la ducha a tope y me cobijé bajo el agua fría que poco a poco fue calentándose. No era una actitud muy adulta, más bien la de una quinceañera. El sonido de la puerta al abrirse me hizo erguirme, tras la mampara vi la silueta de Jürgen, deseaba que se metiera conmigo en la ducha, ¿o no? ¡No!

–¡Inglesa! ¿Estás bien? ¿Siempre te despiertas así?

–¡Sí! Por favor, vete –gemí con un gritito. Por fortuna, él no podía ver cómo me tapaba el cuerpo muerta de vergüenza.

¿Se había reído?

–Te espero fuera.

Destensé los hombros al momento para volver a respirar cuando la mampara se abrió de par en par y me encontré con los brillantes ojos de Jürgen.

–¡Has mentido! ¡Fuera!

–Nunca confíes en mí, nena.

Sin darme tiempo a reaccionar se metió conmigo en la ducha, vestido, sin parpadear siquiera, el agua comenzó a caerle sobre el pelo, los ojos, la ropa, mientras su mirada me recorría. La camiseta se pegaba a sus anchos hombros y revelaba cada porción de su estupendo cuerpo. Puso sus manos a ambos lados de mi cabeza apoyado en los azulejos de la pared y dejé de taparme. El agua estaba demasiado caliente o me abrasaba al mirarlo, tan cerca de mí, sin intención de moverse, sus ojos se hundieron en mis labios y de un solo movimiento me sostuvo con la mano la espalda y me besó. En cualquier otro momento le hubiera exigido que saliera, que me dejara, todas mis anteriores convicciones acerca de que aquello estaba mal se deshicieron bajo el agua, murieron en mi boca unida a la suya, buscando su lengua. Jürgen. No era malo, debía decirme, no era un ángel vengador, oscuro y depravado, solo éramos dos cuerpos unidos por la boca. No era algo sucio, solo una atracción que nos impedía parar.

–Estás vestido.

–Desnúdame, Alice.

Y mis manos volaron hacia su camiseta, él me ayudó y, en cuanto lo vi arrojarla por encima del cristal de la mampara, mis manos volaron hasta su cuerpo. Cómo un hombre podía ser tan perfecto. ¡Cielos!, iba a morir abrasada en esa ducha deleitada con cuerpo.

Se tomó su tiempo, acariciando mi espalda, buscando los recovecos en que gemía de placer al deslizar sus dedos por mi columna a la vez que su boca me recorría el cuello, los hombros, los pechos y volvía a comenzar. Su erección, aún bajo los pantalones, se rozaba con mi piel y gemía por ella. Aún estaba vivo en mí todo su ser llenándome, embistiendo sin control como si tuviéramos toda el hambre del mundo. Ahora no podía conformarme con esos besos, con sus caricias, lo quería todo y lo quería ya presa de una increíble ansiedad por tenerlo dentro. Agarré su cinturón y su boca se curvó sobre la mía. ¡Tú ganas, Jürgen! Te deseo como tú sabías que lo haría. Con torpeza se lo quité y siguió el botón de los pantalones. Grité al sentir cómo él me cogía en brazos para sacarme de la ducha, empapamos el suelo, las alfombras y caí sobre la cama. Bajó sus pantalones y descubrió lo excitado que estaba, con su miembro erguido sobre el vientre. Me maravillé de su cuerpo, de su fortaleza, de sus formas y la belleza de su rostro. Era guapo el condenado y lo peor es que lo sabía, tan seguro de sí mismo, de su encanto y atractivo para las mujeres. No era una excepción, no me engañaba, solo era una muesca más, una que había tardado un poco más en marcar, pero que al final, como todas, había caído sin remedio. Pensé que, en algún momento, como la noche anterior, perdería la paciencia, que me penetraría y embestiría para hacer valer su triunfo sobre mi resistencia. Me giró sobre la cama, boca abajo y, cuando imaginaba todas las cosas sucias que pensaba hacerme en ese momento, me besó con ternura, los hombros, el pelo. Poco a poco, comprobó que estaba preparada y me penetró en esa posición. Estaba desconcertada, sabía cómo responder al Jürgen de anoche, pero no a su suavidad. Era casi como si me estuviera haciendo el amor, casi, porque en cuanto noté su miembro dentro de mí me arqueé para que me penetrara más y fue como si alguien hubiera dado la salida. Se hundió en mí, creí soñar, asombrada por la facilidad con que mis músculos lo atrapaban y se contraían en torno a su erección. Gemí porque el aliento se me escapaba, tan cerca del placer y se retiró, me dejó vacía, expuesta y frustrada hasta que me giró y sus ojos y los míos se enfrentaron. Supe lo que debía de sentir una mujer poderosa al ver su expresión de completa rendición al observar mi cuerpo.

–Alice –susurró antes de volver a besarme y que el peso de su cuerpo buscara penetrarme otra vez. Me sentía incapaz de hablar, tan cerca de perderme en lo que se antojaba el mayor placer que había sentido, no sabía si gemir o responder, y mi cuerpo habló por los dos, lo guie hasta mi interior agarrada a su pene, y una embestida tras otra fue llenándome. Jürgen hizo que tocara las más altas cúpulas de Roma y sentí su cuerpo rendirse al sucumbir a un orgasmo que le arrancó de nuevo mi nombre entre sus labios.

ALICE

Heiner nos esperaba abajo impaciente, con las manos en los bolsillos y el coche de alquiler preparado, nada más salir le tiró las llaves a Jürgen, que las cogió al vuelo y se puso al volante.

–¿Dónde nos espera Roberto? –dije a la vez que Heiner me abría la puerta y entraba deprisa, Jürgen ya giraba la llave de contacto. Me sorprendí al ver que Heiner se sentaba detrás. Lo miré a través del retrovisor, aún no había olvidado su deserción y lo que provocó, conocer a Andréi.

–En el lugar más conocido y concurrido de Roma, la *Fontana de Trevi*.

La «oohh» que formaron mis labios hizo que Jürgen sonriera, tardamos apenas diez minutos en llegar con el coche y Jürgen le devolvió las llaves a Heiner, incapaz de encontrar un sitio para aparcar. Hacía calor, mi abrigo de paño azul oscilaba abierto cuando salimos del coche y Jürgen dio la vuelta al coche para coger mi mano.

–Será más fácil pasar desapercibidos si solo somos una pareja de turistas –dijo mientras nos acercamos a la famosa fuente.

¡Vaaale!, gritó la vocecilla de mi cerebro, por mí, sin problema, incluso si él quería podíamos disimularlo el resto del día...

La verdad es que sí pasamos desapercibidos entre toda la gente que caminaba de un lado a otro, de los vendedores ambulantes y los estudiantes apostados en la escalinata. Contemplé el fresco de piedra bañado con el agua cayendo en cascadas, la figura de

Océano coronando el centro y, a sus pies, los tritones a caballo. Poca gente sabía que la representación de la joven de la izquierda descubría el manantial para los soldados romanos de Agripa, sedientos y perdidos tras la batalla.

–¿Ves a Roberto? –preguntó Jürgen, como si los dos palmos más alto que yo no le ayudaran suficiente. Giré a mi alrededor, pero Roberto no estaba por ningún sitio.

Notaba a Jürgen tenso a mi lado y no solo porque apretara mi mano, sino por su expresión seria.

–No, pero suele ser puntual.

–Ven, Alice, esperemos aquí –dijo sentándose en la escalinata desde la que todos los turistas admiraban la fuente.

Roma era vida, alboroto, voces altas. Ocres, amarillos, naranjas, balcones de flores rojas, todo color. Sentí los ojos de Jürgen puestos en mí.

–Müller, piensas tan alto que puedo oír tus pensamientos –dije con la misma frase con que me quiso engatusar el día de la fiesta en Füssen, antes de salir hacia Roma. Sé que sus ojos sonrieron bajo las gafas de sol y las levanté mientras me apoyaba en su torso. Al verme tan cerca, él mismo se las colocó sobre la cabeza, alborotándose el pelo. Fue un momento tan íntimo, tan cerca su cuerpo y el mío, que retrocedí al instante.

–Te gusta Roma, ¿verdad? –preguntó volviendo a colocar el mechón suelto detrás de mi oreja.

Me hubiera gustado besarle, allí en medio de aquella plaza. Tan cerca de él mi lado sensible parecía explotar, era como si todo lo que me rodeara estuviera cargado de sentimiento, de colores, buscara un marco en el que encuadrarse para que yo pudiera pintarlo.

–Me gusta, sí. Provoca algo en mí, quiero pintar cualquier rincón bañado de luz y atrapar los reflejos sobre la piedra... no sé si me entiendes... ¡Mira! –giré su rostro de la barbilla para que viera a una niña apoyada al borde de la fuente intentando tocar el agua–. Me gustaría pintar este momento, amarillo, la pintaría con un vestido de ese color y cómo se refleja el agua en las rocas de atrás.

Jürgen me miró como si estuviera loca. La madre cogió a la pequeña en brazos para alejarla del peligro.

–Su madre de azul, las dos apoyadas observando la cascada de agua.

–¿Ya no pintas, Alice? –preguntó obligándome a olvidar mi escena y mirarlo.

–No.

–¿Por qué?

Reclinada sobre la escalera, él se movió un poco e hizo que me apoyara en su pecho como si realmente fuéramos una de esas parejas de enamorados que visitaba la famosa fuente.

–Sinestesia cromática, comenzaron a llamarlo en el colegio. Un don, me dijeron entonces, me engañaron. Mis padres me llevaron a neurólogos cuando empecé a decirles que las letras tenían colores, una P amarilla con una raya era una R naranja y ellos dijeron que tenía mayor percepción de las cosas, un extenso estudio de la corteza cerebral... algo muy complicado para decir que asocio colores con personas, con sentimientos, si he vivido un recuerdo con esa niña vestida de amarillo y es agradable veré ese color en quien sea amable conmigo.

Se rio con ganas el muy idiota

–¡Joder! ¡Vamos, que estás tarada!

Giré como un resorte para ver su cara, nadie nunca me había hablado como él, me seguía alarmando su facilidad para soltar palabras malsonantes y reírse de mí con tanta familiaridad, en realidad Jürgen se reía de todo.

–¡Eeeh! No es que esté tarada, a veces imaginaba un lienzo en blanco sobre una escena y los colores me guiaban, de verdad decían que tenía talento. Es como el compositor de música que en lugar de notas ve matemáticas puras o el escultor que crea una proporción perfecta de un cuerpo sin medidas ni cánones.

–Contesta, inglesa, ¿ya no pintas?

–No –negué escondida de nuevo en su regazo–. Al parecer «ese talento» se fue. Durante un tiempo viví perdida en fiestas, chicos, cosas intranscendentes que al final acabaron con una parte de mí. Conseguí acabar la carrera, pero acabé de relaciones públicas en el museo, no se me daba bien la restauración como a Nela, Roberto me ofreció el puesto.

Gruñó al oír el nombre de Roberto y lo noté tenso.

–Así que asocias colores con las personas. ¿Y qué color soy yo, Alice?

Temía esa pregunta y quizá la esperaba al confesarle aquello, quizá algo dentro de mí quería que lo preguntase. En los últimos días había notado los matices de colores de la ciudad, como en el puente al ir a la *trattoria*, esa inquietud por querer volver a pintar iba acompañada de una nueva visión de lo que me rodeaba.

–Si dices verde por el color de mis ojos me decepcionarás, lo sabes, ¿verdad?

Consiguió que sonriera.

–No, Jürgen, eres un misterio para mí.

–No me enfadaré, imagínalo para mí. Tienes miedo.

–¿De ti?

–No, de verte reflejada, de saber que somos iguales en el fondo. Aunque te refugies en tu ropa de niña modosita y tus palabras afectadas, sé que me deseas tanto que huyes de estar conmigo, que te gustan mis bromas y mi modo de vida. Que tienes miedo de enamorarte de mí.

Volví a mirarlo y quedamos uno frente a otro.

–Si lo admitiera sería una más y no estoy segura de querer ser solo eso para ti, una Suzanne que corre detrás de ti suplicando una mirada.

–Nunca podrías ser una más, inglesa. No te pareces a ninguna de ellas.

–Cuidado, Jürgen, no prometas nada que no puedas cumplir.

–Eso nunca, Alice –rio.

Por una vez no me molestó su forma de ignorar lo que intentaba decirle y fruncí el ceño.

–Quiero amor, Jürgen, del de toda la vida o al menos hasta que se acabe. Quiero alguien en quien pueda apoyarme cuando todo mi mundo se desmorone y que venga a cenar en Navidad con mis padres. Quiero hijos y una casa donde vivir y amar a una sola persona.

–¡Guau! ¡Bravo por Colin! ¿Todo eso es él?

–¿Ves, no te tomas nada en serio? Por eso lo que pasó anoche y esta mañana no volverá a repetirse, sexo sin amor es una cáscara vacía que al final muere.

A punto de contestarme, Jürgen se levantó haciendo que me levantara con él, me asustó su forma de mirar alrededor y la tensión que se dibujaba en su mandíbula.

–Alice, ¿llevas el cuadro contigo?

–Sí, claro –susurré cada vez más asustada apretando el bolso enorme sin consideración, en un tubo de carbono acolchado por dentro estaba el cuadro–. ¿Qué es lo que ocurre, Jürgen?

–Nada, cosas mías. Ahí viene Roberto.

Sin tiempo para que me lo explicara, Roberto apareció entre la gente con una sonrisa. Después de un beso en la mejilla se dio la mano con Jürgen.

–¿Qué has encontrado, Roberto? –pregunté presa de la curiosidad. Por alguna razón, Jürgen no me soltaba el brazo y lo interrogué con la mirada. Esa forma de actuar cada vez que Roberto andaba cerca comenzaba a ser estúpida.

–No había nada, de ninguno de los dos cuadros, ni el original ni la copia. Este cuadro de Cesare jamás ha estado expuesto en las salas del Museo Vaticano, no ha quedado evidencia alguna. Dudo que estéis en lo cierto cuando afirmáis que hay otro cuadro, y más uno de Leonardo –afirmó muy serio.

Detuve mi mirada un momento más en Roberto, intentando que no se diera cuenta de cómo lo observaba. O Roberto mentía negando que el cuadro estuvo en el Vaticano o los registros se habían manipulado porque yo había encontrado la etiqueta del Museo Vaticano en la que ponía su número de exposición y sala.

–Lo bueno es que entonces el cuadro de Da Vinci sigue desaparecido –dije para ver la reacción de Roberto, simulé un poco la voz como si estuviera entusiasmada ante el misterio en el cual nos estábamos embarcando–. ¿Y del hermano de Cesare sabes algo más? ¿En qué iglesia sirvió?

–Me temo que yo mismo he de reconocer que esa historia no se sostiene.

Fruncí el ceño al oír las palabras de Roberto, eso sí que era raro cuando él había sido el máximo defensor de esa teoría.

–No sé si eso es bueno –farfulló Jürgen.

Puede que él se diera cuenta antes que yo de que todo el rato, mientras manteníamos esa conversación, Jürgen había estado vigilando a nuestro alrededor, aparentando tranquilidad, pero en el momento que seguí su mirada los vi. Dos hombres, otros dos detrás, avanzaban hacia nosotros apartando a la gente en su camino sin consideración. Pantalón negro, chaqueta negra, gafas de sol oscuras.

–¡Jürgen! –grité. Yo ya los conocía de la exposición, los mismos que acompañaban a Andréi.

Ignoró algo que Roberto nos decía y cogió mi cara entre sus manos con una expresión de absoluta frialdad.

–Alice, ve a la *trattoria*. No salgas de allí hasta que yo vaya a buscarte, avisa a Luigi que se mantenga alerta, pero no le cuentes nada.

–¿Qué dices? ¿Quiénes son? ¿Buscan el cuadro? –busqué cerciorarme.

–Creen que es el verdadero, son los hombres de Andréi. Hazme caso, no confíes en nadie y guárdalo bien –me advirtió mientras tocaba mi enorme bolso.

Afirmé con la cabeza e intenté mirar en la dirección en la que se acercaban aquellos hombres, quizá debería haber contado a Jürgen mi encuentro con Andréi.

–¡Corre, inglesa!

Quizá me empujó o salté como si fuera una liebre, pero agradecí los zapatos planos cuando arranqué en una carrera. Pasé el bolso sobre la cabeza y me lo puse a modo de bandolera, y corrí, ¡vaya que si corrí!, mi hobby de por las mañanas me ayudó. Dejé atrás la plaza sin mirar atrás, perdida en las callejuelas de Roma. El río, debía alcanzar el Tíber y después sabría orientarme. La luz del sol, los árboles, sabía exactamente cómo seguir el rastro de color que habíamos dejado el día anterior agarrados Jürgen y yo, como cualquier pareja de italianos.

Llegué, con un dolor en el costado de cargar con el maldito bolso y tratar de mantener la respiración. No ayudaban mis zapatos planos, ni la preocupación que sentía por Jürgen, aquellos hombres de la plaza parecían armarios y no creí que tuvieran muy buenas intenciones. ¿Y Roberto? ¿Qué habría pasado con él? Pero ¿cómo sabían que habíamos quedado en la fuente? ¿Tal vez seguían a Roberto, a nosotros? Los hombres de Andréi, había dicho Jürgen antes de empujarme y un firme: «No salgas de allí hasta que yo vaya a buscarte». Tal vez aquella había sido la única intención de Jürgen al enseñarme el viejo restaurante, encontrar un refugio para mí en caso de que todo se pusiera feo. Miré alrededor antes de abrir la puerta vieja de la *trattoria* e internarme en su pasillo de bóveda azul y suelo acristalado. No se oía un solo ruido dentro y solo cuando accedí al primer patio la voz de Luigi me devolvió algo de confianza con su eco en las ajadas paredes.

–¡*Ragazza* inglesa!

Me supo mal no contarle la verdad al italiano, pero Jürgen me dijo que no confiara en nadie, así que el buen hombre aceptó que él me hubiera enviado a esperarle. Por su forma de mirarme supe que estaba al tanto de los negocios de los Müller y que no quería saber nada de mi presencia allí. Atravesamos el segundo patio, el de las flores rojas, con sus plantas cayendo en cascada hasta la mitad de los arcos donde solo quedaban los bancos vacíos y las mesas limpias.

–Hoy descansamos a mediodía, es lunes y no hay clientes –me explicó Luigi mientras lo seguía en silencio. Me llevó hasta la escalera de uno de los lados del patio y subí junto a él maravillada por la belleza del lugar. Una vez más, como en la entrada, miré hacia arriba admirando los techos pintados de la galería como si fuera un cielo cuajado de estrellas. Se detuvo ante una puerta de las muchas que había y abrió con una enorme llave que luego me tendió con una sonrisa.

–Su habitación, *ragazza*.

–Gracias, Luigi. –Esbocé una sonrisa dedicada a tranquilizar al hombre más que a mí y, según cerré la puerta de madera, quise echarme a llorar.

Era una habitación sencilla, iluminada por un gran ventanal que daba al patio, encalada con un amarillo amanecer desconchado en algunas partes y sin cuadros ni decoración en las paredes. El cabecero de latón y una enorme cama con sábanas floreadas y unas sillas de madera que parecían viejas era todo el mobiliario. Descubrí junto a la puerta de un tosco baño romano un aparador que parecía un pequeño secreter apoyado en la pared. Todo parecía muy viejo en la inmensidad de la habitación de altos techos, tenía algo de confortable debido a los colores y la luz. Me senté en la cama con mi bolso y suspiré, saqué el cuadro protegido en un tubo rígido y lo puse sobre la cama sin querer abrirlo. ¿Todo esto lo había originado ese pequeño cuadro poco más grande que un póster? Rebusqué entre las otras cosas y sonreí al encontrar una tableta de chocolate que tenía a medias, era una guarrería, pero necesitaba recuperar calorías después de la carrera y tal vez, solo tal vez, el sabor era como estar en casa. El móvil salió el último y con él la esperanza de que tuviera un mensaje de Colin en el que me decía que podía buscarme a otro idiota, que él había encontrado al verdadero amor de su vida. ¡Ja! ¡Cobarde! Me dije, para que no seas tú la que tengas que contarle lo mal que te sentías. Un tiempo entre nosotros había dado lugar a aquello, me había acostado con Jürgen, lo había disfrutado, había sido mágico, nada que ver con hacer el amor con Colin. Y lo peor es que si Jürgen volvía a aparecer lo repetiría sin dudar. Algo nunca estuvo bien en mí y ahora lo sabía, no podía arrastrar a Colin. «No... se... lo... cuentes». Eso no, nunca, si lo llamaba sería para dejar nuestra relación, no tenía sentido seguir engañándome a mí ni a él. No amaba a Jürgen, no estaba enamorada, sino convencida de que me había dejado embaucar por su rostro, su cuerpo, su aire de niño malo... Fuera lo que fuera yo era tan culpable como él. El contacto de Colin salió el cuarto, después de Nela, mi madre y mi padre. ¿Qué diría mi padre? Una nueva decepción de su hijita.

–Colin.

–¡Alice! Llevo llamándote dos días, ni un mensaje, no contestas. ¿Quién crees que eres para...?

Ahora empezaría a hablar con tono paternalista que odiaba, ¿siempre lo odié? ¿En serio?

–Escucha, lo sé. Mal, muy mal. Debí llamarte antes.

–¿Dónde estás?

–Eso no importa, Colin, tenía que hablar contigo...

–Es una mala influencia, lo sabía, me lo dijo tu padre. Esa amiga tuya, Nela, la gente que la rodea. ¡Te exijo que vuelvas ahora a casa!

La Alice que él conocía, a esa versión de mí, Colin pensaba que podía hablarle así porque le había dejado hacerlo innumerables veces, pero lo cierto es que la Alice de antes cada vez ocupaba más espacio y daba codazos a la rigidez, la frialdad, la media sonrisa... y era culpa de Jürgen. Con él podía ser «yo», descarada si quería, vestir atrevido, bromear obscenamente e incluso disfrutar con el sexo. ¡Upps! Esto último me hizo arquear una ceja. ¿No disfrutabas antes? Lo metí enseguida en el cajón de «después» que tenía a rebosar en la cabeza.

–Nela no ha tenido nada que ver, Colin. He conocido a alguien, déjame hablar. Alguien especial –salió solo desde mi subconsciente.

–¿Estas saliendo con alguien? Cuando hablamos de un tiempo no ...

–No estamos saliendo ni creo que lo hagamos, pero me he dado cuenta de muchas cosas, Colin, lo nuestro no estaba bien, debimos darnos más tiempo antes de planear una boda...

–¡Vuelve a casa, ahora!

¡Guau! ¿Y el flemático inglés? El grito me perforó el tímpano

–Todavía no puedo, pero te prometo que en cuanto acabe lo que estoy haciendo...

–¿Alguna estúpida fiesta o evento, esas tonterías que organizas? ¡Vuelve a casa, Alice!

¿Estúpida fiesta? Respiré hondo, le estás dejando, es normal que se enfade.

–Escucha, Colin, iré para que podamos hablarlo en persona. Solo te llamé para contártelo, no podía...

Me colgó. Sin una palabra más. Marqué de nuevo su número y el tono sonó hasta morir en mi oído.

ALICE

Cuatro horas sin saber de Jürgen. Luigi me subió en persona una bandeja con comida y una botella de vino. Llamó a la puerta mientras yo observaba, intentando sacar alguna conclusión, el cuadro desplegado ante mí sobre una pequeña mesa camilla. Al preguntar quién era y contestarme pensé en ocultarlo, pero si Jürgen confiaba lo bastante para mandarme a casa de Luigi supuse que podía fiarme de él. Abrí y él dejó la bandeja en el secreter, miró el cuadro y sonrió.

–¡Sabía que el alemán traía líos con sus cosas! –dijo mientras negaba con la cabeza–. Los hombres del otro día, los de la fiesta, trabajan para él, les dijo que investigaran sobre un cura o algo así.

–No ha llamado Jürgen, ¿verdad? Empiezo a estar preocupada, Luigi, nos separamos porque unos hombres buscaban esto... el lienzo.

Luigi se tocó el bigote y entornó los ojos.

–*Ma cos'è questo!* –Se acercó al cuadro y me sorprendió acariciando con sus dedos gordos el borde desgastado de la pintura–. ¿Es un cuadro florentino, se parece a uno del maestro Leonardo da Vinci? Quizá a la Virgen de las Rocas, ¿o no?

Abrí la boca sorprendida, ¿Luigi, el cocinero, sabía de arte? «No te fíes de nadie, Alice». Casi lo último que me advirtió Jürgen.

–No.

Luigi echó una carcajada ante la mirada de desconfianza que sabía le estaba poniendo.

–¿Un discípulo del maestro lo pintó?

–Sí.

Luigi suspiró e hizo una mueca al intentar asimilar lo que le contaba.

—Llamemos a Soren Müller.

Abrí la boca desencajada al escuchar el acento de Luigi, más bien la falta del italiano de Luigi, que pasó a hablar en inglés.

—No me mires así, *ragazza*, la *trattoria* no da mucho para mantener un viejo palacio romano. Mi italiano ayuda a mi personaje, conozco a Soren y Jürgen Müller desde hace años.

—¡Espera, Luigi! No creo que Jürgen quisiera que metamos a su hermano ahora en esto. Le esperaremos. Soren sabe que estamos aquí, y que este lienzo esconde el lugar donde el discípulo de Leonardo escondió el original del pintor. No quiero preocuparle. Jürgen dijo que lo esperara. Habíamos pedido a un viejo amigo para que investigara en los archivos del Museo Vaticano, pero no encontró nada, fue justo cuando aparecieron esos hombres...

Luigi volvió a tocarse el bigote en un gesto pensativo.

—Pues alguien os ha traicionado.

—Nena, te dejo unas horas sola y ya me encuentro a un italiano en tu habitación.

Giré hacia la puerta abierta y allí estaba Jürgen, apoyado en el marco de la habitación, con los brazos cruzados sobre el pecho y la ceja arqueada. Como si nada hubiera pasado mientras yo me devanaba los sesos preocupada por él.

Me acerqué despacio, nuestros ojos enfrentados sin parpadear, y lo abracé. Él abandonó su pose y me envolvió con su cuerpo. El sonido a cuero viejo me arropó y Jürgen besó mi cabeza. Apartó su abrazo del mío para coger con las manos mi rostro y darme un suave beso en los labios que me supo a poco.

—¡Comamos! —gritó Luigi con su acento italiano

renovado–. Después descubriremos el misterio de vuestro cuadro.

–¿Y Roberto? –susurré en el oído de Jürgen.

–Desapareció, pero no creo que fueran a por él, eran los hombres de Andréi, buscaban eso –dijo señalando el lienzo sobre la mesa–. Creo que a partir de ahora dejaré que corras conmigo, inglesa, ¡joder, qué velocidad!

Y me sentí la mujer más orgullosa del mundo.

Mientras Luigi bajaba la bandeja al patio y mandaba preparar algo para Jürgen y él mismo, yo observaba al alemán. Desde que había aparecido se mostraba serio y tirante, supe que de verdad estaba preocupado cuando sacó del bolsillo de su chaqueta un cigarro liado y se lo fumó, esta vez de verdad, nada de dejar consumirlo entre sus dedos.

Tras levantarnos de la mesa, me hicieron coger el cuadro y fuimos tras Luigi hasta un extremo del patio donde abrió una antigua verja que parecía bastante pesada. Descendimos por unos escalones gastados de piedra blanca hasta que él encendió la luz de un sótano que debía ocupar los pilares de toda la antigua casona. Las paredes en bruto y el suelo de arenisca quizá para tapar la piedra. Junto a las paredes, cuidadosamente alineados y separados quizá por su valor o periodo de la antigüedad había jarrones, vasijas, cántaros, cubiletes, soportes, páteras, lucernas… en cerámica, terracota, plata, la «Vasa Escaria» o vajilla de las antiguas casas romanas, decoración en barniz negro… algunas dañadas o rotas, de indudable valor por su antigüedad. No era especialista en arte antiguo, pero estaba segura de que todo aquello valía una fortuna.

A uno de los lados había una puerta que Luigi volvió a abrir con llave, encendió la luz de un antiguo interruptor de baquelita y la sala se iluminó. Varias mesas alineadas contra la pared, un escáner enorme junto a un recipiente para pruebas de carbono y una máquina pequeña de luz ultravioleta. Aquello era un pequeño laboratorio más casero que profesional para analizar obras de arte.

–¡Luigi! ¿Dónde has conseguido todo esto? –pregunté sorprendida mientras ambos hombres me sonreían.

Sin que dijeran nada saqué del tubo el lienzo y el italiano le pidió ayuda a Jürgen. Fueron encendiendo aparatos y fui hasta una de las mesas. Colgado en la pared estaba un enorme perfil de Roma coronado por sus cúpulas y un mapa de la ciudad. Con curiosidad, mientras oía el trasiego de ambos a mi espalda, seguí el contorno de los edificios antiguos con la mirada. A la derecha de la reproducción estaba el monte Pincio, Luigi me había contado que era el lugar donde en la actualidad los romanos practicaban deporte y pasaban los domingos huyendo del entramado de callejuelas y los turistas. Era el lugar desde el cual Cesare y Leonardo habían pintado el cuadro, tal vez no fuera una casualidad.

Cuando miraba el lienzo veía en primer lugar lo que todo el mundo: los personajes, sus rostros, sus expresiones, pero la luz, el verdadero foco de luz estaba en el fondo, en el perfil de la ciudad. Me giré hacia el cuadro que Jürgen había colocado en un atril, fijando con cuidado sus extremos para poder estudiarlo. En realidad, no era un cuadro religioso, era un cuadro de la ciudad reflejando el poder de Roma, con sombras y luces, la riqueza de la iglesia frente a la pobreza de sus calles.

La mano de San Juan en realidad no señalaba con el dedo alzado al Vaticano sino al mismo cielo, mientras la otra mano del santo señalaba al suelo, a lo terrenal ¿Quiso Leonardo mandarle un mensaje al papa León X con aquel cuadro, expresar su desagrado a la riqueza de la Iglesia encubriéndolo en sus cuadros? No me extrañaba que no hubiera gustado al papa, era una crítica velada a todo lo que representaba.

Comparé los perfiles del lienzo con el póster que colgaba de la pared sin encontrar diferencias significativas excepto la ausencia de los edificios modernos. Me preguntaba si no existirían varias capas ocultas bajo la pintura. Leonardo pintaba, rectificaba encima, reutilizaba lienzos, aplicaba barnices y en muchas ocasiones escondía sus mensajes en los cuadros. ¿Por qué Cesare no habría de hacerlo si fue su leal alumno? Tenía que haber dejado una pista para quien quisiera encontrar el cuadro del maestro, alguien que conociera y valorara la obra de Leonardo de verdad, alguien que hubiera estudiado sus composiciones y supiera de las locuras del maestro. Allí, en algún lugar, estaba la respuesta de dónde encontrar el lienzo. Simplemente no podían borrar el lienzo entero en busca de esas pistas, tenía que ser algo sutil y con ingenio, no demasiado evidente.

–Escanearemos el lienzo por si el artista ocultó algo bajo la pintura o hay algo que nos indique dónde está el cuadro que pintó Vinci –afirmó Jürgen al italiano.

¡Vaya, parece que Jürgen había llegado a la misma conclusión!

–¿Será tan fácil como una señal que diga «aquí está el tesoro»? –rio Luigi–. ¿Qué debemos buscar? ¿Una flecha, una X?

Jürgen se encogió de hombros.

–Bueno, al menos sabemos por Roberto que podemos descartar el Vaticano, allí no está, nunca se registró su entrada ...

Jürgen me miró un momento antes de ajustar el

lienzo en el bastidor ante las lentes preparadas para las pruebas, ¿pensaba que fue Roberto quien nos traicionó? Le había llamado al móvil lo menos diez veces y siempre saltaba el buzón de voz.

–Luigi, ¿también te dedicas al contrabando de arte? –pregunté mientras los dos acababan de preparar la máquina.

–¡Ay, *ragazza*! En Roma, excavas debajo de una piedra y encuentras maravillas... Ya no entran en los museos, así que les hago un favor.

Resoplé ante la contestación del italiano, ¡qué cara más dura! El semblante de Jürgen se iluminó con las primeras luces de la máquina y me aparté a un lado. En un pequeño monitor del ordenador que controlaba la máquina fue apareciendo el cuadro milímetro a milímetro, diseccionándolo en partes cada más pequeñas. Necesitaríamos horas a pesar de su pequeño tamaño para completar la inspección en busca de algún indicio, una letra, un cambio en los trazos. Si había suerte habría una equis enorme en alguno de los edificios del fondo que dijera dónde estaba el cuadro del maestro.

–Yo os dejo, se hace tarde y tengo que abrir la *trattoria* en un rato. El sótano es vuestro –declaró Luigi a los poco minutos–. *Ragazza!* Prohibido tocar mis trastos.

Levanté la vista del monitor y vi la sonrisa pícara del italiano, le saqué la lengua y giré la mirada a Jürgen, que manejaba la máquina con precisión, su semblante serio, como pocas veces lo había visto. Sus manos movían con fuerza el bastidor para llevar hacia otra zona la enorme lupa y me maravillé de su rostro concentrado bajo el haz de luces, el mechón le caía cerca de los ojos que de vez en cuando entornaba.

–Alice, sé que me estás mirando.

–No, solo pensaba –afirmé volviendo a mi inspección del cuadro–. Creí que solo venías aquí a casa de Luigi, torturado por la vida que llevabas. En realidad, forma parte del negocio de los Müller, ¿verdad? Me encandilaste con tus amigos italianos, el encanto de la casa, la música y el baile, me sedujiste y...

Retrocedí cuando lo vi apartarse con brusquedad del aparato y clavar sus ojos en mí.

–Alice, no intento ser otra cosa ni aparentar, te traje aquí la primera vez porque me dio la jodida gana. Puede que lo desees con todas tus fuerzas, pero yo no soy Colin. ¡Mira cómo ha acabado! Abandonado antes de la boda y con su prometida dando saltitos en una cama conmigo–. Jürgen acercó su rostro al mío como si quisiera ver en mis ojos lo que realmente pensaba–. Tú querías follar conmigo tanto como yo contigo –murmuró entre dientes.

–¡Eres un bruto y un soez!

–«Soez», ahí tenemos otra bonita palabra de Alice. Empiezo a pensar que lo haces a propósito, lo de hablar como si llevaras una vara metida...

–Puedo hablar tan mal como tú si quiero –lo interrumpí. La expresión de él cambió al momento, como si le hubiera supuesto un nuevo desafío con que divertirse–. Follar, ¿ves? Puedo ser tan ordinaria como tú.

Se rio con ganas y sin que me lo esperara me dio un beso en el pelo y volvió a concentrarse en el lienzo.

–Ahora, inglesa, no sé si me gustas más cuando dices esas palabras tan correctas o cuando te ensucias la boca...

Resoplé fastidiada, era imposible hablar con él, siempre acabábamos en el mismo lugar. ¿Debería contarle que había hablado con Colin? ¿Qué había roto nuestro compromiso de manera definitiva? Era posible que si se lo dijera pensara que había sido por él, y no le daría ese enorme gusto a su enorme ego conquistador, y yo... Yo podía engañarme, aunque saliese el sol por los dos lados de la Tierra, había roto con Colin para no tener que llevar esa culpa sobre los hombros. De verdad, aquel juego con Jürgen tenía que acabar.

–¡Nada! –gemí al cabo de las horas, cansada y con el cuello cargado de estar inclinada sobre el monitor y solo habíamos revisado el fondo del cuadro sin entrar en la escena. Miré hacia la pequeña claraboya por la que horas antes entraba la luz y ahora estaba oscura, había anochecido y no habíamos encontrado nada. Las voces del patio nos dijeron que Luigi tendría bastante trabajo esa noche, el restaurante parecía estar lleno. Jürgen mostraba la misma mirada decepcionada que yo–. Leonardo era de juegos, creo que nos hemos equivocado –comencé a elucubrar.

–Sabíamos que no sería fácil, por lo que sabemos, el cuadro ha estado escondido durante siglos aquí en Roma y si tenemos suerte ahí seguirá. Estoy convencido de que está en una iglesia, convento o lugar sagrado...

–¿Por qué?

–No es una escena de un campo con girasoles, ha debido de pasar desapercibido o estar escondido en algún sitio religioso, la imagen de la Virgen con el Niño y San Juan, esa severa expresión. El problema es que en la ciudad hay al menos novecientos edificios religiosos, sin contar los alrededores.

Miré de nuevo al lienzo, Jürgen tenía razón, en algún sitio de Roma tenía que estar el lienzo verdadero. Sin saber cómo, nuestros ojos cansados se encontraron en la penumbra que creaban las luces del monitor. Con sus manos me apartó el pelo detrás de la oreja y su mano se quedó un momento en mi mejilla.

–He dejado a Colin –susurré.

Jürgen bajó la cabeza y emitió un suspiro.

–No deberías haberlo hecho por mí, inglesa.

Así, sin más, pero ¿que esperaba? «Has hecho bien, inglesa, porque eres especial para mí, hacer el amor contigo es lo más maravilloso que he sentido nunca y creo que podría enamorarme de ti». Y se me escapó un «Bah» profundo, similar a una pedorreta. Jürgen frunció el ceño antes de concentrarse en algo que miraba en la pantalla del monitor.

–Es una pintura hermosa en la zona donde la mujer y el niño, pero la imagen del santo...

–En el arte religioso en aquella época, demasiado realista, el artista debía intentar hacer verídicas y cercanas las escrituras de la Biblia, mira las esculturas de Bernini o el...

–El tal Cesare no era muy hábil, ¿no? Mira esto, parece que hizo pinceladas a diestro y siniestro.

Me acerqué hasta que mi rostro quedó a la altura del de Jürgen y vi lo que él veía, un trazo firme del mismo pigmento que el resto, rasgando el perfil de los edificios, un trazo seguro con un pincel ancho que al ser del mismo color solo se apreciaba mediante el escáner aumentado. Formaba una leve S sobre el cielo azul y una débil raya atravesándola. Tan próxima al cuadro, con la lupa, vi debajo un edificio de un extraño color azulado, me separé unos centímetros evitando que aquel trazo falso me desconcentrara y volví a ver el color natural de la cúpula, mi visión de los colores alteraba mi percepción.

–No lo entiendo, Jürgen, hubiera sido muy fácil corregir la pincelada, quizá barnizaron esas partes del cielo y los edificios en más de una ocasión.

JÜRGEN

No me gustaban las imitaciones, nunca me gustó lo falso, quizá por el trabajo que me habían obligado a hacer Soren y mi padre.

Por alguna razón no tenía prisa en encontrar el cuadro de Da Vinci, a pesar de lo que supondría para la familia, y empezaba a inquietarme porque fuera por la inglesa, ¿había dejado a su novio? En otras circunstancias la hubiera metido en un avión y mandado lejos, o me hubiera ido yo. La chica había confundido las cosas.

–Alice, ¿cómo narices has podido hablar con tu novio?

–No ha sido fácil, él se ha mostrado reacio a tomar una decisión...

La agarré por los hombros y la separé del monitor un poco más brusco de lo que quería.

–¿Que cómo lo has hecho?

La vi mirarme como si se hubiera comido los dos últimos trozos de ese chocolate de menta que le encantaba. Ahuecó el culo y me mostró el móvil que llevaba en su bolsillo trasero.

–¡Mierda, inglesa! ¿Has llamado a alguien más?

–¿A Roberto? Estaba preocupada por él, pero no me lo ha cogido...

Lo arranqué de sus manos y lo arrojé al suelo, lo pisé una y otra vez.

–¡Jürgen! Pero ¿qué haces?

–Nos pueden localizar con tu móvil, los putos rusos, ¿te acuerdas? Los chicos de los trajes negros y las pistolas bajo la americana.

Volvió a mirar el móvil en el suelo y se levantó de golpe.

–Podías haberlo apagado y ya está –gritó con los puños cerrados. Retrocedí perplejo porque los ojos le echaban chispas, sus brazos se agitaban arriba y abajo–. No me dijiste que tirara el teléfono, solo dijiste «no confíes en nadie», «no salgas de casa de Luigi hasta que vaya a buscarte». –La verdad es que imitaba mi voz muy bien.

–¡Alice! ¡Tardé cuatro horas de mierda y ya estabas contándole todo a Luigi!

Se acercó aún más a mí, quería estrangularla si seguía gritando. En lugar de ello avancé antes de que llegara con los puños cerrados a mi pecho. Le atrapé los hombros y, en lugar de hacerlo, la besé con pasión mezclada con frustración que nacía de mi entrepierna, como un loco hambriento de su sabor. Me excitaban sus labios, su pelo, sus curvas, el olor de su cuerpo junto al mío, parecía un maldito perro husmeando a su alrededor todo el rato.

Un sonido en el exterior me puso en alerta, a pesar del espesor de las piedras de aquel sótano se oyeron gritos. El eco que creaba el patio hizo que pudiera escucharlo antes de quedar atrapados en aquel sótano.

La inglesa me miró tensa, con los ojos muy abiertos, ella también lo había oído, como un trueno retumbando en la piedra. Después, nada. La música había parado y pronto empezaron las voces.

–Polizia! –se oyó arriba.

–¡Lo que nos faltaba, una redada en la *trattoria*! Alice, coge los abrigos –susurré en su oído–. Yo cogeré el lienzo. Si lo encuentran aquí harán preguntas, si me encuentran aquí con él harán más. Sospecho que nuestro amigo Andréi ha provocado todo esto para encontrarnos.

–¡Jürgen! ¿Y Luigi?, ¿qué le pasará a él?

–¡Sssshh! Solo tiene que evitar que entren aquí y vean su pequeño museo ilegal. Andréi no tiene la certeza de que estemos aquí, creo que está poniendo Roma patas arriba para encontrarnos.

Me di la vuelta y busqué algo para pintar, arranqué un trozo de arcilla de un jarrón y la inglesa me miró horrorizada ante el destrozo de la cerámica. En la piedra de la pared pinté un círculo partido en forma de «ese».

Fui derecho hacia el final de la bodega, tuve que empujar con el hombro la vieja puerta de madera varias veces hasta que se abrió y apareció el callejón por el que podríamos despistar a la policía y a los hombres de Andréi, si es que estaban vigilando.

Paré a un taxi que casi nos atropella al subirse a la acera y le di la dirección en italiano.

–Esperaremos a que se vayan en un sitio seguro –asentí mirando el bolso en el que Alice guardaba el maldito lienzo.

ALICE

–¿Nos siguen? –le pregunté a Jürgen mientras él miraba una y otra vez hacia el retrovisor del conductor.

–Relájate, creo que no.

Hundida en el asiento trasero de un coche que olía a fritanga rancia vi pasar las luces nocturnas de la ciudad, el tubo con el cuadro seguía en mi bolso y se me estaba clavando en las costillas. Iba a tirar del asa con violencia cuando el taxi se detuvo y Jürgen se rio de mí, tenía los ojos brillantes de aguantarse, bufé, mosqueada.

–¡Es lo que pintaste en la pared de Luigi! –dije al ver el símbolo de la discoteca ante la que estábamos, parecía estar hasta los topes, gente entrando y saliendo y una enorme cola esperando en la puerta.

–¿En serio, Jürgen, una discoteca?

–Sí, inglesa. Luigi vendrá a buscarnos cuando no haya peligro, si es necesario nos buscará otro alojamiento.

–¿Por qué no llamas a Heiner? ¡Estará en el hotel, esperándonos!

–Porque ya no sé de quién fiarme, el primer sitio donde buscarán será el hotel, nos encuentran en todas partes. Déjame eso a mí.

–Sí, claro, aquí seguro que no nos localizan –farfullé indignada. Caí en la cuenta de cómo iba vestida, con la misma camiseta blanca debajo de la camisa arrugada y los mismos pantalones de pinzas negros. ¡Seguro que no llamaba nada la atención entre la escasa ropa de las chicas que esperaban fuera, sin contar con el bolso maleta del que sobresalía un tubo enorme!–. No es buena idea, Jürgen –dije intentando retroceder.

–Solo ven lo que tú quieres que vean –dijo al ver cómo me miraba los zapatos planos tipo bailarina–. La mejor forma de pasar desapercibido es no haciéndolo.

Un suave beso en los labios, se puso sus gafas de sol como si no fuera raro llevarlas por la noche, cogió mi mano y me llevó hasta el comienzo de la larga cola. El portero le miró un instante y nos dejó pasar sin dudar. La fuerza de Jürgen llegaba a todos, su seguridad, sus movimientos elegantes, la energía que desprendía. ¡Un momento! ¿Qué?

–El portero te conocía, ¿verdad?

Rio sin cortarse, pícaro, truhan taimado y mentiroso... encantador, atractivo, inteligente, sexy... Jürgen Müller estaba empezando a gustarme de verdad.

Las luces rojas provenientes del suelo me deslumbraron mientras avanzábamos por el pasillo donde ya sonaba la música de manera atronadora. De repente, el azul inundó nuestra entrada a la sala central, donde bailarines de ambos sexos se movían sobre unas plataformas estratégicamente colocadas, iban casi desnudos. Lo seguí hasta una barra donde el azul mercurio brillaba tras las botellas, las voces de los que pedían empezaron a retumbar en mis oídos, casi todos extranjeros. Los focos cambiaron de repente al amarillo azafrán, supongo que Jürgen estaba a mi lado y era el que me sujetaba por el codo para colocarme junto a él. Fucsia, verde, morado, para una persona como yo aquello era como si te pusieran en el oído una bocina y la hicieran sonar una y otra vez, sin descanso. Tenía sensibilidad a los colores y aquello era una sobreexposición de todos, a la vez, tronando en mi mente, y sabía lo único que podía calmarme.

–Un whisky –grité al camarero subida al soporte de un taburete con las manos en alto. Enseguida el camarero se volvió al oír mi chillido. «Loca», debió de pensar, pero me hizo caso.

–¿Cuál, cariño? –preguntó el camarero.

–Da igual, uno bueno, doble, no te cortes, y solo.

–Alice, quizá no sea buena idea...

Jürgen fue a apartarme de la barra, dándose cuenta de que algo me pasaba, más que nada porque la rígida versión de mí había desaparecido engullida por la ansiedad.

–¡Y otro para mi amigo, por favor!

Según los sirvió lo bebí, y miré al alemán que aún no entendía qué era lo que me pasaba ni dónde estaba la estirada y pragmática Alice Barday. Así que también me bebí el suyo. Pedí otros dos al camarero que me observaba menear las caderas al ritmo de la música y me sonreía. Tras servirnos acabó por apoyar los codos en la barra sin cortarse. ¡Qué gracioso! Le sonreí sin pudor alguno.

–¡Joder! Deja ya de sonreír a ese tío.

–¡Jürgen! Cualquiera que te oiga puede pensar que estás celoso, ¿tú, que puedes tener a la chica que quieras?

–No digas tonterías, inglesa, estate quieta.

De nuevo volvió a sentarme en el taburete y su mirada glacial se clavó en el camarero hasta que fue a servir al resto de la gente.

–¿Cuándo vendrá Luigi a buscarnos? –pregunté gritando para hacerme oír sobre la fuerte música. ¡Eh! ¡Esa canción la conocía! Salté de mi asiento y comencé a moverme mientras me quitaba la camisa, al momento brillé como una linterna con la camiseta blanca y empecé a moverme al compás de la música.

–¡Espero que pronto! –gritó Jürgen preocupado.

Las luces se fueron atenuando en mi cerebro y

poco a poco el alcohol fue dejando solo lo que los demás veían, colores de focos cambiando, siguiendo los acordes de la música. Jürgen me cogió de la cintura y me subió de nuevo al taburete con un solo movimiento, cogió mi rostro con ambas manos y me hizo mirarlo, acariciando mi rostro con los pulgares. Sus ojos brillaban de una manera sobrenatural debido a las luces y tuve que sonreírle. Las chicas se giraban al pasar para ver al hombre tan atractivo que me acariciaba la cara, a mí, solo a mí.

–¿Es por los colores? Perdona, inglesa, no pensé al traerte aquí...

–¿Qué fue lo que no pensaste? ¿Que estaba tan... cómo lo llamaste?, ¿pirada? ¡Ah, no! Era algo sobre el agua con gas y que era tan seria que parecía tener una vara...

–¡Calla, inglesa! –susurró, su mejilla contra la mía, su aliento en el lóbulo de mi oreja–. Digo muchas tonterías... pero no sabes lo mucho que me gustas, Alice.

Aparté su voz de mi oído solo para girarme y enfrentar su mirada, para ver si de nuevo se reía de mí y encontraba una mueca burlona en su cara. En su lugar vi sus ojos entrecerrados, su nariz rozando la mía, sus labios tan cerca que juraría que saltaban chispas en el breve espacio entre los dos. Me adelanté y por primera vez fui yo quien lo busqué, sus labios cubrieron los míos y sentí el calor de su lengua jugando conmigo. Parecía lamer el sabor del whisky directamente sobre mi boca y me estremecí. ¿Le gustaba de verdad? ¿Eso había dicho? Quise creer que era cierto, que su pulso con el mío eran uno, que había una pequeña posibilidad de entrar en su corazón, tan blanco como la nieve y tan negro como el carbón. Suzanne, ella también lo habría pensado, que significaba algo y no era nada en realidad, ni ella ni las otras.

–¿Ves? A mí también se me da bien –dije separándome de sus labios. No era la expresión que esperaba encontrar, una sonrisa y un movimiento arrogante de su cabeza, en su lugar me miró extrañado como si hubiera despertado del mismo trance que yo.

–Sí, inglesa –contestó con un tono en su voz que me pareció de decepción.

La luz de su móvil sobre la barra se iluminó con un mensaje, dejó de mirarme y al fin pudimos salir de allí. Luigi nos había encontrado.

ALICE

Desperté con el sol entrando por la ventana de mi habitación en la *trattoria*, a la cual Luigi nos había llevado después de la discoteca, me había quedado dormida en el mismo instante que apoyé la cabeza en el asiento del coche, un Fiat destartalado de color amarillo, y creo que Jürgen me había llevado en brazos hasta una cama caliente, de sábanas suaves. Hacía tiempo que no probaba el alcohol y los tres vasos habían sido demasiado para mí. Al girar la cabeza lo vi a mi lado. Él, Jürgen, estaba allí, aún dormido, un leve temblor en sus párpados y la boca de sugerentes labios cerrada. Deseé tocar su cabello castaño, acariciarlo entre los dedos, pero entonces lo despertaría, solo quería observarlo así, solo un poco más antes de que sus ojos se abrieran y volviera a hipnotizarme con su mirada. Él era blanco, contenía para mí todos los colores del mundo y negro, el rey de los colores, como decía Renoir, el gran pintor, porque contenía la nada y el vacío, todo a la vez. Era incapaz de verle de otra manera, blanco cuando sonreía y veía el brillo de sus ojos mirándome, cuando mostraba su talento y descifraba antes que yo algo, y negro cuando la lujuria le hacía mentir y engañar, seducirme... ¿Qué había pasado en aquella discoteca? ¿Por qué tuve que romper el hechizo y ser tan odiosa como lo era él hacía unos días?

Con pereza me levanté antes de que Jürgen despertara, debió de desvestirme él, solo llevaba mi ropa interior y él parecía desnudo bajo las sábanas. Sobre una silla vi unos vaqueros doblados con cuidado, una camiseta lisa de color azul y mis zapatos a un lado, quizá el alemán lo había conseguido todo para mí. Ilusionada como una colegiala porque hubiera tenido ese detalle, busqué el baño para darme una ducha y después me probaría mi ropa nueva. Nunca llevaba vaqueros, demasiado informal, pero al fin y al cabo no iba a ir a ningún sitio con Andréi persiguiéndonos. Fui de puntillas al baño, necesitaba una ducha, y así de paso me alejaría de él y la tentación de despertarlo con un beso y algo más...

Al salir lo vi despierto, solo con los vaqueros puestos, con la ventana abierta e inclinado sobre la barandilla del balcón. Ahogué una sonrisa al verlo medio desnudo sin pudor alguno asomado, marcando los músculos de su estómago al agacharse. ¿Sabría el efecto que causaba ahora mismo en ese balcón sobre cualquier mujer que lo mirara? Parecía un anuncio de Dolce & Gabbana.

Llamó mi atención el jaleo de un mercado de domingo en la calle, seguramente era lo que había despertado a Jürgen. Sobre la mesa había una pequeña bandeja con dos cafés humeantes y unos pequeños *croissants*.

–*Due arance, per favore!* –gritó el alemán con una sonrisa dedicada a encandilar a alguien de abajo.

Se echó atrás cuando, una tras otra, dos naranjas volaron hasta su regazo y las atrapó con esas manos de finos y largos dedos.

–*Grazie mille, bella signora!*

–¿Has encontrado una nueva admiradora, Jürgen? –Azorado, dejó las naranjas sobre la mesa con una sonrisa.

–Pensé que te apetecerían, tenían buena pinta desde aquí... ¡Te queda bien! –señaló la ropa–. Luigi acertó con la talla.

¡Vaya! Había sido Luigi quien me había conseguido esas cosas y un atisbo de decepción me dio una punzadita en el corazón.

–¡Gracias! –dije al coger la naranja y aspirar su intenso olor cítrico, repasé con los dedos la perfección de su color.

Desayunamos en un extraño silencio en el cual Jürgen se mantuvo serio y distante. Desde fuera nos llegaban las voces del mercado, las risas y los gritos de los vendedores, mientras, ni nos mirábamos después de lo de la discoteca, pensaría que no andaba muy bien de la cabeza. Después del primer whisky ni siquiera pude contener mi lengua. No dije nada, miré su semblante que observaba el balcón, quizá el hecho de que ahora no estuviera comprometida ya no representaba ningún desafío para él y había dejado de interesarlo.

Aún recordaba su expresión cuando le conté que había roto por teléfono con Colin. Un pequeño dolor me golpeó el pecho, había sido lo mejor, Jürgen no me había engañado para caer en sus brazos, había sido yo solita demostrándome que lo de Colin y yo, aquella boda, aquel compromiso, era una total equivocación. Jürgen era un error aún mayor, cuanto más tiempo pasaba a su lado y lo conocía, más me atraía.

Salimos de la habitación bajo el suave sol de noviembre en Roma. Jürgen quería buscar información en la biblioteca de los Museos Capitolinos sobre la estancia de Da Vinci en Roma, y su mentor, el papa León X. Tal vez hubiera alguna entre las más de novecientas iglesias en la ciudad que tuviera un significado especial para alguno de los dos o pudiéramos encontrar al hermano cura de Cesare. Ahora estábamos solos con la única ayuda de Luigi y la copia del discípulo del maestro. Roberto no contestaba los mensajes y por alguna razón Jürgen no quería a Heiner husmeando alrededor.

Caminamos entre los puestos de frutas y baratijas, esquivando a la gente que se arremolinaba en torno a ellos, vendían de todo, pulseras, reproducciones de cerámicas.

Un hombre me puso delante de los ojos un manojo de postales para venderme y retrocedí un poco. Jürgen se había adelantado a parar a un taxi y volvió sobre sus pasos para librarme del empecinado vendedor. Entonces lo vi. Entre todas las postales que sacudía había una del río Tíber cruzando Roma, una vista aérea de la ciudad con los monumentos más importantes rodeados con un círculo y el río formando una perfecta S sobre las curvas. Tenía la misma forma que el trazo irregular del cuadro. Pestañeé por la cercanía de la foto y entrecerré los ojos, ¿una cúpula azul? Eso no estaba en nuestro cuadro...

–¡Qué estúpidos...! ¡Jürgen! –grité para llamar su atención. Arranqué de las manos del vendedor la postal, que era horrible, por cierto, y la sostuve entre las mías.

Sentí a mi lado, entre el jaleo y los gritos de la gente, cómo el alemán le pagaba al vendedor que ya se alejaba satisfecho, si algo era común en los italianos, como empezaba a comprobar, era su tenacidad para venderte cosas.

–¿Para qué quieres eso, inglesa? –preguntó exasperado por el resto de vendedores que, una vez realizada la compra, nos enseñaban sus baratijas.

Cuando la giré para enseñársela entornó los ojos, pensativo, hasta que él mismo me la quitó de las manos y la giró para hacer que la luz incidiera en la postal, remarqué con los dedos el sendero del rio sobre un conjunto de edificios determinado y entonces sonrió por primera vez en la mañana.

–¡Algo no funcionaba, algo era distinto a todas las fotos del perfil de Roma y no conseguía verlo!

–¡Eres un genio, Alice! ¡No añadió una pista, sino que Cesare la eliminó, esa pequeña iglesia de cúpula azul no está en su cuadro! Dice dónde está el lienzo de su maestro pintando esa iglesia peculiar del mismo color que el resto –gritó cogiendo mi cintura, me hizo girar entre la gente hasta dejarme en el suelo con suavidad. Inclinado sobre mí, con la respiración jadeante del uno sobre el otro, nos apartamos despacio haciendo un enorme esfuerzo por no besarnos, demasiado perdidos para saber qué era lo que nos estaba pasando.

Aún llevaba sujeta en la mano la postal y se la mostré para alejarnos un poco.

–¡Sabía que no podía ser evidente, pero nunca pensé que disimularía lo peculiar de su escondite! ¡Una iglesia de cúpula azul! Cesare dibujó el río Tíber en el lienzo y el perfil de aquella Roma antigua y ocultó la iglesia como una más. ¡Nuestro cuadro sí tiene el mapa de donde está el lienzo original!

Jürgen rio con ganas.

–¡Podrías dejar tu aburrida vida en el museo y dedicarte a buscar tesoros conmigo!

Sus palabras se oyeron nítidas sobre el ruido que nos rodeaba y ambos dejamos morir las sonrisas en nuestros labios y la emoción en nuestros ojos. Estaba convencida de que aquellas palabras se le habían escapado a Jürgen y ni siquiera las había pensado, pero los latidos de mi corazón amenazaron con salir de mi pecho.

–¡Vayamos en busca de Luigi! Conoce Roma como nadie, tenemos el mapa, pero nos falta saber si en realidad esa iglesia existe todavía...

–¿Es seguro estar en la *trattoria*?

–Probablemente no, pero a estas horas nos estarán buscando por toda Roma, además...

–Para pasar desapercibido es mejor no esconder-se –acabé la frase por él, provocando al fin una sonri-sa relajada con una de sus coletillas más habituales. Empezábamos a conocernos, a intuir nuestras frases, nuestros movimientos. Lejos quedaba aquel Jürgen distante y arrogante. Como si hubiera visto mis pen-samientos, sacó un cigarro y lo sostuvo entre los de-dos, como si levantara un muro entre nosotros para alejarnos.

En cuanto Luigi nos hizo pasar a su guarida en los sótanos de la casa, despegó de la pared un enor-me mapa de Roma, lo puso en la mesa y de nuevo las curvas del río aparecieron ante nosotros. Jürgen co-pió el dibujo de nuestro lienzo y lo superpuso sobre el mapa. La forma que había dibujada en el cuadro se correspondía con la «S» que formaba el río desde el Castillo de *Sant'Angelo* hasta más o menos el barrio del Trastévere. Con su trazo irregular nos señaló dónde mirar y no lo habíamos visto hasta ahora.

–*Presto!* ¡Corramos a buscar dónde está, ahora solo nos quedan unas cuatrocientas iglesias y sitios reli-giosos en esa zona!

–¡No es momento de ser irónicos! –regañé al ita-liano y los dos se rieron de mí.

Luigi volvió a comparar el mapa con la imagen de la postal y su cuadro del sótano, de nuevo aquella cú-pula de un color extraño, la misma que vi bajo la luz del escáner. Me separé un poco, esa iglesia del lien-zo era como las demás, dorada y blanquecina, pero con un suave color azulado. Volví a mirar la diminuta iglesia, estaba convencida de que bajo el barniz po-dríamos encontrar la cúpula azul.

–¿Qué ocurre, Alice?

–No es nada –contesté a Jürgen.

–Confía en tu instinto, inglesa, si crees que hay algo es que lo hay.

Jürgen tenía razón, debía confiar más en mi instinto.

–Luigi, ¿puedes traer una patata? ¿Y un cuchillo?

Con toda seguridad Jürgen acababa de arrepentirse de sus palabras al oír mi petición, sonreí y él me siguió dejando ver sus hoyuelos. Luigi había hecho correr a uno de los camareros a gritos, el muchacho no tardó ni cinco minutos, me acercó la patata, incrédulo.

–*Ragazza*, pero ¿qué vas a hacer?

–Quizá destrozar una obra de arte.

La corté en dos mitades, dirigí uno de los focos al punto que yo creía y, como si se tratara de una esponja, acerqué la patata al lienzo. Sé que Jürgen estaba a punto de detenerme y sin embargo permaneció mirándome.

Froté con insistencia y cuidado, como si se tratara de una goma de borrar, suplicando que no estuviera dañando de manera irreversible un lienzo del siglo XVI. ¡Ojalá estuviera Nela aquí, con toda su experiencia en restauración!

–Los colores que conocemos ahora son sólidos, pero en la época de estos pintores jugaban con las proporciones, los pigmentos resultaban de complicadas mezclas de mercurio, magnesio, plomo... Unos gramos más marcaban la diferencia entre un tono u otro, se aplicaban barnices de color... ¡Y aquí está! –grité triunfante al eliminar la capa de barniz y la capa añadida al lienzo–. ¡La cúpula de color azul!

Poco a poco, fue apareciendo. El color debajo del primer pigmento surgió con los jugos de la patata, quedando impregnado en el tubérculo.

–¡Ahí está nuestra equis marcando el tesoro! ¡Cesare la disimuló, demasiado evidente para que alguien no se fijara en ella! –grité conmocionada.

Aquella pequeña cúpula de color azul, el color

de la santidad en el mundo religioso, apareció ante nuestros ojos. Expectantes vimos en el mapa de la actual Roma que era una pequeña iglesia muy cerca del río. Permanecimos en silencio, sin poder creer que fuera tan fácil, que ya lo tuviéramos...

ALICE

Algo le ocurría a Jürgen. Desde que el lugar del cuadro del maestro había aparecido ante nuestros ojos se mostraba serio y reservado, jugaba con un cigarrillo entre los dedos sin llegar a encenderlo y su expresión era indescifrable. Tan misteriosa para mí o más, que el secreto por el cual Cesare habría guardado un cuadro tan valioso en esa pequeña iglesia, quizá su hermano cura era el deán y sintió que allí estaría seguro el cuadro hasta que pudiera devolvérselo al maestro. Jürgen había intentado que me quedara en la *trattoria*, pero ante mi ferviente negativa no le quedó más remedio que claudicar ante Luigi y yo. De todas las cosas que había vivido en estos últimos días junto al alemán siempre quedarían en mi recuerdo los momentos en la *trattoria*, el hombre que se vislumbraba bajo sus mil poses, el de la mirada sincera que sonríe abiertamente, el movimiento de su mano, decidida y siempre predispuesta a dar una caricia o tener un gesto amable. Las pequeñas arrugas alrededor de sus ojos al sonreír y las líneas de su boca al hablar. Me puse mi abrigo sin dejar de mirarle y él levantó los ojos, arqueó sus cejas en una pregunta al ver que lo observaba. En lugar de sonreír se giró para tenderme mi enorme bolso bandolera, dentro había metido el tubo con el lienzo en una suave invitación para que nos fuéramos.

Roma era preciosa con su luz de la tarde anaranjada sobre los edificios y el río, las piedras de sus viejos puentes y ruinas llenaban cada lugar. Luigi nos llevó en su coche, cruzamos el río Tíber y pasamos rodeando el Coliseo. Giró por estrechas calles donde tenía que pitar para que la gente se subiera a las aceras y pudiéramos pasar con el coche. Se detuvo en una pequeña plaza con una fuente central, rodeada de mesas de café forjadas.

–¿Es esta la iglesia, Luigi? –pregunté con incredulidad.

Ante nosotros una breve escalinata de piedra daba lugar a una pequeña iglesia de apariencia gris, una estrecha nave central coronada por dos torres barrocas y dos naves laterales apoyadas en gruesos contrafuertes que apenas ocuparían dos metros del frontal. La iglesia era fea y oscura, de construcción pobre y hundida entre los edificios que habían ocupado la plaza hacía ya años. Parecía engullida por otras fachadas a la sombra de las casas más altas. Los rayos del sol chocaban contra la oscuridad de la piedra, que parecía absorber toda la frialdad del día a pesar del sol que lucía. Miré hacia arriba y pude ver la cúpula remozada que aún dejaba ver los vestigios del azul que la decoraba hacía siglos, por entero, tan diferente a las otras iglesias. Había visto otras en el sur de España, pero nunca en otras partes de Europa.

Jürgen me miró una vez más antes de subir los escalones hacía el interior y no comprendí su mirada seria y pensativa, alerta a todo lo que sucedía en la plaza. Tras atravesar un breve vestíbulo oscuro, pasamos por una de las puertas y la iglesia se dejó ver: un interior húmedo en penumbras con algunas velas encendidas. Era una iglesia de estructura románica, pobre, de toscas formas y con una nave central que acababa en un retablo poco iluminado que parecía pequeño, en comparación con la altura de los techos, soportados por contrafuertes y arcos de medio punto. Luigi se separó y fue por uno de los extremos, hacia la pequeña nave lateral de la derecha, y yo seguí a Jürgen por la de la izquierda. Apenas había fieles, unos pocos en los bancos de las primeras filas y una señora de mediana edad que colocaba algunas velas junto a un reclinatorio y que nos miró con curiosidad al pasar. Le sonreí.

Agarré con fuerza el asa de mi bolso y lo cobijé aún más contra las costillas. Si Cesare hubiera imaginado que una inglesa llevaría en un simple bolso su obra más preciada, ¡qué hubiera pensado! Pero ¿qué pensaba Da Vinci al dejarle a su discípulo su obra? Luigi nos llamó por señas desde el otro extremo apenas iluminado, sorteamos los reclinatorios de madera, Jürgen tomó mi mano con fuerza, cada vez que lo hacía mi corazón daba un salto entusiasmado por el tacto de sus dedos. Buscaba con la mirada sus ojos verdes que, en las últimas horas, se habían vuelto tan esquivos y eran incapaces de mirarme. Jürgen, que era tan directo y hablador, se encontraba sumido en el silencio más absoluto. No sabía qué podía estar pasando por su mente retorcida.

–¡Mira, alemán! –susurró Luigi señalando uno de los recovecos de la nave lateral donde se solían colocar las imágenes de los santos. La señora que acabábamos de ver encendiendo las velas pasó junto al cuadro allí colgado, tocó la cabeza de San Juan y fue a sentarse en los bancos. Me quedé perpleja. Allí estaba, junto a una imagen de San Juan y, a su lado, el cuadro del gran pintor, en la penumbra, desgastado por el roce de cientos de manos que habrían tocado el débil cristal protector que alguien había colocado al ponerle un marco dorado, de los que encontraría en cualquier mercadillo de Italia.

–¡No puedo creerlo! –murmuré–. ¡Está ahí! A la vista de todos.

–No creo que jamás nadie lo buscara aquí. –Jürgen se acercó despacio, como si fuera un turista más–.

No está firmado. ¿Estás segura de que es «el cuadro»? –me preguntó con firmeza.

–Sí –contesté con igual determinación.

–Yo también creí estar seguro cuando lo compré y el cuadro me engañó, ¿por qué estás tan segura? –preguntó casi con desgana, algo que no comprendía en el Jürgen que había sido los últimos días.

–Es por el glacis. Da Vinci aplicaba el blanco para dar luz a sus obras. Mientras todos los pintores de su época lo hacían como última capa, él lo usaba en la primera. Por eso sus cuadros tienen una luz especial, jugaba con las técnicas pictóricas del momento, iluminaba los cuadros con blanco saturado y pigmentos para resaltar lo que el maestro quería destacar de sus pinturas, como la Mona Lisa, todo el mundo se pregunta el porqué de su sonrisa sin apreciar su mirada iluminada y la genialidad que esconde... Los colores de los ropajes son los correctos, es el original pintado por Leonardo.

Luigi lo inspeccionó y sus grandes ojos negros se abrieron sorprendidos.

–¿Lo ves, *ragazza*? Roma tiene tantos tesoros que no sabe dónde están –dijo convencido y yo recordé su sótano lleno de cerámicas más antiguas que el mismo sol.

–¿Y ahora qué, Jürgen? ¿Hablamos con el deán de la iglesia? ¿Cómo vamos a convencerle de que debemos llevarnos el cuadro? ¿Crees que es lícito pedírselo? Si lo dejamos aquí, Andréi y sus hombres de negro lo encontrarán...

Empezaba a sofocarme la constante humedad de la iglesia y el olor a incienso que provenía de algún lugar. Teníamos el cuadro verdadero frente a nosotros, pero ¿qué podíamos hacer? ¿Agarrarlo sin más y echar a correr como si fuéramos delincuentes? Bueno, al menos yo no lo era.

–Dame el cuadro de nuestro amigo Cesare.

Los ojos de Jürgen se cruzaron con los míos, no me gustó su mirada, ni su forma de pedírmelo, ni la sombra de oscuridad que se erigió a su alrededor. El color negro lo invadió todo con una oleada de sensaciones, el color de Jürgen, el que ganaba la batalla con la luz y lo engullía todo.

Saqué el tubo de mi bolso y lo dejé abierto. Jürgen cogió el lienzo y miró a Luigi, yo miré alrededor, ¿¡de verdad íbamos a robar el cuadro!? Puse el brazo sobre el de Jürgen, debía parar todo este disparate. ¿Qué esperaba al ir en busca del cuadro? ¿Encontrarlo y darnos unas palmaditas en el hombro sin más? Los Müller lo querían, habían pagado una suma millonaria por el cuadro pensando que era ese que colgaba de una fría pared de piedra, esto era robar.

–¡Jürgen Müller!

Di un salto que hizo que trastabillara hacia atrás. Luigi se separó un poco de nosotros hacia las sombras. Las palabras habían sido pronunciadas por un ruso por su acento, alto y delgado, de ojos azul tan claros que apenas se distinguían en la penumbra, lo que sí distinguí fueron sus gafas de lupa y las tres figuras que lo acompañaban, nuestros amigos de traje negro y gafas oscuras.

–*Bella signorina* –dijo Andréi con un acento del este tan pronunciado que la mezcla con el italiano se me antojó hasta casi graciosa si hubiéramos estado en otra situación–. Se lo dije, Alice, volveríamos a encontrarnos.

Casi esperaba que a Andréi le hubieran salido cuernos en la cabeza y lanzara fuego por la boca. Su imagen del mal había crecido en mi imaginación bastante más distorsionada de lo que en realidad fue en nuestro encuentro en el museo, un hombre en busca de lo mismo que nosotros.

–Lo siento, Jürgen, debí contarte que ya conocía a Andréi –conseguí decir un poco amedrentada y muy, muy asustada.

–Déjalos, Andréi, ella y Luigi no tienen nada que ver en esto –dijo Jürgen antes de ponerse a mi lado como protección antes de dirigirme una mirada de recelo.

–¡Todos debemos dejar esto! Ese cuadro no le pertenece a ninguno de vosotros, es de esta iglesia, no deberíamos tocarlo –grité más alto de lo que debiera, lo que llamó la atención de los parroquianos que comenzaron a murmurar. La mujer de las velas echó a correr hacia el altar iluminado.

Andréi sonrió y ladeó la cabeza para mirarme con curiosidad.

–Es una monada la inglesa, un poco ingenua quizá –dijo mirando a Jürgen–. Sabes lo que hay que hacer, hagámoslo antes de que llamen a la policía. Dámelo, Jürgen, todo quedará zanjado, seréis libres para iros en cuanto lo tenga.

Miré a Jürgen extrañada, y después, como si hubieran activado el botón de cámara lenta, Luigi descolgó el cuadro de la pared sin miramientos. Con una habilidad pasmosa Jürgen se deshizo del marco, enrolló la obra maestra y la sostuvo con firmeza. Tenía ambas obras en las manos, enrolladas como si fueran dos periódicos antiguos, y le entregó uno de los rollos a Luigi. Este le colocó el marco y el protector al cuadro de Cesare y lo volvieron a colgar. Si alguien vio lo que habían hecho en ese pequeño lugar nadie dijo nada ante la visión de los matones de Andréi. Nunca pensé que sentiría pena al ver el cuadro que tanto había protegido colgado de esa fría pared. El alemán tenía en sus manos, enrollado como si fuera un vulgar periódico, una obra maestra, una obra desaparecida, y yo solo pensaba en el cuadro que íbamos a dejar allí, en pocos días había llegado a conocer cada centímetro de la obra, las miradas de la madre, la cara redonda del bebé, la firme y severa de San Juan censurando nuestras intenciones. Eran como las de personas de carne y hueso, con brillo y sentimientos. ¿Qué creían, que nadie se daría cuenta del cambio? ¿Qué nadie llamaría a la policía, a la Interpol?

–No lo hagas, Jürgen –supliqué con un tono más lastimero de lo que hubiera querido y él se giró hacia mí. Lo vi en sus ojos, algo no iba bien–. No se lo des, que lo coja él mismo si va a robarlo.

–Müller, ¡vamos! ¡Basta ya de tonterías! –le ordenó Andréi como si hubiera entre ellos mil palabras no dichas.

Aquellos matones metieron el cuadro del maestro en un portafolio más grande que el mío, mientras la mirada de Jürgen me huyó para perderse en las sombras de la iglesia. Lo vi en sus movimientos contenidos, no hizo nada porque yo estaba allí, no quería ponerme en peligro. La cuarta sombra salió de la oscuridad tras los hombres de Andréi y contuve la respiración.

–¡Roberto!

–No queda otra opción, Alice, si queréis salir vivos de aquí, dadle el cuadro a Andréi.

–No quería creerlo, Roberto... –le dije con voz decepcionada.

–Desde el principio te habías vendido a él –dijo Jürgen señalando al ruso–. Nos mentiste, Roberto, encontraste los registros de los dos cuadros en el Vaticano, pero, si no me equivoco, no te decían dónde estaba el cuadro del maestro, dónde lo dejaron.

Roberto cogió el portafolio que le ofrecía uno de aquellos hombres. Andréi sonreía, estaba disfrutando al ver la desesperación de Jürgen, viendo cómo el cuadro se escapaba de sus manos sin poder hacer nada.

–No me quedaba más opción, los Müller os estáis volviendo blandos, mi tiempo en el museo se acaba y vosotros ya no podéis proporcionarme lo que necesito.

–¿Dinero?

–Soren cada vez es más legal y tú, Jürgen, mírate, el hijo mimado, incapaz de ver cómo le engañan. ¿Creías que serías capaz de ser como tu hermano?

–Llévate el jodido cuadro y olvídate de nosotros, Andréi –dijo al ruso ignorando las palabras que escupía Roberto, cargadas de rencor.

No podía creer que aquel hombre hubiera sido el Roberto Márquez que adoraba, mi jefe en el museo, la persona que me guio por el mundo del arte. Al final se había corrompido como cualquier ser humano que tuviera tan cerca el dinero que podían ofrecer las obras de arte, fortunas fáciles cambiando de manos y de intenciones.

–¿Cómo has podido, Roberto?

–Alice, siempre fuiste una chica lista, pero nunca lo suficiente.

–¡Que te jodan! –salió de mis labios sin pensar, estaba un poco harta de las mentiras, los engaños, de correr de un lado a otro y confiar en quien no debía.

–Mátalos.

Abrí los ojos como platos, Roberto estaba loco. Jürgen se colocó delante de mí y se rio, ¿estaba loco también?

–¿Crees que no tenemos un código? No puede tocarme, los Müller tenemos demasiados amigos, ¿verdad, Andréi? Una cosa es robar, mentir y extorsionar entre nosotros, otra muy diferente es ir dejando cadáveres para que la Interpol nos siga la pista, ¿o no?

Solo yo parecí darme cuenta del titubeo final de su voz, de la inflexión de sus palabras y la respiración entrecortada porque el resto creyó su bravata.

–¡Llévate el cuadro, Andréi! Estaremos en paz, te lo arrebaté antes de la subasta, tú me lo quitas a mí y te lo llevas por nada, sales ganando.

El ruso sonrió, parecía que iba a aceptar la tregua de Jürgen y dejarnos marchar. Giré la mirada hacia Roberto Márquez y le dediqué toda la repugnancia que me producía. «¡Mátalos»!, había dicho el mismo profesor por el que durante muchos años me sentí fascinada. Sentada en sus clases, oyendo su voz pausada amar el arte y admirándolo como si de una figura paterna se tratara. Ahora recordaba el momento exacto en que en su despacho me dijo que no tenía la pureza suficiente para restaurar obras de arte, que si ya no podía pintar me convirtiera en relaciones públicas del Museo de Madrid. Por primera vez pensé si todas aquellas decisiones que había tomado en virtud de sus consejos no fueron destinadas a satisfacer sus propios intereses, a mantenerme en el lugar en que mi padre quería que estuviese y no a esa tonta ilusión infantil por pintar como ellos lo llamaban. El museo seguiría recibiendo el dinero de mi padre como principal benefactor y ambos me tendrían controlada, en un puesto que no alimentaría mis fantasías y gustaba a mi padre.

–Has elegido a la persona equivocada, Alice. Los Müller no aprecian a nada ni a nadie que no tenga un propósito para ellos.

–Roberto, ¡lo dices tú, que nos has traicionado a todos!

Andréi se estaba impacientando, hizo una señal a sus hombres y tendió su mano a Jürgen.

–En paz, alemán.

Jürgen asintió y los vio girarse, en su camino uno de los hombres de Andréi agarró el brazo de Roberto y lo empujó para que lo acompañara. Pocos segundos después se habían quedado solos en la nave de la iglesia. Las sirenas de los coches de policía sonaban cada vez con más fuerza, acercándose a la vieja iglesia romana.

–Será mejor que nos vayamos –asintió Jürgen mientras volvía a colocarse los guantes iguales a los que llevaba Luigi. De nuevo, en un abrir y cerrar de ojos, desmontaron el cuadro de la pared. Unos pasos avanzaban por la nave central y un grito en italiano les hizo levantar la cabeza, pero no abandonar su tarea.

–¿Qué hacéis? –susurré al ver cómo un hombre de hábito negro andaba cada vez más deprisa hacia nosotros seguido de la mujer de las velas.

–¿No querrás dejar aquí un Da Vinci? ¡Joder, inglesa, la humedad acabará por destrozarlo! Te doy mi palabra, inglesa, que haré una donación casi milagrosa a esta iglesia.

Abrí la boca hasta que oí los huesos de mi propia mandíbula crujir, el cuadro que acababan de descolgar era la obra del maestro, Jürgen le había entregado al ruso el del discípulo Cesare.

Enrollaron el lienzo con el cuidado de dos expertos y de nuevo acabó en el tubo de plástico, en mi bolso, mientras Jürgen lo volvía a cerrar y sonreía. Con un movimiento me lo ofreció y no me quedó más remedio que responder a esa sonrisa con otra.

Taimado mentiroso, ¡lo tenía planeado desde el principio!

–¡Vámonos, inglesa, si no quieres hacer turismo por las cárceles romanas!

ALICE

Lo más terrible de dejar Roma fue despedirme de Luigi, el enorme italiano, traficante de obras de arte, regente de la Vecchia de Roma y ahora un amigo. Siempre asociaría Roma a sus platos de carne y pasta, al olor del patio de la *trattoria*, especias, vino y risas, rojo, un bermellón brillante en medio del ocre de la ciudad. No dormimos en Roma, partimos en el avión privado de los Müller antes de que Andréi se diera cuenta de la jugada de Jürgen y volviera a por nosotros, me hubiera gustado ver el Coliseo romano y el inquietante castillo de *Sant'Angelo*, el Vaticano y San Pedro, sin embargo, tenía la sensación de conocer mejor Roma que cualquier turista que se hubiera paseado por sus ancestrales monumentos, su comida, su gente, sus risas. Si el pintor Monet no se hubiera obsesionado con los puentes y jardines hubiera vivido en Roma, captado su luz jugando en el río Tíber o sus increíbles jardines llenos de ruinas, estaba segura.

Volvimos al atardecer a Alemania, cuando las copas de los árboles captaban los últimos destellos del día y los picos más altos de las montañas se envolvían en la niebla. El frío al bajar del avión me hizo subirme las solapas del abrigo y sentir las manos heladas, no lo suficiente como para no sentir el calor en las manos de Jürgen al llevarme hasta el coche, que ya nos esperaba. Habíamos recogido a Heiner camino del aeropuerto como si las dudas de Jürgen se hubieran deshecho al saber que era Roberto quien nos había estado traicionando. El guardaespaldas no pronunció palabra ni sus ojos develaron rencor alguno, debía de estar acostumbrado a los Müller.

Descendimos la montaña mientras el coche viraba una y otra vez, curva tras curva, con Jürgen a mi lado. El castillo de Neuschwanstein, blanco, reluciendo entre la oscuridad que comenzaba a adueñarse de las montañas me recibió una vez más en su soledad, sobre la piedra y el pueblo de tejados rojos. Supe que apenas quedaba media hora antes de entrar en el camino de gravilla que conducía a Waldhaus, la casa del bosque. No era la misma Alice que hacía apenas una semana, cuando mi mayor preocupación era saber si llevaría un traje blanco en mi boda o si me casaría con Colin en su pueblo de Cornualles. Las cosas cambian, la gente cambia, pero si algo va mal siempre lo sabemos, y él y yo no estábamos hechos para estar juntos. Al atravesar la verja de afilados forjados negros y divisar al fondo la estructura de la mansión, Jürgen se tensó. Solo había aplazado el desenlace que todos sabíamos que tendría el haber engañado a Andréi. Cuando se diera cuenta, cuando nos buscara en Roma y no nos encontrara, sabría dónde estábamos.

Jürgen retuvo un momento mi mano entre las suyas antes de salir del coche, sus ojos eran reacios a mirarme y su boca parecía huir de las palabras que poco a poco se formaban en su mirada.

–Alice, no quiero darte falsas esperanzas sobre lo que ocurrió entre nosotros en Roma, somos tan distintos...

Separé despacio mis dedos de entre los suyos, no era una pobre niña desvalida a la que habían engañado con un caramelo, sabía en qué me metía o, mejor dicho, al revés. Lo enfrenté con firmeza, como si mi corazón fuera duro y frío cuando, en realidad, si se atrevía a posar la mano en mi pecho, Jürgen descubriría cómo quemaba, cómo latía por él.

–No te preocupes por mí, sin promesas, fue solo lo que ambos queríamos, ¿no? En unos días volveré a Madrid, quizá me tome unas vacaciones y vuelva a Londres por Navidad.

El suspiro que exhaló acabó en una media sonrisa, puede que un poco más triste de lo que solían ser, pero al fin y al cabo era de alivio.

–¿Amigos?

El pequeño diablo que habitaba en mi mente quiso escupir su mano, retorcer su brazo y darle una buena patada, ¿amigos? ¡Te has llevado mi corazón, Jürgen! Lo único que hice fue asentir e imitar su sonrisa.

–¡Claro, no seas tonto!

Y preferí no traducir lo que de verdad quería gritar mi corazón con cada latido. Estreché su mano tendida y él, tan alegre, salió a abrirme la puerta del coche, como si sus manos nunca hubieran marcado a fuego mi piel, como si no anhelara sus labios y su forma de mirarme con deseo mientras nuestros cuerpos se fundían como lava, piel con piel. La familiar llamada del deseo reptó por mi cuerpo hasta el centro de mi ser. Nada podía ser igual que antes de Jürgen.

El abrazo de Nela me devolvió el calor que me quitaban los fríos ojos de Soren, que nos miró a Jürgen y a mí como si supiera cada una de las cosas que habíamos hecho en Roma. Heiner se llevó el cuadro dentro, protegido aún por el tosco tubo en que lo habíamos metido en la pequeña iglesia de Roma y el rostro angelical de la mujer, el fino paisaje romano lleno de cúpulas y de luz, se alejó de mí como la ciudad lo había hecho. Los días en Roma nunca volverían.

–Cuéntame cómo conseguisteis engañar a Andréi, cuéntame de Roma –suplicó Nela deslizando su brazo alrededor del mío mientras nuestros pasos nos llevaban al interior de Waldhaus.

JÜRGEN

Soren me miró de arriba abajo, con la misma expresión de seriedad con que de niños me amedrentaba para que confesara que me había comido sus galletas de mantequilla.

–Andréi no dejará pasar este engaño, ¿sabes que vendrá a por él?

Lo enfrenté a los ojos con seriedad.

–Si no vino a por nuestra hermana, su mujer, ¿qué te hace pensar que vendrá en busca del cuadro?

–El dinero, Jürgen, y el orgullo.

ALICE

Nada más entrar al vestíbulo, Nela se deshizo del abrigo y sonreí al ver su vientre más abultado, en tan solo una semana la vida que habitaba en su interior había crecido a marchas forzadas.

–Alice, te llamé al móvil, supongo que en algún momento lo perdiste...

–Jürgen lo pisoteó –afirmé y sin saber por qué sonreí al recordar su cara de enfado al decirle que había hablado con mi prometido–. ¿Qué pasa, Nela?

–Colin está aquí, tu prometido.

Miré a mi alrededor poseída por una extraña sensación de pavor, intenté recordar si había nombrado a Jürgen en nuestra conversación, si algo podía darle el indicio de quién era el culpable de mi rápida decisión de anular la boda de forma definitiva.

–No aquí, en Waldhaus, perdona. Soren nunca hubiera permitido que un extraño se quedara en la casa, vino a buscarte, dijo que había hablado contigo por teléfono y parecías extraña. Solo quiere hablar, me ha asegurado, está en un hotel de Füssen, el pueblo más cercano, el que está a los pies del castillo. Llama cada día para saber si has regresado. Soren le contó una historia sobre un acto benéfico en Roma, el motivo por el cual no estabas aquí...

–¡Nela! –susurré con fastidio–. Anulé la boda por teléfono, le llamé y la anulé.

–¿Qué ha ocurrido entre Jürgen y tú?

Su rostro me cogió por sorpresa, Nela nunca había utilizado ese tono conmigo.

–Te lo advertí, Alice, él solo juega con las mujeres.

–Y yo te dije que no siguieras a un alemán loco que quería restaurar obras de arte en Alemania. ¡Y mírate, estás embarazada!

–¿Vamos a discutir ahora?

–Sí, Nela. Si vas a juzgarme, sí. Lo que ha pasado entre Jürgen y yo es cosa nuestra.

En ese momento Jürgen atravesó la puerta y nos miró. Quizá había oído nuestra conversación, era demasiado para mí, que te rompan el corazón y discutir con mi mejor amiga. Subí las escaleras sin volver la vista atrás, tenía que pensar en cómo enfrentar la situación con Colin. Necesitaba estar sola. No fui a la habitación, mis pasos me llevaron por todo el corredor donde la luz apenas entraba ya por los ventanales que iban quedando atrás. Subí las estrechas escaleras y abrí las puertas del estudio. Allí seguía, esperando por mí, el lienzo en blanco que Nela me había regalado.

Acerqué el taburete a la mesa de color, debía de ser de Meike. Mesé entre los dedos las cerdas de uno de los pinceles largos que reposaban en amoniaco, lo sequé con un paño para que no dejara rastros. Antes de empezar sabía el color con que trazaría el cielo, las aguas del río entre la espuma blanca al golpear la ribera del río Tíber. El atardecer sobre el puente no necesitaba esbozos ni primeras líneas, sabía cómo debía ser la primera composición, las dos figuras que contemplarían el agua agitada y se dejarían embrujar por el paisaje y la luz de la ciudad eterna.

–¡Hola! Creí oíros llegar hace unos minutos, ¿puedo entrar? –Meike estaba en la puerta, con su cuerpo delgado envuelto en un plaid de lana escocesa.

–Sí, claro.

–¿Sabes? Durante un tiempo yo tampoco podía pintar –afirmó sentándose a mi lado–. No juzgues a Nela, me lo contó porque creyó que yo te entendería.

Alice, me sentaba horas delante de un lienzo y nada salía de mí.

–¿Y qué hiciste?

–Parece muy cursi, pero creo que fue mi amor por Mirko lo que me devolvió la pintura y la inspiración. Todos alguna vez en nuestra vida perdemos nuestros propósitos y esperanzas. A nuestro alrededor hay personas que matan nuestros sueños por miedo a que los abandones, como Andréi, y otros que te ayudan a hacerlos realidad... Jürgen es especial, mi hermano es un gran hombre a pesar de su coraza de vividor.

–Meike, yo no...

–Si sigues engañándote con que volverás con ese tal Colin seguirás perdida. He visto cómo os miráis mi hermano y tú.

El silencio que dejó su afirmación me dolió en el corazón, sin duda yo estaba enamorada de Jürgen, pero él...

Meike se levantó con cierta pereza y me besó la mejilla con dulzura.

–Piénsalo, Alice, a veces hay que arriesgar para ganar. Por mi parte no dejaré que un lienzo me separe de Mirko y haré lo que haga falta para conservarlo a mi lado. Jürgen me ha contado que conociste a Andréi, ¿le ves capaz de renunciar a su venganza? Vendrá a por nosotros y los muros de Waldhaus no serán suficientes para detenerlo.

La observé salir tras declarar sus intenciones y me giré hacia la superficie rasgada por apenas unos leves trazos. Las horas pasaron hasta que las luces del exterior se encendieron sin que me diera cuenta.

–¿Estás pintando, Alice? –la voz de Jürgen me detuvo un instante, el trazo que seguía se detuvo, el corazón comenzó a latirme más deprisa y la luz de las lámparas pareció menguar. Giré despacio, él estaba a mi lado, observando los primeros esbozos que mi cabeza había dictado a mi mano.

–La mente tiene muchas formas de dejar escapar los pensamientos.

Una vez lo dije, me arrepentí de mostrar la verdad de mis sentimientos ante la mirada verde y penetrante de Jürgen. Temí que huyera, él no era de conversaciones profundas ni de compromisos.

–Te he buscado por toda la casa, Nela dice que tu prometido está en Füssen, Colin ha venido a buscarte.

–Sí –respondí consciente de mi ceja arqueada y mi desconcierto. ¿No había mofas con su nombre? Dusty, Rusty, Bobby... –Necesitaba un momento sola, pensar sobre todo en cómo afrontar que una etapa de mi vida, la que había pasado con Colin, había terminado.

Pensé que una de las bromas de Jürgen aliviaría el momento, que su escepticismo nos vendría bien en medio de la atmósfera que se iba cargando de algo que no sabía identificar. Él se acercó e hizo girar un poco más el taburete alto, quedé entre sus piernas mientras se acercaba, su rostro junto el mío como solo Jürgen sabía hacer.

–¿Le has dejado por mí? ¿Por lo que pasó en Roma?

–¡Claro que no!

–La verdad, Alice.

Sus manos grandes y un tanto ásperas se posaron en mis mejillas y su sonrisa llenó el espacio entre su boca y la mía, sentí su aliento rozar mis labios y un suspiró se escapó de mi garganta.

–No, Jürgen, te lo dije en su momento, además, ¿qué importa? Acabas de dejarme muy claro que somos amigos, que podemos serlo después de Roma. Es lo que quieres, ¿no?

–¿Y tú, inglesa? ¿Qué quieres?

JÜRGEN

Algo dentro de mí no tenía ni puta idea de lo que quería, de por qué estaba allí, en el estudio, intentado que Alice me dijera algo, que se enfadara. Tal vez que admitiera que no podíamos ser amigos, que no quería que lo fuéramos, algo había cambiado en Roma, en ella y en mí. Necesitaba tenerla cerca, ver su sonrisa y sus ojos abiertos de par en par cuando la pinchaba con alguna obscenidad salida de mi boca. Quería oler su perfume a todas horas y ver sus mejillas sonrojadas cuando sacaba una de sus rarezas del bolso. Y su cuerpo, agonizaba por tocar sus curvas, lamer el sabor de su piel de nuevo.

–Quiero volver a casa, no a Madrid, a Londres. En cuanto hable con Colin mañana debo explicarles a mis padres por qué no voy a casarme con él.

–No puedes.

Evite sonreír al ver su ceño fruncido.

–No puedes irte ahora, no con Andréi por ahí, cabreado como un loco, ha tenido que darse cuenta de que le dimos el cuadro de Cesare en lugar de un Da Vinci. Roberto se lo habrá dicho. Tú los viste, harán lo que haga falta para recuperar su dinero y su orgullo, por ese orden.

–No puedo permanecer en Waldhaus eternamente, tengo una vida.

Alice parecía tan perdida, en ese taburete con las piernas entre las mías, la respiración entrecortada porque yo me iba acercando a ella, poco a poco, como el león a su presa. Sus grandes ojos color avellana se abrieron enormes cuando giré la cabeza para alcanzar su beso. No se resistió en cuanto mis labios tocaron los suyos. Algo saltaba en mil jodidos pedazos cuando nos besamos y la corriente de electricidad me recorría el cuerpo.

–Jürgen, no te entiendo –dijo mientras su mano en mi pecho nos separaba–. Has dicho que solo somos amigos y ahora me buscas, ¿para qué? Te lo dije, no seré una conquista tuya, no iré detrás de ti como Suzanne ni las otras.

–Y yo te dije que no eras igual a las otras –susurré en su oído.

ALICE

Sí lo era. Para él no eres más que otra, otro beso, otra caricia, otra noche de sexo. Sentí las manos de Jürgen en la nuca, presionando mi boca con la suya, después bajando, con la justa presión en mi espalda para que nuestros cuerpos se acercaran. Mis pechos se estrecharon contra su torso duro como el granito a la vez que su mano presionó mis nalgas. Rozamos calor con calor, noté su excitación sobre el abdomen y el hormigueo que mi cuerpo insistía en llevar directo entre mis piernas. Rendida, mis manos buscaron sus antebrazos, la fuerza con que tensaba los músculos, la dureza de sus formas. Eso sí sabíamos hacerlo al compás, sin dudas ni pasos falsos no cómo hablar sobre nuestros sentimientos. Porque si Jürgen me había buscado tenía que sentir algo, ¿verdad? ¿Otra vez? ¿En serio de nuevo estaba cayendo en sus brazos? ¿Poniendo en mi cabeza cosas que él no había expresado en voz alta?

–Basta, Jürgen –dije empujando su cuerpo. Se paró porque se lo pedí, no porque tuviera la fuerza suficiente contra su enorme cuerpo para separarlo de mí.

–Das demasiadas vueltas a las cosas, inglesa. Tú quieres, yo quiero, ¿cuál es el jodido problema? –preguntó frustrado. No era un hombre tranquilo que hablara de sus sentimientos ni tratara de entender mi postura.

–Me he enamorado de ti, Jürgen, y vas a romperme el «jodido» corazón. –Sus ojos se agrandaron en dos lagunas verdes incrédulas–. Lo he dicho en tu idioma, claro y conciso. Me da igual que Andréi esté ahí fuera, mañana me voy de Waldhaus. No vas a jugar conmigo a tenerme cuando quieras y luego dejarme en el rincón de las cosas de las que te cansaste.

Estuve a punto de caer de la silla al bajarme, esquivé su cuerpo y bajé la mirada. No quería ver su expresión de horror ante mi declaración, salí de allí con una lágrima luchando por salir. Blanco cuando sonríes y me besas, negro cuando no me detienes para engañarme y decirme que tú también te estás enamorando de mí.

ALICE

Con los primeros rayos de sol entrando por la ventana me vestí y fui hasta el cristal para admirar la fina capa de hielo que se había formado alrededor de la casa. Comenzaban a distinguirse los troncos de los abetos bávaros y la escarcha sobre las ramas, la luz de los Alpes era diferente, azulada, como si reflejara la nieve el agua de los lagos, que pronto se helarían, y los colores del invierno que vendrían con ella. La noche anterior había comenzado a pintar, era un gran paso, un paso enorme que me había dado un pedacito de felicidad. Sería aún mayor si Jürgen no hubiera aparecido, me dieron ganas, como si fuera una niña pequeña, de agarrar un carboncillo, volver al estudio y teñir de negro el lienzo, frustrada por desear que Jürgen sintiera algo por mí. Quería ser diferente, le quería a él, pero con los años había aprendido que hay batallas en las que es mejor no luchar. Las chicas, las fiestas, su coche, Jürgen era feliz con todas esas cosas superfluas y absurdas como levantarse cada día con una mujer diferente a su lado.

Me mordí el labio para apartar esos pensamientos y al alemán de mi mente. Recogí mis cosas, debía comprarme un móvil nuevo, el mío estaría pisoteado en algún vertedero romano. Salí decidida, tal vez podría desayunar en Füssen antes de encontrarme con Colin. Nela me había conseguido un coche, solo tenía que salir a la carretera principal y seguir las indicaciones, en menos de media hora estaría en la ciudad más cercana. Después volvería a casa.

Al pasar junto al estudio, oí la voz de la pequeña

de los Müller. Meike estaba hablando en voz baja, ¿ruso quizá? La voz de Mirko la contestó con su tono más alto y grave. No pude evitarlo y me asomé, la puerta entreabierta dejaba una rendija por la que miré y los vi discutiendo, cada uno mirando en una dirección y gesticulando como si cada uno de la pareja intentara hacer prevalecer su postura. La voz de Nela llegaba desde las cocinas, tal vez hablando con Soren, y fuera Jürgen discutía en alemán con el jefe de seguridad, con Heiner señalando algo en la distancia. Me acerqué a la cristalera de la puerta de entrada, era el coche de Suzanne. ¡Fantástico! Era hora de irse, Waldhaus ya no me parecía el paraíso. Enrollé la bufanda que Nela me había prestado y me puse el abrigo, guardé las llaves del coche en el bolsillo y salí de la casa.

Sentí al momento la mirada de Jürgen sobre mí y aferré mi bolso bandolera contra el cuerpo, me dirigí sin vacilar hacia el coche que me había prometido Nela que podía usar. Finos copos de nieve comenzaban a caer como si el invierno hubiera llegado de repente, no hacía tanto frío como la noche anterior cuando Jürgen y yo llegamos. Poco a poco sentí el corazón latir cada vez más deprisa, como si el tiempo se hubiera detenido y solo Jürgen y yo fuéramos los únicos con capacidad para reaccionar. Él ignoró el coche de Suzanne que paró a su lado y me giré sintiendo su mirada sobre mí.

–No vayas, Alice, Nela puede decir a Colin que no has vuelto, que te quedaste en Roma.

–Le debo una explicación, hasta hace una semana él quería casarse conmigo. Será mejor que me vaya, tú tienes compañía. Tal vez pueda arreglar las cosas con Colin –dije con la esperanza de herir su orgullo.

La puerta del coche al cerrarse hizo eco en los muros de la casona mientras los copos de nieve caían entre Jürgen y yo, inmóviles, con la mirada del uno puesta en el otro. Los ojos de él, verde primavera y los míos, otoño marrón. La presencia de Suzanne no era más que un recordatorio de lo que era Jürgen, un hombre sin ataduras. Sin la intención de crear lazos con nada ni nadie.

–¿Quién te crees que eres, Jürgen? –gritó Suzanne con su voz histriónica, llena de posesión–. ¿Es por ella, por la inglesa? –dijo con todo su desprecio.

–Me voy, Jürgen. –Y quizá sonó más a despedida de lo que quise o solo fue impresión mía porque él se giró y cogió mi mano.

–¿Arreglar las cosas con Colin? No lo hagas, Alice, sé que volverás con él. Te dará rosas y compromiso.

Dedo a dedo me solté de su mano mientras las lágrimas me cogían por sorpresa.

–Tal vez, Jürgen, pero no es cosa tuya.

Cerré la puerta del coche, giré la llave y en cuanto hizo contacto aceleré el coche sin mirar atrás, la verja seguía abierta desde que Suzanne había pasado y atravesé las puertas de la mansión con miedo a que las ruedas derraparan por el hielo. La nieve comenzaba a cubrirlo todo y eso evitó que perdiera el control del volante, era una suerte tener un padre obsesionado por los coches que me había enseñado a conducir como un camionero. Apenas a unos centímetros de dejar Waldhaus y la verja atrás, respiré hondo, era lo que debía hacer.

Colin me esperaba en la pequeña cafetería de su hotel, un edificio de decoración recargada con detalles en piedra por toda la fachada. Al atravesar las puertas seguí el aroma a café y bollos hacia la derecha y dejé atrás la alfombra roja que conducía a recepción. Había pasado la hora de los desayunos y apenas quedaban mesas ocupadas. Un camarero de camisa blanca y corbata negra me detuvo para pedirme el número de habitación. Bajo una enorme araña de cristal bohemio, sentado junto a la cristalera, estaba Colin. Levantó la mano para llamar la atención del camarero y el chico me condujo a la mesa.

Los ojos azules de Colin me observaron de arriba abajo, desde las botas altas al grueso abrigo que comencé a quitarme, me remangué el jersey y él se levantó. Fue un beso fugaz en la mejilla y volví a oler su colonia como si estuviera de regreso en casa, con él a mi lado. La suavidad de su rostro siempre recién afeitada me fue familiar, pero ya no había nada en esos movimientos, al menos nada que conmoviera mi corazón.

–Alice, estás... diferente.

Sonreí. Ya lo sabía, no era solo mi forma de vestir con unos vaqueros y un abrigo de paño, ni mi pelo suelto en lugar de un moño tenso, era toda yo, desde dentro hacia afuera. En cambio, Colin era él, el que siempre había sido, con su camisa blanca, su corbata de Drake's, la mejor tienda de Londres, y su pelo rubio perfectamente peinado. Su apariencia seria no dejaba ver colores ni sentimientos, no encogía el aire a mi alrededor ni me llevaba a imaginar un lienzo para él. El corazón no se me escapaba trotando y no sentía hormiguear el cuerpo.

Solté mi enorme bolso en el suelo junto a la cristalera, donde no podía molestarnos, y me senté. Yo nunca hubiera elegido este sitio para reencontrarnos, impersonal, en un hotel, pero al menos le debía a Colin que eligiera el lugar donde hablar.

–Colin... –comencé con mi conversación ensayada en el coche durante la media hora de trayecto–. Lo siento tanto... hubiera preferido decírtelo en persona, pero...

–Alice –me interrumpió cogiendo mi mano sobre la mesa para apartarla del azucarillo que pretendía

estrangular. Había en sus movimientos una paciencia fingida–. Hay veces que eres impulsiva, con los
años te corregirás, no ha pasado nada que no pueda
olvidar. Vuelve conmigo a Londres, deja ese estúpido
trabajo en Madrid, y a toda esa gente que crees tus
amigos...

Me vi retratada en cada una de sus palabras que
sin querer me herían, ¿tanto había cambiado en los
últimos tiempos? ¿Tanto encajaba con el hombre
con el que iba a casarme, el que tenía enfrente, frío e
inflexible? ¿De verdad compartí con él su aire esnob?
Colin seguía hablando, llegó el camarero y pidió por
mí, giré la mirada hacia el exterior. La gente pasaba
con grandes bolsas de compra, abrigadas por culpa de las primeras nieves con bufandas y gorros de
lana. La calle se iba llenando con los tibios rayos del
mediodía, unos operarios comenzaban a preparar
las luces de Navidad con enormes grúas y entonces
vi a Meike Müller caminar entre la gente. Era inconfundible con su figura alta y delgada cobijada en un
abrigo de lana, del color de sus ojos. Esperé ver a Mirko tras ella, pero caminaba sola dejando sus huellas
sobre la nieve que comenzaba a acumularse sobre las
aceras y los adoquines de la calle, pero estaba sola.

Solté la mano de Colin al ver la funda en forma
de tubo que llevaba a la espalda, colgada a modo de
bandolera. Sus palabras de la noche anterior eran
una declaración de intenciones y allí estaba ella con
el lienzo y sola. Iba a encontrarse con Andréi.

–Alice, ¿me estás escuchando?

Parpadeé sorprendida al ver la mirada furiosa
de Colin e interrumpí su discurso acerca de mi mal
comportamiento, como si fuera capaz de enderezar-
me, ¿enderezar el qué? Antes era impulsiva, alegre,
me gustaba vestir como quería, odiaba los moños
apretados y que me dijeran cómo debería compor-

tarme a todas horas. No soportaba la rigidez de las cenas con sus amigos y me encantaba la música a tope en el coche. ¿Qué ha sido de esa chica? Jürgen no solo había sido una aventura en la cama, sino quien me había hecho reír de nuevo, de verdad, hasta que mi rostro pudo seguir el patrón de la felicidad.

–Colin, se acabó. Vuelve a casa –dije mientras agarraba mi abrigo y mi bolso–. Nunca debiste venir, aunque me alegro de que te lo haya podido decir en persona. No es culpa tuya, solo mía, he pasado demasiado tiempo intentando ser alguien que no soy y tú eras perfecto para conseguir esa imagen que quería mi padre que fuera. Te he engañado a ti y a mí misma, pero nunca quise hacerte daño, de verdad. Me gustaría quedarme, pero creo que una amiga me necesita.

–Siempre fuiste a contracorriente, empeñada en llevarme la contraria.

Di la vuelta confundida, allí estaba mi padre, de pie junto a nosotros. Miré a Colin desconcertada.

–¿Has sido tú, Colin? ¿Has metido a mi padre en esto? Es algo entre nosotros...

–¿Y tú? Has metido a tus amigos alemanes, ¿sabes que ese tal Soren y esa amiga tuya no me dejaron ni atravesar la puerta de su casa?

Aquello confirmaba que Colin no era para mí, que recurriera a mi padre para que recapacitara era tan bajo como hacerme parecer minúscula con sus palabras.

–¿Sabe mamá que estás aquí?

–Por supuesto que no, bastante se equivocó al permitir que vinieras. Mira lo que has hecho, peligrar tu compromiso, engañar a tu novio, no te mereces la confianza que siempre te di.

–¿Tú, papá, confianza? Mientras era la hija perfecta tuve todo tu apoyo, pero en cuanto intentaba perseguir mis sueños los cortabas.

–Te protegía.

–No. Te protegías tú, solo querías que fuese como tú querías.

–Nadie te necesita más que yo –nos interrumpió Colin–. ¡Es esa estúpida obsesión tuya por pintar, por perder el tiempo con ese estúpido museo! Esas fiestas que organizas con esos catering...

Su prepotencia me hizo sonreír, Colin no me necesitaba, ni a mí ni a nadie, solo a su enorme ego dibujado en cada una de sus facciones. Pensé en los cuadros de Leonardo, en la vitalidad de sus ojos y lo redondo de sus formas, su mentón suave, sus mejillas dulces, en la bondad de los rostros que pintaba y mi mente se fue a otra persona, un alemán de mandíbula angulosa, de ojos verdes llenos de risa y seducción, a su rostro, que se suavizaba al sonreír. Puede que fuera el chasquido de la puerta al abrirse y dejar a entrar a un grupo de niños, o el olor a café o los copos de nieve que se pegaron al cristal, pero lo supe en ese instante. Amaba a Jürgen Müller, aunque mi razón no quisiera.

–No, Colin, solo te necesitas a ti mismo.

Incliné mi cuerpo al levantarme de la silla, le besé la mejilla ante su cara de sorpresa y avancé decidida hacia la salida. Me puse el abrigo y el gorro de lana, si me daba prisa tal vez pudiera alcanzar a Meike y saber qué hacía en el pueblo.

–Colin, papá, me voy.

–Si te vas ahora no vuelvas a llamarme padre.

Enfrenté sus ojos luchando para que las lágrimas no se escaparan de mis ojos, que ya sentía desbordados. Di la vuelta y un paso tras otro me alejé de ellos.

JÜRGEN

Conocía a mi hermana, Meike podía sonreír, mostrar al mundo su lado de chica dura, pero por dentro era un jodido desastre. Había precipitado aquel desenlace ella sola, y yo quería aprovecharlo, detener a Alice e incluso meter dos puñetazos a ese imbécil. Sentía miedo por primera vez, terror a que ella decidiera volver con ese estirado inglés, que comprobara que, al contrario que yo, él podía hacerla feliz. En mi desordenada vida jamás había sentido nada así por nadie. Temía llegar tarde al lugar donde Nela me había dicho que se encontraría con Colin y encontrarla ya en sus brazos. Al doblar la esquina, vi a Meike avanzar decidida por la plaza, esquivar las grúas que colocaban las luces de Navidad y a la gente cargada de bolsas. Cuando pensé que no me daría tiempo a interrumpir la cita de la inglesa y seguir las órdenes de Soren vi a Alice. Parecía haber salido del hotel porque aún se estaba poniendo su gorro, no pude evitar sonreír al ver cruzar su bolso sobre la cabeza a modo de bandolera, ese del que nunca se separaba. Siguió a Meike. Fui detrás de ellas. Lo que más me preocupaba era el tubo que Meike llevaba cruzado a la espalda y lo que llevaba en su interior. Era un imán para Andréi y mi inglesa estaba metida en medio de todo aquello.

ALICE

Meike parecía saber dónde ir, entró en un edificio de la plaza, una especie de palacete de fachada oscura adornado con leones dorados, el símbolo de Baviera, a ambos lados de la puerta. Empujó la pesada puerta con el hombro y se adentró en la oscuridad del interior. Llegué a la puerta cuando aún no se había cerrado e hice lo mismo que ella, empujar con el hombro. Debí aplicar más fuerza de la necesaria porque se abrió casi por completo a la vez que hacía un ruido profundo que hizo eco en la entrada del edificio.

Avancé despacio, ¿qué hacía allí siguiendo a Meike? Era por ese tubo que yo había llevado cargado por toda Roma, porque, aunque la conversación que espié de ella con Mirko fuera en ruso, era claramente una discusión entre dos personas muy enfadadas. Y sobre todo porque estaba convencida de que Meike iba a entregar el cuadro a cambio de que su exmarido dejara en paz a los Müller.

Apoyé las manos sobre la piedra oscura del pasillo, estaba fría y húmeda al rozarla. Un ruido detrás de mí me sobresaltó, pero al girar no había nadie. Seguí andando con cautela cobijada por las sombras hasta que oí las voces y contuve el aliento.

–¡Qué manía de hablar en ruso! –susurré enfadada, aquella era la voz de Andréi, la recordé de la iglesia como si hubieran activado una grabación en mi cerebro. Una mano se deslizó sobre mi boca y me hizo callar. El tacto de la piel, el brazo que me rodeó sobre los hombros y el color que vi nada más dejar caer mi espalda contra su pecho. Negro.

–¡Ssshh, inglesa! ¿Qué crees que haces aquí? –susurró contra mi oído sin dejar que me moviera. Me excitó tanto su caricia que olvidé a Meike, a su marido ruso, y suspiré.

–¡Lo mismo que tú, seguir a tu hermana! ¡Tiene el cuadro, estoy convencida!

Intenté girar y Jürgen me detuvo, en un momento creí que a pesar de la situación estaba aprovechando para retenerme en sus brazos.

–¿Has visto a Bobby? ¿Habéis planeado ya vuestra idílica vida en vuestra casita inglesa?

El tono de su voz me hizo sonreír como siempre, ya no me molestaba que siempre intentara picarme.

–¿A quién seguías? ¿A Meike o a mí? Y a Suzanne, ¿dónde la has dejado?

Meike se deshizo del tubo y lo puso sobre una mesa, con ansiedad en sus movimientos, Andréi abrió la tapa y el sonido de las burbujas que recubría su interior resonó en las paredes de piedras junto al *plof* del plástico.

–En el fondo te seguía a ti, Alice.

–¡Mentiroso!

Con la fuerza suficiente giré para que él no pudiera impedírmelo. Sus ojos verdes se clavaron en los míos y comprobé que tras ellos no había el habitual brillo seductor, ni siquiera la eterna picardía de su mirada.

–¿Por qué? –pregunté esperanzada.

–No quería que volvieras con Colin.

–¿Sin bromas sobre su nombre?

–Sin bromas, Alice.

Nuestras bocas se acercaron hasta quedar rozando los labios, tan cerca que un suspiro se escapó desde mi corazón.

La voz de Meike al hablar con el ruso nos separó y nos giramos con cuidado hacia la escena de los dos, que discutían con el lienzo sobre la mesa.

–Jürgen, ¿por qué no dejamos que Meike se lo entregue? Ella se ganará su libertad y vuestra familia dejará de estar en peligro... –supliqué. Se perdería una obra de arte, pero cesaría la guerra entre las dos familias. Nela estaría a salvo en su refugio alemán y yo podría volver a mi vida. Jürgen estaría lejos de mí, pero no tendría que preocuparse porque lo mataran por la espalda. Acerqué mi cuerpo al de él y entonces noté el arma que llevaba escondida bajo la cintura de los pantalones. Debió de darse cuenta de cómo abrí los ojos sorprendida porque me tapó la boca con fuerza. Desde el otro extremo del patio se oyó un revuelo, las puertas de madera enfrente de Meike y su marido se abrieron con fuerza. Los guardias que conocía de Waldhaus y Soren entraron en el patio. Jürgen me empujó tras él mientras entramos en escena para formar parte de aquella locura. Los tres, Meike, Soren y Jürgen, los hermanos Müller, se colocaron frente a Andréi con sus armas en las manos.

Los hombres de Andréi tenían pocas oportunidades rodeados por los alemanes, Soren habló en ruso y todos callaron mientras Meike miraba fijamente a su marido. Tras un intercambio de palabras retadoras y miradas asesinas, Jürgen se acercó hasta la mesa y devolvió el lienzo a su protección.

–¡No puedes dejar que se lo lleven!

La voz de Roberto hizo eco en los muros antiguos y sobrios de la construcción, corrí para protegerme tras los hermanos Müller en mitad de aquel intercambio de cañones en alto.

–Roberto, nunca pensé que traicionarías así a nuestra familia –gritó Soren–. Estuviste a punto de matar a mi hermano en aquella iglesia romana. He podido perdonarte muchas cosas en estos años por la amistad con mi padre, pero él ahora no está, ya no eres nada para nosotros.

–Andréi paga bien, es agradecido y no tardará en volver a hacerse con el cuadro. ¿Crees que esto acaba aquí? Nunca acabará hasta que lo tenga.

El ruso sonrió a la vez que con un gesto le pedía un arma a uno de sus hombres, los hermanos se tensaron, preparados para disparar, pero Andréi se giró y con un solo movimiento apuntando a la cabeza disparó contra Roberto Márquez. Mi profesor cayó en un instante hacia atrás con tal expresión de sorpresa que no pude dejar de mirar sus ojos abiertos.

–Nadie habla por mí –gritó el ruso haciendo de su voz el único sonido por debajo de los ruidos del exterior de la calle–. Si ha traicionado a sus amigos me hubiera traicionado a mí también con el tiempo. Estaba muy harto de ese hombre.

Soren levantó el arma en señal de tregua y se acercó un poco más a él.

–Voy a llevarme el cuadro. Jürgen pujó por él y lo ganó, es justo –afirmó Soren–. Y mi hermana moriría antes que volver contigo... Si no aceptas la realidad me veré obligado a disparar.

–No quiero a tu hermana y dile a su novio, el tal Mirko, que deje de apuntarme desde la galería.

–¿Aceptas tu derrota? –gritó Jürgen con una frialdad que nunca había visto en él.

–No. Voy a estar siempre a vuestra espalda, cuando giréis el cuello será a mí a quien veréis, da igual lo bien que se te dé esquivarme, Jürgen, siempre te encontraré, a ti y a tu chica inglesa. ¿No te lo dijo? ¿Qué estuve con ella en Roma?

Fue una simple palabra a la que siguió el sonido del proyectil. En efecto, Mirko, sobre la galería que dominaba el patio, había disparado a Andréi al mismo tiempo que Jürgen. El ruso aún tuvo fuerzas para apuntar a Jürgen, sin pensar me interpuse entre ellos mientras Andréi caía tan deprisa como Roberto. Me tapé los oídos y me agaché al comenzar los disparos que siguieron. Sentí el dolor lacerante en mi brazo que poco a poco se fue cubriendo de sangre. Sé que debió ser Jürgen quien me cargó en sus brazos mientras salíamos del antiguo edificio, todo pasó tan rápido que no podía asimilar lo que ocurría. En mi mente seguía viendo los ojos de Roberto, abiertos por la sorpresa. Jamás había visto una pistola, un muerto o como disparaban a alguien. No creo que pudiera olvidar aquellos ojos ni los de Andréi cuando antes de caer miró a Meike. Ella lo único que hizo fue coger el lienzo y el arma de su marido del suelo. Salimos de allí en los coches que esperaban y lo único que acerté a pensar en aquel momento era que nunca podría volver a mi vida ni olvidar aquella plaza con el suelo nevado.

JÜRGEN

Ella temblaba en el siento de al lado, Alice parecía perdida en miles de pensamientos en los cuales nadie podría entrar. No estaba planeado que las cosas sucedieran así, que se viera envuelta en el final de Andréi y de Roberto, pero, al verla en aquella cafetería sentada junto al estirado de su prometido, no pude evitar pararme a observar. Podía haberla detenido cuando fue tras Meike, conseguir que no la hubieran herido, por fortuna la bala solo la había rozado, pero ese acto de Alice me había salvado la vida, aunque el proyectil también me había rozado el hombro. Tendríamos los dos un recuerdo exacto en el brazo izquierdo, el de la bala rasgando nuestra piel en el mismo lugar. Alice habría ofrecido su vida por mí, nunca había sido importante para nadie hasta que ella llegó a mi vida.

La vi tan pequeña, sentada al lado de ese tipo tan estirado, de ceño fruncido, mientras él la reprendía con aires de superioridad que me dieron ganas de entrar y sacudir sus hombros hasta que Alice comprendiera lo mucho que valía. Tras lo ocurrido en la plaza quise conducir yo, sacarla de Füssen, y mientras lo hacía ella se hundía en su asiento mirando por la ventanilla, agarrada al exiguo vendaje que le había hecho Meike. Estaba ocultando las lágrimas. Ahora yo era poco más que un delincuente a sus ojos.

Sin saber en qué momento, Meike le había entregado de nuevo el lienzo que llevaba en su regazo y me di cuenta de las pequeñas motas de sangre que salpicaban el bajo de su abrigo.

–Lo habíais planeado todo, ¿verdad? Que Meike atrajera a Andréi hasta esa plaza y hacer que creyera que le entregaba el cuadro.

–Todo iba bien hasta que la viste a través de la cristalera y la seguiste. ¡Joder, inglesa! ¿En serio le hubieras entregado el cuadro a Andréi? ¿Después de lo que pasamos en Roma para encontrarlo?

Alice se negaba a mirarme, para ella solo existía mi voz.

–Cuando os vi allí a los tres comprendí que solo se arreglaría con alguien muerto. ¿Y Nela estaba de acuerdo con todo esto?

Entonces se giró con las lágrimas que ya intuía en sus ojos. Sus preciosos ojos color canela, siempre tan expresivos, parecían sin vida. Detuve el coche en el arcén y vi cómo los demás me adelantaban y seguían.

–Siento que estuvieras allí, inglesa.

ALICE

Abrí la puerta del coche y arrojé el lienzo sobre el asiento. Había comenzado a nevar y hundí las botas en la nieve que señalaba el límite de la carretera. Comencé a andar hacia el campo, sin mirar dónde iba, cegada por la rabia y el miedo.

–¡Alice! –gritó Jürgen a mi espalda, supe que me seguía al sentir el sonido de sus pisadas en la nieve–. ¡Para de una jodida vez!

Cogió mi brazo y estuvimos a punto de caer en mitad del campo embarrado y la nieve manchada. Sujetó mis hombros y me arrancó el gorro de la cabeza para poder verme bien. Lo tiró con todo su mal humor lejos de mí.

–¿Qué te ocurre? Sé que ha sido duro para ti, pero no conseguirás asimilarlo huyendo.

–Me engañaste, no fuiste a la ciudad a buscarme, ni siquiera te importó que me encontrara con él. ¿Y si hubiera vuelto con Colin? ¿Y si nunca hubiera seguido a Meike? Probablemente no hubiera vuelto nunca a la casa.

–Sé que volverías, por Nela.

Parpadeé por los copos de nieve que caían entre su rostro y el mío, mantuve la mirada de Jürgen, no había atisbo de broma alguna, sino miedo, un terror que no noté en él en la plaza ante los disparos y ahora casi podía oír su corazón golpeando el pecho.

–Alice, no puedo dejar que te marches, no después de verte con él en ese café. Olvidé todo por ti, el cuadro, el plan para negociar con Andréi, a mis hermanos en peligro... Si tú no hubieras ido en la dirección adecuada los hubiera dejado tirados. Hasta pensé en darle el cuadro a Andréi cuando lo propusiste. Solo sé que en vez de impedirlo necesitaba que estuvieras conmigo en el final de todo.

–¡Es lo que debisteis hacer, entregarle el cuadro! Aunque por lo menos Meike ha conseguido su libertad.

–Te lo dije, inglesa, esto es lo que soy, mi propia moral, no engaño a nadie. Soy lo que ves, no me escondo.

–Lo sé –afirmé con la cabeza gacha, vi su herida en el brazo que seguía manchando el pañuelo con que Meike lo había envuelto, igual al mío–. Me vuelvo mañana a casa.

El aire cambió, lo noté en cuanto Jürgen suspiró como si estuviera derrotado. Dio un paso hacia mí y me abrazó. Coloqué la barbilla bajo la suya rozando su pecho, cobijada en cada latir de su corazón, respirando por última vez su olor y disfrutando de su calor.

–Por alguna estúpida, rara y maravillosa razón estoy enamorado de ti, Alice. Creo que lo estoy desde que te vi en el aeropuerto y me quitaste aquel chocolate inglés de las manos...

Intenté deshacerme de su abrazo para ver sus ojos, noté cómo apretaba con más fuerza y sonreía impidiéndomelo. Era Jürgen el que había pronunciado esas palabras que llevaba esperando desde Roma y él no me dejaba ver sus ojos. Necesitaba verlos, saber que yo no estaba soñando y él mintiéndome.

–¡Quédate en Waldhaus, inglesa! Es probable que mueras congelada, es frío y nieva todo el invierno, a veces también en primavera y en otoño. Podrías pintar unos maravillosos cuadros con todas esas locuras que te salen de la cabeza...

Reí desde mi cárcel entre sus brazos mientras volvía a llorar, ¿no iba a dejarme hablar nunca? Necesitaba decírselo, gritar a los cuatro vientos qué sentía por él después de tanto tiempo escondiendo mis sentimientos.

–¿Qué dices, inglesa, te quedas?

Al fin se dio cuenta de que no podía hablar y me soltó con una carcajada. La sonrisa de sus labios se curvó al ver mis ojos y las lágrimas que corrían por mis mejillas.

–Jürgen, estoy enamorada de ti. Nunca quise, ¿sabes? Y sin embargo lo estoy desde hace tanto tiempo que ya no sé cuándo fue el momento exacto en que sucedió.

El móvil de Jürgen comenzó a sonar con *Sinfonía en re menor*, ¡claro, yo no tenía móvil! Fastidiado se apartó ante la insistencia de la llamada, tenía que cogerlo por si la policía iba tras ellos.

–Es Nela –dijo extrañado, descolgó con el ceño fruncido.

–¡No sé dónde estáis, joder, pero ya podéis venir todos aquí y traerme un maldito médico porque he roto aguas! ¿Dónde demonios estáis todos?

Miré alarmada a Jürgen mientras colgaba a mi amiga.

–Parece que hoy nacerá un Müller.

–Más nos vale correr, inglesa, o Nela nos matará, aunque dará igual cuando se entere de lo que hemos hecho hoy en Füssen.

–¡Espera, Jürgen! –detuve su avance–. Dime que no volverá a pasar nunca lo que hoy he visto en esa plaza, muerte, odio, armas...

–No mientras nadie amenace a los Müller, nunca más.

ALICE Y JÜRGEN

Desperté con la luz del sol al entrar por la ventana, la luz ocre me recordó dónde estaba, las cortinas se movían a causa de la brisa. A veces podía oler el salitre, aunque lejos de la ciudad el viento traía el frescor del mar hasta el laberinto de calles de Roma.

Hoy volvíamos a casa, a Waldhaus, para la boda de Meike con Mirko, al lugar donde los pecados de los Müller desaparecían y los míos también. En esos momentos de soledad no podía evitar recordar a Roberto y su muerte, ni a los tres hermanos con sus armas en aquel patio alemán.

Ese día de primeros de diciembre, Nela tuvo a su precioso hijo de ojos azules y, a primeros de enero, vestida con un traje Dior y peinada con un moño italiano, acudí a Sotheby's para vender el cuadro de Leonardo Da Vinci, el maestro. Fue una venta privada, con apenas cinco pujadores elegidos por la casa de subastas, entre ellos un museo de gestión privada. No hubo prensa, ni revuelo alguno una vez comprobada la autenticidad del cuadro. Cinco días más tarde el cuadro voló hacia el museo de un país de Oriente Próximo donde se haría público su hallazgo, mientras en una pequeña iglesia de Roma el deán encontraba un maletín lleno de dinero para arreglar los viejos muros y restaurar su bella cúpula color azul. La venta del lienzo sería el último negocio de los Müller en el mercado negro. Jürgen se retiraba y sus hermanos estaban demasiado ocupados arreglando sus vidas.

Miré a Jürgen dormido a mi lado, quizá era el único

momento en que podía ver su verdadera naturaleza, tranquilo, con la comisura de sus labios en su eterna sonrisa, sin artificios ni estudiadas poses. Recorrí con los dedos la cicatriz que había quedado en su brazo de aquel disparo en Füssen. Lo amaba con todos sus matices, los colores que habían vuelto a mi vida con él. Azabache, níveo, bermellón, cian, magenta, esmeralda... Jürgen llevaba en sus gestos y palabras todas las tonalidades. Descubrí su brillante forma de tocar, cada nota de los clásicos emitía una vibración que llegaba directa a mi corazón.

Nuestra vida discurría entre Waldhaus y la *trattoria* de Luigi. ¿Por qué? ¿Dónde estaba la felicidad sino en aquella antigua casona de paredes ocres, bajo los techos estrellados y las risas que llenaban cada rincón? Allí pinté mis mejores lienzos, a la gente de Roma, sus ruinas y monumentos, sus oscuros pasajes, subía al parque del Pincio mirando las cúpulas de la ciudad. Quizá, solo quizá, algún día mis cuadros estarían expuestos en unos de los *palazzos* de Roma. En ocasiones sentía la tentación de llamar a mi madre, hablarle de mi felicidad, de volver a Londres y abrazarlos, de recuperar mi identidad y a mi familia, pero ellos habían elegido que no me querían a su lado. Después de aquel día en que mi padre hizo su amenaza no volví a saber de ellos. Fue mi precio por encontrarme a mí misma.

Mi inglesa estaba despierta, perdida en su mundo interior, tal vez soñaba con exponer sus cuadros, poco sabía qué podía hacer el dinero... como comprar una sala en el *palazzo* de Bernini... por Alice movería el jodido mundo si ella quería.

Volvíamos a casa esa tarde, mi hermanita se casaba al fin con el guardaespaldas como seguíamos llamándolo a escondidas y después Praga, el dinero del Da Vinci había abierto una interesante vía de negocio con el este de Europa.

Atraje a mi inglesa con los brazos y ella se dejó caer sobre mi pecho con una sonrisa.

–Inglesa –susurré a la vez que me incorporaba para atraparla entre mis brazos. Alice giró alarmada por el tono titubeante de mi voz.

–¿Qué ocurre, Jürgen?

–¡Mierda! –solté porque las palabras se quedaban atrapadas en la garganta. Ella se rio y me pareció el sonido más dulce sobre la Tierra–. Cásate conmigo, inglesa.

–Sí –susurró ella, solo una sílaba llena de ilusión.

¿Amor? Ese era el verdadero arte de la vida y yo lo había alcanzado al fin.

Jürgen Müller.

TÍTULOS PUBLICADOS EN TIFFANY

Diana Palmer
(Huida hacia un sueño y Flor de deseo

Claudia Cardozo
(La melodía del silencio y Renacer entre brumas)

Christine Rimmer
(El regreso de la princesa, La dulce espera y
Unidos por el destino)

Sarah Morgan
(El ático de la Quinta Avenida y Una noche sin retorno)

Sherryl Woods
(Atrapar a un ladrón y El dilema)

Amber Lake
(La luz de tu mirada y Un día más en el paraíso)

Susan Mallery
(Dulces palabras de amor y El seductor seducido)

Brenda Novak
(En tus brazos y Buscando su lugar)

Elle Kennedy
(Amor inocente, Deseo inocente y Su ángel vengador)

Tiffany

Miranda Bouzo

El amor no se puede pintar

Nela Sanz está a punto de conseguir el puesto que siempre
deseó como historiadora. Nunca imaginó que al hacer una
simple lista de posibles benefactores para el museo en el
que trabaja atraería a su vida a
Soren Müller, un hombre misterioso que aparece con una proposición: llevarla hasta su hogar
en Alemania para restaurar un
cuadro.
En el corazón de Baviera vive
ese hombre de ojos glaciales y
oscuros secretos… y Nela poco

a poco descubre a través de su pasión por el arte que algo la
une a aquella tierra y al dueño del cuadro.

El arte del amor

A pocas semanas de su boda, Alice decide viajar a Alemania
para ver a su amiga Nela, antigua compañera de trabajo en el
museo. Waldhaus, la casa del bosque, la acoge entre sus antiguos muros, rodeada de los inmensos bosques de Baviera y las
altas montañas de los Alpes, envuelta en los misterios de una
familia peculiar que la atrapa en su red de engaños.
Jürgen Müller sabe que su vida es un verdadero caos; traficante
de arte, mujeriego, amante de los lujos, escéptico y prepotente
entre otras cosas… Alice y él son polos opuestos sometidos a
una misma atracción, la de un cuadro misterioso y legendario
lleno de simbolismos que los llevará a la Ciudad Eterna. ¿Será
capaz la magia de Roma de conseguir que Alice vuelva a pintar?

N.º 176

JULIA™

MARIE FERRARELLA
UN ÚLTIMO BESO

Habían pasado dieciocho años desde la última vez que Kara Calhoun vio a David Scarlatti, con el que jamás había conseguido llevarse bien. Ese hecho no impedía que las madres de ambos creyeran que los dos estaban hechos el uno para el otro. Por lo tanto, Kara decidió crear su propio plan para demostrarles que estaban muy equivocadas, aunque para eso tuviera que salir con Dave, que era demasiado guapo como para que su plan tuviera éxito.

N.º 478

ALLISON LEIGH
LA EXTRAÑA PROPUESTA

Embarazada y escarmentada por las mentiras de su ex, Sydney llegó a Wyoming, con el propósito de empezar de nuevo y olvidarse de los hombres. Pero allí iba a encontrarse con el más desesperante de todos ellos. Derek era grosero, impertinente y odiosamente mordaz… y tan atractivo que Sydney no sabía si huir o quedarse allí para siempre.

TERESA SOUTHWICK
ENAMORADA DE DON PERFECTO

Avery había decidido ignorar las chispas que surgían entre ella y el guapo cirujano Spencer Stone.
Stone no podía dejar de pensar en la directora financiera, cuya fría actitud escondía un secreto que le había cambiado la vida. Cuando su insaciable pasión tuvo una consecuencia inesperada, ¿lograría Spencer convencer a Avery de que sus sentimientos eran auténticos?

¡YA EN TU PUNTO DE VENTA!

JAZMÍN™

DONNA CLAYTON
UN TRABAJO TEMPORAL

Cuando la sofisticada Amy Edwards aceptó cuidar a aquellos gemelos de manera temporal, no esperaba disfrutar tanto de la compañía de los niños, ni enamorarse de su guapísimo y brillante tío. Pero sabía que si el doctor Pierce Kincaid descubría su secreto, no podría sentirse atraído por ella. ¿O sí?

•

LISSA MANLEY
CRÓNICAS DE AMOR

Por culpa de un artículo, la periodista Colleen Stewart tenía que trabajar con Aiden Forbes, el hombre por el que había estado a punto de abandonarlo todo. Después de la dureza de su última misión, Aiden necesitaba aquel trabajo, pero ¿podría el fuerte corresponsal de guerra sobrevivir al rechazo de Colleen?

N.º 583

ELIZABETH HARBISON
PASADO MISTERIOSO

Amy Scott se sentía más a gusto en la librería de su pueblo que en el palacio imperial de Lufthania. Pero, según el atractivo príncipe Will, aquel era el lugar al que ella pertenecía como heredera al trono. Mientras Amy se acostumbraba a aquel estilo de vida, Will prefería apartarse de ella, pues tenía una regla personal que le prohibía enamorarse. Para ganarse su corazón, Amy tendría que hacer algunas concesiones reales…